m

阅读之前 没有真相

午夜文库

莎拉·派瑞斯基
芝加哥首席女侦探系列

莎拉·派瑞斯基
Sara Parestsky (1947—)

　　莎拉·派瑞斯基是美国侦探小说史上著名的冷硬派女作家。她将芝加哥打造成与纽约、洛杉矶等地齐名的冷硬私家侦探的诞生地。她笔下的维·艾·华沙斯基（V. I. Warshawski）是世界侦探之林不多见的女性私探，因兼具美貌与果敢，而被誉为"芝加哥最美的私人侦探"，并被美国推理作家协会票选为"最受欢迎女侦探"前三名。

　　一九四七年，莎拉·派瑞斯基生于美国爱荷华州的埃姆斯，长于堪萨斯州。她是个很会念书的聪明人，先在堪萨斯大学拿到政治学和俄语双学士，之后同时在芝加哥大学取得工商管理硕士和历史博士学位。她曾在芝加哥都市研发局工作，以自由撰稿人的身分评写商业文章。一九七七至一九八六年间，则在CAN保险公司担任行销部经理。此后，才成为专职作家。

　　派瑞斯基自幼就开始创作，但是那些儿时的作品却从未出版发表。后来，她回忆成名前的经历时曾认为，自己对侦探这个角色的设定一开始就出错了："一九七九那一年，"她如是说，"我才了解到我一心想要创造的私探，原来是在模仿雷蒙德·钱德勒笔下的主角，差别只在于性别不同。如今我已明白，我要写的是一个女人，一个和我一样做事情过日子的女人，而且试图在男性主宰的领域中获得成功。"

就是因为这份企图心，使得派瑞斯基和苏·格拉夫顿、玛西亚·穆勒（Marcia Muller）并称美国三大冷硬派女杰。同样是崛起于上世纪八十年代，派瑞斯基的风格笔触却更为强悍泼辣，令人不禁想起文风野蛮残暴的米基·斯皮兰。但她所描述的绝非反社会行为，而是要藉由揭露谋杀案的真相来发人省思，进而突显更大的社会议题，尤其是隐藏在芝加哥这个工业城其黑暗腐败的一面。

除了在美国本土饱受好评外，派瑞斯基的作品还极获英国评论家的赞誉，一九八二年，她的第一本犯罪小说《索命赔偿》出版，立刻引起侦探小说界的极大反响。一九八八年，以《血色杀机》（*Blood Shot*）赢得英国犯罪作家协会的银匕首奖，二〇〇二年，她已荣获象征终身成就的钻石匕首奖。二〇〇三年再以《黑名单》（*Blacklist*）摘得金匕首奖。

派瑞斯基是知名作家，也是杰出的编辑，她编过几本短篇故事选集，其中的《女性之眼》（*A Woman's Eye*）曾获安东尼奖。此外，她还成立了"最有影响力的女性犯罪作家协会"，同时兼任第一届主席。

二〇一一年，美国推理作家协会宣布，将"大师奖"颁给莎拉·派瑞斯基。至此，她已将侦探小说界最重要的几个奖项尽数收入囊中，她的作品被翻译为二十多种语言，在全球销量逾千万册，是当之无愧的大师级作家。

重要作品年表：Warshawski novel

Indemnity Only (1982)
Deadlock (1984)
Killing Orders (1985)
Bitter Medicine (1987)
Blood Shot (1988)
Burn Marks (1990)
Guardian Angel (1992)
Tunnel Vision (1994)
Hard Time (1999)
Total Recall (2001)
Blacklist (2003)
Fire Sale (2005)
Hardball (2009)
Body Work (2010)
Breakdown (2012)

血色杀机
Blood Shot

(美)莎拉·派瑞斯基 著
谭端 译

新 星 出 版 社　NEW STAR PRESS

目录

1	第一章 重返四十一号高速公路
8	第二章 抚养孩子
16	第三章 守护妹妹
25	第四章 故乡的亲人
34	第五章 童年的单纯快乐
43	第六章 卡柳梅特工厂
49	第七章 后屋男孩
58	第八章 优秀的医生
66	第九章 名流生活
75	第十章 准备好了就开火
84	第十一章 小捣蛋的瞎话
96	第十二章 常识
102	第十三章 枯木塘
107	第十四章 浑水
113	第十五章 化学课
122	第十六章 登门造访
130	第十七章 墓碑蓝调
142	第十八章 父亲的阴影
148	第十九章 无法回头
155	第二十章 大而不实
164	第二十一章 妈妈的乖儿子
171	第二十二章 医生的困境

目 录

176	第二十三章 阴招
182	第二十四章 在沼泽里
191	第二十五章 来访时间
199	第二十六章 回到本垒
205	第二十七章 博弈开始
212	第二十八章 笔记本
219	第二十九章 夜行客
225	第三十章 重修旧好
233	第三十一章 活力四射的小火球
241	第三十二章 和盘托出
249	第三十三章 家丑
255	第三十四章 擦板球
266	第三十五章 白金汉喷泉边的谈话
276	第三十六章 血液检测报告
284	第三十七章 鲨鱼放出诱饵
292	第三十八章 中毒性休克
301	第三十九章 清理工厂残局
309	第四十章 夜晚风波
318	第四十一章 聪明的孩子
326	第四十二章 胡伯特的礼物
339	第四十三章 回到原点

第一章 重返四十一号高速公路

我仿佛已经忘记了那种气味。即使美国钢铁南厂在罢工，威斯康星钢铁厂的挂锁也已经渐渐生锈，可那种五味杂陈的强烈化学气味仍从通风口注入车内。我关闭了汽车的暖风，但那种都不能被称之为空气的臭味照样从雪佛兰车窗上的细小缝隙钻进来，呛得我的眼睛和鼻子都热辣辣的。

我沿着四十一号公路往南，就在几英里之前，我还在湖岸路上行驶。在我的左边，密歇根湖的湖水拍打着岸边的礁石，涌出层层的白色泡沫，右边则是壮观巍峨的现代摩天大楼。然而车开到七十九街的时候，密歇根湖突然失去了踪影。辽阔的美国钢铁集团南厂被杂草蔓生的院子所环绕，一直向东延伸，占据了公路和湖边之间一英里半左右的土地；远方的电塔、起重机台架和塔台在二月灰蒙蒙的空气中若隐若现。这片土地上承载的不是摩天大楼或是湖光山色，而是垃圾填埋场与破败的工厂。

街道右边一些破旧的平房面对着南厂，这些平房有些掉了几块墙面，有些羞答答地露出一条条剥落的油漆，有些门前的水泥台阶龟裂歪斜。它们的窗户倒统统都是完整的，并且几乎密不透风，没有一丁点碎裂。贫穷已经侵蚀了这个地区，但我旧时的邻居们显然依旧不肯放下尊严。

我还记得那个时候，每天都有一万八千多人从这些整洁有序的小家蜂拥来到南厂、威斯康星钢铁厂、福特汽车装配厂或者是薛西斯溶剂厂。那时，每隔一个春天，每块门楣窗框就要重新粉刷，人们早已司空见惯了新的别克车和奥斯莫比车驶过街道。但是那些对我来说都已经成为过去，那个南芝加哥已经离我远去了。

到了八十九街我开始向西行驶。虽然是冬天，日晒渐渐减弱，我还是翻下了遮阳板，免得晃眼。我左边的卡柳梅特河畔上除了乱糟糟的枯枝、一些生锈废弃的小车之外，就是一些坍塌的房屋，我和朋友们过去常常违抗父母的命令来这里游泳——如今想到以前居然将脸埋进肮脏的河水中，我就忍不住反胃。

我们的高中就矗立在河对面。那是一座很大的建筑，占地好几英亩，那深红色墙面的砖房校舍不由得让人生出几分亲切感，仿佛十九世纪的女子学院。看着一群群年轻人蜂拥走进校舍西边的巨大双扇门里，光线从楼的窗户中倾泻而下，心里的怪异感便又添了几分。我熄灭了引擎，提着运动包，跟上人群走了过去。

当年建造那高耸拱形屋顶的时候，暖气还很便宜，大家也够重视教育，于是把学校盖成大教堂的模样。深邃的走廊仿佛回音室，回荡着人潮的欢声笑语，声浪从天花板、墙壁、铁质的置物柜席卷而来。我在想，不知道为什么，学生时代从来没注意到这里是如此嘈杂。

据说人们会一直记得年轻时候的事情。我上次来这儿是二十年前，但是刚才走到体育馆入口的时候，我想都没想便直接左转，径直走向女更衣室。卡洛琳·蒂亚克站在门口，拿着资料夹等我，"维艾！我还以为你临阵退缩了呢！其他人半个小时之前就到了。她们都已经换好了队服，至少那些还塞得进去的人都换好了。你也带了队服吧？《明星先驱报》的琼·蕾西想和你聊聊。毕竟，你当年是联赛的最具价值球员。"

卡洛琳还是老样子。不同的是，以前那条红棕色的辫子剪掉了，变成了现在的小卷发，围绕着她布满雀斑的脸。除此之外她没怎么变，依然身材娇小、活蹦乱跳，比别人少一个心眼。

我跟着她走进了更衣室，里面的喧闹声足以与走廊外面的噪音相匹敌。十个年轻的女孩都在换衣服，正在为了借指甲锉刀、卫生棉条，或者谁偷了自己的香体露而叫嚷着。她们穿着胸罩和运动短裤，肌肉看上去健美而结实，要比我和我的朋友们在那个年龄时的身材好很多——当然，也比我们现在的身材好很多。

在更衣室的一角，有一群人几乎和那些人一样吵，她们是二十年前和我一起拿下ＡＡ级州冠军赛的母老虎队成员。昔日的十个队员来了七个，其中有五个人穿着以前的黑色和金色相间的队服，有些人的Ｔ恤紧紧绷着乳房，短裤看来仿佛一有大动作就会裂开一样。

被队服包裹得最紧的那位应该是莉丽·戈尔德林，她是我们的罚球王，但是看那大波浪的长发和双下巴，让我有点不能肯定是她。阿尔玛·洛厄尔是个黑人，现在的身材已经远远超出了队服的大小，学校的夹克衫正颤巍巍地套在她那过于肥厚的肩膀上。

我唯一能认出的两个人是戴安娜·洛根和南希·克莱格霍恩。戴安娜紧致、有力而苗条的双腿即便是现在也还是能为《时尚》杂志拍摄封面。她曾是我们的明星前锋、副队长、模范生。卡洛琳告诉我，戴安娜现在成功经营着一家芝加哥卢普商业区的公关公司，专门替黑人企业和个人打造形象。

我和南希大学毕业以后就失去了联系，不过她刚毅的方脸庞和金色卷发完全没变，不管走到哪里我都能一眼认出她来。就是因为她，我今天才会来这里。她在卡洛琳主持的南芝加哥复兴计划中负责环保部门。当她们两个得知这是母老虎队二十年来第一次打入区域冠军赛时，便当即决定让老队员们欢聚一堂，办一场赛前晚会，这样做显然会有诸多好处，既可提振地方名声，又能替南芝加哥计划打打广告，同时还可以声援球队。

南希一看到我就笑了，"喂，华沙斯基，快点活动活动，再过十分钟就该轮到我们上场了。"

"嗨，南希。我想我应该检查一下自己的脑袋，看看怎么会被你说服来这里。难道你不知道我们不能走回头路吗？"

我在长凳上找到一个四英寸见方的空间，将我的运动包放在上面，快速脱下牛仔服塞进包里，换上已经褪色了的队服，然后穿好袜子，系好高筒鞋的鞋带。

戴安娜一把搂住我说："白妞，还不赖嘛，看起来你在紧要关头应该还是能跑得动的。"

大家一起凝视着镜子。现在的母老虎中有些人的身高已经不止一百八十厘米了，而一米七三的我当年曾是队里的第一高度，戴安娜圆蓬蓬的爆炸头大概到我鼻子的位置。我们一黑一白，当年，两人都想打篮球。在那个年代，走廊和更衣室天天都有黑白争端，我们俩相看两相厌，都不喜欢对方，可是三年级时，我们硬是让其他的队员放下了种族争端，次年二月就带领她们打进了第一届全美女子锦标赛。

戴安娜边笑边回忆着，"咱们以前争的那些无聊事根本就是些鸡毛蒜皮嘛。华沙斯基，来见见记者，为这里的老乡亲们讲几句好话"。

琼·蕾西是《明星先驱报》的记者，也是本市唯一的女性体育专栏记者。当我告诉她我一直在定期阅读她写的文章时，她开心地笑着说:"最好能告诉我的编辑,如果写封信就更好了。能谈谈你在这么多年后,再一次穿上队服的感受吗?"

"感觉自己就像个傻瓜。自从离开大学后,我就再也没有碰过篮球了。"我是拿体育奖学金念的芝加哥大学,早在美国人知道女生会运动之前,芝加哥大学就有这种奖学金了。

我们聊了一会儿,说起前尘往事,说起逐渐老去的运动员,说起这一带百分之五十的失业率以及学校现在母老虎队的前景展望。

"我们支持球队,这个不在话下。"我说,"我非常希望看到她们上场打球,这些人好像很看重训练,比二十年前的我们要认真得多。"

"没错,她们也一直希望女子职业篮球联盟东山再起,否则有些中学和大学的顶尖女球员根本没有出路。"

琼·蕾西放好笔记本,让摄像师带我们去场地投几个球,拍些照片。我们八个老队员鱼贯进入球场,卡洛琳绕着我们打转,活像一条热情过头的小猎犬。

戴安娜捡起一个篮球,胯下运球向后传给我。我转身投篮,球从篮板上反弹回来,我冲上去抢到篮板直接灌篮。老队友们七手八脚地助我一臂之力。

摄像师拍了几张我们的合照,然后取了我和戴安娜在篮下一对一的镜头。我们撩起了观众的些许兴趣,不过大家真正想看的是现在的母老虎。当她们穿着热身运动服进场时,观众席响起了雷鸣般的欢呼声。我们跟着她们稍事暖身,但是一逮到机会便将场地交还,毕竟她们才是今晚的主角。

等到圣·索菲亚的客队穿着红白运动衫上场,我溜回更衣室,换回便服,卡洛琳找到我的时候,我已经扎好了围巾。

"维艾!你要去哪儿?你答应过比赛完了就去看我妈妈的!"

"我只说我尽量,有空才去。"

"她一直盼望着见你一面,这对她来说意义重大。她现在连下床都很困难,状况很糟,她真的很想见你。"

透过镜子,我可以看到卡洛琳的面颊泛红,受伤的目光让她的蓝眼珠更加深邃了。她五岁的时候,我不肯让她跟着我和朋友出去,她也是那样看着我,埋藏了二十年的怨气让我开始不耐烦起来。

"你安排这场篮球闹剧就是为了让我去看你妈妈路易莎?还是你后来才开始动起那个脑筋的?"

听我这么说,她脸上的潮红色越发深了,变成了猩红色。"你说的闹剧是什么意思?我只是想为这个地方尽点心力。我可不是那种假惺惺、眼高于顶的人,只顾自己跑到北岸,不管老伙伴的死活。"

"这是什么话,难不成我留在这里,就能挽救威斯康星钢铁厂?还是跟美国钢铁厂的蠢货们说这一带还在运作的工厂不多了,叫他们别罢工?"我从长凳上一把抓起水手短外套,生气地将手臂塞进袖子里。

"维艾!你要去哪儿?"

"回家!我跟人约好了一起吃晚餐,我还要回去梳洗一下。"

"别去,我需要你。"卡洛琳大声号啕着,大大的眼睛里充盈着泪水,仿佛随时会厉声呼叫她的妈妈或者我的妈妈,指控我对她太坏一样。旧时的情景顿时浮现在我的脑海,我妈妈加布里埃拉会出来说,"维多利亚,让她去又会怎样,带她去吧!"那种情景如此鲜明有力,以至于我不忍心掌掴卡洛琳那个张得很大并且一直发抖的嘴巴。

"你到底要我做什么?履行一个你没问一声就许下的承诺?"

"我妈妈活不了多久了,"她冲我喊道,"难道这不比一顿狗屁晚餐重要?"

"话是不错。如果我是要去一个社交场合，我会打电话跟对方说'抱歉，邻居的小鬼头缠上了我，我脱不了身'，但我是要跟客户吃饭，他脾气很大，不过付钱很准时，我可不希望他不高兴。"

她的眼泪扑簌簌地流下来，划过脸上的雀斑。"维艾，你从不把我当回事，我们曾经谈过，你的到来对于我妈妈来说是多么重要，那时候我就问过你见面的事，是你自己忘得一干二净。你总以为我还是五岁的孩子，从不在意我说什么和想什么。"

我无话可说。她说的确实有道理，如果路易莎真的病得那么严重，我是应该去看看她。

"好吧，我打个电话跟客户取消约会。这可是最后一次。"

泪花瞬间消失。"谢谢你，维艾，我不会忘记的，我就知道可以指望你。"

"你是说你知道怎样操纵我？"我反驳道。

她笑了。"我带你去打电话。"

"我还没老糊涂，能找得到电话在哪儿。放心，我不会趁你不注意就开溜的。"看着她心神不宁的样子，我加上了这句。

她微微一笑。"以上帝的名义吗？"

这是一种老掉牙的誓言了，从她妈妈的一个醉鬼伯父斯坦那里学来的，在卡洛琳小的时候，他常常用这个方法来证明自己是清醒的。

"以上帝的名义！"我郑重地承诺，"希望格雷厄姆不会一气之下不付他的账单了。"

我在体育馆前门附近找到付费电话，浪费了好几个硬币才在四十九俱乐部找到格雷厄姆，他生气地说他已经预定了金丝银花餐厅的座位了，不过电话挂掉时，我已经成功地化解了他的怒气。我把包挂在肩上，回到体育馆。

第二章 抚养孩子

圣·索菲亚队下半场几乎一路领先,让母老虎队追得很辛苦。比赛的节奏和紧张程度比当年我打篮球时快得多。在离比赛结束还剩七分钟的时候,两名母老虎队的球员被罚下场,形势看起来很糟。倒数三分钟的时候,圣·索菲亚队最强的防守后卫下场了,被盯了整整一个晚上的母老虎队的前锋终于猛虎发威,在接下来的比赛中一口气拿下八分。最终,主场的母老虎队以五十四比五十一获胜。

我和大家一样激动地欢呼起来,甚至怀旧般地感觉到了自己高中校队的温暖,这种感觉很意外。母亲的病痛和离世一直占据着我青春的记忆,我本以为自己已经忘记那时曾经有过的美好时光。

南希·克莱格霍恩已经赶赴一个会议,我和戴安娜·洛根跟着其余的老队员回到更衣室,为球队的接班人取得的胜利庆贺,也为她们能在区域半决赛中取得好成绩而祝福。我们没有久留,她们显然觉得以我们的年龄已经理解不了篮球了,更别说上场打球了。

戴安娜过来跟我道别,她说:"你让我重温了我宝贵的青春时代。"她轻轻贴了一下我的脸颊,"我打算回黄金海岸,以后要长住在那儿,多保重,华沙斯基。"然后她便披着闪亮的银狐皮草走了,留下鸦片香水的味道。

卡洛琳在更衣室门口焦急地徘徊着,很担心我会弃她而去。她紧张的样子让我愈发不安。曾经有一次也是这样，那是一个周末，她把我从学院拉回家，说是她妈妈背部受伤了，想让我帮她修理一扇破窗户。我到了她家之后，才发现她原来是希望我向她妈妈解释为什么她会把母亲的小珍珠戒指捐给圣温斯劳斯四旬斋基金。

"路易莎真的生病了吗？"最后离开更衣室的时候我问道。

她一脸严肃地看着我。"病得很严重，维艾，你不会愿意看到她现在的样子。"

"那么，你还有什么要说的吗？"

她的双颊泛红。"我不明白你在说什么。"

之后，她便冲出了校门。我慢慢地跟着她，恰好看到她钻进一辆车头正冲着大街的破车里。在从我前面经过的时候，她摇下车窗向我喊道，她会在家里等我，然后便在轮胎摩擦的刺耳声中扬长而去。

我打开了雪佛兰车门，微微耸了一下双肩，钻进了车里。

车子驶入休斯敦大街的时候，我的心情更加沮丧。上一次来到这个街区是一九七六年，当时，我父亲去世，我来变卖祖屋。那时，我见到了路易莎和卡洛琳，十四岁的卡洛琳坚定地跟随着我的脚步，甚至还尝试打篮球，但即便她拥有无限的精力，五英尺的身高却使得她无法进入第一队。

那也是我最后一次见到和父母相识的老邻居们。邻居们真诚地哀悼我那性情温和的父亲，还有十年前去世的加布里埃拉——我的母亲，虽然他们对她的敬意有些勉强。但是毕竟，这个街区的女人们也跟她一样节俭，习惯将一分钱掰成两半花，尽力抚养和维护家庭。

现在她已经不在了，人们便对她过去的古怪行为装作一概不知，即使那些行为曾经令他们摇头叹息。例如她会花十美元带着女儿去看歌剧，却不愿为自己购置一件过冬的外套；不让女儿接受洗礼，也不愿意将她送给圣温斯劳斯教堂的修女照顾。邻居们对此忍无可忍，某一天，人们请来了修道院院长约瑟夫来我家，结果发生了一场令人难忘的对峙。

也许在众人看来，她做过的最愚蠢的事是坚持让我上大学，并且要求必须是芝加哥大学。对于加布里埃拉而言，做过的最正确的事也许就是当我只有两岁的时候，便认定芝加哥大学是芝加哥最好的大学。也许在她脑子里，从来就没有将芝加哥大学与比萨大学对比过。就像是她在摩根大街的考勒布瑞诺为自己买的鞋一样，她可能完全没想过要和米兰的鞋相比较。但是，人只能做自己能力范围之内的事。所以在我母亲去世两年后，我只得依靠奖学金才能就读于邻居们口中的红色大学。就这样，我带着一半恐惧、一半兴奋的心情去见识那里的"魔鬼们"。并且自此之后，我再也没真正地回过家乡。

在这个街区，路易莎·蒂亚克是一个坚定地和加布里埃拉站在同一战线的女人，在加布里埃拉去世以后依然如此；但是，路易莎欠母亲人情，也欠我人情。当我想起这些时，心里仍然还有一丝苦涩，这着实让我有些震惊。我意识到，我一直在为在美好的夏日时光里帮她照顾小孩，并在孩子号啕的哭声中写作业而耿耿于怀。

好吧，孩子都已经长大成人了，但是她的哭声还是在我耳边回响。我把车停在她的福特开普勒后面，熄灭了引擎。

她家的房子比我记忆中的要小一些，也更昏暗。路易莎身体不好，没有力气每隔半年换洗窗帘并给窗帘上浆，卡洛琳则属于明确地拒绝干这些家务活的一代人。我很了解，因为我自己也是如此。

卡洛琳在门口等着我，仍然很急切的样子。看到我，她脸上露出短暂而僵硬的笑容。"维艾，你能来这儿，妈妈真的很高兴。她盼了一整天,终于可以和你一起喝咖啡了。"

她带着我穿过狭小、杂乱的餐厅来到厨房,转过头说:"妈妈现在不该再喝咖啡了。但是对于她来说,戒掉咖啡以及改变其他的习惯实在太难了。最终,我们达成一致,一天只喝一杯。"

她在炉台前忙碌着,费了很大劲煮咖啡。把咖啡粉和水弄得到处都是。但是,她还是小心翼翼在托盘上摆好了瓷器和餐巾,从窗台上的一个咖啡罐里拿出一支天竺葵作装饰。最后,放上一小碟加了一片天竺葵叶子的冰淇淋。当她端起托盘,我也从厨房的凳子上站了起来,跟着她走向路易莎的卧室。

路易莎的卧室在餐厅的右边。卡洛琳一开门,病人的气味便迎面扑来,让我回想起在母亲生命的最后一年里,她周围的药味和腐肉味。我右手握紧,指甲抠入掌心,硬着头皮进入房间。

即使我已经有了心理准备,可第一反应还是震惊。路易莎倚靠床坐着,纤细的发丝下面是一张消瘦至极的脸,灰暗的脸上泛着怪异的绿色。她穿着一件陈旧的粉红色羊毛衫,一双扭曲的手从松垮的袖口中露出来。当她微笑着向我伸出双臂时,我依稀又见到了那个腹中怀着卡洛琳、租住在我家隔壁的妙龄女郎。

"华沙斯基,看见你真好。我就知道你会来。你真像你妈妈,即使你的眼睛长的随你爸爸,是灰色的,但是你的长相还是很像你妈妈。"

我跪在床边拥抱着她。感觉羊毛衫里面她的骨头又细又脆。

她忍不住地咳嗽,整个身体都在咳嗽中不停地晃动。"不好意思,都怪我抽了太多该死的香烟,烟龄也太久了,这孩子把烟藏起来了,好像抽烟还能把我的身体变得更糟似的。"

卡洛琳咬着嘴唇靠近床前。"妈妈,我给你拿来了咖啡,或许喝点咖啡就能忘了抽烟了。"

"好，我的咖啡，一天只有一杯，该死的医生。首先，他们会给你灌满乱七八糟的东西，让你不知道该怎么办才好；然后，他们绑住你的双腿，拿走所有能让时间过得比较舒服的东西。我告诉你，姑娘，千万别让自己变成我这样。"

我接过卡洛琳手中厚实的瓷杯，递给路易莎。她的手有些发抖，为了让杯子平稳一点，她只能将杯子抵着胸口。我也转过身，在床边一把直靠背椅上坐了下来。

"妈妈，你想要和维艾单独聊会儿吗？"卡洛琳问道。

"是啊，当然了，你继续忙你的，我知道你还有事情要做。"

等卡洛琳出去关上门之后，我对路易莎说："看见你变成现在这个样子，我真的很难过。"

她做了一个表示无所谓的手势。"唉，我想到这个就烦，我已经和该死的医生抱怨很多次了。我想听听你最近怎么样，我一直都在关注报纸上刊登的你的所有案件。你妈妈一定为你感到很自豪。"

我笑道："我可没那么肯定。她可能希望我去唱歌剧，或者成为一个高收入的律师。如果知道了我现在的生活，她的反应不用想也能猜到。"

路易莎用她那干瘦的手挽着我的胳膊。"华沙斯基，千万别那样想，你是了解加布里埃拉的，她就算只有一件衬衫，也不会舍不得送给乞丐。想想那时人们向我家窗户砸鸡蛋、泼粪的时候，她是怎样支持我的。也许她喜欢看到你的日子过得再好一点。唉，其实我也一样，我也希望卡洛琳过得比现在好。我知道凭她的脑筋、她的教育、以及她的一切，大可不用再在这个鬼地方待下去。但是她的诚实、勤快以及坚持不懈的精神，都让我为她感到自豪。你也一样，加布里埃拉如果能见到你现在这样,她会为你感到自豪的。"

"是的。在她重病期间,如果没有你的帮助,我们撑不下去。"我有些不高兴地嘀咕着。

"哦,胡说,姑娘。我还有机会回报她为我做的一切吗?我还记得当那些来自圣温斯劳斯的自以为是的女人在我家前门游行时,加布里埃拉火冒三丈地冲过来,差点把她们赶到卡路梅河里去。"

她大笑起来,嗓音沙哑,这使得她的咳嗽开始发作,呼吸变得困难,脸色有些发紫。她不停地喘息,不得不平静地躺了一会儿。

"很难相信大家会这么看不起未婚先孕的女孩子,是吧?"她后来说,"现在这里有一半的人都失业了——这才是头等大事,可是对于父母来说,女儿未婚先孕就是世界末日。我的意思是,即使是我的亲生父母也把我赶出家门。"她的表情一时间有些激动。"就像是我犯了所有的错一样。你妈妈是唯一支持我的人。即便是我的父母决定已经接纳卡洛琳的存在,他们却从未都真正原谅过她的出生以及我未婚生女这件事。"

加布里埃拉做事向来都是不遗余力:我帮路易莎照顾婴儿,这样她就可以在薛西斯工厂值夜班。我最痛苦的就是把卡洛琳送去她外婆家。他们非常苛刻和严肃,我不脱鞋就不允许我进入屋子。有几次,他们甚至让卡洛琳在屋子外面洗完澡才肯让她进入他们圣洁的家门。

路易莎的父母年纪仅仅六十岁上下,如果加布里埃拉和托尼还活着,那么他们也会是这个岁数。路易莎独自养活自己和孩子,这让我总是以为她和我的父母是同辈的人,其实她只比我大五六岁。

"你是什么时候停止工作的?"我问道。有时我会感觉不安,回忆起加布里埃拉的样子,就打电话给路易莎,不过已经有一段时间不这样了。南芝加哥在我脑海深处是一段不安的回忆，会让我难受，我不想让这段回忆重回到我的生活。距离上次我和路易莎通电话已经两年了，她在那时没有提及身体不适。

"哦，我的身体变成现在这个样子，病到不能站立，大概有一年多，工厂让我领健康险的失去能力补偿金。大概是这半年才完全不能走动的。"

她掀开被子，一双枯柴般干瘦的小腿就像小鸟的腿一样，皮肤的颜色和面色一样灰绿。双脚和脚踝上铁青的斑点说明那里血流不畅。

"我的肾不好，该死的不能好好地小便。卡洛琳每周会带我去洗肾两三次，他们把我固定在那个该死的机器上面给我排毒。姑娘啊，跟你说句心里话，我真想他们早点让我安静地死。"她举着一只干瘦的手，"这话千万别告诉卡洛琳，她一直努力为我忙碌，希望我能好起来。公司为我负担医疗费，所以我不是怕她动用自己的积蓄，我只是不想让她觉得是我不懂得感恩。"

"她不会这么想的。"我安慰着她，轻轻地把被子给她盖好。

她重提着街区的往事，提到她曾有的那双既苗条又健美的腿，那时她常常在下班之后的午夜去跳舞，去找曾经想娶她的史蒂夫·费拉罗和并不想娶她的乔伊·潘科夫斯基。她说，如果一切重新来过，她也不会有任何改变，这样才会有卡洛琳的存在。但她希望卡洛琳能有不同的生活，更好的生活，不要待在南芝加哥，从年轻一直操劳到老。

"能再见到你真是太好了。"她有些淘气地歪了一下头微笑着对我说，"你这会儿没办法偷偷地给我留下一包烟吧？"

我被她逗笑了。"我已经很久不碰烟了，你还是和卡洛琳协商这件事吧。"

在去找卡洛琳前,我给她弄了弄枕头,打开电视。她一向都很少吻别,但是她将我的手紧紧地握住了好一会儿。

第三章 守护妹妹

我走到餐厅时,卡洛琳正坐在餐桌旁,一边吃炸鸡,一边在彩色的图表上做笔记。报纸、杂志、传单在桌上杂乱地堆积着,本来就不大的桌面几乎被完全遮住了。她的左胳膊肘旁边有一大堆东西,正在桌沿摇摇欲坠。听到我走进餐厅,她放下了手中的铅笔。

"你和妈妈聊天的时候我出去买了些肯德基,你要来点儿吗?感觉我妈妈的状况怎么样,是不是有些吃惊?"

我沮丧地耸耸肩。"见到她这样太难受。你撑得住吗?"

她也是一脸愁容。"妈妈的腿如果还好的话,情况还没这么糟。你看到她的腿了吧?她应该给你看了。不能走动对于她而言确实很痛苦。最让我难过的是,她那么长时间忍受着疾病的折磨,而我当时还没有意识到她已经生病了。你也知道,妈妈是那种什么都忍着不说、从不抱怨的人,尤其是对她自己的事情,比如肾脏不舒服,她肯定不会说。"

卡洛琳用她油乎乎的手揉搓着乱蓬蓬的卷发。"直到三年前,我突然发现她瘦了很多,这才意识到事情严重了。她常有头晕目眩的感觉,持续了很长一段时间,而且脚也发麻,但是什么都不说,因为害怕丢了工作。"

这太常见了。在中北部地区,人们就算踢到石子也要去看医生,而南芝加哥的人们则希望生命更加坚韧和刚强。很多人都发生过头晕目眩和体重骤减的情况，它们就像是人在成长、变老过程中总会发生的事。

"你对路易莎的医生满意吗？"

卡洛琳啃完一个鸡大腿，舔着油腻的手指。"还可以。我们去了基督徒救助医院，因为那是薛西斯地区医疗险指定医疗机构，而且他们同样能做得很好。我的意思是，她的肾脏已经完全丧失功能了，医生说是急性肾衰竭。而且骨髓似乎也有疾病，可能是由肺气肿引起的。"其实，真正的问题就在于她还在抽该死的烟，她陷入这样的困境跟香烟有很大关系。

我有些尴尬。"如果她的身体状况已经很不好了，那么抽烟也不会再让她更糟，你懂我的意思。"

"维艾！你应该没有跟她说这种话吧？我每天要为这事和她争吵十遍。如果她知道你支持她，那我就不用再在这件事上坚持下去了。"她重重地拍着桌子，那堆纸散落在地上，"我之前还认定在这点上无论如何你都会支持我的。"

"你知道我对香烟的态度。"我有些恼火地说，"如果那时托尼没有一天两包烟的习惯，那他有可能今天还活着。有时在噩梦中我还能听到他的哮喘和咳嗽声。但是现在吸烟能让路易莎少活几天？她还不是一个人孤单地在那儿，整日与电视为伴。我想说的是，吸烟既能让她心里感觉舒服一些，也不会让她的身体变得更糟。"

卡洛琳抿着嘴，没有妥协。"不，我不想再说了。"

我叹了口气，蹲下帮她收拾散落一地的纸张。把所有纸张捡起来重新归置好以后，我狐疑地看着她，她的脸上再次浮现出那种紧张的神经兮兮的表情。

"好了,时间差不多了,我要走了,希望下次有机会母老虎队还能聚在一起。"

"我……维艾,我还有事想和你说,我需要你的帮助。"

"卡洛琳,我为了你来到这里,还穿着篮球服打球。我也见了路易莎,陪她待了一会儿,你今晚究竟还有什么事?"

"我想要正式地雇用你这个专家。我需要你作为一个侦探来帮助我。"她语带挑衅地说。

"查什么?难道是你把南芝加哥振兴计划的钱给了教堂的四旬斋基金,现在又让我帮你去找吗?"

"该死的!维艾!你能不能不把我当作五岁的小孩,严肃地对待我一会儿?"

"如果你想雇用我,为什么不在通电话的时候讲呢?"我问她,"你一步步地好像设计好的一样,使我很难严肃认真地对待你。"

"我想在你看望我妈妈之后再告诉你。"她看着她的图表喃喃地说,"我认为在你看到她现在的身体情况这么糟糕后,会觉得我要说的那件事很重要。"

我在桌子的另一边坐下。"卡洛琳,你说吧,我保证会认真严肃地听你讲,对你就像对待其他准客户一样。但是你得完整地告诉我事情的经过,从头到尾都不能遗漏。然后我才能决定你是不是真的需要一个侦探,我是不是合适的人选。"

她做了一个深呼吸,急促地说:"我需要你帮我找到我的父亲。"

听到这个,我沉默了片刻。

"难道这不是一个侦探的工作吗?"她质疑道。

"你知道他是谁吗?"我轻声地问。

"不知道,这也是我需要你帮我查的一部分。你已经看见了妈妈的病有多重,维艾,她活不了太久了。"她竭力想要用声音表现她的坚决,但是声音有些颤抖。"她的父母对待我和我其他表兄妹的方式不一样,让我觉得自己总是低一等的。她去世以后,我还是想要拥有家人。我也知道,我老爸可能是一个混蛋——把女孩的肚子搞大,然后拍屁股走人的混蛋。但是也许他还有父母,他们有可能会喜欢我。就算他不喜欢,至少我知道是我没那个命罢了。"

"路易莎说什么了?你问过她吗?"

"她几乎要杀了我,自己也气得几乎窒息。她嚷着说我是多么忘恩负义、养大我是多么含辛茹苦。我从来就没有向她要求过什么,为什么我还要过问跟我八竿子打不着的事。所以我知道不能再跟她提起这件事。但是我还是要查清楚,我知道你肯定会帮我的。"

"卡洛琳,也许你还是不知道的好。查找失踪人口并不是我业务的主要内容,即使我知道如何去查这种事,但如果这会给路易莎带来痛苦,你最好还是不要再去查了。"

"你其实知道他是谁,是不是?"她哭喊着。

我摇了摇头。"说真的,我完全不知道,你为什么会认为我知道呢?"

她有些失望地垂下眼帘。"我肯定她之前告诉过加布里埃拉。我以为加布里埃拉可能告诉你了。"

我靠过去坐在她的身旁。"也许路易莎告诉过我母亲,但即使是这样,加布里埃拉也不会认为我有必要知道这种事。上帝做证,我真的不知道。"

她似笑非笑地对我说:"那你还会帮我找他吗?"

如果我不是从卡洛琳出生就认识她,也许更容易拒绝。因为我专攻的是金融犯罪。失踪人口的案子需要一些专门的技巧,还需要有一些我没接触过的门路以及从没结交过的人脉。而且这个人已经失踪了差不多二十五年。

过去,就算是我常常对卡洛琳发牢骚、揶揄她、不想让她黏着我,但她还是会一直崇拜我。我周末从大学回家的时候,她都会跑到火车站接我,红棕色的辫子一甩一甩的,胖墩墩的双腿吃力地蹦跶着。她甚至还会因为我打篮球而跟着去打篮球。有一次,她跟着我去密歇根湖游泳,结果差点溺水,那时她只有四岁。类似的记忆太多了。现在她蓝色的眼睛还是那样完全信任地望着我;我虽然不想理她,可偏偏不由自主。

"你知道这件事该从何查起吗?"

"你知道的。那个人肯定在东部生活过,因为妈妈从未去过其他地方。我是说,她第一次去市区,还是我三岁那年,你妈妈带我们去看圣诞节的街景。"

东部是南芝加哥东边白人聚居的地区,卡柳梅特河把它和城区隔开,那里的居民们在森严的宗教和血统制度下生活着。路易莎的父母仍然住在那的祖宅里。

"这个线索很有用,"我鼓励地对她说,"但你要估计一下一九六〇年那边的人口有多少。两万?一半是男性,其中还有一些是小孩,你还有别的线索吗?"

"没了,"她很固执地说,"所以我才需要一个侦探。"

在我还没想到接下来要说什么的时候,门铃响了。卡洛琳看了一下手表,说:"应该是康妮阿姨。她常在这么晚来,等一下,我马上回来。"

她小跑着去开门。我随手翻看一本关于固体废物处理的杂志。我竟然要去找卡洛琳的父亲,我想我是真的疯了。我正盯着一个大型焚化炉的图片,她回来了,跟着她进来的是南希·克莱格霍恩。

"你好，维艾，冒昧打扰了，但是我真是有事需要和卡洛琳一起解决。"

卡洛琳充满歉意地看着我，问我是否介意等一会，先让她把这件事情处理完。

"请便。"我礼貌地说，同时在想是否我今晚要留在南芝加哥过夜，"需要我回避一下吗？"

南希摇摇头。"这事不用保密，就是有些麻烦。"

她坐下，解开外套的扣子。她已经换下了篮球服，换上了一条棕褐色连衣裙，领口系着一条红色围巾，脸上还化了妆，但还是显得有些不修边幅。

"我提前很久就去会场了，我们的法律顾问罗恩·卡佩尔曼一直都在等我。"她向我略作解释，"而后我们发现，我们并没有被列入会议议程。因此，罗恩去和那个很胖的白痴马丁·奥加拉解释说我们在很早的时候就已经提交了材料，并且今天早上还和秘书确认了她已把我们列入议程。奥加拉装腔作势地说他什么都不知道，然后去打电话给秘书，便不知所踪了。过了一会儿他又回来说我们的提案存在很多法律问题，上面决定今晚不再处理我们的案子。"

"我们想在这儿建一个溶剂回收厂。"卡洛琳向我解释说，"我们筹到了资金，也有了场地，已经通过目前能想到的每一项国家环保署测试，而且有一些客户正等着和我们合作，比如薛西斯溶剂厂和格罗瑞特厂。"这样做不但能为本地创造上百个就业机会，还可以减少流到地下的脏水。

她转向南希。"问题是出在哪儿？罗恩怎么说？"

"我当时很生气，不知道该说什么才好。他也气死了，我甚至都担心他会拧断奥加拉的脖子——如果他能在一圈圈的肥肉下面找到他的脖子的话。他打电话给国家环保署的法律顾问丹·泽姆林,丹说我们可以去他那儿,于是我们去找他,他帮我们检查了所有的文件,说一切都好得不能再好了。

南希松开了她那头卷发,头发更加散乱。然后她便心不在焉地自己拿了一块炸鸡吃了起来。

"我来告诉你问题出在哪里。"卡洛琳很急躁,耳红面赤地说,"他们有可能把我们的提案拿给阿特·尤尔沙克看了,你认识他的,一个擅长谄媚的伪君子。我想可能是他阻挡了这件事。"

"阿特·尤尔沙克,"我随口念道,"他还是这儿的市议员?他应该已经有一百五十岁了吧。"

"没有,没有,"卡洛琳没好气地说,"他刚刚六十岁。是吧,南希?"

"我想是六十二岁。"她边吃炸鸡边回答。

"他的年龄并不重要,"卡洛琳不耐烦地说,"尤尔沙克一定想要阻止工厂的建立。"

南希吸吮着手指,看了一下周围,想找一个可以放鸡骨头的地方,最后还是把它放进了盘子,和剩下的炸鸡放在一起。"我不知道你怎么看,卡洛琳,可能有很多人都不想这里有一个回收厂。"

卡洛琳眯着眼睛看着她。"奥加拉说了什么?我的意思是,他不给我们办听证会,总要会给一个理由。"

南希皱了皱眉。"他说我们不能像这样没得到城区的支持就做出提案。我告诉他城区是百分之百支持我们的,并且准备给他看民意书的复印件,这时,他大笑着说,地区并不是百分百的支持,他已经听说一些人根本不支持这项提案。"

"为什么是尤尔沙克?"我感兴趣地问道,"为什么不是薛西斯溶剂厂、迈博厂或是其他怕生意被抢走的溶剂回收厂呢?"

"因为政治关系嘛，"卡洛琳回答我，"奥加拉是本区委员会的主席，是因为他跟所有的老民主党员都称兄道弟的。"

"但是，卡洛琳，阿特并没有理由和我们对着干，我们上次开会时，他还一副想要帮我们的样子。"

"他从来都没有表过态。"卡洛琳冷冷地说，"只要我们能找到人捐一笔足够大的政治献金，他就会站在我们这边。"

"我这样想过，"南希不太情愿地同意，"我只是不希望把人都想成这样。"

"你为什么突然间和尤尔沙克这么亲近？"

这回轮到南希脸红了。"我哪有。但是如果他是反对我们的，奥加拉就根本不可能同意听审我们的提案。除非我们向尤尔沙克贿赂一大笔钱，他才会帮我们。我该怎样才能查出是谁在反对我们，维艾，你现在不是一名侦探或类似的职业吗？"

我皱起眉头看着她，飞快地说："是侦探一类的。麻烦之处在于，在这种乱七八糟的政治勾结中，有太多种的可能了。比如迈博厂，他们在芝加哥有一个废弃物处置项目，他们可能会认为你们捞过界了。或者是艾登厂，我知道他们应该是保护环境的四分卫，最近在南芝加哥地区高调地进行了一些大动作，筹到了不少钱，说不定他们认为你们阻碍到他们的资金筹集战略。还有可能是污水处理处，他们本来也许能通过本地区的污染而捞到一些回扣，所以他们不想失去这笔收入。又可能是薛西斯溶剂厂不愿意……"

"够了！"她不让我再说下去，"当然，你说的对，反对者肯定是他们其中的一个或几个，也可以是全部，但是我最需要知道的是，如果你处在我的位置，该从何处着手去查？"

"不知道，"我还在深思，"我大概可能去跟尤尔沙克的员工打探一下消息。看看到底压力是不是从那里来的。如果是，那简直就如同中了头奖，这样就省去了追查太多嫌疑人的大麻烦。而且这种侧面打探还能避免和反对的那方出现直接摩擦和正面冲突。"

"你应该认识在阿特身边工作的一些人，是吧？"卡洛琳问南希。

"是的，认识。"她漫不经心地又吃起一块炸鸡，"只是我不想这么做……哎，好吧，为了公义，我大概也不用顾忌什么了。"

她拿起外套想要走，站着看了我们一会儿，却什么都没说就离开了。

"我以为你会想要帮她追查反对我们提案的那个人。"南希走后，卡洛琳对我说。

"小乖乖，我知道你会这么想。虽然南希的案子可能很有趣，可是我在南芝加哥的预算有限，一次只能收一个穷客户。"

"你的意思是会帮我了？会帮我找我父亲？"蓝眼睛因为兴奋而更加深邃了，"我可以付你酬劳的，维艾，真的，我不是让你白帮我干活。我已经存了一千美元了。"

我正常的收费是一天两百五十美元，其他费用另算。就算因为是亲友关系，我给她打个八折，她的预算也会在我结案前分文不剩的。话说回来，没人逼我接下来，我是一个自由的侦探，接哪个案子完全凭我个人的兴趣和想法。

"我明天给你发一份合约，你在上面签个字，"我交代她，"你不许催我，比如每半个小时就给我打一个电话问结果。查这个案子会需要很长时间的。"

"我不会那样的，维艾，"她笑开了花，"你答应了帮我，这对我来说实在是太重要了。"

第四章 故乡的亲人

那一夜，我梦见卡洛琳又变成了小孩儿。她的脸哭得红红的，还有点脏。我妈妈在我的身后，嘱咐我要照看好她。早上九点醒来的时候，这个梦已经在我的脑海中留下了深深的烙印，萦绕于心，让我疲惫不堪。我对接下的这份工作感到十分厌恶。

为了区区一千美元，寻找卡洛琳的父亲。

在路易莎强烈的反对中，寻找卡洛琳的父亲。

已经过了这么长时间，路易莎还是对他耿耿于怀，也许还是别找到他为好。再说，找到他的前提是他仍然活着，并且生活在芝加哥；而不能是一个在各个城市间浪荡着工作、生活放纵的家伙。

我总是忍不住把一条灌了铅似的腿伸出被子。屋里很冷。这个冬天非常温和，于是我关掉暖气，以免屋里变得闷热，但是气温在夜里下降得很明显。我把腿缩回毯子一会儿，但是就这么一动便打破了我慵懒的兴致。于是，我掀开被子从床上爬起来。

我从椅子上的一堆东西中抓起宽松的运动衫，快步走进厨房煮咖啡。这个温度出去跑步会太冷。我撩开窗帘俯视后院。天灰蒙蒙的，一些纸片被东风刮到栅栏边。我正要放下窗帘时，一个黑鼻子和两只小爪子贴在了窗户上，随后是一声轻快的狗吠声。它叫佩皮，是我和楼下邻居共同养的一只黄金猎犬。

我打开门，但是它在门廊里跳来跳去，不肯进来。这是在向我表示今天的天气是跑步的绝佳时机，问我是否愿意与它一道出去活动一下。

"哦，好吧。"我嘟囔着，关掉水龙头，走进起居室舒展筋骨。佩皮不懂为什么我不能一起床便有柔软灵活的身体。每隔几分钟，我身后就传来一声催促的狗吠。当我最终穿着运动衫和跑鞋出现的时候，它顺着楼梯向下跑，每跑半层便回头一次，以确定我仍然跟在后面。即便我们每周会一起出去跑三四次，可是当我打开通向巷子的门时，它还是发出狂喜的咕噜声。

我喜欢每次跑五英里左右。这个距离超过了佩皮的能力，我们跑到湖边的时候，它会停留在沙堤边，凭着嗅觉去寻找鸭子和麝鼠。当它找到时，便会在泥巴或烂鱼上面打滚。然后我向西往回跑，这时，它则会边吐着舌头边跳跃地迎接我，还一副很得意的样子。

我们缓缓地跑完最后一英里后，我把它交给楼下的邻居孔特雷拉斯。他总是无奈地摇着头，唠叨我们俩这趟出去搞得它脏乎乎的。然后他会花半个小时打理它的皮毛，让它恢复光亮的金红色。

今天早上他还是如常地等着我们回来。"你俩跑得很开心吧？宝贝，但愿你没让狗下水。这么冷的天气，毛湿了对它不好，你知道的。"

他在门口徘徊着，想一直聊下去。他是个退休的技术工人。狗、烹饪、还有我，成了他主要的娱乐内容。我以尽可能快的速度脱身，但是我冲澡的时候还是将近十一点了。我在更衣室边吃早餐边换衣服，知道自己不能坐下来喝咖啡、看报纸，否则这将会成为我不干正事、拖延时间的借口。我把脏盘子堆到流理台上，在脖子上围了一条羊毛围巾，拿起昨晚放在过道里的包和车上穿的外套，开车向南驶去。

凛冽的寒风吹向湖面，十英尺高的浪拍打着湖边的礁岩，湖水一浪接一浪地向路面喷涌而来。这就是大自然的本性，它愤怒、目空一切的样子让我感觉到自己非常渺小。

路蜿蜒向南，每一处破败都深深地震撼着我的心。曾象征着财富和潮流的南湖滨乡村俱乐部，如今却是白漆脱落、大门下陷。当我还是个孩子时，常常幻想自己长大后要到他们的私人马道骑马。这些充满幻想的记忆让我如今略感尴尬，因为爱慕虚荣显然有违我现在的良知。但是我还是希望俱乐部能够发展得好一些，而不是在公园管区麻木不仁的人们手中慢慢地衰败。

南芝加哥一副垂死的模样，它的生命冻结在了第二次世界大战时期。驶过中心商业区的时候，我看到了大多数的商店都变成了西班牙名字，其他的看起来和我小时候的都差不多。脏兮兮的水泥墙上仍然开着俗艳的商店橱窗，里面陈列着白色尼龙圣餐礼服、塑胶鞋和塑料家具。妇女们穿着旧羊毛外套，还习惯性地裹着棉布头巾。街角边随处可见有门脸的小酒馆，附近常常站着一些目光空洞、衣衫褴褛的男人。他们历来都是这样，只不过持续走高的失业率使他们的人数不断增加罢了。

我已经忘了进入东区的路线，只好折回九十五大街，从那儿的老式吊桥横穿过卡柳梅特河。如果南芝加哥自一九四五年起就保持不变，那么东区则从威尔逊总统时期便已经沉浸在甲醛里了。东区只靠五座桥与芝加哥相通。当地的居民也死心塌地地生活在一个与外界隔绝的环境中，拼命地想要重建他们祖辈时代拥有的那种东欧式的庄园。他们不喜欢河对岸的人们，而住在七十一街的人们也许应该为自己所遭受的不公正对待而开着苏联坦克碾过去作为报复。

我穿过州际公路下面巨大的水泥柱开到一〇六大街。路易莎的父母住在一〇六大街南边的尤因大道。我想她母亲应该会在家，同时希望她父亲不在家。他几年前从一家自己经营的小印刷厂退休，但是还一直活跃在哥伦布骑士会和美国海外退伍军人会上，所以他可能正在外面和那些伙伴吃午饭。

街道很窄，两边是被维护得很好的平房，打扫得格外整洁。街面上甚至没有一片纸屑。阿特·尤尔沙克对自己选区的这个部分十分注重。街道的清洁人员和维修小组定期前来。整个东南边沿线，人行道都比原先的地面高出三四英尺。南芝加哥新铺过的路面已经开裂，到处坑坑洼洼，但是东区的人行横道和房屋之间却没有一丝裂缝。在我下车的那一刻，我都觉得自己应该在拜访这里之前先像外科手术医生那样把自己清洗干净。

蒂亚克的房子在这条街道的中部。拉着窗帘的前窗在灰暗的天色中发着光，门口的台阶被擦得闪闪发光。我按下了门铃，鼓起足够的勇气准备与路易莎的父母说话。

玛莎·蒂亚克来开门。她的方脸上眉头紧锁，一副准备好了要谢绝上门推销的样子。很快她便认出了我，松开了紧锁的眉头，打开了里面的一道门。我注意到她那熨烫整齐的衣服上系着围裙，我也从未见过她在家不系围裙的样子。

"哦，维多利亚。你上次带小卡洛琳来是很久以前的事了吧？"

"是啊，好久不见了。"我不太热情地附和着。

路易莎从不让卡洛琳一个人到外公外婆家。如果她或者是加布里埃拉不能带她去，她们就会给我两个二十五美分的硬币乘公交车，并且再三叮嘱我在回家之前要对卡洛琳寸步不离。我从不明白为什么蒂亚克夫人不能自己来接走卡洛琳。也许是因为路易莎担心她母亲会扣下卡洛琳，使她不再作为未婚的单身母亲抚养孩子长大。

"既然都来了，那就来杯茶或者是咖啡吧。"

她的态度并不热情，但她一向不是个情感外露的人。我尽量愉快地答应了。她为我打开了防风门，同时小心地避免碰到玻璃门饰。我尽可能谨慎地溜进门里，也没有忘记在跟她进厨房前要将鞋脱下放在小门厅处。

如我所料，她独自在家。熨衣板放在火炉的前面，上面搭着一件衬衣。她叠好衬衣，放入衣物篮中，毫无声响地收好了熨衣板放在电冰箱后的小储物室，然后开始烧热水。

"我今天早上和路易莎通过电话。她说你昨天到她那儿去了。"

"是的，"我答应道，"看到她变成那样我很难受。"

蒂亚克夫人舀了一勺咖啡放进壶里。"很多人都因为极小的事情而受到了很多折磨。"

"也有很多人连长一颗粉刺的困扰都没有，像匈奴大帝一样过日子，是吧？"

她从一个架子上拿起两个茶杯，放在桌子中央。"我听说你现在是一个侦探。这不像是一个女孩子该干的工作吧？还有卡洛琳干的工作，在社区发展部门上班。不管她怎么说，我都不明白你们两个女孩为什么还不结婚，安定下来，经营好家庭。"

"我想我们是在等像蒂亚克先生那样的好男人出现。"我说。

她严肃地看着我。"这是你们这些女孩子的通病。你们总以为生活很浪漫，就像是电影里演的。一个每周五将薪水拿回家的牢靠男人比奢华的晚餐和鲜花有价值多了。"

"路易莎也是这样吗？"我轻轻地问。

她将嘴唇抿成一条线，转身去弄咖啡。"路易莎有别的问题。"她简略地说。

"什么样的问题?"

她仔细地从火炉上的柜子里取出一个盖着的糖碗,把它与桌子中央的一个奶油小罐放在一起。她直到倒好了咖啡才回答我。

"路易莎的问题早就过去了,而且也和你没关系。"

"难道也和卡洛琳没有关系吗?他们有没有考虑过卡洛琳的感受?"我抿着浓浓的咖啡。玛莎至今还仍然以欧洲的传统烹饪风格来煮咖啡。

"那些也与她无关。她如果学会不去挖别人的隐私,便会好过得多。"

"路易莎的过去对卡洛琳来说非常重要。路易莎已经活不了多久了,卡洛琳感到非常孤独。她想知道自己的父亲是谁。"

"这就是你来的原因?来帮她揭出那些丑事?她应该为自己没有父亲而感到羞愧,而不是到处宣扬这件事情。"

"不然她应该怎么做?"我没好气地问,"难道她应该为路易莎未婚先孕而自杀?你说得好像都是路易莎和卡洛琳的错似的。路易莎那时也才十六岁——她怀孕的时候才十五岁。难道你不认为那个男人也应该对此负责吗?"

她紧紧握住咖啡杯,紧得我都担心杯子会被捏碎。"男人——很难自控,这点我们都知道的。"她的声音有些沙哑,"一定是路易莎引诱他了。但是她从不承认。"

"我只想知道他的名字。"我尽量平静地说,"我觉得卡洛琳如果真的想知道的话,她有权利知道。"而且有权利看看他父亲的家人是否愿意给她一些温暖。

"权利!"她悲愤地说,"卡洛琳的权利。路易莎的权利!那我想过一个平静、有尊严的生活的权利呢!你和你妈妈一样坏。"

"对,"我说,"我会把这理解成是一句赞美。"

我身后的门传来有人用钥匙开门的声响。玛莎的脸色变得有些苍白,放下手中的咖啡杯。

"你千万别在他面前提这些。"她急忙说,"跟他说你只是在拜访完路易莎后路过这里的。答应我,维多利亚。"

我带着尖酸的表情说:"好,当然,我会的。"

当爱德华·蒂亚克进屋之后,玛莎快乐地说,"看看谁来了?你肯定认不出她就是以前那个小维多利亚!"

爱德华·蒂亚克身材高大。脸和身体的线条都拉得很长,就像是莫迪里阿尼画作中的人物,立体、舒展的轮廓,悬垂、修长的手指。卡洛琳和路易莎继承了玛莎那五短的身材和方形的大脸。可谁也不明白她们活跃的性格从何而来。

"嗯,维多利亚。你从芝加哥大学毕业的,窝在我们这种老社区有些委屈吧?"他边嘀咕着,边把一包杂货袋放到桌子上,"我买了苹果和猪排,今天的豆子看起来不好,我没买。"

玛莎快速地打开杂货袋子,然后将它们分门别类收好。"我和维多利亚刚喝了咖啡,爱德华,你要来一杯吗?"

"你以为我会像老太太一样在大白天喝咖啡吗?给我来杯啤酒。"

他在小桌的尾端坐下。玛莎走向紧挨着爱德华的冰箱,从里面的最底层拿出一听蓝带啤酒。她小心地将其倒入一个玻璃杯中,把空的罐子扔进垃圾桶。

"我去看路易莎了。"我告诉他,"她形容枯槁,我很难过。不过她精神还不错。"

"我们为她受了二十五年的罪。现在是她该受一点罪的时候了,是吧?"他用轻蔑而又愤怒的眼神盯着我。

"那您倒是说啊，蒂亚克先生。"我挑衅地说，"她到底是做了什么事让您如此受苦？"

玛莎清了清喉咙。"维多利亚现在是侦探，爱德华，很不错吧？"

他完全不理睬她。"你和你妈妈一样，你知道的。她过去常常把路易莎当作圣女，而实际上路易莎是一个不守妇道的女人。你跟你妈妈一样不分好歹。你问我她对我做了什么？她自己未婚先孕，用我的姓氏给孩子取名，待在这里带着孩子招摇过市，而不是按照我们的安排去修女院堕胎。"

"路易莎是自己怀孕的？"我模仿着他说的话，"你的意思她是在地下室里用火鸡油自己搞大的肚子？难道这和男人无关吗？"

玛莎紧张地深吸一口气。"维多利亚，我们不想再提这些事。"

"是的，我们不想再谈了。"爱德华很不愉快地重复了一遍，转向她，"你生的女儿，却不能好好地管教她。二十五年了，邻居们一直在我背后闲言碎语，现在我在自己的家里还要被那意大利婊子的女儿侮辱。"

我的脸很烫。"你真恶心，蒂亚克。你害怕女人。你恨自己的妻子和女儿。怪不得路易莎要跑到别人那去寻找爱呢。是谁让你如此恐惧？是这里的神父吗？"

他从桌子上弹了起来，打翻了啤酒杯，扇了我一巴掌。"滚出我家，你个杂种婊子！你这个黑心眼的毒舌妇，再也不要进我家。"

我慢慢地站起来，站在他的面前，我的脸离他很近，可以闻到他嘴里的啤酒味。"不许你侮辱我妈妈，蒂亚克。你脑子里的那些垃圾和狗屁我都可以容忍。但是再敢让我听见你侮辱我妈妈，我会扭断你的脖子。"

我恶狠狠地盯着他，直到他不安地转过头去。

"再见。蒂亚克太太。谢谢你的咖啡。"

我走到厨房的门口,她便开始跪在地板上擦地。啤酒浸湿了我的袜子。我在门口停下来,脱掉袜子,光着脚穿上我的跑鞋。蒂亚克太太跟着我,擦干我留下来的脚印。

"我拜托过你千万别和他提这件事的,维多利亚。"

"蒂亚克太太,我只不过是想知道卡洛琳父亲的名字。你告诉我,我就不会再来打扰你了。"

"千万不要再来了。他会报警的,说不定甚至会一枪杀了你。"

"哦,好吧,我下次来的时候会带上一把枪的。"我从手提包中取出一张名片。"如果你改变了主意,打电话给我。"

她什么也没说,接过卡片放进了围裙口袋里。我拉开门,离开她家;而她独自在门口皱着眉沉思。

第五章 童年的单纯快乐

回到车上坐了很长时间,我的愤怒才慢慢平息,呼吸也恢复了正常。"她让我们受了多大的罪!"我粗野地模仿着蒂亚克先生的语气。可怜的路易莎,惊恐万分却勇气可嘉的孩子,当她告诉蒂亚克夫妇自己怀孕了的时候需要何等的勇气啊!更不用说拒绝前往他们安排好了的未婚妈妈之家的计划了。我一些勇气不如她的高中同学去过那里,回来后说那简直像一个恐怖的传说:高强度的工作,斯巴达式条件艰苦的房间以及糟糕透顶的饭菜——完全是在修女的折磨之下,长达九个月的酷刑。

我记起妈妈当年站出来对抗那些自以为正派的邻居的情景,不禁生出一种强烈的自豪感。有一个晚上,他们在路易莎家门前列队游行并且扔鸡蛋,高声叫着污辱她。加布里埃拉从房子里出来,站在台阶上怒视着他们,用口音很重的英语质问:"好啊,你们不都是基督徒吗?耶稣 定为你们今晚的行径感到自豪。"

我的光脚在鞋子里冻得快要结冰了,寒冷让我回过神来。我发动汽车,打开暖气。等到脚恢复温暖,开车到一一二街,向西转到L大道。路易莎的姐姐康妮和她丈夫迈克以及五个孩子住在那里。我既然已经来到南边了,正好去他们那里一趟。

康妮比路易莎大五岁,但是路易莎怀孕时,她还没有出嫁,仍然住在家里。南区的人总是结婚时才会搬离父母家。而婚后的康妮直到和自己丈夫存钱买下房子之后才搬离父母家。当他们最终买下了一套拥有三间卧室的房子时,康妮辞去了工作,成了一个全职妈妈——这也是南区的另一项传统。

跟她母亲相比,康妮称得上是个懒散的女人。一个篮球放在不大的前院里,即使是我这么眼拙的人也看得出,门前的台阶已经有相当长一段时间没有清洗了。但是,防风门和前面窗户玻璃擦得闪闪发亮,窗户的木质窗框也干干净净,不见手指印记。

我按了门铃,康妮出来开门,看到我时她微笑了一下,但是笑容不大自然,好像她的父母提前给她打过电话,警告她我会来。

"哦,是你啊,维艾。我,我正要出门买东西呢。"

她瘦长的脸实在不适合说谎,和她的外甥女一样粉红带有雀斑的皮肤在她说谎话时会变得通红通红的。

"真不凑巧啊,"我冷冷地说,"我们十多年没见面了,本来还想聊聊孩子们和迈克呢。"

她站在那里,让门开着。"哦,你去看路易莎了吧?妈妈跟我说了,她的情况不是很好。"

"路易莎病得很重,卡洛琳说除了尽力让她舒服一点之外,都不知道还能为她做点别的什么了。我原希望有人早点告诉我这些——那样的话,我几个月之前就会回来看她的。"

"我很抱歉,我们原以为,路易莎不希望打扰到你,妈妈也不想——"她停了下来,脸比刚才更红了。

"我明白你母亲不想我来这里掺和这件事情,但是我已经来了,所以你为什么不晚五分钟出门,现在和我谈一谈呢?"

说话时我把防风门拉向自己并向她走近,我希望自己没有威胁性但是具有说服力。她疑惑地退回去,我跟着她进了房间。

"哦,你要咖啡吗?"她纠缠着手指,好像一个学生正面对着凶巴巴的老师,而不像是一个快要五十岁的女人。

"好啊。"我勇敢地回答,希望我的肾脏能够多应付一杯咖啡。

"家里乱七八糟的。"康妮抱歉地说,从门口捡起一双运动鞋。

我从来没有跟朋友说过这类话——事实上,一进我家门,就能看见我的衣服没有挂好,报纸也没有清理,而且两个星期没用过吸尘器。除了刚才的运动鞋,康妮家中其实看不出乱在哪里;我们穿过起居室进入房子后面时,我注意到地面擦洗过,椅子摆放得也很整齐,也没看见杂乱摆放的书籍和报纸。

我在绿色福米卡贴面的桌子边坐下,她打开电子咖啡壶。这一切让我产生了一丝兴奋,她和她妈妈很不一样——她能从烧水改用电子咖啡壶,谁知道是不是还有更大的改变呢?

"你和路易莎并不相像,对吗?"我突兀地问道。

她的脸又红了。"她一直都是个漂亮女孩。人们总是不会要求漂亮的女孩去做什么事。"

这些话里带着的刺让人难以忍受。"怎么,难道你母亲不要求她帮着料理家务之类的吗?"

"她年纪小,你知道的——她不必像我干那么多。但是你知道妈妈是个怎样的人,每件东西无论是否用过,她都要每天清洗一遍。如果我们惹火了妈妈,就要去刷洗污水池子和厕所。我发誓决不这样对待自己的女儿。"记起昔日的不满,她抿紧了嘴唇。

"听起来很惨,"我做出吃惊的样子,"路易莎常常把包袱甩给你吗?"

她摇了摇头。"其实按照大家对待她的方式,错也不在她。我现在明白了。你知道的,路易莎喜欢顶嘴,而爸爸觉得这样很可爱,至少在她小的时候是这样。等到她长大了,连她也不能再顶嘴了。"

"舅舅来的时候,喜欢让路易莎给他们唱歌跳舞,她是那么娇小、漂亮,就像个洋娃娃。然而等她长大了之后,一切就来不及了,我是说,来不及管教她了。"

"不过后来他们倒是管得很不错,"我评论道,"把她赶出家门,这一定把你吓了一跳吧。"

"哦,是啊。"她用毛巾不停地擦手,刚才煮咖啡时有一滴水滴了下来,她就是用那块毛巾来擦的。"起初他们甚至没有告诉我是怎么回事。"

"你是说你不知道她怀孕了?"我不大相信。

她的脸红得似乎皮肤要渗出血来。"我知道你不信。"她的声音很低,如同耳语。"你过着和我们不一样的生活,你结婚之前有过男朋友。我知道这些是因为妈妈——她讲过一些你的事情。"

"可是迈克和我结婚的时候,我甚至不知道,我不知道,上学时修女从来没有提过那些。至于妈妈,当然,她——说不出口。如果路易莎例假,她的月经,没来,她也不会跟我说的。她可能不知道那意味着什么。"

她的眼泪不由自主地慢慢滴落下来,肩膀也在抽动,她试图停止呜咽。她使劲绞着手里的毛巾,手臂上青筋凸显。我站起来,把手搭在她的肩膀上。她既不动,也不说话,几分钟后,她的痉挛过去了,呼吸也恢复了平静。

"所以路易莎怀孕是因为她不知道自己做了什么,或者她不知道自己会带来一个婴儿?"

她默默点头,眼睛看着地板。

"你知道孩子的父亲可能是谁吗？"我轻轻地问，手仍然在她的肩膀上。

她摇着头说："爸爸一向不许我们去约会的。他说他花那么多钱送我们去读天主教会学校可不是为了看我们追着男孩子跑。当然，很多男生喜欢路易莎，但是她，她好像没有跟谁出去约会过。"

"你能记起他们中谁的名字吗？"

她再次摇头。"时间太久了，我记得杂货店的男孩子会在她去杂货店的时候给她买汽水喝。我想他叫雷夫。雷夫·索什么的，可能是索沃，或者索林之类的。"

她转向咖啡壶。"维艾，糟糕的是——我嫉妒她，起初我还很高兴她遇到麻烦呢。"

"上帝啊，康妮，确实是这样。如果我也有个妹妹，每次别人都说她比我漂亮，大家宠着她，以她为中心，我肯定会用斧子劈了她的脑袋，哪还会等到她怀孕被赶出家门。"

她惊异地抬头看着我。"可是，维艾，你一向都是那么酷的啊。从来没有什么能够困扰你。就连你母亲去世的时候也是一样。妈妈说上帝给你的不是一颗心脏而是一块石头。你一直很酷的。"她吃惊地把手放在自己嘴上提出抗议。

"你母亲那样的人对加布里埃拉是不会有什么好评的，如果我当众哭出来，那岂不是很没有面子。"我心如刀割地说道，"你最好相信，我私下里哭得天昏地暗。此外，康妮，重点是我的父母爱我，他们认为只要我愿意，做什么都可以成功的。所以即使我一周发一百次脾气，我也不会花费时间去听我父母说我的妹妹棒极了，而我自己却像垃圾一样没用。放松，康妮，别太苛求了。"

她疑惑地看着我。"你说的是真心话吗？你听到我说的了吗？"

我双手扶住她的肩膀,把她的脸转过来朝向我。"是真心话,康妮。现在喝点咖啡如何?"

我们谈论了迈克和他在废品厂的工作,小迈克和他的足球,三个女儿以及八岁的小儿子是如何聪明。她认为他们应该努力送孩子们去读大学,不过迈克不大放心,认为读了大学会让人看不起父母或是左邻右舍。最后这句评论让我暗自发笑。我依稀听见蒂亚克警告过康妮:"你可不想让孩子们像维多利亚一样吧?"我耐心地听她讲了四十五分钟,然后拉开椅子站起来。

"再次见到你真的很开心,维艾。我很高兴你能来。"她在门口对我说。

"太客气啦。谢谢你,康妮。代我向迈克问好。"

我慢慢走回自己的车。左边的鞋磨得脚有些疼痛。我仔细感受着疼痛,就像我们觉得自己是垃圾时一样。你伤害了别人,上帝就给你一些痛苦,让你赎罪。

我是从哪里得知生命的真相的?一部分来自储物间,一部分来自加布里埃拉,还有一些来自篮球教练。她是个随和、敏感的人,只有在赛场上例外。康妮怎么会读完了初中还没有朋友告诉她这些?我在心里描画着她十四岁的样子,高挑、腼腆、怯懦。也许她就没有什么朋友。

刚刚两点。我却感觉自己好像是在码头做了一整天的搬运工,而不是和朋友们喝了几个小时的咖啡。我觉得好像已经赚到了一千美元,而现在我甚至不知道自己要从哪里着手。我发动汽车,向主城区行驶。

我的袜子仍然是湿的,车里充斥着啤酒和汗水的气味;可是打开车窗,我的光溜溜的脚趾又冷得要命。这些不适激起了我的火气,我想在休息站停车，打电话给卡洛琳告诉她委托取消。无论她的妈妈二十五年前做过什么，过去的就过去了，没有必要非挖出来不可。不幸的是，在我应该向北回到湖滨路重享自由的时候，却发现自己开到了休斯敦大街。

休斯敦大街白天比晚上看上去还要糟糕。汽车乱停，各种角度都有。其中一辆废弃在街上，车篷和挡风玻璃都有引擎着火烧黑的痕迹。我把雪佛兰停在一个消防栓前边。就算这里的交警像清洁工一样勤快，我也可以停到劳动节而不会收到罚款单。

我绕到房子后边，路易莎一向习惯于在后走廊门框上边藏一把备用钥匙。钥匙仍然在。我开门进屋时，隔壁家的窗帘动了一下。恐怕几分钟之内，整条街上的人都知道有一个陌生女人闯进了蒂亚克的家。

我听到屋子里有说话的声音，就弄出声音让人知道我来了。等我走到路易莎的卧室，才知道原来是她把电视声音开到了最大，我认为的访客原来是《综合医院》电视剧。我尽可能使劲地敲门。电视声音变小了，她沙哑的嗓音传出来："康妮，是你吗？"

我打开门。"路易莎，是我，你还好吗？"

她清瘦的脸泛起光彩，露出笑容。"瞧瞧，女孩来了，进来，不要客气。你好吗？"

我把靠背椅推到床边。"我刚刚去看过康妮和你父母。"

"你知道吗？"她警惕地看着我，"我妈妈一向都不喜欢你，你想干什么呢，小华沙斯基？"

"传播快乐和真相。路易莎，为什么你妈妈恨加布里埃拉？"

她在羊毛上衣里耸了耸自己的瘦弱肩膀。"加布里埃拉从来都不会伪装自己。她从来不掩饰自己看不惯爸妈把我赶出家门的事。"

"他们为什么把你赶出家门?就仅仅因为你怀孕了?还是对那个搞大你肚子的男人——孩子的爸爸有特别的意见?"

接下来的几分钟里,她什么也没有说,只是盯着电视。然后她转向我。

"你四处打探我的事,我可以一脚把你踢到门外去。"她语调冷静,"不过我知道这是怎么回事。我知道卡洛琳,她总是能够把你操控于股掌之间。她叫你上这儿来的吧——想知道她父亲是谁。那个被宠坏了的死脑筋丫头。我不告诉她,所以她就把你找来了,对吧?"

我尴尬无比,脸颊发烫,但是柔声说道:"难道你不认为她有权利知道吗?"

她的嘴唇抿得成了一跳直线。"二十六年前,一个混蛋试图毁掉我的人生。我不想卡洛琳跟他有任何瓜葛。如果你还是你妈妈的女儿,维多利亚,你将会想方设法阻止卡洛琳继续打探这件事,而不是帮着她。"

泪水涌上她的眼睛。"我爱这个孩子。你也许认为我想打她,或是把她踢出去、让她流落街头而不保护她。我只是尽我所能,让她能够有机会拥有和我不一样的生活,我不会看着这一切努力化成泡影的。"

"你做得很好,路易莎。可是她已经长大了,不再需要保护了。难道你就不能让她自己决定这件事情吗?"

"该死,不行。维多利亚!如果你再插手这件事,就给我滚出去,永远不要再来!"

她青灰的脸色变红,开始咳嗽。我今天得罪蒂亚克家族女士的中奖率是百分之百,从老到小都被我惹得大发雷霆。我只要再跟卡洛琳说我不接这活儿了,就能把她们家四个女人全部得罪光。

我等到她平静下来，聊起能够让她高兴的话题，那是卡洛琳出生以后，她的年轻岁月。跟康妮谈过之后，我知道了为什么那是路易莎珍视的美好时光，因为那段时光自由而充满欢乐。

我在四点钟时离开了。经过漫漫长路开车回家，一路上卡洛琳和路易莎的声音始终在我的脑海中回荡。我能理解路易莎保守秘密的强烈愿望。她将不久于人世，这使得她的愿望更加强烈。

同时，我也深切同情卡洛琳对自己孤孤单单留在世上的恐惧。见识过蒂亚克家族的封闭状态之后，我也明白了她想找到亲人的强烈愿望。哪怕她的父亲是个真正的混蛋，他的家人也不可能比她外婆的家族更加疯狂。

最后，我决定去找昨天晚上和今天下午提到过的两个男人——史蒂夫·费拉罗和乔伊·潘科夫斯基。他们都在薛西斯溶剂厂上过班，路易莎在那里工作也有可能是通过情人帮忙的呢。我也要追查康妮提到过的杂货店男孩——叫罗恩·索林或是别的什么的人。东区数十年都没有多大变化，邻居也没有什么变动，有可能杂货店的老板还是同一个人，他们没准还记得罗恩和路易莎呢。如果蒂亚克曾经以父亲的身份找上门过，肯定会给人留下不可磨灭的印象。

虽然这是一个妥协的决定，不过打定主意之后，我的心情还是轻松了不少。我打电话给一个老朋友，去林肯大道度过了一个愉快的夜晚。尽管左脚长了水疱，并没有影响到我跳舞跳到午夜的兴致。

第六章 卡柳梅特工厂

我很早就起床了,至少对我而言是比较早的。九点时,我已经做完了运动。我没有去跑步,穿上特意为企业界定制的海军蓝色套装,看上去光彩照人,精明干练。我硬起心肠,无视佩皮哀求的叫声,连续第三天造访南区。今天我没有沿着湖滨开车,而是向西上了高速公路,直接向卡柳梅特工业区的核心地带驶去。

一个世纪前,陆军工兵团和乔治·普曼决定把卡柳梅特湖和密歇根湖之间的沼泽地建设成工业区。当然,不仅是普曼,还有安德鲁·卡内基、乔治·盖瑞和很多其他财大气粗的投资人。经过六七十年,这块十平方千米的土地上填满了泥土、卡柳梅特湖的淤泥、苯酚、油、硫酸亚铁等等无数没人听说过也不想听的东西。

我从一〇三大道出口离开了高速公路,有种似曾相识的感觉涌上心头,就像是我从一场核爆炸后重返地球。可能有生命形式存在于卡柳梅特湖的淤泥中,但是那得在显微镜下或是史蒂芬·斯皮尔伯格的电影里才看得到。放眼望去,没有树,没有草,也没有鸟;只有几只瘦得皮包骨头、眼中尽是疯狂和饥饿的流浪狗在四处游荡。

薛西斯溶剂厂位于这片地区中心,坐落在一一〇大街东边的托伦斯大街。建筑陈旧,至少有五十年了。路边写有"薛西斯,溶剂大王"的紫色招牌早已经褪成粉红色,带有皇冠标志的双"X"也已经黯淡无光。

水泥建造的厂房呈 U 形，房子两侧伸向卡柳梅特河，以便制造好的溶剂产品可以很容易地流进货船，废水就直接排放进河里。当然，现在的废水已经不再排入河里，自从清洁水源法案出台之后，薛西斯溶剂厂就修建了几个巨大的氧化塘存放废水，用泥土墙隔开了河水和有毒的废水。

我把车停在碎石场，小心地在油污不堪的轮胎痕迹之间寻找落脚的地方，我来到一扇门前，立刻闻到了类似暗房的刺鼻气味。从前，每当路易莎错过公交车，爸爸就载着我送她来上班，空气中就是飘着这种味道。

我从来没有进去过。进去一看，里面空荡荡的，没有我之前想象的充满轰轰作响的锅炉。偌大的厂房里光线黯淡，地面铺着水泥，空心煤渣高高地堆砌起来，几乎接近屋顶，我好像是站在一个矿山坑底里。

沿着厂房延伸到河边的一侧走，墙上有一排浴室用的磨砂玻璃质地的门。门后有灯光，有声音，但是看不清里面。我敲了一扇中间的门，但是没人答应，于是我自己打开门。

我好像是走进了一个时空隧道，狭窄的办公室里的摆设恐怕从建厂的三十五年来就没有改变过。橄榄绿色的文件柜和古铜色的桌子放在对面的墙边，消音大花板上垂下来日光灯。我这时才注意到，刚才外面的那一排门和这间办公室是相通的，只是其中两扇门被文件柜挡住了。

四个身着紫色制服的中年女子坐在桌子前面，不厌其烦地处理着大堆的文件，录入资料，她们的胖手指熟练地敲着老式的电脑键盘。其中两个还在吸烟，烟草和化学药品的味道混合在一起倒是显得异常和谐。

"打扰一下,"我开口说,"我想找人事部。"

离门口最近的女人用呆滞的死鱼眼瞟了我一眼:"他们现在不招人。"她继续整理文书。

"我不是来应聘的。"我耐心解释道,"只是有事想和人事经理谈一谈。"

四个女人一齐抬头打量我,似乎想从我的穿着打扮和年纪来猜测我是来自安全卫生部门还是环保部门,是代表州政府还是联邦政府。刚刚开口的女人朝对面一扇门点了一下头,她的褐色头发已经发白了。

"在工厂的另外一边。"她的回答简明扼要。

"我要穿过工厂还是从厂房绕过去?"

一个正在抽烟的女人不情愿地扔下香烟,粗声说:"我带她过去。"

其他人盯着桌子上的老式电子时钟。"你要开始休息了吗?"坐在后面桌子的胖女人问。

"随便。"我的向导耸耸肩。

其他人都很懊恼自己怎么就没想到这样可以多得几分钟的休息时间呢。另一个站起来想顺便沾沾光,"一个人足够了。"那个女人只好再次坐了回去。

向导带着我走过对墙的门,门后就是我以为一进工厂就会看到的地狱般的情景。我们进了一间黯淡的房间,房间一直延伸到厂房尽头,天花板上架着不锈钢管,脚下也有零散放置着的钢管,让我仿佛置身于一个钢管迷宫。头顶上的钢管不时冒出一些水蒸气,使房间内烟雾缭绕。墙上每隔三十步就有"禁止吸烟"的标识。钢管每隔一段距离就连接到巨大的锅炉里，宛如巨人女巫专用的大缸，那些穿着白色制服的工人说不定是女巫的同伙。

虽然这里的气味比外边好闻些，几个工人却戴着防毒面具。我暗自想为什么大多数工人没有戴？而我们穿过工厂走这条捷径是明智的选择吗？我试图在钢管迷宫的嘈杂噪音中问她，但是她显然把我当成了职业安全卫生保护部门的调查员之类的，所以没有回答我。头顶的一个气阀忽然喷出气体来，声音很大，我吓了一跳，她冷冷地笑了一下，却没有说话。

她在这里轻车熟路地穿梭，到达一扇门前，就是我们进来那扇门的斜对面，空心煤渣墙走廊也就是U形厂房的底部。她领着我向左转到面向河面的厂房那边。走到中间位置时，有扇门标着"员工专用餐厅"，她停了下来。

"乔伊纳先生在那边，你右手边第三间。上边写着管理部门。"

"谢谢你。"我说，但是她已经走进了餐厅，不见人了。

"管理部门"也是磨砂玻璃门，不过办公室比刚才那四个职员用的高级一些，地面上铺了地毯，而不是地毡。天花板上有护板，墙上刷了涂料，让人误以为自己身处煤渣管道内的私密空间。

桌子后边的女人穿着街头常见的衣着，桌子上放着先进的总机系统和不太先进的电子打字机。她和刚刚的向导一样是中年人，不过厚厚的粉底之下的肌肤还算紧致，虽然不是很有型，但是她显然精心打扮过自己——粉红的连衣裙整整齐齐，脖子上戴了一大串珍珠项链，耳垂上也戴了珍珠耳环。

"亲爱的，你有什么事？"她问。

"我想见见乔伊纳先生。我没有预约，但是最多占用他五分钟。"我给了她一张名片。

她忍不住笑了一声。"亲爱的，别指望我能把你的名字读正确。"

这里可不像大城市里的公司，行政人员会来个克格勃式的大盘问之后才很不情愿地去问某某人能否接见你。她拿起电话，告诉乔伊纳先生，有个女孩来找他，接着浅笑一下，说了声"不知道"就把电话挂了。

"他在那边。"她指了指背后，"中间的门。"

她身后那面墙有三间小办公室，每一间大约有八平方英尺。第一间门开着，我好奇地往里边看了一眼。里边没有人，只有一堆文件和满墙的表格，看样子是过去用的。紧挨着的那间门正好开着，一个小牌子写着"盖瑞·乔伊纳，会计、安全和人事部门"。我轻轻敲了门，然后进去。

乔伊纳很年轻，可能三十岁左右，皮肤红润，头发也是褐红色，让人看不出皮肤和头发的界线，他正看着一堆账务表发愁，我的到来使他抬起了头。他长有雀斑的脸上露出笑意，用忧虑而又纯真的眼神看着我。

"谢谢你百忙之中抽空见我。"我和他握手，并说明了自己的身份。"我来拜访纯粹为了私人事务，与公司无关，我想找出你们公司六十年代雇用的两个雇员。"

我从包里拿出写着乔伊·潘科夫斯基和史蒂夫·费拉罗名字的纸片给他。我编了一个为什么要找人的理由，打算说他们是一场事故的目击证人。不过他不问的话，我也不会主动说。我不像纳粹德国的宣传部长戈贝尔那样喜欢扯弥天大谎，我喜欢乏味的谎言，乏味到没有人想去询问最好。

乔伊纳看过纸条。"他们已经不在这里工作了。我们只有一百二十二个雇员，我知道他们的名字。话说回来，我刚来这里工作两年，如果是六十年代的雇员，我恐怕无能为力。"

他转向一个文件柜，开始翻档案。我突然发觉这里居然不用电脑，这间办公室没有，工厂别处也没有，绝大多数的人事或者会计都用电脑搜索雇员资料。

"没有，当然了，你也看得出来，这里显然连现有的东西都装不下。"他一挥手，不小心把账目表弄到了地上，他脸红了，弯腰去捡。"如果是离职，退休等等，跟公司就再无瓜葛了，你知道的，如果是没有领取赔偿金之类的事情，文件会直接送到史蒂科尼。要我帮你查查吗？"

"好的。"我起身，"我什么时候可以给你打电话询问结果？周一会太早吗？"

他向我保证星期一不成问题——他住在西边，今晚就可以顺便停车去看看。他把这件事记在了备忘录里，把我的纸条夹进去。我走到门口的时候，他又开始处理报表了。

第七章 后屋男孩

我已经受够了这个城市——污染、拘束、痛苦的生活。到家之后，我换上牛仔裤，收拾好过夜的衣服，带着我的狗去密歇根过周末。虽然湖水太冷，无法游泳，我们还是在沙滩上度过了愉快的两天，跑步、追棍子游戏、阅读，完全随心所欲。周日晚上返回芝加哥时，我已经完全放松下来，肚子里的窝囊气一扫而空。把狗交给羡慕不已的孔特雷拉斯先生，我上楼睡觉。

我和薛西斯溶剂厂的人事主管说过早上给他打电话，不过，我决定还是亲自跑一趟。如果他有乔伊·潘科夫斯基和费拉罗的地址，能够直接去找到他们，说不定一上午就可以把事情搞定。如果他忘记了这件事，登门拜访显然比打电话更加有效。

一夜的雨水使得薛西斯溶剂厂的碎石地面泥泞不堪；我把车停在靠近大门的入口，挑地方小心落脚。厂房长长的走廊寒意袭人，走到行政部门的磨砂玻璃门时，我已经微微发抖了。

乔伊纳先生不在办公室，但是秘书热心指点我到一处他负责监工的装卸区找他。我沿着长长的厂房朝河水那边走，在那扇沉重的铁门后面，是一个肮脏而嘈杂的世界。

装卸区的封闭式大门已经开到最大，另一边是卡柳梅特河，河水泛着恶心的绿幽幽的光芒，在大雨中波浪翻腾。水泥驳船稳稳地停在河中，码头工人忙着从船上卸下大桶，顺着水泥地面滚动，噪音很大。

另一扇门也开着，门外是货车装卸区。银色的油槽车列队停在那里，溶剂成品从上方的管道流进油槽，就像是连接着高科技挤奶机的奶牛。柴油发动机轰轰作响，一派忙碌的景象，根本听不见进进出出的工人们在喊着些什么。

我看见一群人围着一个拿着文件夹的人在开会。光线黯淡，所以看不清他的脸，但是我猜测他就是乔伊纳了。我刚要走上前去。忽然间，从一个大桶后边冒出一个人，抓住我的手臂。

"这里必须戴安全帽！"他大声冲我吼，"你在这里干什么？"

他让我到门口等待。我看见他走到那群人中，拍拍其中一个人的手臂，朝我的方向示意了一下。乔伊纳把文件夹放在一边，一路小跑过来。

"哦，"他说，"是你啊。"

"是，我正好在附近，就不想打电话，直接过来了。看样子我来的不是时候啊，我去办公室等你吗？"

"不，不用了。我没有查到那两个家伙的任何资料。我想他们没有在这里上过班吧。"

虽然光线很暗，但是我依然能够看到他的雀斑脸变红了。

"我打赌那个仓库乱七八糟，"我深表同情，"一个管理工厂的人怎么有时间去查资料。"

"完全正确，就是这个样子。"他赶紧说。

"我是专业调查人员，如果得到你的授权，我可以自己去查，你知道的，说不定他们真的放错地方了。"

他目光游移不定，紧张地说："不必了，东西还没有乱到那个地步。他们从来没有在这里工作过。我该走了。"

不等我说话,他就溜之大吉了。我本想跟着走,但是就算过得了刚才工头那一关,我也想不出怎么让乔伊纳说实话。我不了解他,不熟悉这里,也不知道他为何要说谎。

我慢慢地穿过厂房回到自己车里。心不在焉使我踩到了一摊油污,溅得右鞋一片狼藉。我忍不住大声诅咒着,这可是花了一百美元买的鞋啊。我坐回车上擦鞋,油污又沾到了裙子。似乎全世界都在和我作对。我一下把鞋子摔到后座,换上运动鞋。虽然说卡洛琳没有让我来工厂,我仍然觉得发生这些倒霉事都是因为她。

我开上托伦斯大道,沿途的冶炼工厂在雨中显得衰败不堪。我暗自想,是不是路易莎也和乔伊纳通过了电话,让他防备我的来访。但是我觉得事情应当没有到这一步,毕竟她警告过我不要多事——在她看来,我总是很听她话的。也许虚伪的蒂亚克曾在薛西斯溶剂厂大闹过,不过我想他们还没有聪明到这种程度,能够料到我会调查这里。他们只知道路易莎伤透了他们的心。

如果乔伊纳拒绝透露资料是因为他们和薛西斯溶剂厂打过官司,那我周五见他时就应该知道,可是当时他显然没有听过他们的名字。

我没有想出答案,但是关于打官司的念头倒是让我想到了另一个找人的办法。潘科夫斯基和费拉罗的电话没有记录在册,不过三十年来各个区的选民名单说不定还在。我右转弯,开上九十五大街,驶向东区。

选区办公室依旧在 M 街那幢整齐的小楼里,人们去那里的原因各种各样,从解决停车罚款单到要求增长工资等无奇不有。当地警察也常常会去那里处理五花八门的事件,尽管我父亲的巡逻路线是北米尔瓦克路,但是我还是跟着他去了不只一次。如今建筑物的北墙还是老样子，整个外露的部分标示着阿特·尤尔沙克议员和福瑞迪·帕莫选区委员。前部的隔壁是家保险公司，是阿特发迹的地方。

我把右鞋上的污物擦去，又换回皮鞋，再把裙子整理干净，然后走进大门。一楼的办公人员我都不认识，不过看年纪还有他们与这里的匹配程度，我就知道他们都是资历很久的人了。

总共有三人。一个头发花白，正在抽雪茄，是印有民主党标志包装的那种；另外两个正在闲谈，一个已经谢顶，一个梳着已故欧尼尔议员式发型。虽然发型不同，他们的外表倒是出奇的相似——胡子刮得很干净，脸部皮肤松弛下垂泛出红光，肥嘟嘟的肚皮看起来起码超重四十磅。

我进来时他们瞟了我一眼，没有打招呼。我只不过是个陌生的女子罢了，如果我是市长的下属，正好可以给我个下马威。如果我是别的什么身份，那从我身上也得不到什么好处。

他们正在谈论哪一种客货两用车比较好，雪佛兰还是福特。这里没有人购买进口车，以免引起钢铁行业百分之七十五的失业工人的公愤。

"嗨。"我说。

他们不情愿地抬起头，看报纸的那位没有搭理我，而是翻到了另外一个版面。

我自己拉过一把椅子。"我是律师。我要找两个可能在二十年前居住在这里的人。"我拿出名片。

"亲爱的，那你该去找警察呀？这里不是失踪人口查询处。"光头那个说。

我拍了一下自己的脑门。"真该死。一点没错。以前我住这里时，阿特很愿意为地方服务，看来情况真的变了。"

"是啊，都和以前不一样了。"看样子光头是他们的发言人。

"除了选举的费用没有变过之外。"我嘟囔着，"据我所知，还是那么贵。"

他俩对视了一下——莫非我要表现一下自己的高尚，给他们一些小费？或是我是联邦政府派来的密探，来调查尤尔沙克鱼肉百姓的证据？白头发的那个人轻微地点了点头。

光头佬终于开口了："你找他们干什么？"

我耸耸肩。"还能干什么，他们牵扯上八十年代的车祸，现在结案了，赔钱不多，一个人能分到两千五百美元吧，不值得满世界地找人；如果他们都退休了，反正也有退休金，不在乎这点的。"

我说着就站起来，但是我知道他们正在脑子里飞快地盘算着，看报纸那位把乔丹的报道放在腿上，和他们一起在脑中打起了算盘。如果他们帮我和那两个人见面，能得到多少好处？假设是六百美元，那么一人能分到两百。

另外两个点点头，光头佬再次开口："你刚说他们叫什么来着？"

"我没有说呢，你说我应该去找警察。"我故意慢慢向门口踱去。

"嘿，等等。小姑娘，你连个玩笑都开不起吗？"

我回头，一副犹豫未决的样子看着他们。"如果你肯定，他们叫乔伊·潘科夫斯基和史蒂夫·费拉罗。"

白头发那位站起来，到一个文件柜前，问我姓名拼法，一个字母一个字母慢慢问，同时念出选民注册表上的名字，最后面露喜色。

"找到啦。潘科夫斯基上次注册是一九八五年，费拉罗是一九八三年。你为什么不把他们的支票留下？我们可以让阿特的保险公司支付，确保他们领到钱。我们该叫他们重新注册，也省得你再来一次。"

"嗯，多谢。"我真诚地说，"可是我需要他们签弃权书呢。"我想了一分钟，笑了。"这样吧，给我他们的地址，我下午就去，看他们是不是还住在这里。等下个月赔偿金支票到了，我邮寄过来。"

他们考虑了很久，认为我的提议没有问题，就答应了。白头发那位抄下潘科夫斯基和费拉罗的地址，字体大而圆。我道谢之后就向门口走去。

开门时，一个年轻人脚步迟疑地走了进来，他一头褐色卷发，苍白的脸非常英俊，穿着一件深蓝的羊毛西服。我从未见过这么帅的男子，简直是米开朗琪罗雕刻的大卫。当他露出不够自信的微笑时，竟然有一点眼熟。

"嘿，阿特，"光头佬说，"你父亲去城里了。"

原来是小阿特。他老爸从来没有这么帅过，他只是笑容跟他老爸的选举海报很像。

他脸红了。"没关系。我来看一下选区档案。你不介意吧？"

光头佬有些不耐烦。"你是公司的合伙人，想怎样都行。我正好想去吃点东西，弗雷德，你也要来吗？"

他们全都起身，听这样一说，我也觉得自己饿了，即使是像我这样收费低廉的小侦探，也是需要花时间填肚子的。于是我们四人把小阿特留在办公室里。

法瑞蒂斯西餐厅依然在我记忆中的地方，在九十七街和尤因大道的交界处。加布里埃拉不喜欢，因为那里卖意大利菜，而不是她熟悉的派德蒙特料理。其实那里很不错，以往是有重要活动才会去的地方。

今天中午客人不多，小时候，餐厅喷泉周围的装饰灯光让我惊叹不已；如今已经完全坏了。我认出柜台后边的老法蒂西太太，但是看到这家店萧条到如此地步,我不好意思表明身份了。

我吃了莴苣番茄做成的沙拉以及菜肉馅煎蛋饼,味道都很好。

在小小的女洗手间里,我把裙子上最明显的污迹处理掉了,我看起来并不光彩照人,或许和这里的气氛反而很协调。付了四美元的账单,我离开了,原来四美元还可以在芝加哥买到面包和奶油。

午饭的时候,我一直思考该用什么名义见乔伊·潘科夫斯基和史蒂夫·费拉罗。如果他们已婚,妻子恰好在家,又有儿有女,他们肯定不愿再提路易莎的事;不过,也不一定,也许她的名字能让他们记起曾经的欢乐时光。我只能随机应变了。

史蒂夫·费拉罗的家离餐厅较近,所以我先去找他。那是一幢位于东区的房子,只是比绝大多数邻居的房子寒酸些。用我的苛刻眼光看来,已经很久没有清扫过了,防风门的玻璃也脏了。

我按了门铃,半天没动静,于是又按一次,正要离开时,听到了门锁的转动声。一个老妇人站在那里,个子很矮,头发稀疏,一脸凶恶相。

"找谁啊?"语音僵硬而带有浓重口音。

"我找费拉罗先生。"我用意大利语说。

她神色稍微缓和一点,也用意大利语回答我。找他什么事?

"过去的一个官司总算了结了,关于领取赔偿金的问题。"

"赔偿金只能本人领,还是继承人也可以代领?"

"只能本人领。"我坚定地回答,但是心中感觉不妙。

她接下来的话证实了我的怀疑。费拉罗是她唯一的儿子,一九八四年就去世了,而且从来没有结婚。他曾经和工厂的一个女孩好过,那个女孩已经有了个孩子,谢天谢地,她很庆幸他们没能修成正果。

我留下一张名片,说记起什么就联系我。然后把渺茫的希望寄托到绿色港湾大道。

又一个女人来开门,这次这个看上去年轻点儿,大约和我年纪相仿。不过她太胖了,而且看上去一副筋疲力尽的模样。她像对待保险推销员和证人那样对我翻白眼,准备把我拒之门外。

"我是律师。"我说,"我找乔伊·潘科夫斯基。"

"是律师啊。"她轻蔑地说,"你最好去天使之后公墓打听吧——他最近两年都住在那里。至少,那是他的借口,我知道那个混蛋,他也许是装死,和他最近认识的小婊子一起跑了。"

我在她的怒火之下连连眨眼。"很抱歉,乔伊·潘科夫斯基夫人。我来找他,因为一桩过去的官司结案了,有两千五百块的赔偿金,实在不好意思麻烦你。"

她眼睛一翻,蓝眼睛几乎都翻得看不见了。"慢着,女士。你应该把钱给我。那个混蛋让我吃尽苦头,上帝为证,他死时连个保险都没有。"

"我不知道。"我故意说,"他最大的孩子——"

"小乔伊。"她马上接着说,"生于一九六三年八月,现在服役。我可以帮他保管,直到他明年一月回来。"

"我听说他还有另一个孩子。一个一九六二年生的女儿。你知道吗?"

"那个浑蛋!"她尖叫,"骗子,他活着时骗我,死了也是这样!"

"你知道他的事情吗?"我问,想到自己的案子说不定就这么容易搞定,不禁吓了一跳。

她摇头。"我了解他,在我怀上小乔伊之前,他说不定就有一打孩子了。如果这个女孩认为自己是老大,你也许要在《小卡柳梅特报》

上登个寻人广告了。"

我从皮包里拿出二十美元，若无其事地举着。"就当是预支的赔偿金吧。你知不知道谁可以告诉我，他是不是在小乔伊之前还有别的孩子，或者是他的神父了解情况？"

"神父？"她笑了，"我还多付了一笔钱，才把他的骨头埋到天使之后公墓里。"

她虽然语气生硬，但还是专心地想着，直勾勾地盯着我的钞票，最后说，"我知道谁可能知道，是工厂的医生。他每年春天见他们一次，抽血化验，记录病史，乔伊曾说过，医生知道的比上帝都多。"

她说不出医生的名字；即使乔伊曾经提起过，时间也太久了，记不住了。但是她郑重地收下钱，说欢迎我什么时候有空回来拜访。

"我并不指望拿到赔偿金。"她以出乎意料的轻快语气说，"以我对他的了解，赔偿金估计没指望了。要不是我父母逼他，他也不会娶我的。说句实在话，我如果当初没嫁给他该多好。"

第八章 优秀的医生

我停车时,路易莎和卡洛琳正好从透析中心回来。我帮卡洛琳把路易莎抱上轮椅,把她推到台阶下。上那五级台阶花了十分钟,每一级都是辛苦的劳动。路易莎靠在我的肩膀上,撑起身体登上一级,然后等她休息够了,我们再上一级。

我们把她安顿上床时,她已经气喘吁吁了。看到她泛青的脸色,听着她难受的呼吸声,我不禁有些惊慌失措。但是卡洛琳平静而且手脚利落地给她吸氧、按摩她枯瘦的肩膀,直到路易莎自己呼吸顺畅为止。不管我是不是生卡洛琳的气,我都很佩服她照顾母亲时的无微不至和耐心。

她让我和路易莎单独在一起,自己去做吃的。路易莎昏昏欲睡,但是提起薛西斯溶剂厂的医生,她依然发出一声浅笑;医生叫奇格威尔,不过工人们叫他吸血鬼——本来就是他负责抽血。一直等到她睡着了,我才把手抽回来。

卡洛琳在餐厅里走来走去,小小的身体焦急得发抖。"我每天都想给你打电话,但是强迫自己不那么做。尤其上周妈妈说你来过,她说不准你寻找他。"她正在吃花生黄油三明治,所以声音含糊。"你有什么发现?"

我摇头。"我追查到她记得最清楚的两个人,可是他们都死了,其中一个也许是你父亲，但不能确定，工厂医生是现在唯一的线索。看来他曾经记录过工人的详细资料，有时候人们会把肚子里的秘密告诉医生的。另一个线索是杂货店打杂的男孩，但是康妮说不记得名字了。"

她发现了我语带保留。"你不认为我父亲是其中一个吗？"

我抿着嘴唇，试图说出怀疑的理由。费拉罗曾经想娶路易莎，并且接纳她已有的孩子，似乎他是在卡洛琳出世之后才认识路易莎的；乔伊·潘科夫斯基那种人，明显是万一让路易莎怀了孕就会溜之大吉的类型，这也符合事实。路易莎的家庭那么古板压抑，康妮和她都不谙世事，倒是有可能发生这样的事。如果确实如此，那么路易莎为什么现在还耿耿于怀？除非她也深受蒂亚克家族的遗传，连这种回忆都畏惧不已。但是我记得路易莎不是这样的人。

"我不知道。"我最终承认了自己的无助。"就是感觉不大对劲。"

我思想斗争了一分钟。"我想你要做好面对失败的准备。我有可能让你失望。如果从医生那里一无所获，又找不到那个杂货店员。我就得宣告放弃了。"

她大皱眉头。"维艾，我就指望你了。"

"不要这样，卡洛琳，我这两天累死了。过一两天我联系你，到时候再说吧。"

差不多四点了，又是交通拥堵高峰时间。我等到几乎五点半才慢慢开完回家的二十英里路程。到达时，孔特雷拉斯先生拦住我，问我小狗身上的草是怎么来的。小狗跑过来，提醒我它准备好去跑步了，我拿出仅有的一点耐性，听着他们啰唆了五分钟，就毅然地抛下他们，自己跑上了三楼。

我脱下套装，扔在地上，这样我明早才能记得洗。我不知道鞋子怎么处置，就随便放在套装旁边，说不定洗衣店有办法呢。

放水洗澡时，我从钢琴下边找出电话黄页本。城区没有那个医生的名字，当然，不排除他也去世的可能性，或者退休后住到马优卡岛养老也不一定。

我倒了点威士忌，跳着爵士舞步进了浴室。泡在浴缸里，我突然想起医生登记簿上很可能有他的名字；我出了浴缸就打电话给洛蒂·赫切尔。她正准备下班离开诊所——她在埃文公园和达门街角处经营诊所。

"不能明天再查吗，维多利亚？"

"可以，不急，我只是想早点搞定这件事情。"

我快速解释了一下路易莎和卡洛琳的事。"若是能追查到奇格威尔，就只剩一个待查之处了，然后我就解脱了。"

"不管怎样，"她嘟囔着："你连这个人的姓氏和具体专业领域都不知道？哦，你当然不懂了，是工业医学吗？"

我听见她翻动纸张的声音。"奇恩，奇斯科，奇尔德斯……没有奇格威尔。我的名录只是简洁版。马克斯或许有完整版本。要不找他看看？你为什么这么听卡洛琳的？亲爱的，没有人能操纵你的，除非是你自己愿意的。"

她随后就挂了电话。我打给马克斯。他是贝斯—以色列医院的院长，但是他已经下班了，一般的职员都下班回家了，只有洛蒂在诊所待到六点钟。当然，我们侦探这行是不分上下班时间的，即使是自愿让老邻居操纵也是一样。

我倒掉杯里剩下的威士忌，换上运动衣。当我情绪激动时，运动再好不过了。我去孔特雷拉斯先生那里带上佩皮——他和佩皮都不能平息我的情绪。等我和佩皮跑得气喘吁吁回来，我已经发泄完糟糕的情绪了。他为我炸了些猪排，我们坐着喝白兰地，一直聊天到十一点。

早上我顺利地打通了马克斯的电话。他像平常一样彬彬有礼地听我说话，让我等了一会儿，然后告诉我奇格威尔已经退休了，住在汉斯德尔郊区。马克斯甚至有他的地址和姓名。他叫柯提斯。

"他都七十九岁了，维艾。如果他不想告诉你，也要和颜悦色哦。"他半开玩笑地说。

"太谢谢你了。马克斯，我一定克制自己的动物本能，不过老人和孩子总是让我露出丑恶的一面。"

他笑着挂了电话。

汉斯德尔是个古老的小镇。位于西区约二十千米。高大的橡树及优雅的房子与周围的城市很和谐。那里不是芝加哥最繁华的地方，却别有怡然自得的风味。为了让自己与如此优雅的环境相协调，我特意穿上了带有金纽扣和长裙摆的黑色礼服长裙，还配了一个皮包。出门前我瞥了一眼地上的套装，决定改天再洗。

当你从市区来到郊区时，首先看到的是整洁。一天的南芝加哥之行之后，我仿佛步入天堂。树木已经落叶，草也干枯了，但是一切都清爽洁净地等着来年春天。我毫不怀疑这些枯树会迎来新绿，但是我不知道怎样才能让薛西斯溶剂厂的淤泥焕发生机。

奇格威尔住在接近小镇中心的一条老街上，房子是两层的佐治亚式建筑，木篱笆在阴沉的天色下发出白光。黄色的百叶窗保养得很好。树木和灌木丛点缀得恰到好处。纱窗门面向街道，我顺着石板路走过矮树丛，来摁门铃。

几分钟后，门开了。这是你在郊区会注意的第二个不同之处——人们会直接来开门，而不是先从猫眼里打量你。

一位穿着深蓝色裙子的老妇人站在门口，稍微有些皱眉。她皱眉的表情也许来自习惯而不是冲我而来。我露出一个活泼而利落的微笑。

"奇格威尔夫人？"

"是奇格威尔小姐。我们认识吗？"

"不认识。我是一个侦探，有事情想请教奇格威尔医生。"

"他没说今天有人要来拜访啊。"

"夫人，我们总是直接上门拜访，不会给人太多思考时间，否则听到答案往往是会有出入的。"

我拿出名片给她，上前做自我介绍。"我是维艾·华沙斯基。从事金融调查服务。请告诉医生一声，我不会占用他超过半小时的时间。"

她没有让我进去，而是接过我的名片，自己进屋了。我向四周看了看，看见了隔壁的装饰窗和街道。你在郊区会注意到的第三件事就是自己好像来到了月球。如果这里是城区或是个小镇子，你会发现邻居们房子的窗帘在晃动，因为他们会好奇是什么人想要见奇格威尔，然后甚至会打电话或者在干洗店谈论这件事。"是的，是他们的侄女，你知道的，就是母亲很多年前搬到亚利桑那州的那个侄女……"但是这里，所有的窗帘纹丝不动，也没有淘气小孩的尖叫和吵闹着上演战争与和平的游戏。我不幸地发现，原来自己更喜欢城市的喧闹和脏乱。

奇格威尔小姐出来了。"奇格威尔医生不在。"

"好意外啊，他刚走的吗？什么时候能回来呢？"

"我——他没说。应该很久。"

"那我等着吧。"我平静地说，"你是想邀我进去等还是让我回车里等？"

"你应该离开。"她说着同时皱紧了眉头。"他不想见你。"

"你怎么知道的？女士？如果他不在，你肯定没有跟他说过我在这里。"

"我知道哥哥想见谁，不想见谁。如果他想见你，他会告诉我的。"

她狠狠地关上门，鉴于她的年纪和地毯的厚度，可以判断她已经是使尽全身力气在摔门了。

我回到车上，向前开了一点，使得房子里的人能够看到我。广播里放着胡果·沃尔夫的音乐。我依靠着座椅，半闭眼睛，听着凯瑟琳·贝特的歌声，暗自猜测为什么奇格威尔会害怕和我见面。

等了半个小时，一个人走出房子，我感觉自己像是在拍电影而不是在真实的人类社区。奇格威尔小姐出现在石板小路上，坚定地向我的车走来，她的身体像雨伞骨架一般硬挺而瘦弱。出于礼貌，我从车里出来了。

"年轻的女士，我必须请你离开这里。"

我摇头。"这条街道是公共财产，尊敬的女士。我在这里完全合法。既没有大声放音乐，也没有贩卖毒品，没做任何法律认为是骚扰他人的事情。"

"如果你不立即离开，我就报警了。"

我承认她很有勇气——七十多岁的年纪面对着一个年轻人是需要胆量的，看得出来，她坚定的灰白色眼睛里透出的惊慌。

"我是法庭工作人员，我很乐意跟警察解释为什么要来找你哥哥。"

这话只有一半是真的，任何有执业证的律师都是法律系统的工作人员，但是我宁可永远也不和警察打交道，尤其是在郊区，他们原则上说是讨厌侦探的。幸运的是，她被我的专业架势给镇住了，没有要求我立即出示证件。她紧紧地抿着嘴唇，默默回到屋子里。

不等我重新在车里坐好，她便再次回来，向我招手。我跟着她到屋子附近时，她说，"他同意见你了，当然，他其实在家的。我不想替他撒谎，可是毕竟这么多年了，很难说不。他是我的双胞胎哥哥。所以很久之前我就染上了太多的坏习惯。不过你没兴趣知道这些的。"

我对她的赞赏升级不少，但是不知道如何表达，就默默地跟她进了屋子。我们穿过一条可以看见车库的长廊，一只小划艇依靠在敞开的仓库门边，里边的园艺器具摆放井井有条。

奇格威尔女士带我到起居室。屋子不大，但是空间利用得非常合理，对面是雕刻着玫瑰花的壁炉和印度印花布艺家具。她去通知哥哥的时候，我借机打量了一遍屋子。

壁炉架子上有个老式的金属钟表——黄铜钟摆，珐琅表盘。钟表两边摆着陶瓷人偶——牧羊少女，吹笛少年。一些家庭老照片放在另一个角落的架子上，其中一张是个穿着水手服的小女孩和父亲在帆船边的合影。

当奇格威尔女士和她哥哥回来时，显然是刚刚吵过嘴的样子。他的脸颊比妹妹的线条柔和，微微有些发红，紧紧闭着嘴巴。她开始介绍，但是哥哥尖锐地打断了她。

"我的事情不要你来管，克里欧。我可以自己处理。"

"我倒是想看看你是怎么处理的。"她尖刻地说，"如果你惹了什么麻烦，我现在就想知道。而不是等下个月或是你鼓足勇气了，才来告诉我。"

"我很抱歉，"我说，"我似乎让你们引起误会了。这件事与法律无关，奇格威尔小姐。我只是需要了解薛西斯溶剂厂以前一个员工的资料。"

我转向她的哥哥。"我是维艾·华沙斯基,律师兼私人侦探。事情是这样的:有一个陈年旧案已经了结,乔伊·潘科夫斯基可以领到一笔赔偿金。"

他没有和我握手。我环顾四周,找了一张舒适的扶手椅子坐下,奇格威尔医生仍然站在那里,姿势和妹妹一样。

"乔伊·潘科夫斯基以前在薛西斯溶剂厂上班。"我说,"但是他于一九八五年去世。现在的问题是,路易莎·蒂亚克也在那里工作,她孩子的父亲可能是潘科夫斯基。如果是这样,这个孩子也有继承权。但是蒂亚克女士病得很重,神志不清,我们没法从她那里确定孩子的父亲。"

"我恐怕没法帮你,小姐。我对这个名字完全没有印象。"

"但是据我了解,曾经有很多年,你一到春天就给那里的工人抽血化验而且记录在案,如果你能够查一下过去的记录,也许——"

他粗暴地打断了我,态度之恶劣令我大吃一惊。"我不知道你听谁说的,但是那绝对是个谎言!我不想留你继续待在我的房子里打扰我,你现在马上走,否则我报警了。如果你是法庭工作人员,你可以在监狱里跟他们解释。"他不等我回答就拂袖而去。

克里欧·奇格威尔看着他走开,眉毛拧成了一团。"你还是走吧。"

"他只是给工人验血,他为什么那么生气?"

"我也不知道。但是你无权要求他透露病人的隐私。如果你不想见警察,就快走吧。"

面对这种尴尬的局面,我只好尽可能装作冷漠的样子,站起身,走到门口时,我对他说,"你有我的名片,如果想起了什么,请联系我。"

第九章 名流生活

　　细雨蒙蒙。我坐在车里盯着挡风玻璃发呆，看着雨水落下来。一会儿，我发动车子，希望噪音能给我带来一丝暖意。

　　是潘科夫斯基的名字把奇格威尔吓得魂不附体吗？还是乔伊纳电话通知他提防波兰侦探上门？不可能。如果真是这样，他根本不会见我的。另外，乔伊纳来这里不过两年，不认识医生，何况医生年近八十，早已退休了。所以应该是潘科夫斯基或者路易莎的名字吓到了他。但是这又是为什么？

　　我感觉卡洛琳对我隐瞒了一些事，心里更加忐忑不安。十年前的往事历历在目，那年冬天，卡洛琳跟我说路易莎收到迁移令，找我帮她想办法。我在法庭和房东之间奔波了一周，结果看到《太阳时代周刊》的专题"努力改变现况的少年"封面赫然是神采飞扬的十六岁的卡洛琳，原来她把房租拿去为流浪者设立了免费汤的供应站。从那时起，我决定十年都不管她的事，现在我开始觉得，或许我应该二十年都不理她才好。

　　我在后座翻找毛巾，发现了去年夏天去沙滩用的浴巾。我用它堵住了挡风玻璃上的小洞，向高速公路开去。我犹豫不决，想告诉卡洛琳这件案子到此为止，又忍不住好奇地想知道奇格威尔为什么会那么害怕。

我最终什么也没有做。等我通过中午交通拥堵的市区赶回到办公室,已经有几条客户留言等着我了——那些我由于忙卡洛琳的事而搁置一边的事情。第一个留言是老客户要求我帮忙处理电脑安全问题,我给他介绍了一个电脑方面的专家,剩下的留言都是例行的财务调查,正是我的衣食父母。处理这一类既知道问题又知道答案的工作,我感觉很好,我整个下午都在帮助伊利诺伊州政府查询文件。

七点左右,我回到办公室打报告。这两个案子的费用是五百美元,而且他们一向付款准时,所以我要尽快把账单弄好,邮寄出去。

正当我飞速打字时,电话响了。差不多八点了,打错的电话?卡洛琳?也许是洛蒂?我在电话留言服务开启之前拿起了电话。

"是华沙斯基女士吗?"是一个苍老的男人,声音虚弱而颤抖。

"我是。"我回答。

"我想和华沙斯基谈谈。谢谢。"声音虽然颤抖,但是充满自信,估计打电话的人经常用电话发号施令。

"请讲。"我尽可能耐心地说。我没吃午餐,正在梦想着牛排和威士忌。

"古斯塔夫·胡伯特先生想要见见你。你什么时候方便?"

"可以告诉我他找我有什么事情吗?"我按了退格键并用修正液涂掉错别字。在这个习惯使用Word程序的时代,修正液和打字机色带越来越难以买到了,所以我小心地盖好瓶盖,省着点儿用比较好。

"据我所知,这是个秘密,小姐。如果你今晚有空,那他马上就可以见你。明天下午三点也行。"

"稍等,我看下日程表。"我放下电话,从文件柜顶端拿下《芝加哥商业名人大全》。关于古斯塔夫·胡伯特先生的介绍使用六号字体占了一栏半的篇幅。一九〇四年出生于不来梅,一九三〇年移居美国,一九三七年作为主席和大股东创建了胡伯特化工厂,在四十多个国家设有分厂,一九八六年销售额达到八十亿美元,资产达一百亿美元。公司总部设在芝加哥。当然了,我从麦迪逊大街经过时,路过那里有一百次了,胡伯特大楼是座古老的建筑,并不是现代摩登的写字楼。

我再次拿起电话。"今晚九点半。"

"好的,华沙斯基女士。地点是罗诺克大楼十二层。我会通知门房留意您的车子。"

罗诺克大楼是一幢位于橡树街的老式建筑,在湖泊和密歇根大道之间还有几幢这样的建筑。那里的地价在二十世纪初期上涨,成为了诸如麦克米克、斯维夫特等这类人渣的住家。现在,如果你肯用一百万美元购房并且和英国王室沾亲带故,他们或许会审查一两年,然后同意你入住。

我的打字速度再次刷新了纪录,八点半时,我就把费用清单装进了信封。我必须放弃我的牛排和威士忌了,我不想满脑浆糊的去见一个可以影响我生活的人;不过,去附近的意大利餐厅喝点汤,吃点沙拉的时间还是够的。尤其在接下来的会面中,我完全不必担心停车的问题。

在餐厅的洗手间里,我发现自己的头发被早上的雨水淋得一塌糊涂,还好,我的裙子仍然整洁而体面。我稍微补了一下妆,然后去地下停车场开车。

九点半的时候,我把车子停在了罗诺克大楼的绿色挡雨篷下。身着与之相配的绿色制服的看门人礼貌地低下头,问了我的名字。

"是的,华沙斯基女士。"他的声音圆润,态度恭敬。"胡伯特正在等您。我替您保管车钥匙。"

他带我走进大厅。如今的上流人士都喜欢用玻璃和铬合金装饰门廊,顺便搭配大型吊灯和盆栽植物,罗诺克大楼兴建的年代比较早,当时的工匠手艺也比较出色,所以地面铺的是精致的马赛克,木雕的墙面上则缀着埃及人像。

一个同样穿着绿色制服的老人坐在门边的椅子上,他看见门房和我就站了起来。

"弗雷德,这位女士来见胡伯特先生。你送她上去吧。我来通知他们。"

弗雷德打开门锁,这里没有开门的按钮,步伐坚定地带我进了电梯。我和他一起进了这个铺着花地毯的宽敞电梯,里面有一张豪华的布艺沙发。我随意地坐下来,交叉着双腿,仿佛我常常搭乘私人电梯的样子。

电梯门开了,眼前是一个豪华的门廊。地面铺了带有粉红色花纹的灰白大理石,桌子前边的小地毯说不定是来自波斯的古董,年代可以追溯到什叶派穆斯林领袖的爷爷仍然是小孩子的年代。门厅是以电梯为中心的仿罗马式设计,我正打算到角落里观察一座大理石雕像,面前的雕花木质大门打开了。

一个身穿礼服的老人侍立一旁,白发稀疏,头顶的皮肤白里透红。他略略点头,算是和我打了招呼,蓝色的眼睛透出一丝冷漠。在如此庄严的氛围中,我默默拿出名片递给他。

"好的,小姐。胡伯特先生正准备见你,跟我来。"

他步履缓慢,也许是年龄的关系;也许是为了摆出豪门管家的派头。走到门廊大约一半的地方,他停下脚步,打开左手边的门,扶着门边示意我进去。

里屋的三面墙都放着书,第四面墙有一个壁炉,壁炉前是豪华的红色真皮家具,我的直觉告诉我这是书房,一个男子在壁炉前看报纸,他面色红润,身材魁梧但不肥胖,见门开了,他就放下报纸,站了起来。

"华沙斯基女士。临时请你来,谢谢你能赏光。"他沉稳地伸出手来。

"言重了,胡伯特先生。"

他请我坐到火炉另一侧的扶手椅上,我们面对面。我先前查到他已经八十四岁了,但即使他声称自己是六十岁,别人也看不出来。他浓密的头发略微有些发黄,蓝色的眼睛清澈而明亮,脸上几乎没有皱纹。"安东,帮我们开瓶白兰地——华沙斯基女士,你喝白兰地吧?把酒拿来你就可以出去了。"

管家离开了大概两分钟,在他离开的时候,胡伯特先生风度翩翩地问我炉火是不是太旺。管家端着一瓶酒和酒杯回来,他帮我们倒好酒,仔细地把瓶子摆在胡伯特先生右手边的桌子中央,又照看了一下炉火。我忽然意识到,他原来跟我一样好奇,想知道胡伯特先生为什么见我,所以不想很快离开。但是,胡伯特坚持叫他退下。

"华沙斯基女士,我有件麻烦事需要和你说,如有冒犯,请多包涵。我只是一个商人,一个懂化学的工程师,一向不大懂得怎样讨好年轻美丽的女士。"他移民美国时,已经成年,到今天为止,在这个国家差不多已经生活了八十年,但说话还是一副德国绅士的派头。

我略带嘲讽地微笑了一下,当一个有百亿身价的富豪和你说自己礼数不周时,你实在应该想想自己到底有几斤分量。

"先生,我想你太谦虚了。"

他快速瞟了我一眼,大笑道,"我看你真是个小心翼翼的女人,华沙斯基女士。"

我抿了一口白兰地，味道好极了。我看着杯子里的金黄液体，暗暗祈祷，他如果常常找我谈事情该多好啊。

"如果情况需要，我也可以粗枝大叶的，胡伯特先生。"

"好的，很好，你是个私家侦探，你觉得这是一个既谨慎又莽撞的职业吗？"

"我喜欢当自己的老板，不过我可从没想过把事业经营的像贵公司这么庞大。"

"你的客户对你颇为赞赏，今天我才和戈登·弗思谈到过你，他说，阿加克斯董事会很欣赏你的努力。"

"很高兴听到这些话。"我坐进椅子，又喝了几口酒。

"当然了，戈登帮我处理了很多保险。"

原来如此，古斯塔夫打电话给戈登，要买大量保险，戈登说没有问题。然后，三十个青年男女，每周工作八十个小时，连续工作了一个月，起草完毕所有文件。然后，他们两个在俱乐部里握手，互相说对方辛苦了，谢谢帮忙。

"所以，我想也许我能帮你解决一个案子，听戈登说过，我知道你是一个明白人，一向言行谨慎，从不轻易泄露秘密。"

我费了很大的力气，才强忍住没有从椅子里跳起来，同时留神别把酒洒到自己的裙子上。"我很难想象你会对我的工作有兴趣，先生，顺便说一下，这白兰地真是极品，喝起来就像正宗的纯麦威士忌。"

胡伯特先生再次大笑。"亲爱的女士，你真幽默，先冷静地听完我的话，然后用巧妙的侮蔑来称赞我的酒，但愿我能够说服你，打消做自己老板的念头。"

我浅浅一笑，放下酒杯。"所有的人都爱听恭维话。而且我今天过得并不轻松，听听夸奖也不错啊。但是我想知道究竟是谁帮谁。

倒不如说，为你服务也是一种荣幸。"

他点头。"我想我们是互相帮助。你刚才问我为什么关心你的工作，答案就是南芝加哥。"

我思考了一分钟，是呀，我早该料到的，薛西斯溶剂厂属于胡伯特化工集团。我总是把薛西斯溶剂厂作为自己童年回忆的一部分，忽视了两者的联系。

我淡淡地说出推测，胡伯特再次点头。"不错，华沙斯基女士，化学工业为第二次世界大战作出了重要贡献。这种贡献又会反过来促进化工业本身的发展，我们这些化工公司——比如道恩、斯巴、帝国化工，我们所有的产品都能追溯到那时的研发工作。薛辛是胡伯特的一项重大发明，是一种二氯乙烷，是我最后一项投入精力的产品。"

他停了下来，高举了一下双手。"当然了，你不是化工专业的，没有兴趣知道细节。总之，我们是以薛辛来命名薛西斯溶剂厂的。一九四九年在南芝加哥设立工厂，我的妻子热爱艺术，商标是她设计的，紫色背景的王冠。"

他拿起了酒瓶。我不想露出贪心的嘴脸，但是拒绝再来一杯可能很失礼。

"嗯，南芝加哥那片工厂是胡伯特化工集团进军国际市场的开端，对我意义重大。虽然我不再插手公司的日常经营——我有几个孙子。华沙斯基女士，老人总是想从孩子身上缅怀青春年少。不过我的下属都知道我在意那里，所以如果有年轻美丽的侦探来打探、问问题的话，他们会很快通知我的。"

我摇头。"先生，很抱歉，他们没有必要惊动你的，我不是刺探情报，而是为了私人委托的案件才来追查那两个人的。不知道为什么，人事主管乔伊纳先生想让我相信他们从未在工厂工作过。"

"所以你又去找了奇格威尔医生。"他的声音低沉得如同喃喃低语,几乎听不清。

"他听完我的问题,比乔伊纳还要惊惶,我想他是不是年轻时做了什么亏心事,所以老了受到自己良心的谴责。"

胡伯特举起酒杯,就着炉火看着杯里的液体。"人老了,别人就会冲上来忙着保护你,他们想让你知道他们很在意你的利益。"他对着杯子说,"他们有时会带来不必要的麻烦,我的女儿就是如此,天生是个爱关心别人的性格。"

他把目光移回我的身上。"潘科夫斯基和费拉罗是让我们头疼的角色。你瞧,我到现在甚至能够在全世界超过五万的员工中记着他们的名字。他们企图毁掉工厂,确切说是毁掉我们的产品。他们私自更改化工原料的配方,使生产过程中生成高度不稳定的气体和可以堵塞管道的残留物。迫使我们在一九七九年三次关闭工厂,收拾烂摊子。我们用了一年时间才查清真相。然后把他们和另外两个工人都开除了,然而他们却控告我们不正当解除劳动关系。真是一场噩梦啊!"

他皱着眉头,将杯子里的白兰地一饮而尽。"所以,你的到来使我的下属很是紧张,以为事隔多年,又有可恶的律师来捣乱,翻那些陈年旧事。不过根据我的朋友戈登的说法,你不是这种人。所以我就请你来,向你解释一切。希望我没有看错你,你走后不会向某个律师汇报说我试图收买你吧?那个法律名词是怎么说来着?"

"收买这个词已经够贴切了。"我喝完杯中的酒,对着玻璃瓶直摇头"我可以保证,我的调查与以上的案件无关。完全是私事。"

"好的,如果它是关于薛西斯溶剂厂的雇员,我可以保证你能够得到一切必要的帮助。"

我向来不会把客户的委托透露给任何陌生人。但是最后我决定告诉他——这是得到帮助的最直接的方式。当然,不是全部都说。我没有提及加布里埃拉,我的保姆生涯,卡洛琳的操纵以及蒂亚克夫妇的虚伪恶劣;只是说路易莎来日无多,卡洛琳想知道生身父亲,但是路易莎不愿说。

"我是个保守的欧洲人。"他接口说道,"我不喜欢这个女孩子违背自己母亲意愿的做法,但是你既然接了委托就要干活。你认为奇格威尔曾经是驻厂医生,所以可能会知道些事?我会给他打电话的。他可能不愿意告诉你,但我的秘书过些天会把结果通知你。"

这是送客的辞令了。我滑到椅子边上,这样我就可以优雅地直接起身,而不必去扶椅子扶手了。我的动作依然流畅平稳,没有受到酒精的影响。如果我可以走到大门而不碰到任何艺术品的话,开车回家应该没有问题。

我感谢过胡伯特的白兰地和帮助,他再次微笑,说我不必客气。

"华沙斯基女士,和您这样一位年轻漂亮的女士谈话是我的荣幸。特别是您这么有胆量,敢在一头老狮子面前坚持立场。哪天有空路过时,欢迎再来坐坐。"

安东侍立门外,等着送我到门口。

"很抱歉。"走到门厅时我说,"我许诺不会泄露谈话内容的。"

他的身体僵硬了一下,就当没有听见我的话,面无表情地帮我摁了电梯。我不知道怎样向门房要回自己的车,但是当我拿出一张五美元的钞票时,他不动声色地收下了,殷勤地伺候我坐进雪佛兰。

回家路上,我在努力思考着私家侦探比亿万身价的化学家好的理由。它们可比我回家的路程短多了。

第十章 准备好了就开火

我陷入了薛辛这种化学品的海洋，呛得要命，而古斯塔夫·胡伯特和卡洛琳却在岸上袖手旁观，完全不理会我的呼救。四点半时，我从梦中惊醒，浑身是汗，气喘吁吁，再也睡不着。

我直到天亮才下床。房间里不冷，我却在发抖。我从床边的杂物中翻出了一件运动衣套上，在家里踱来踱去，试着找出什么东西转移自己的注意力。我调好音，想要弹钢琴，但是马上停了下来——早上这个时间我用自己糟糕的琴声打扰邻居们，显然太对不起他们了。我跑进厨房想煮点咖啡，但是洗完咖啡壶却没了兴致。

我的四间屋子平常看来宽敞开阔，可是现在它们却让我觉得狭窄拥挤。那些胡乱堆放的书籍、杂志和衣服以前让我感到家的温馨，可是现在我看着它们就心里生厌。

我责备自己，不要被蒂亚克家族给影响了，要不然，非得天天跪在地上擦地板不成。

最后，我穿上牛仔服和运动鞋跑了出去。佩皮在一楼锁着的门后听出了我的脚步声，兴奋地叫了一声。我倒是想让它陪我呢，可是孔特雷拉斯先生不在，我没有钥匙。我在湖边步行，就是提不起跑步的兴致。

又是灰暗的一天。透过云层，我可以看到太阳正在地平线冉冉上升。阴沉沉的天空下，湖水犹如我噩梦中那灰色的浓稠液体。我盯着湖泊出神，想知道我心中的焦虑不安为什么就是挥之不去。

时间还早，但是湖边已经有人慢跑，他们要在换上条纹衬衫和丝袜之前跑完自己的里程数。他们看上去就像空心人，一个个利用随身听的耳机屏蔽自己，表情空洞而与世隔绝，让人心里发凉。我把手深深插进口袋，颤抖着回家了。

半路上，我在柴斯特顿旅馆吃了早餐。这家旅店是有钱的寡妇经常光顾之处，里面的匈牙利餐厅供应卡布奇诺咖啡和羊角面包，上菜的速度奇慢无比，很符合她们慢节奏的生活和良好的教养。

我一边搅拌自己第二杯卡布奇诺咖啡的泡沫，一边思索着古斯塔夫·胡伯特为什么要亲自见我。是的，他像所有的总裁一样，不喜欢人家围绕着他的工厂问个不停；是的，他把有关潘科夫斯基和费拉罗的内部消息告诉了我，但是为什么是堂堂董事长亲自告诉我这个地位卑微的小侦探呢？他说戈登·弗思夸奖我，可是我在三次和阿加克斯公司打交道的过程中，根本没有见过他本人。即使是跨国公司八十四岁的巨头总裁十分宠爱自己的孙女，也有层层下属做这些工作，他何必亲自出马呢？

昨晚我也许被虚荣心给蒙蔽了。仅仅是他邀请我就已经足够激动人心，更别说那些精巧的摆饰和不可思议的白兰地了。所以我没有怀疑他对我的帮助，或许我错了。

还有卡洛琳呢？她是不是知道了些什么，但是对我有所隐瞒？比如路易莎那两个朋友被开除的事？路易莎是否也与那起破坏工厂的事件有关？又或者古斯塔夫·胡伯特是路易莎从前的情人，所以胡伯特想保护她？这也许可以解释为什么胡伯特纡尊降贵亲自出马。没准他就是卡洛琳的父亲，而卡洛琳未来将有庞大的遗产可以继承，她支付我那一点点可怜的服务费对她而言简直是九牛一毛。

我的推测越来越荒谬，心情也随之开朗起来。回家的步伐比来时轻快多了，上到二楼时，正好遇到有人出门，我们互道"早上好"，我和蔼的语气简直赶得上空姐了。

尽管我讨厌连裤丝袜和淑女鞋，但是我还得再次穿上它们，以迎合劳工部门的审美爱好。我法学院时代的一位朋友现在在劳工部的芝加哥办事处工作，如果潘科夫斯基他们真的曾经对不当解雇提出过控告，也许他能够帮我查出些线索。我的红色鞋子和海军蓝色套装仍然躺在门口，我有时间去干洗店吗？管不了那么多，我卷起它们，带着上路了。

我在联邦大楼附近找到了停车位的时候已经十点多了。过去的几年里，城市市区快速扩张、飞速发展，商业区欣欣向荣的同时也带来了交通拥堵，其喧嚣程度简直赶得上纽约。原来的公共停车场不复存在，腾出地方建造超级摩天大楼，几乎是原来四倍的车辆使用着原来一半的停车位。

到达德克森大楼第十六层时，我已经感觉很不爽了，而前台接待小姐的态度更是火上浇油。她只瞟了我一眼，就继续打字，声称乔纳森·迈克先生没有空见我。

"他死了吗？"我愤怒地说，"出城了？还是被人告了？"

她冷冷地看着我。"我说了他没空，其他的你不需要知道。"

通向办公室的门是锁着的，前台小姐或者门那边的什么人完全可以帮我开门，但是这个女人显然不会让我溜进去找人的。我只好坐在塑料椅子上，告诉她我可以等。

"随便你。"她大声说，继续打字。

一个穿西服的黑人男子过来了，她表现得无比友好，甚至有点卖弄风情。她露出灿烂的微笑并祝他心情愉快，同时打开门。我趁机跟着他进去，她吃了一惊，但是忘记了抗议。

"这里是你应该来的地方吗？"那个男子皱眉。

"是啊，"我说，"可是你的薪水是我们纳税人支付的。我来这里找乔纳森·迈克先生就是谈论这件事的。"

他看上去吃了一惊，赶快回忆我可能是华盛顿哪个部门的官员。但是他很快回过神，对我说："好吧，你应该在外边等，直到格洛丽亚叫你进来。"

"她甚至都不问我是谁，为什么来。我想她的兴趣不是为纳税人服务。"

我记得乔纳森·迈克的办公室地点，就抢在黑人男子前边快步走去。我可以听见他在地毯上的脚步声也跟着加快了，"小姐——等等——小姐"，而我已经到达了拐角的办公室，打开了门。

乔纳森正好站在外间办公室，秘书的桌子前边。他见是我，脸上一亮，微笑道："维艾，是你啊。"

我咯咯地笑了。"格洛丽亚是不是打电话告诉你说地下气象员[①]正冲向你的办公室，还要把你的金发连根拔起？"

"是来拔我剩下的头发的。"他哀痛地说，他已经半秃，这使得他看上去很像《爱丽丝梦游仙境》中的威廉老爹的年轻版。

乔纳森是当年法学院一个平和的理想主义者。而像我这样的一群学生——如同一位保守的教授所说，我们应该被定位为自由主义的

[①] 地下气象员（Weather Underground），是美国的一个极左派组织，一九六九年由反越战组织民主社会学生会（Students for a Democratic Society）中的激进派分裂出来。他们的目标是以秘密、暴力、革命推翻美国政府。因新左派运动逐渐衰落，地下气象员在一九七三年美国从越南撤军之后走向解散，部分成员参加了其他组织，部分成员继续犯罪活动而被捕。

狂人。乔纳森一直默默地关注着社会事业，在联邦法院做了两年书记员，然后来到劳工部门工作，现在成为芝加哥地区的高级顾问。

"会议室里还有十几个从圣路易斯来的律师在等我，你的事情能在三十秒内讲完吗？"他带我进了办公室，关上了门。

我快速解释了一遍："我想知道潘科夫斯基和费拉罗是不是通过职业安全部、劳工部、劳动合同调查部门或是司法部门进行过诉讼。我需要工厂破坏事件和官司的细节。"

我把他们的名字和路易莎·蒂亚克的名字一起写在了他的黄色便签本上。"她可能也牵涉其中。我现在没法把全部告诉你——没有这么多时间。不过这是古斯塔夫·胡伯特亲口告诉我的，他不想事情公之于众。"

我讲话时，乔纳森已经拿起电话了。"梅耶，叫杜顿接一下电话好吗，我需要他查些资料。"他三言两语地把事情吩咐完，就挂断了电话。"维艾，下次来的时候，拜托先电话预约一下，好吗？就算是帮我的忙了。"

我上前亲了一下他的脸颊。"我会的，乔纳森。不过我也得花两天时间等着层层转接联系到你哦，拜拜，乖宝贝。"

不等我前脚离开他外间办公室的门，他就已经回到会议室了。格洛丽亚看见我回到接待区，就又开始打字了。我心里升起了个小小的坏念头，就在门外等了一分钟，悄悄窥视着里边的动静。只见她拿起了《明星光驱报》开始看。

"快点干活，"我冷冷地说，"纳税人可不想白白养着你。"

她厌恶地看了我一眼。进电梯的时候，我笑了，但愿什么时候我能够成熟到不再开这么幼稚的玩笑。

走过四条街，我回到了自己的办公室。坐下时，我发现了南希·克莱格霍恩给我的电话留言,她一直急着找我。一次是今早我在湖边胡思乱想时,一次是十分钟之前。她一定十分疲惫,竟然忘记留下回电的号码。

我委屈地叹了口气,从窗户下边的一堆废纸里找出了城市电话黄页。瓦贝石高架铁路从我窗户下边经过,所以黄页本上积了厚厚一层灰。我随手用自己绿色羊毛裙子的下摆擦了擦。

南希在卡洛琳主持的社区发展组织里负责环境保护工作,我查过了南芝加哥振兴计划,当然是在白费工夫,因为这个计划被排在了南芝加哥复兴计划下面。南希根本不在,一整天都不见人,和她一起工作的人也不知道她什么时候来。他们绝不会给我她的私人电话的,如果我说是她的妹妹就更加不行了。人人都知道她只有四个兄弟,没有姐妹;如果我继续纠缠,他们就要报警了。

"我可以留个言吗?不至于叫警察吧?"我慢慢地拼了两遍自己的名字,然而情况并没有什么不同——它仍然极有可能被当成瓦沙基之类的骇人听闻的发音。秘书保证南希一定会收到留言的,然而她的语调使我觉得挂了电话之后,我的留言就会被扔进垃圾桶。

我继续翻找电话黄页本,南希没有登记自己的电话,但是她的母亲爱伦·克莱格霍恩仍然住在姆斯柯根。我把电话打过去时,爱伦愉快地问候了我。她还记得我,她说很喜欢在报纸上读到我处理的案子,希望我什么时候有空去家里吃饭。

"南希在南岸买了房子,就是那些快倒掉的破豪宅,是她自己装修的,这样的房子对一个单身女子来说不太合适,但是她就是喜欢,没有办法啊。"她给了我南希的号码,念叨着未来的晚餐,然后挂了电话。

南希不在家里。我只好挂断电话,如果她那么着急要找我,她一定会再打过来的。

我低头看见了自己裙子前摆上的污渍,我的套装还在车里。如果我现在开回家,顺便可以把它们送到干洗店,然后整个下午我就可以自由了。

差不多五点了,我兴致勃勃地弹着钢琴曲《在我的秀发之下》,虽然没有凯瑟琳·贝特的歌声——电话响了。我不情愿地离开钢琴,接到电话时,我更加哀怨了——是卡洛琳。

"维艾,我需要和你谈谈。"

"有话请讲。"我听天由命了。

"我想当面谈。"她沙哑的嗓音听起来很急迫,不过她一向如此。

"你要是愿意开车来湖边做客,就随便吧。但是我今天下午不想开车到南芝加哥。"

"哎,见鬼,维艾。你能不能不要用这么蛮横无理的态度跟我说话?"

"当然可以啦,卡洛琳,你要是有事想跟我说,就赶快说。不然我就回去做刚才被你打断的事了。"

电话那边沉默了几秒钟,我可以想象她的愤怒。然后她继续说话了,讲得很快,我差点没有听清。

"我要你停止调查。"

我不明白她的意思。"卡洛琳,你一直和我兜圈子,是吗?太过分了。如果你知道我有多么恼火,你就明白我为什么用这种语气和你讲话了。"

"不是说那个。"她不耐烦地说,"我的意思是,别再查我父亲是谁了。"

"什么?"我吼起来,"两天之前你可怜兮兮跟我说就指望我了。"

"此一时,彼一时。以前我不明白,我不知道,反正,这就是我见你的目的。你一直凶巴巴地冲我吼叫,我没法在电话里跟你解释清楚。总之,看在上帝的分上,在你见到我之前,就不要再去追查任何人了!"

很明显,她的声音带着恐惧,我从自己裤子左膝盖的破洞处揪下一根线开始占卜——她知道潘科夫斯基和工厂破坏事件?她不知道?

"来不及了,宝贝。"我最后说道。

"你是说找到了我父亲?"

"不是。我的意思是,调查是不是继续进行,已经不是你能够控制的了。"

"维艾,是我雇用你,我同样可以解除雇佣。"她也很凶。

"不是这样的。"我很坚定。"如果是上周,你可以解除委托。但是现在调查进入了新的阶段,你不能解除委托了。哦,我是说,你可以不雇用我——你刚才就这样做了,我想说的是,你可以不付我钱,但是你不能阻止我继续调查。而我现在要弄清的第一件事情就是你为什么向我隐瞒了费拉罗和潘科夫斯基的事情。"

"我连他们是谁都不清楚!"她叫道,"妈妈从来没有提到过自己的情人!她和你一样,以为我是什么也不懂的小孩!"

"我没说他们是情人的事情,我是指他们破坏工厂被开除,还有后来的官司。"

"我不知道你在胡扯些什么,维艾,你可是无所不知的华沙斯基啊。我不听你胡说八道。据我所知,你其实只是大蟑螂,如果现在我手上有杀虫剂,我一定马上喷死你!"她狠狠地挂断电话。

她幼稚的侮辱之词让我确信她确实不知道那两个家伙的事情。

我猛然记起，我还不知道她为什么不要我继续调查。我对自己扮个鬼脸，把电话打回去，可是卡洛琳不接。

"哼，不接拉倒。"我也狠狠地挂了电话。

我试着重新沉浸回沃尔夫的音乐里，但是我的兴致完全消失了。我晃到客厅的窗户附近，看着下班的人们回家。假如我今天早上的猜测离真相不远，假设路易莎·蒂亚克曾经参与过那次工厂破坏事件而胡伯特在保护他，也许是他打电话逼迫卡洛琳解除委托。不过卡洛琳不是轻易低头的人。如果胡伯特那种大角色找上她，她更可能紧紧抓住不放，直到他缴械投降。

我忽然想到，无论南希找我有什么事情，她都也许会给我启发。我再次拿起电话，但她没有接。

"快点儿，克莱格霍恩。"我喃喃自语。"你给我打了两次电话，现在却不接我的电话，是被车撞了还是怎么了？"

我终于受够了自己脑子里乱七八糟的念头，改打给洛蒂·赫切尔。她晚餐正好有空，而且很高兴和我一起。我们在吉卜赛餐厅吃了烤鸭，然后去她住处打牌，她连赢了我五次。

第十一章 小捣蛋的瞎话

第二天早上,我一边煮着咖啡,一边翻阅报纸。突然间,南希·克莱格霍恩的名字跃入我的眼帘。

报道登在了《芝加哥动态》的头版。这就可以解释为什么昨天她一直没有接电话了。昨晚八点钟左右,两个小孩不顾政府禁令和父母的告诫跑到了枯木塘去玩,在那里发现了她的尸体。

枯木塘原来的沼泽地有一小部分是伊利诺伊州最后的候鸟湿地。那里曾经是一个繁衍栖息的好地方,但现在到处充斥着多氯化联苯,很少有生物可以存活。尽管如此,在这片死寂中仍可以看到苍鹭和一些罕见的鸟儿,偶尔还有海狸或麝鼠出现。

这两个男孩曾经在那里碰到过一只麝鼠,想着能再次碰碰运气。他们在水边被一只遗弃的靴子绊倒了。因为这一带有很多这样的垃圾,再加上天色很暗,他们几分钟后才发现靴子连着的尸体。

南希的后脑曾受到重击,这种内伤最终会要了她的命。但是她的死因却是落水后溺亡。警察查不出任何人有杀人动机。在这个环保状况混乱的地区,她因为推动南芝加哥计划而获得了不少荣誉,颇受人敬重。她的家中还有母亲和四位兄弟。

我慢慢地煮好咖啡,拿着报纸来到了客厅,将这则报道重读了六七遍,没有任何新的发现。南希·克莱格霍恩。昨天晚上我还烦躁地想她也许被火车轧死了，回想起来，我两鬓的汗毛都竖起来了。不是我的胡思乱想害死她的。我的大脑清楚地知道，但身体却止不住地发抖。

如果昨天早上我没有去湖边散步的话就好了——当我意识到这是个多么愚蠢的想法时，我不再继续想下去了。如果我整天跟电话绑在一起，那么只能在家中听朋友的求助电话和市场推销电话，不用干别的了。但是，南希是我六岁时就认识的朋友。我以为我们仍然年轻，因为我们曾经一起年轻过，我们不会让对方变老。

我心不在焉地晃到窗边，盯着外面。窗外又下着瓢泼大雨，根本看不到街道。我转动着头部，眼睛盯着水面，盘算着该做什么。现在才八点半，太早了点，还不能打电话给报社的朋友，打听一下有没有没登到早报上的消息。对于那些早上三四点才上床的人，让他们好好睡上一觉，才能更容易探听出消息。

南希的陈尸地点在第四警区。我不认识那里的人，我爸爸曾在市区和西北区工作过。不过那都是十几年前的事儿了。

我正在啃着手指头思考该给谁打电话的时候，门铃响了。我猜是孔特雷拉斯先生想让我在这种暴雨天里出去遛狗，所以皱着眉待在窗边没动。第三次铃声大作时，我才不情愿地离开了藏身处。一手端着杯子，我打开外门，光着脚走下了三层楼梯。

门外走廊上站着两个体积庞大的身影，雨水在他们没有胡须的脸庞上闪耀着，顺着深蓝色雨衣滴下来，积在地板砖上形成两摊水渍。

我打开门，较年长的那位嘲讽地说："早上好，阳光少女。希望我们没有打断你的美梦。"

"才没有呢，鲍比，"我诚心地说，"我早已经起床一个多小时了。我只是希望有人按错了门铃。"我向年轻的那位打个招呼，"嗨，警官，两位要点咖啡吗?"

当他们越过我走上楼梯时,冰冷的雨水从他们的雨衣上滴落到我的脚上。如果只是鲍比这样,我会以为他是故意的。但是麦高尼格尔警官一直对我很有礼貌,从来不参与他的长官的恶作剧。

事实上,鲍比是我父亲最好的朋友,即使在我父亲离开警界以后也是。他对我抱着很复杂的感情,一方面感到很愧疚,因为我父亲仍在街上巡查时,他得到了高升,我父亲死去了而他还活着,另一方面他感到很挫败,因为我已经长大并成为一名专业的侦探,不再是那个他能抱在膝上玩耍的小女孩了。

他站在房间的玄关处张望,想找一个地方把仍在滴水的雨衣放下,最后他放在了门外的地板上。他的妻子是很注意细节的家庭主妇,看起来把他调教得很成功。麦高尼格尔警官跟着把雨衣放下,然后用手捋着浓密的卷发将雨水拧出来。

我神情严肃地将他们带到了客厅,端上两杯咖啡,没有忘记给鲍比的那杯多加点糖。

"很高兴见到你们,尤其是在这种糟糕的天气。"当他们在沙发上落座后,我有礼貌地说,"你们好吗?"

鲍比正视着我,发现我的T恤里面没穿胸罩时,视线迅速移开。"我并不想来这里的。可是队长认为得找人跟你谈谈,而我恰好认识你,所以他觉得我应该过来。我并不同意,但他是队长。如果你能认真回答我的问题,不那么自作聪明的话,事情应该会快点结束,那么大家皆大欢喜。"

"我以为你们是来看望我的,"我失望地说,"对不起,我误会了。我会很严肃的——就像审理交通案件的法官一样。尽管问吧。"

"南希·克莱格霍恩。"鲍比平静地说。

"这不是问句,我没法回答。我今天早上看到报纸以后才知道她昨天被杀了。我想你们知道的应该比我多吧。"

"对,是的,我们知道很多。"他沉重地附和道,"她的死亡时间是下午六点左右。根据内出血量估计,验尸官认为她是在大概四点时遭受重击的。我们查到她今年三十六岁,至少怀孕过一次,摄食过多的高油脂食物,成年后摔断过右腿。另外,我还知道,一个脚穿十三号鞋、步长四十英寸的男人或女人,用绿毯子裹着她拖到了枯木塘的南端。这条毯子是在美国某个席尔斯商店卖出的,大约是一九七八年上市,一九八四年停产。现场还有另外一个人,大概也是个男的,他只是随行,并没有帮忙拖动她或弃尸。"

"看来检验室昨晚加班了。我以为他们不会为这么个小人物开夜车呢。"

鲍比并没有让我转移话题。"还有一些是我不知道的,却是很关键的事。我不太清楚是谁想让她死。不过我了解到你们一起长大,还是非常好的朋友。"

"所以你想让我找出杀害她的凶手?我以为凭你们的手段和力量会更容易呢。"

他的表情足以吓坏一个警校新生。"我要你告诉我谁是凶手。"

"我不知道。"

"这可和我听说的不一样。"他盯着我头顶上方的某一点说道。

我不明白他在说些什么,稍后我才想起我曾让南芝计划的人和南希的母亲替我捎口信。如果单凭这些就推断我知道谁是凶手,这也太荒唐了。

"让我猜猜,"我轻快地说,"现在还不是办公时间,但你们已经几乎跟每个南芝计划的人谈过了。"

麦高尼格尔警官不安地动了一下,然后看着鲍比·马洛里,等他的长官微微点过头后,他说道,"我在昨晚深夜跟卡洛琳·蒂亚克谈过了。她说你曾给南希·克莱格霍恩出过主意,是关于回收厂的分区许可证问题的。她说你应该知道死者要跟谁谈这件事。"

我盯着他,无言以对。好一会儿才出声问道,"她真是这样说的吗?"

麦高尼格尔警官从他的胸前口袋里摸出来一本记事本,翻了翻,眯着眼看着笔记。最后说,"虽然我没有一字一句地记下她的话,但她的意思差不多就是这样。"

"我不会把卡洛琳·蒂亚克称作病态的撒谎狂,"我用闲谈的口吻说,"她只是个爱管闲事的小鬼罢了。尽管我被她气得可以现在直接冲过去敲破她的脑袋,但是你对待我的态度仍让我很不爽。我是说,每当你认为我牵扯进某个案件时,我们都得走一遍这个程序,是不是,副警长?你总是认定我的本性不良,一有事就劈头盖脸地指责我。

"你大可以开门见山地告诉我卡洛琳那些不着边际的鬼话,并且向我证实真伪。那么我就会告诉你发生的一切。其实,我只跟卡洛琳在餐桌上谈了五分钟而已。然后你就可以结束问话走人了。"

我从地板上爬起来,走向厨房。鲍比进来的时候,我正在冰箱里翻找有没有能吃的东西当早餐。酸奶已经发霉变臭了,没有水果可以吃,仅剩的面包也已经硬得可以挡子弹了。

鲍比看到脏盘子,无意识地皱起鼻子,不过很大度地没提出批评,只是说:"你知道的,每次看到你扯上凶杀案,我就担心得要死。"

对于他来说,这句话几近于是在道歉了。"这次跟我无关。"我没好气地说,"我不知道卡洛琳为什么把我扯进来。上周她把我拖到南芝加哥参加篮球队的重聚。然后她想利用我帮她处理一件私事。

接着她又打电话让我不要插手管她的事情。现在她再一次把我拉回来，或者她只是想惩罚我？"

我从橱柜里找出来一些饼干，在上面抹了一些花生酱。"我们正在吃炸鸡时，南希过来找她谈分区的事情。这大概是一周前的事了。卡洛琳认为，是那里的尤尔沙克市议员拦下了许可证的事。她问我，如果是我在调查此事的话会怎么做？我说，如果她或南希认识尤尔沙克的部下，直接去问一下就行了。然后南希就走了。这就是整个事情的经过。"

我又添了一些咖啡，手因为气愤而发抖，将咖啡洒到了炉台上。"尽管你查到了一些消息，但是我们已经十几年没见过面了，我根本不知道她的朋友或敌人有哪些。现在，卡洛琳讲得好像是尤尔沙克杀了南希，但是她根本一点证据都没有。而且她还把事情搞成是我怂恿的。真见鬼！"

鲍比缩了一下，说道："不要说粗话，维艾。这是于事无补的。你在为那位蒂亚克女孩做什么？"

"是女人，或者乳臭未干的小鬼头。"我带着满嘴的花生酱自动开讲，"尽管这事与你无关，我还是会无条件告诉你的。她母亲是加布里埃拉一直照顾的人之一，现在快要死了，很凄惨啊。卡洛琳让我帮忙找一些她母亲以前的同事，希望他们能过来看看她。但是也许她已经告诉你了，她在两天前解雇我了。"

鲍比的蓝眼睛在红润的脸上眯成一条缝。"我希望我能知道有几句是真的。"

"果然，不跟你坦白比较好，"我哀怨地说，"尤其是你从一进门就谴责我。"

"维艾，不用火气这么大吧。"鲍比说着就脸红了，就像想到了我赤身裸体的画面,"一年至少清理一次厨房,别把家里弄得这么糟。"

当他跟麦高尼格尔警官踩着重重的脚步离开后,我到卧室里换上了衣服。我一边穿上那件黑色连衣裙,一边看着窗外,雨水在街道上汇成了小河。我穿上跑鞋,将一双黑色高跟鞋放进了包里。

尽管撑着一把大号的雨伞,我的腿和脚还是在跑到汽车的途中淋湿了。不过,在往年的二月,这里的雪应该有一两英尺厚了,所以我尽量不让自己抱怨得太难听。

小雪佛兰的除雾器无力地在挡风玻璃前摆动,不过幸好它还能工作,一路过来我可是碰上了不少罢工的车子。暴雨和抛锚的车子让南向的行驶变得非常缓慢。直到快十点时,我才从四十一号公路转进九十二街。当我在靠近商业街的街角附近找到停车位时,雨势终于小了许多,我可以换上高跟鞋了。

南芝计划的办公室在一条小店街的第二层。我小跑着转过街角来到入口处。以前我的牙医曾经在这里开过诊所,所以商业街的入口给我留下了难忘的记忆。

我在未铺地毯的楼梯顶端停下来,一边读着墙上的楼层示意图,一边梳理着头发,把裙子抚平。迪奈克医生已经不在这里了,还有许多租客也离开了。我顺着走廊前行,一路上经过了六七间空办公室。

我走进那间位于走廊尽头的房间,我闻到了非营利组织特有的气味。布满刮痕的铁制家具和贴满报纸的墙壁,在不断闪烁的灯光下显得斑驳不堪。地板上堆积着纸张和电话簿,打字机是我上大学时就已经淘汰的一款 IBM。

一位年轻的黑人小姐正在边打电话边打字。她冲我笑了笑,然后竖起一只手指示意我稍等。我听到从开着门的会议室里传出了说话声，于是无视接待小姐急切的嘘声，来到了门口往里看。

屋内，四女一男，共有五个人正围坐在一张摇摇晃晃的桌子旁边。卡洛琳坐在中间，言辞激昂。看到我出现在门口，她中断了谈话，脸上的红潮一直蔓延到她那红棕色头发的发根。

"维艾，我正在开会，你就不能等会儿？"

"宝贝儿，只要是你的事，我整天都有空。我们得面对面地好好聊聊约翰·麦高尼格尔的事，他今天一大早就来找我了。"

"约翰·麦高尼格尔？"她迷惑不解地皱起小鼻子。

"麦高尼格尔警官，芝加哥警局。"我好心地提醒道。

她的脸涨得更红了。"哦，他呀。也许我们最好现在就谈。请原谅我先离开好吗？"

她站起来，把我带到会议室隔壁的一个小房间。房间里一片混乱，书本、纸张、图表、旧报纸和糖果纸到处是。跟这里比起来，我的办公室干净得简直就是修道院了。卡洛琳把折叠椅上的电话簿拿走，让我坐下。她在办公桌后面那张快散架的转椅上坐下来，双手在身前交叠，眼睛倔强地盯着我。

"卡洛琳，我已经认识你二十六年了，你耍过的诡计，连奥利弗·诺斯都自叹弗如，但是这次是最精彩的。先是又哭又闹地让我帮你找回老爸，接着无缘无故地解雇我。现在，更厉害的是，你竟然对警察撒谎，说我跟南希的死有关。你想解释一下原因吗？不要借用安徒生童话里的招数！"我气得大喊大叫，根本控制不住音量。

"你在那儿摆什么高姿态？"她斗志昂扬地说，"你的确是给了南希建议……"

"闭嘴！"我突然喊道，"看清楚，你不是在跟条子谈话，宝贝儿。我能想象出，你在麦高尼格尔警官面前又是脸红又是眨眼的。但是，我知道那晚我跟南希说了些什么,你也是。所以别再废话了,告诉我为什么对警察撒谎。"

"我没有!你能证明我撒谎了吗?那天晚上南希的确来过,你也确实告诉过她去找尤尔沙克的下属谈谈。现在,她死了。"

我像一只落水狗一样甩着头,试图理清脑中的思绪。"我们从头开始好吗?你为什么让我停止寻找你的老爸?"

她盯着桌面。"我觉得这对妈妈不公平。这件事令她很恼火不安,我不应该背着她这样做。"

"哟,等等,先让我去请主教和教皇来举行赐福仪式。你什么时候把路易莎或其他人排在自己前面了?"

"住嘴!"她喊道,眼泪夺眶而出。"不管你信不信。我爱我的妈妈,不管你怎么想,我不愿她受到任何伤害。"

我警惕地看着她。卡洛琳或许会挤出几滴泪,上演悲惨孤儿的戏码,但她并不爱哭。

"好吧,"我慢慢说道,"我收回前面的话。我说得过分了。这就是你在警察那儿栽赃我的原因吗?因为我打算继续调查下去,所以想惩罚我?"

她大声擤着鼻子。"才不是那样!"

"那么到底是怎么回事?"

她咬着下嘴唇说:"星期二早上,南希给我打电话,说她接到恐吓电话,还说好像有人跟踪她。"

"他们为什么恐吓她?"

"当然是工厂的事了。"

"卡洛琳,我希望你能把这件事完全地说明白。她有没有明确地说出来,恐吓电话跟工厂有关?"

她张开嘴，吸了口气。"没有，"她低声说，"只是我的猜测。因为那是她跟我谈过的最后一件事情。"

"但是你却直接告诉警察她是因为回收厂的事被杀的，还说是我告诉她该去找谁谈。你知道这是多么可恶吗？"

"但是，维艾，这不只是我的胡乱猜测。我的意思是……"

"放屁！"我的怒火再次燃烧，声音嘶哑地说道，"你分得清想象跟现实的区别吗？南希被杀了，是谋杀。你不去帮助警察寻找凶手，却在这里造谣，让他们盯上我？"

"反正他们不会关心南希怎么样，也不会关心这里的任何人。"她站起来，目光炯炯。"他们只是为了应付政治压力做做样子罢了，一旦扯上尤尔沙克，南芝加哥就会变成南极那样。你应该跟我一样清楚。你知道他上一次修整这边的道路是什么时候吗？是在你搬走之前。"

"鲍比是个善良、正直、思虑周全的警察。"我固执地说，"即使尤尔沙克是个令人千般厌恶的人，这一点也不会改变的。"

"对，你也是不会在乎的。你已经很好地证明了这一点，自从你搬走之后就再也没有回来过，直到我把你扯进来。"

我右侧的太阳穴开始隐隐作痛。我重重地捶了下桌子，几张纸飘落在地板上。"为了找到你老爸，我焦头烂额地忙了整整一周。你祖父母辱骂我，路易莎对我勃然大怒，还有你！你不仅哄我去为你寻找老爸，还几次三番地把我耍得团团转。即使这样，你还不满足，又跑到警察那儿造谣诬陷我？"

"我以为你不在意呢。"她大叫，"我想，即使你不在乎我，总该会为南希做点什么吧。你们曾经同属一个篮球队，不是吗？结果，只证明了我的想法是多么的错误。"

说完后,她朝门口走去。我一把抓住她的胳膊,硬把她拉过来面对我。

"卡洛琳,我现在气得想打你的屁股,但是那不代表我没法正常思考。你之所以在警察面前扯上我,是因为你有一些不敢说出来的事情。我想知道是什么事。"

她暴躁地看着我说:"我什么也不知道。只是听南希说,有人从上周末开始跟踪她。"

"她打电话到警察局了?或者,你报了案?"

"没有。她跟州律师谈过了,他们说会为此建一个档案。我猜,他们的档案现在有的写了。"

她露出殉道者般的胜利微笑。我强迫自己平静地跟她谈话。几分钟后,她终于不情愿地答应坐下来,告诉我她所知道的一切。如果她说的是实话的话,那么她知道的并不多。卡洛琳并不知道南希在州律师办公室里见到了谁,她认为应该是休·麦克因尼,因为他们曾一起处理过其他事情。经过我的再三询问,卡洛琳终于坦承,十八个月前麦克因尼曾从她们那儿取走一份有关史蒂夫·德瑞斯伯格纠纷的文件。史蒂夫·德瑞斯伯格是垃圾处理生意的地方黑道代表。

我模糊地记得那个德瑞斯伯格的案件,是关于多氯化联苯焚化炉的,当时还爆出了他声称跟圣尼塔瑞地区私下签订了协议的丑闻。但是我不知道她跟南希也牵扯其中。当我质问她俩在其中所扮演的角色时,卡洛琳皱起眉毛拒绝回答。不过,据她说,事后她跟南希因为反对焚化炉而遭到了死亡恐吓。

"很明显,德瑞斯伯格知道在圣尼塔瑞地区是谁说了算。我们说什么根本无关紧要。我猜,他一定是认为南芝计划力量弱小,根本无足轻重,所以没有必要实施他的恐吓。"

"所以,你就没有告诉警察这些事。"我疲倦地搓着双手。"卡洛琳,你得打电话给麦高尼格尔警官,更正你先前的笔录。你得把你知道的那些过去曾威胁过南希的人告诉警察,让他们去盯着那些人。我回家后也会马上给警官打电话,告诉他我们的谈话。如果你还想撒第二次谎的话,最好考虑清楚,他可是跟我打过好几年交道的。他可能不喜欢我,但是他知道能信任我所说的话。"

她狂暴地直视着我。"我不是五岁小孩了。用不着听你的。"

我走向门口,边走边说:"帮帮忙,卡洛琳。下次再遇到麻烦的时候,就像其他人那样拨九一一吧,或者找神父倾诉也行。不要再来烦我。"

第十二章 常识

　　我拖着疲惫的身躯回到我的雪佛兰车里，感觉自己仿佛已经一百岁了。我十分讨厌卡洛琳，讨厌自己又一次钻入她的圈套，也讨厌加布里埃拉一直以来对路易莎·蒂亚克的帮扶。如果我的妈妈早知道路易莎这遭天杀的小宝贝会给我带来这样的麻烦……我仿佛听到了二十二年前加布里埃拉用响亮嗓音回应相同的怨言："亲爱的，她呀，是个麻烦。但你呢，你会表现得更理性。并不是因为你比她大，而是你的天性使然。"

　　想到这里，我十分不满地发动了车子。有时还真讨厌这种理性和责任感所带来的包袱，特别是在你周围的每一个人都在哭号的时候。尽管如此，我并没有撒手不管卡洛琳的事情而开车向北回家，反而向西径直去南希在姆斯柯根的老家。

　　但是我跑这一趟并不是为了帮助卡洛琳。我并不在意是我告诉南希去尤尔沙克的办公室找某人谈谈，甚至也不在意我们共用学校的那条旧毛巾。我只希望我的到来能够减轻因为没接到南希的电话所产生的罪恶感。

　　当然她可能已经打电话慰问了母老虎队——我们的接班人在四分之一周决赛中被淘汰了。但是我并不这么想。尽管我在卡洛琳面前大放厥词，但我稍稍感觉到她是对的——南希已经打探到了一些回收厂的消息,所以她需要我来帮她。

我轻而易举地找到了南希妈妈的住所,这并没有让我高兴起来。我以为我早把南区抛在脑后了,但是潜意识里似乎清楚地记得我在这里去过的每一户人家。

三辆汽车被挤到这条短短的车道。前面的路边也挤满了车,我不得不顺着路一直往下开才找到一个停车位。我拨弄着手中的车钥匙,停留了片刻才开始迈出步伐——或许我应该等到致哀的人们走后再来拜访。尽管我的本性是理性的,但是我却失去了耐性。我把钥匙放在裙子口袋里,径直向前走去。

一个身着牛仔裤和运动衫的大约三十岁的陌生年轻女子帮我开了门,她满眼疑惑地看向我,却什么也没说,经过了漫长的一分钟沉默无语,我最终说出了我的名字。

"我是南希的一位老朋友。如果克莱格霍恩太太愿意见我,我想打扰她几分钟。"

"我去问一下。"她嘟囔着。

她又回来了,耸耸肩说我可以进去,接着回去做我进门前她一直在做的事。当我进入大厅时,我被里面的喧闹声吓了一跳——屋子里的气氛更像是我和南希小时候的吵闹住家,哪像是一个哀悼的场面。

我顺着声音向客厅方向走去,两个小男孩突然跑出来,把蛋糕卷当成枪相互追逐。前面的那个小男孩撞上我,没有道歉就跑了。我闪过另一个男孩,并仔细地观察了一下四周,才踏进客厅。

狭长而舒适的房间里塞满了人。我一个也不认识,但猜得出来那四个男的是南希的哥哥,三个年轻的女的是他们的妻子。这里感觉像是一个爆满的托儿所。即使站在门口处,都觉得挤得厉害。小孩子之间你戳我打,咯咯地笑,完全不理会大人吼着叫他们安静。

没有人注意到我，但我终于看见爱伦·克莱格霍恩在房间的另一头，她兴趣索然地抱着一个哇哇大哭的孩子。当她看见我，就把孩子交给一个年轻女人。费劲地穿过她成群的孙儿们走向我。

"我对南希的事很遗憾，"我说，握着她的手。"并且我对这个时候打扰你很是抱歉。"

"我很高兴你能来，亲爱的。"她说，她给了我一个暖暖的微笑并亲吻我的脸颊。

"我的儿子们出于好心——他们全都请假，并认为奶奶看到孩子们会高兴一点——但是这也太吵了。我们去餐厅吧，那里有蛋糕，我的一个媳妇在煮咖啡。"

爱伦·克莱格霍恩在她这个年纪仍然保养得不错，她是丰满版本的南希，有着相同的金色卷发，岁月非但没使它们变得灰白，反而加深了这种颜色。她的皮肤柔软而细腻。自从她的丈夫跟另一个女人跑了之后，她已经独自一个人很久了。她没有得到任何赡养费，仅仅凭借图书管理员的微薄收入来养活这个大家庭，每当我跟南希练完球，她总在饭桌上给我留一个位子。

爱伦不爱做家务，这在南区可算得上是异类。餐厅的混乱跟我的记忆相差无几，角落里布满了灰尘，书和报纸被堆在一边，剩下的空间是吃饭的地方。尽管如此，在我年少时，总觉得这是个十分浪漫的房子，这一带有很多大房子，这幢就是其中之一。克莱格霍恩先生在搬走之前是小学校长，他的五个子女都有自己的房间——这在南区是闻所未闻的奢华。南希曾经有一个带窗户的阁楼，我们曾经在那里演出过《蓝胡子》。

克莱格霍恩太太在摆了一堆报纸的桌子前坐了下来，并示意我坐在斜对角。

我翻弄着眼前的书,接着突然说道:"南希昨天一直打电话找我,我想,我昨天给打你电话要她的电话号码时已经跟你说了,你知道她有什么事吗?"

她摇摇头。"我这几周一直没跟她通电话。"

"我知道今天不应该来烦扰你。但是我一直在想她找我的原因——可能跟她发生的事有关,我的意思是,我们很久没见面了。再见面时我已经成了一名侦探,她就问我在她的那种情形下我会怎么做。所以她昨天找我,应该是和侦探工作有关,你知道的,可能发生了一些事情,她需要我专业的帮助。"

"我真的不知道,亲爱的。"她的声音颤抖着,努力克制自己。"别再惦记这事了,我肯定你帮不上她。"

"真希望我能同意你的话。听我说,我不是丧尽天良,在你如此伤心的时候来问这些。但我真觉得我对这事负有责任。我是个经验丰富的侦探。当初她打电话的时候,如果我要是在家,可能会帮到她。现在只有抓到杀人凶手才会让我心安。"

"维艾,我知道你和南希是好朋友,并且我也确信你认为自己是在帮忙。但是,就交给警察吧。我不想再谈这件事了,也不愿意在去多想些什么了。在满屋子小孩子吵闹声中准备丧事已经够糟了。如果我还得去想,想为什么有人要杀她,我就会一直想她在沼泽地里的情形。当她还是童子军队员的时候,我们常常去赏鸟,她总是很怕水。我一直在想她一个人在那里,想想就好害怕。"她中断话语,拼命压住眼泪。

我知道南希怕水,她从来不曾跟我们偷偷到卡柳梅特河游泳。上大学时,她也是靠医生的证明来逃避必修的游泳课程。我不愿想象她在沼泽地的最后时刻。也许她一直没有恢复知觉,但愿如此。

"就是啊,所以查出是谁让她受苦对我很重要,如果我现在能帮助她,这让我觉得她并不是那么无助。你能理解吗?能不能告诉我南希可能跟谁谈过?我是说,如果不是跟你谈的话。"

她和南希总是无所不谈,这让我很嫉妒。尽管我很爱我的母亲,但她总是绷得很紧,让人放松不起来。如果南希没有告诉爱伦·克莱格霍恩她的回收厂计划进行地怎么样了,她一定跟她的朋友或者情人讲过。经过几分钟的闲扯,克莱格霍恩被我哄得开始讲南希的朋友们。

南希谈过恋爱,怀过孕,堕过胎。自从五年前和查尔斯分手后,她再也没交过男朋友,并且在这里也没有很亲密的女性朋友。

"在这里认识一些朋友并非易事。我本希望她买了那房子之后能多交点朋友——南海岸比这里多一些活力,并且现在住了很多大学生。这里没有任何人可以交心。可能除了卡洛琳·蒂亚克,但南希觉得她太莽撞了,除非是千真万确的事,否则是不能跟她谈的。"那句无心的话让她皱起了眉头。

我揉揉眼睛。"她跟一位州检察官谈过。如果是跟南芝加哥计划有关,她可能也跟他们组织的律师谈过。他叫什么名字?她拜访卡洛琳的那天晚上提到过,但我记不住了。"

"应该是罗恩·卡佩尔曼,维艾。他们约会过几次,但是似乎合不来。"

"那是什么时候的事?"我警觉起来问道,可能根本就是情杀。

"我猜可能是两年前,当他开始加入南芝加哥计划的时候。"

也有可能不是,有谁会在两年后才来报复这变了味的爱情。当然、、阿加莎·克里斯蒂除外。

克莱格霍恩太太不会提供更多的信息了,除了告诉我葬礼的日期。下周一在卫理公会橄榄山教堂，我说我会参加，然后留下她照顾她的孙儿们，便离开了。

回到车上，我耷拉着头，沮丧地趴在方向盘上。除了星期二处理的金融调查案件，我已经连续三周没有任何收入了，而且，如果我继续跟进南希的案子，就不得不和州律师谈谈。看看在被告知她被跟踪时，南希是不是还说了其他的事情；还要和罗恩·卡佩尔曼谈谈，看看他是不是感觉自己被轻视了，要不然就是问问他知不知道南希最近在忙什么。

我疲惫地揉揉我的头。或许我已经老了，不能再去当先锋队员了。或许我应该告知约翰·麦高尼格尔，告诉他我和卡洛琳的谈话内容，然后我去做我最拿手的商业欺诈案件。

在这个合理并且理性的想法下，我发动车子离开了。不是按照刚才的常识判断驶向湖边往回走，而是向南希的葬身之地驶去。

第十三章 枯木塘

枯木塘位于沼泽地、垃圾填埋坑和工厂之间的迷宫中。我还是在作为女童子军去赏鸟时去过一次,所以并不确定能再一次找到它。在一〇三号大街上,我向西驶向石岛,这条路也是贯穿迷宫的主干道。一〇三号大街的北面是一条大路,这里却是难以判断宽度的碎石路。这是由于巨大的托运货车来回进出工厂,路面被压得坑坑洼洼。

大雨把这条小路变成了泥浆路。雪佛兰在车辙和沼泽地的杂草中间颠簸不已。路过的货车把泥溅到我的挡风玻璃上。我急转弯想躲开的时候,雪佛兰则直直地向路边的排水沟冲去。

因为要用力握紧方向盘,我的手臂开始发麻,我总算在左手边看到枯木塘了。我将车停在路边的高处,然后穿上跑鞋开始探险。我沿着小路来到枯木塘东边公告禁止进入的小径,接着战战兢兢地穿过泥泞地和死草地。泥巴在我脚下吱吱作响,钻进鞋子。

这个水塘是卡柳梅特河的溢流。它并不深,但是它的浊流覆盖了大片的沼泽地。走近之后,我看见了一个自相矛盾的告示被钉在树上。一个宣称这片地区列属联邦清水计划,另一个警告侵入者小心这里的有害废物。不知道哪个有远见的机构用一些铁丝网围住水塘,但大部分已经倒下,很容易就可以跨过去。我撩起裙子,跨过铁丝网,来到了水塘边。

枯木塘过去曾经是绝佳的候鸟栖息地，现在水色浑浊，光秃秃的树桩露在水面上，犹如梦幻般的手指。自从清水法案实施以来，鱼群已经回到卡柳梅特河及其支流。但到这里的鱼就会浑身出现肿块和烂鳍。尽管如此，我还是看见两个在这片污水上钓鱼的人。他们被掩盖在一层一层的破衣服下，没有形状，没有年龄，没有性别。我感觉到他们一直盯着我看，直到我消失在沼泽地草层的拐弯处。

我顺着小路来到水塘的南端尽头，报纸上说南希就死在那里。地方很好找——警方用黄色封锁线标出地点，还有黄色的告示说这是命案侦查现场，禁止进入。他们没有留下看守人员——没人会遵守这些告示内容。不管怎样，大雨已经冲刷了一切昨天晚上没有收集到的证据，我低头穿过黄色封锁线。

杀人凶手的停车位置跟我一样，或者离我车子很近。他们沿着我刚才走过的路拖拽着南希，并且是在光天化日之下。他们一定遇到过刚才抓鱼的那两个人，或者是经过他们两个站的地方。没人看见杀人凶手的话，那还真是他的运气。或者是仗着来这儿的人都是鬼鬼祟祟的，不会有那个闲心去管其他人的事。

大雨已经冲洗过南希身体留下的痕迹，但是警察用石头摆出来了她的身体轮廓。我蹲在一边查看。她被凶手从毯子里丢出来，右肩着地，头的大部分浸在水中，躺在这油质的水中直到溺死。

我在冷空气中直打哆嗦，最后站起来。这里真没有什么好看的，没有任何的活着或者死去的迹象。我慢吞吞地回到小路上，每走几步就停下来观察一下周围的灌木和草丛。一切都是徒劳。大侦探福尔摩斯一定能从这里找到线索，比如说烟蒂，不属于这里的碎石，或一个丢失的信封碎片。我能看到的就是无止境的酒瓶、薯片袋子、旧鞋子和衣服，这说明南希只是被丢在沼泽地的众多废弃物之一。

那两个抓鱼的人还在那个一开始我碰见他们的地方。我突然决定走上前去问问他们昨天在不在这儿，是否注意到些什么。但是当我走向他们的时候，一只骨瘦如柴的德国牧羊犬挡在路上凶狠地瞪着我。它挺直了前腿，獠牙露齿。我嘟嚷着说："乖狗狗。"然后回到小路上。让警察来审问这俩人吧——警察做这些有薪水，我可没有。

回到路上，我开始寻找凶手是在哪儿带着南希翻越铁丝网的。最终我在离我车二十英尺远的铁丝网上找到了一些绿线。能清晰地看到被凶手踩断的、去年的新草的痕迹，这地方没什么人走动的迹象，所以我认为警方没有搜过这里。

我小心翼翼地穿过灌木丛，检查每一块垃圾。在拨开死草的时候割伤了手。当我意识到我在这不能有任何发现的时候，我穿的黑裙子已经沾上泥土变硬，手脚都变得冰凉。我掉转雪弗兰的车头向北驶去，试着去找南希在州律师办公室的接头人。

我的裙子湿漉漉的，双腿沾满泥泞，我这身打扮实在不能办事，就连在公务员面前留个好印象也不可能。已经快三点了，如果我回家换一下衣服，在下班前肯定来不及返回二十六号街和加利福尼亚路。

我在库克郡工作那几年担任公众辩护，这不仅让我成了法官的对头，也使得我永远信不过他们。我们同样为库克郡政府工作，但是他们工资却是我们的一倍半。并且如果热门案件上了报纸，总会出现检察官的名字。即使是我们运用自己高超的聪明才智使他们看起来微不足道，我们却从未被报道过。当然，我培养出了自己的检察官人脉，跟他们协商认罪协议和其他协议。但是里奇·戴利的手下不会看在以往的情分上给我任何信息。我得像芝加哥足球明星迪克·巴克斯一样，从中线突出重围。

在门口为我做检查的法警仍然记得我。她取笑我脏乱的外表，但好在她没有把我当成危险的教唆犯分子而拒之门外。我走进洗手间，洗掉腿上的泥土。裙子就算一把火烧掉也无能为力了，但是我稍稍化了一下妆，梳梳头发，起码使我看起来不像是从看守所里逃出来的似的。

我径直向三楼走去，看向接待员，严肃地说，"我叫华沙斯基，是一个侦探，我要跟休·麦克因尼谈谈克莱格霍恩的案子。"

在刑事法庭上一角硬币可以买到一打的警察和司法人员，我想他们不会在每次找人的时候都亮出警徽，所以我又何必呢？接待员在我的威吓语气下迅速拨打了内线号码。尽管她像其他员工一样是通过关系进来的，但得罪一个侦探对她一点好处也没有。

检察官是年轻男女走向大律师事务所或者政府机关的一个捷径。你永远也看不到年纪较大的人坐在法官的左手边——我真的怀疑他们把不能自然升迁的人调到哪儿去了。休·麦克因尼看起来不到三十岁，他很高，有一头浓密的金发，拥有靠大量网球运动才能练就的匀称且发达的肌肉。

"侦探小姐，有何贵干？"他浑厚的嗓音跟健壮的身体注定了他是出庭的料。

"南希·克莱格霍恩。"我简明地说，"我们能私下谈谈吗？"

他领我穿过内门来到会议室，裸露的墙皮和磨损的家具跟我在这工作时是一样的。他把我独自留在那里片刻，自己去拿南希的档案。

"你知道她已经死了。"当他回来时，我说道。

"我在早晨的报纸上看到了，我一直在等你们的人过来问。"

"你就没想过你自己主动联系警方？"我高傲地扬起眉毛。

他耸耸肩。"我没有任何具体的事要告诉你，她星期二来找我，因为她觉得有人在跟踪她。"

"她没说出是谁吗?"

他摇摇头。"相信我,探员,如果我知道名字,我在今早一看到报纸的时候就打电话了。"

"你不觉得史蒂夫·德瑞斯伯格有嫌疑吗?"

他如坐针毡般地来回移动,"我——呃,我跟德瑞斯伯格的律师里昂·海斯谈过,他——呃,他认为德瑞斯伯格这些日子对于现状很满意。"

"对哦,他应该满意,"我恶狠狠地说,"他的那个焚化炉计划使得你们在法庭上看起来像凉拌生菜,对吧,你问过海斯对克莱格霍恩推动的回收计划有什么看法?如果他会为焚化炉威胁杀人,一间回收厂恐怕不会让他高兴得跳起来。或者你认为一切都是克莱格霍恩的想象,麦克因尼先生?"

"嗨,探员,放轻松。我们是站在同一战线的。你如果找到是谁杀了克莱格霍恩小姐,我就会起诉这该死的混蛋。我跟你保证。我并不认为是史蒂夫·德瑞斯伯格,但是呢,我会打电话给海斯探探虚实。"

我粗鲁地咧嘴一笑并站起来。"最好还是把它交给警察,麦克因尼先生,让他们去调查,找出那该死的凶手,交给你来起诉。"

我傲慢地跨过办公室,但是一进入电梯,我的肩膀就松垮下来了。我并不想招惹史蒂夫·德瑞斯伯格。如果关于他的传闻有一半属实的话,他把你抛尸芝加哥河的速度比换袜子还快。但在焚化炉的事情上他并没有动南希和卡洛琳的汗毛。或者他想第一次先给你个警告,第二次再采取突然谋杀。我清醒地将雪佛兰驶向人潮拥挤的肯尼迪大道上,直接回家。

第十四章 浑水

我到家时,看到孔特雷拉斯先生和佩皮在楼下。小狗在啃咬着一根长杆,他在打扫小前庭里的碎片。佩皮见我回来就跳起来,但是察觉到我不是穿着运动装就又趴回去了。

孔特雷拉斯先生随意地挥了挥手。"哎呀,小可爱,你早上被雨淋啦?"他挺直身子看着我。"哦,哦,你还真是一道风景线,看起来你像刚从水深及腰的泥巴塘里走出来。"

"是的,我去南芝加哥沼泽了,那里的泥巴死心塌地地跟我在一起,甩都甩不掉。"

"哦,是吗?我还真不知道南芝加哥也有沼泽地。"

"对啊,就是有。"我烦躁地说,不耐烦地推开佩皮。

孔特雷拉斯先生仔细打量着我。"你需要先冲个澡。热水澡再加上一杯美酒,小可爱,你先上去好好休息,尊贵的佩皮公主殿下交给我就行了。你知道的,它不需要每天都去湖边。"

"嗯,好。"我取齐了信件,慢慢地走上三楼。我看到浴室门上那个大镜子中的自己,真不敢相信麦克因尼居然肯跟我讲话,没有刁难我。我的模样简直可以跟枯木塘抓鱼的那两个人归为一类了。我的连裤袜被划得一条条的,当时在检察官办公室的洗手间试图洗掉污泥,却让我的腿上留下一道道黑痕。干涸结块的污泥使我的裙摆很沉。

甚至连黑色的淑女鞋都被腿上落下来的干泥覆盖了一层。

我一边放洗澡水,一边在浴室外面踢掉鞋子,扔掉连裤袜。希望洗衣店能让我的裙子恢复原貌,我不想为了老邻居而牺牲掉我所有的衣服。

我把无线电话从卧室里拿到浴室。我泡进浴缸,只要一伸手就可以够到威士忌,然后我打开电话开始查询留言。劳工部的老同学乔纳森·迈克联系过我,他留了办公室电话,但是这个时候已经下班了,我也没有他未登记的家庭电话。我把电话放到水槽上,闭上眼睛躺在浴缸里。

史蒂夫·德瑞斯伯格是著名的垃圾大王,这不是因为他真的是垃圾,而是因为如果你要在芝加哥地区从事垃圾掩埋、焚化及运载行业,就得跟他打交道并且分他一杯羹。有两家货运老板就因为拒绝和他交易而凭空消失了,据说被埋在卡柳梅特再生地里面。另外,去年夏天,一间垃圾储存场被纵火,使得六条街的南区居民被疏散,传闻如果追查的话,可以追踪到他身上——不过前提是你付得起足够多的人寿保险金,让人愿意舍命追查。

德瑞斯伯格的案子即使不是由联邦调查局立案调查,也毫无疑问会是警方的事。因为卡洛琳致电麦高尼格尔修正笔录的可能性几乎为零,这意味着该由我来扮演模范好市民,亲自告诉他这条线索。

我屏住气,身体往下滑,让水没过我的头。但如果德瑞斯伯格根本就没卷入这件案子,那我引警察去找他就只会分散警力,减少了他们侦查其他更可能线索的时间。

我坐起来用洗发水洗头,周围的水开始变黑。我拔掉塞子,打开热水开关。我最应该做的就是从尤尔沙克的员工开始,找一个坦白的人,能够向我提供南希打探到的事情。然后,当阴险人物开始跟踪我时,我就拿出家里生锈的史密斯威森手枪对付他们,最好是在他们准备打昏我、把我扔到沼泽地之前解决他们。

我披上一件毛巾浴袍,到厨房找食物。女佣很长时间没买菜了,可供选择很少。我拿了花生酱和黑牌威士忌回到客厅。

当喝到第二杯威士忌、吃到第四匙花生酱的时候,我听到试探性的敲门声。我非常不情愿,但还是去应了门。是孔特雷拉斯先生,他托着满满一小盘食物,狗在他脚边。

"希望你不要介意我这样送吃的上来,小可爱。刚刚看你一副狼狈的样子,我想你可能需要一顿晚餐。我做了烤鸡,虽然不是炭烤的,但滋味也不错。如果我说好吃,那就是好吃了。我知道你喜欢吃健康食物,所以我就帮你弄了一大盘沙拉。嗯,你要是想一个人待一会儿就说一声,佩皮和我会乖乖回家。不要介意这样说。但你不能只靠喝那些度日。还有花生酱呢?苏格兰花生酱?这样不行,宝贝儿,你要是太忙没时间买菜就说一声,我买的时候帮你带一份是一点也不麻烦的,你知道的。"

我无精打采地道谢,请他进来。"我去换件衣服。"

我想我应该让他直接回去——我不想让他养成习惯,认为他想来就可以来。可是鸡肉闻起来真香,沙拉看起来很健康,而且这些日子吃了太多花生酱,我的胃都有点受不了了。

结果我跟他聊起南希的死和我在枯木塘的经历。他从没到过自然历史博物馆以南的地方,对南区的生活毫无概念。我拿出南芝加哥地图,为他指出我长大的休斯敦大街,又指出去卡柳梅特工业区的路和发现南希尸体的湿地。

他摇着头说:"哦,枯木塘?我猜这肯定是个名副其实的地名。那样失去一个朋友太糟糕了,她可是你从小到大一起打篮球的伙伴。

我都不知道你参加过球队，不过看你跑步的样子我也该猜得出来。但是你得小心，宝贝儿。如果这个德瑞斯伯格是幕后黑手，那他就比你想象的可怕得多。你是知道我的，跟人打架我打死不后退。可是我也不会自不量力到只身一人跟一队坦克师对打。"

他正要根据他"安奇奥登陆"的经验夸夸其谈解释一番，乔纳森·迈克来电话了。我说了声"抱歉"，回卧室用分机接电话。

"我要在明早出城前见你一面。"乔纳森一上来就直奔主题。"我叫一个手下查了你说的那两个人的事——潘科夫斯基和费拉罗确实控告过胡伯特，但显然不是告不当解雇，而是要求公司赔偿。看起来他们是因为生病才辞职的，他们想证明生病跟工作有关。最终他们的官司是白忙一场。案子是在这里审理的，胡伯特轻而易举地就赢了。然后那两个人死了，律师似乎也不想继续上诉，我不知道你想了解多少细节，不过经手的律师是弗雷德里克·曼海姆。"

在我道谢的时候他干脆地打断了我。"不聊了。"

我正要放下电话，他却又回到线上。"你还在吗？太好了，我差点忘了，我们没有看到任何蓄意破坏工厂的记录，不过也许胡伯特一直在保密，他不想让这件事变得尽人皆知，你知道的。"

他挂掉后，我坐在床上盯着电话。这些毫不相关的信息超出了我大脑的承载量，我无法继续思考。首先是薛西斯工厂人事主管和医生的反应挑起了我的职业好奇心。我想知道他们异常反应背后的原因是什么。接着胡伯特给了我一个似乎很随便的解释，而南希的死改变了我的初衷。我不能解开宇宙之谜，但找出杀死南希的凶手似乎比解开薛西斯之谜更紧急。

现在局势似乎向另一个方向转变了。胡伯特干吗跟我鬼扯？还是他没骗我？也许他们控告公司要求赔偿，但因为蓄意破坏工厂而败诉。南希、胡伯特、卡洛琳、路易莎、奇格威尔，他们的面孔毫无头绪地在我脑海里打转。

"你还好吧，亲爱的？"孔特雷拉斯先生在客厅外面焦急地问道。

"嗯，我很好，我想。"我站起来步出房间，挂着一个希望他能放心的微笑，"我只是想一个人待一会儿，好吗？"

"好的，当然，好的。"他有一点难过，但努力不表现出来。他收拾脏盘子，挥手不要我帮忙，然后端着盘子带着狗下楼去了。

他一离开，我便如幽灵似的在公寓里晃来晃去。卡洛琳要我停止找她父亲，但这不可能要胡伯特吐出真相。可是想到当一个身价过亿的人挡在前面跟我过不去，我就气不打一处来。

我到处找电话簿，终于在钢琴架上的一沓乐谱下面找到了。当然，胡伯特的电话不可能登记。弗雷德里克·曼海姆律师的办公室在九十五街和哈尔斯蒂街路口，家在比佛利附近。收入丰厚或者涉及犯罪事件的律师不会公开他们家的电话，通常也不会住在西南地区，以免离法庭和繁华世界太远。

我坐立不安，想立刻采取行动，打电话给曼海姆，从他那里问出些什么，然后冲到橡树街跟胡伯特对质。"欲速则不达。"我喃喃自语。得先想好再动手，最好等到早上再行动，亲自到城南见那个家伙。哎呀，又得穿丝袜了。这也意味着我最好把黑色便鞋擦一擦。

我为了找鞋油，把柜子翻了个遍，最后在一个睡袋下面找出一盒黑色鞋油。在我仔细地清理鞋子时，鲍比·马洛里来电话了。

我把话筒夹在肩膀和耳朵之间，一边擦着左脚那只鞋。"晚上好，长官，我能为你做些什么？"

"给我一个不逮捕你的理由。"他用愉快的聊天口气说，那意味着他一触即发。

"为什么？"

"伪装警官属于犯罪行为。每个人都知道，只有你不知道。"

"我冤枉啊。"我盯着鞋子，永远无法让它恢复到离开佛罗伦萨时的光泽，但状况还不是太糟。

"那个——高个子、三十岁上下、短卷发——向麦克因尼自称是警察的女人不是你吗？"

"我跟他说我是一个侦探。而且每当我提及警察时，我都特别小心地用了第三人称而不是第一人称。就我所知，那不算犯罪，只是市议员可能被我忽悠了。"我拿起右脚的鞋。

"你就是不相信警察，你不能把克莱格霍恩的案子留给警察来调查，是吧？"

"哦，我不知道。你认为是史蒂夫·德瑞斯伯格杀了她吗？"

"如果我说是，你会不会就此转移视线，去做你能胜任的案子？"

"你拿一张写了他名字的逮捕令，我就认真考虑一下，而且不和你争论我能胜任些什么。"我盖上鞋油，把它跟破布一起放在报纸上。

"维艾，听好，你是一个警察的女儿，你应该知道警察办案不允许你插手。当你一声不吭跑去找麦克因尼那样的人，这只会让我们的工作更加棘手，明白吗？"

"嗯，好的，知道了。"我固执地说，"以后没有你或麦高尼格尔的允许，我不会再去找检察官。"

"或者还有其他人？"

"饶了我吧，鲍比。如果有公告说明纯属警方事务的事情，我一定留给你们，这是我的风格。"

我们俩都怒气冲冲地挂掉电话。剩下的时间我坐在电视机前看一部剪得很烂的片子——《养子不教谁之过》，但怒气一点没消。

第十五章 化学课

曼海姆的办公室夹在美容院和花店之间，就在拥挤的九十五街那些小店面中。他的名字——弗雷德里克·曼海姆律师——用黑底金字两色印在了平板玻璃上，据说这看起来既传统又不张扬。

办公室临街的那一面，以前是其他小店用来做生意的部分，现在改装成了接待区，摆了两张塑胶椅。办公桌上放着一台打字机和一盆非洲紫罗兰。塑胶椅前的茶几上放着几本过期的《运动周刊》。我随意翻阅其中一本，等着有人出来接待一下，却始终没有人出现，我便轻轻敲了一下接待区后面的门，然后转动门把手。

门后是一道狭窄的走廊，原本是店家用来放存货的地方，现在用几片墙板隔成了一间办公室和洗手间。

我敲敲标着曼海姆名字的门，门上是立体的黑色歌德字体，外加粗粗的"请稍等"三个字。门内传来纸张的瑟瑟声，抽屉砰地关上的声音，然后曼海姆开了门，嘴不停地咀嚼着，还一边用手背擦嘴。他是一个面色红润的年轻人，淡黄的浓密头发垂在厚厚的眼镜片上边。

"哦，你好，安妮没说今天早上有人要来，进来吧。"

我握握他伸出的脏手，告诉他我的名字，然后说："我没有预约，很抱歉冒失地跑来，但我就在附近，想看看也许可以打扰一两分钟。"

他挥手示意我进去。"当然，当然，没问题。抱歉不能给你倒杯咖啡——我这杯是在路过达金甜甜圈店买的。"

他在办公桌和门之间塞了两张访客椅。如果倚坐在左边的那张椅子，头会碰到档案柜，坐右边那张椅子会抵着墙；纸板间的一道灰色刮痕是访客拉椅子时用力太大造成的。我为没能为这里贡献一点现金而感到稍稍有点不适。

他取出笔记纸和笔，小心翼翼地将达金甜甜圈的咖啡放到一边。

"麻烦请你拼出你的名字好吗？"

我拼了出来。"我是一名律师，曼海姆先生，不过现在我主要自己做一些侦探工作。我手上有一个案子牵扯到你的两个客户，应该是你以前的客户了，就是乔伊·潘科夫斯基和史蒂夫·费拉罗。"

开始他一直透过厚厚的镜片礼貌地注视我，双手悠闲地拿着他的笔。但当他听到潘科夫斯基和费拉罗的名字时，笔掉了下来，红润的娃娃脸上露出极度烦扰的神情。

"潘科夫斯基和费拉罗？我不知道……"

"他们是位于南芝加哥的胡伯特化工厂薛西斯工厂的员工，于两三年前死亡。"

"哦，对，我现在想起来了，他们是来进行法律咨询的，不过我没帮上什么忙。"他不高兴地眨着镜片后面的眼睛。

"我了解你不想透露你的客户的事。我也不喜欢跟人谈论我的客户。但如果我能说明我为何追查潘科夫斯基和费拉罗，你能不能回答几个关于他们的问题？"

他盯着桌面，不断摆弄着手中的笔。"我……我真的不能……"

"这两个人到底怎么了？为什么每次提到他们的名字总是大男人都吓得发抖？"

他抬头看我一眼。"你替谁工作？"

"我自己。"我自己，我自己，为我自己就够了，起码美迪亚[①]是这么说的。

"你不是为某家公司效力？"

"你是指像胡伯特化工那样的公司？不是。我以前邻居家的女孩子要寻找她父亲，于是雇用了我。尽管希望渺茫，但是那两个人中的一个，尤其是潘科夫斯基，可能是她的父亲，所以我到薛西斯工厂打听有没有人认识他。其实雇我的女孩子星期三就炒我鱿鱼了，只是大家听到他们名字后的奇怪反应撩起了我继续调查的兴趣。基本上，每个人都在对我说谎，捏造潘科夫斯基、费拉罗跟薛西斯厂之间的事情。后来一个我认识的劳工部的人说你是替他们打官司的律师，所以我就来了。"

他苦笑起来。"已经过这么久了，我想胡伯特化工厂应该没理由再派人过来。但是，我很难相信你是仅仅为了自己。那个案子曾经让很多人激动不已，现在连你也这样？这也太奇怪了，巧合得令人难以置信。"

我揉揉前额，想找到点灵感。最后我说："我要做一件我当侦探以来从未干过的事，我要告诉你发生过的每一件事，如果这之后你还是不相信我，那就算了。"

我从头开始娓娓道来，在我十一岁生日前几个月，路易莎挺着大肚子搬到隔壁；加布里埃拉堂·吉河德式的冲动念头；卡洛琳酷爱找人麻烦，还说我很讨厌自己总觉得是她的大姐，得照顾她。我

[①]美迪亚（Medea），希腊神话中的一位女巫，科尔喀斯国王埃厄忒斯之女，帮助伊阿宋取得了金羊毛并嫁给了他，后来伊阿宋抛弃了她，转而追求科林斯国王克瑞翁之女克瑞乌萨；为了复仇，她杀死克瑞翁、克瑞乌萨和自己的子女，然后逃往雅典。

没有告诉他南希死在枯木塘,但是我详尽地介绍了薛西斯发生的每件事,我跟奇格威尔医生的谈话,最后是胡伯特的介入。胡伯特的部分是我唯一有所保留的。我说不出大老板请我喝白兰地,因为我让自己沉浸在富裕的诱惑中,实在是太丢脸。所以我含糊地说是胡伯特的一个高级主管给我打过电话。

我说完了以后,曼海姆摘下眼镜,进行了一套细致的清洁工作,使用的工具居然是自己的领结。显然,这是他紧张时的习惯动作,但他的眼睛没有了眼镜的保护,看起来如此赤裸,我不禁把目光转向别处。

最终他戴上眼镜,拿起笔,说道:"我并不是一个混日子的律师,我真的很尽职尽责,只是没什么野心罢了。我在南区长大,我喜欢住在这里。我帮这条街上的很多商铺解决过租赁、劳工之类的事情。那两个人来找我的时候,也许我应该让他们另请高明,但我以为我能处理,我办过一些公司赔偿金的案子,所以想再办一次也没问题。潘科夫斯基的姐姐是隔壁花店的老板,她说我把她的事情办得很圆满,所以他们才会来找我。"

他走向档案柜,半途又改变了想法。"真不知道我拿档案干吗,大概是太紧张了。我的意思是,即使过了这么久,那该死的案子我还是烂熟于心,记得一清二楚。"

他停下来,但我没有催他。他现在主要是自言自语,我最好不要打断他的思绪。几分钟后,他继续说了下去。

"问题出在薛辛上,你知道的。他们原本的生产方式会释放有毒气体,你懂化学吗?我也不懂,但我当时研究了不少资料。薛辛是一种氯化烃——他们通常把氯加上乙烯气,做成溶剂。你知道的,它可以清除金属板上油渍,也可以清除油漆,或者其他东西。"

"嗯，如果你在生产工作过程中吸入那种气体，对身体可一点好处也没有，而且还会伤害肝脏、肾脏、中枢神经系统和其他身体器官的机能。当胡伯特化工厂五十年代刚开始产生薛辛的时候，没人知道那东西。你也知道他们不是为了杀死员工而开工厂，但他们没有控制好氯化气体释放到空气中的量。"

这会儿他回忆起往事，仿佛变了一个人，他看起来既自信又专业。他自称是好律师，看来并没有夸大其词。

"到了六七十年代，人们开始重视环保问题，像欧文·塞利科夫[①]那样的人开始关注工业污染和工人健康。他们发现，薛辛那种化学物质即使在很低的浓度下毒性也很高——你知道，就是万分之一的浓度——一般的说法是100ppm[②]。所以薛西斯化工厂安装了空气过滤器，还加强了管路的密闭性，把ppm值降到联邦标准值50ppm以下。那应该是七十年代末期，环保署规定薛辛标准的年代。"

他抱歉地笑了笑。"不好意思，我用了专业术语，但是一想起这个案子，我就没法很直白地讲述。总之，一九八三年的年初，潘科夫斯基和费拉罗来找我时，两人都病得很厉害；一个得了肝癌，一个是再生不良性贫血。他们在胡伯特厂工作很多年了，费拉罗五九年入厂，潘科夫斯基是六一年入厂，但他们都因为生了重病而不得不辞职，应该是在两年前，所以不能领取丧失劳动能力补偿。我想，公司的人应该从没提过这也是可以投保的。"

我点头表示赞同。企业大都会瞒着员工，不想让他们知道那些会增加企业保费支出的福利。就拿路易莎来说吧，她不但能领到丧

[①] 欧文·塞利科夫 (Irving Selikoff, 1915—1992)，医学研究者，率先提出石棉有害人体的观点。
[②] parts per million. 表示化学浓度。

失劳动能力的赔偿金,连金额庞大的医疗费用也是由公司支付的。"

"那工会呢?"我问道,"工会代表没有告知他们吗?"

他摇了摇头。"那是工厂内部自己设的工会,基本上充当了公司的传声筒。尤其现在失业率那么高,他们不想为了这个得罪公司。"

"钢铁厂的员工不就跟公司产生矛盾了嘛。"我冷冷地插嘴。

他第一次咧嘴笑了,看起来更加年轻了。"关于这个,你不能怪他们,我是指薛西斯工会。总之,那两个人不知道从哪里看到薛辛会带来这些健康问题,而且两个人的家庭都不富裕,他们想或许至少可以用失去劳动能力的理由得到赔偿。你知道的,他们把劳动能力的丧失归咎于工作原因。"

"是啊,所以你就去找胡伯特化工厂协商?还是直接控告他们?"

"我得抓紧时间,因为不知道他们两个还能活多久。我先去跟公司协商,但他们一直跟我打太极,我只好提出申诉。当然了,胜诉的话,即使他们已经死亡,家属也有权领到赔偿金,这能大大改善他们的经济状况。但你总是希望客户能够亲眼目睹胜利。"

我点点头,那样一笔钱真的可以很大程度地改善生活,特别是对潘科夫斯基太太和她所有的孩子而言更是如此。伊利诺伊州的保险公司对因公殉职的员工家属赔偿二十五万美元,因此这是值得花工夫去争取的。

"接下来呢?"

"嗯,我马上就看出薛西斯想阻挠我们,于是就提出控诉。然后我们弄到了提早开庭。尽管我是在南区混,倒也有一些人脉关系。"他自顾自地笑起来,但没说是为了什么发笑。

"可问题是他们俩都是烟鬼,潘科夫斯基还很爱喝酒,而且两个人一辈子都住在南芝加哥。如果你是在那里长大的,就不需要我告诉你那里的空气被污染成什么样子了吧?所以胡伯特认定我们没有办法证明导致他们生病的原因是工厂里的薛辛,而不是香烟或者空气中的污染气体。又指出他们两个刚进工厂的时候,根本没人知道薛辛是有毒的。就算真的是薛辛害得他们生病,也不能找公司算账——你知道的,他们只是依据当时的医学知识经营工厂。结果我们就一败涂地。我跟一个优秀的上诉律师谈过,他觉得没有上诉的借口。事情就是这样了。"

我想了想说:"嗯,可是如果事情只是这样的话,那我提到他们的名字的时候,为什么薛西斯化工厂跟受惊的兔子一样不安?"

他耸了耸肩。"或许跟我一开始不想跟你谈的原因一样吧。他们不相信你是孤身一人奋战,不相信你只是在找一个失踪多年的父亲,而是认定了你是来翻旧账的。你得承认,你的故事听上去真的挺牵强的。"

我很不情愿地从他的角度来看这整件事。考虑到他告诉我的那些我原本不知道的事情,我多少能理解一些。但我还是不明白为什么胡伯特觉得需要他的介入。如果他的公司赢得光明磊落,那么让他的下属告诉我潘科夫斯基和费德罗的事又有什么问题呢?

"还有啊,"我紧接着大声说道,"他们为什么那么生气?你是不是他们在案子里面动了什么手脚?我是说,你觉得审判有没有幕后操纵?"

他快快地摇摇头。"没有。从掌握的证据来看,我也不认为能赢这场官司。尽管我想应该是我们赢。我是说,这两个人在公司服务了二十多年,应该拿回一点什么,尤其他们可能是因为工作才死的。我是说,看看你朋友的母亲吧,她也快要死了,你说是肾衰竭吧?可是法律规定得很清楚,以前的案例也是——如果公司在那个时候依据当时的知识经营工厂,就不算有过失。"

"就只是这样吗?你不想谈这件事,是因为你没替他们打赢官司而感觉很难过吗?"

他再次用领结去擦拭眼镜。"嗯,那是会让我很沮丧,没有人喜欢输,而且上帝啊,你会真的忍不住想帮这些人打赢官司。可是话说回来,你知道的,对公司来说,如果让我们创下胜诉的先例,那薛西斯工厂就要吐血了。每个在那里生病或者死亡的人都会回来要大笔的赔偿金。"

他停下来。我强迫自己静静地坐着。

他终于开口了。"其实,结案之后我们正在考虑上诉,就在那时,我接到一通威胁电话。"

"那就可以推翻判决了。"我脱口而出,"你没去找州检察官吗?"

他摇摇头。"我只接到那一通电话。而且不管是谁打的,他没提及那件案子——只是大概说了说上诉的危险。我的身体是不强壮,但也不是胆小鬼。那通电话让我很生气,前所未有的恼火,我豁出去了,千方百计地寻求上诉机会,但无济于事。"

"那个人以后再没有打电话给你,恭喜你听了他们的话吗?"

"我再也没接到那个人的电话。但是当你不知道从哪里突然冒出来……"

我笑了。"很高兴你把我当成打手了,我下午可能会需要动用武力呢。"

他脸红了。"没有,也不是,你看起来并不像,我不是那个意思,我是说,你是一个很有魅力的小姐。可是这年头什么都很难说啊……但愿我能告诉你关于你朋友父亲的事,但我跟客户从来没谈过与此有关的话题。"

"是啊,我知道你们不可能会谈这种问题。"我对他的坦白表示感谢,然后起身站起来。

"如果你碰到什么我能帮得上忙的事,就跟我说一声。"他握了握我的手说,"尤其是,如果哪件事可以为我提供上诉的证据的话。"

我保证一定会,然后离开。我比来前明白了一些,但仍然很困惑。

第十六章 登门造访

和曼海姆谈过话之后，时间已经过了正午。我驾车驶向卢普市区，在路上买了健怡可乐和一个三明治——只有在我特别需要营养时才会吃的咸牛肉三明治，然后回到我的办公室。

我或多或少地能理解曼海姆的观点。如果胡伯特输了官司，那可就吃不了兜着走了；约翰曼威尔公司就是因为这种事情而申请破产保护的。但是曼威尔的状况不同，他们明明知道石棉是有毒性的，却隐瞒于众，因此像这样丑陋的真相曝光之后，员工就会把企业告上法庭，要求惩罚性的赔偿金额。

而胡伯特顶多就是面对一系列的工伤索赔，即便如此，事情可能也会很麻烦。假设工厂在过去十年里一共雇用了一千多名员工，而且全部死亡：一人二十五万美元的赔付，即使买单的是阿加克斯保险公司，那还是会有很多人会卷铺盖滚蛋。

我舔掉手指上的芥末。或许我错了，也许是阿加克斯保险公司不想赔付，也许是戈登·弗思交代他的兄弟古斯塔夫·胡伯特阻止重审。但是弗思不可能知道我卷入其中，消息在芝加哥还没法传播得那么快，或许真的会那么快。除非你在大企业待过一个星期，否则你不会知道八卦和传言是如何被快速散播的。

还有一个问题，为什么会有人威胁曼海姆不要上诉？如果胡伯特已经在法律问题上处理得很好,那么他就没理由紧盯着曼海姆——这只会使法官撤销判决。因此,企图阻止曼海姆的不可能是胡伯特的公司。

还有一种可能,那就是公司基层的人,这个人以为向原告施加压力,就能让自己在公司扬名立万,这也不是不可能。企业界的道德约束并不严肃,作为底层的员工会认为只有把对手踩在脚底下,才能赢得领导的青睐。

但即使是这样也解释不了胡伯特为这个官司特意对我撒谎的事实。为什么要把破坏工厂的罪名扣在两个可怜虫身上?他们只不过是想要一些工伤赔偿而已。我在想,究竟应不应该再想办法和胡伯特谈谈?我脑海中浮现出他胖胖的、和蔼的脸和冰冷的蓝眼珠。如果你和大鲨鱼在一个水域里游泳,你要万分小心。对于该不该去找这个大人物,我还在迟疑。

我自言自语起来,问题的层面变得越来越广,仿佛是水池中的涟漪,我就是涟漪中间的那块石头,而那一圈圈的水纹越散越远。我真是没有能力独自处理这么多看不见的蛛丝马迹。

我试图将自己的注意力放在邮件中出现的一些问题上,包括一封跳票通知。几星期前,我曾为一家五金行解决长期小额失款的问题,但他们的账户余额不足以支付支票。我打了电话,没有得到满意的答复,于是决定下班。我才把信纸狠狠地扔进废纸篓里,电话就响了。

一个干练的女低音说她是胡伯特的女秘书克莱丽莎·霍林沃斯。

我坐直了身体,不禁警觉起来。我还没准备好见面,鲨鱼倒自己游到我面前了。"霍林沃斯女士,我能为胡伯特先生做什么呢?"

"我相信他没有什么事情让你做。"她冷冷地说,"他只是吩咐我转达一些消息,呃,是关于路易莎·蒂亚克的事。"

她把名字的发音弄拧了,她来电话之前应该练一下发音的。

我向她重新复述了路易莎的名字。"是什么事?"

"胡伯特先生说他和奇格威尔医生谈过了。乔伊·潘科夫斯基极有可能是孩子的父亲。"潘科夫斯基的名字她也念得怪腔怪调。身为胡伯特的私人秘书,她的表现要更优秀一点才对。

我把话筒拿到面前盯着,仿佛能从中看见霍林沃斯女士的脸,或许是胡伯特的脸。最后,我又把话筒凑近嘴巴问道:"你知道是谁替胡伯特先生调查的吗?"

"我相信是他本人亲自处理的。"她高傲地回答。

我慢慢地说道:"我想奇格威尔先生可能误导了胡伯特先生。我想和他当面谈谈,这非常重要。"

"恐怕这不可能,华沙斯基女士,胡伯特和医生合作多年,如果他是这样告诉胡伯特先生的,你大可相信。"

"也许吧。"我尽量语气委婉,"但是胡伯特先生曾经亲口告诉我,他的下属有时候会隐瞒一些坏消息。我想,这次情况就是如此。"

"说实在的,"她有些生气地反驳道,"或许你的工作环境就是让你不相信任何人。但五十多年来奇格威尔医生一直是胡伯特先生最信赖的朋友。或许你无法理解那种感情,可是说奇格威尔医生对胡伯特先生撒谎,未免太可笑了。"

"在你自以为是地挂掉电话之前,我有话要说,有人严重误导胡伯特先生关于潘科夫斯基和费拉罗控告薛西斯的事情,也正是如此,我对你转达的消息没有什么信心。"

电话那头沉寂了一会,然后她固执地说:"我会向胡伯特先生转达你刚才的话,但是,我很怀疑他会答应和你谈谈。"

这已经是我能争取到的最好结果了。我对着话筒皱眉,脑中想着,见到胡伯特先生该和他说些什么,结果一点头绪也没有。我锁上办公室,直接开车到了戴维赛大道的小五金行。他们不愿意跟我在电话中谈,但是当他们看到我准备在他们的客人面前跟他们理论时,就领我到后面,不情愿地开出新支票,外加十美元的跳票处理费。我直接把钱存入了银行,然后回家。

我成功地避开了孔特雷拉斯先生和他的小狗,偷偷从后门溜进公寓。我在厨房查看了一下存粮,仍然少得可怜。我做了一碗爆米花拿到客厅,配上咸牛肉。嗯,味道很不错。

四点半的时候并不适合看电视,我匆匆地跳过益智节目——芝麻街,还有《省钱美食家》主持人的笑脸,最后厌烦地关掉电视,伸手拿过电话。

奇格威尔家的电话登记在克里欧名下。电话铃响到第三声时,她接起电话,声音冷漠而坚定。是的,她还记得我是谁,并且认为她哥哥不会想接电话,但还是问了问,他不想接。

"听着,奇格威尔小姐,我不想惹人烦,但是我想问一下,胡伯特最近几天有没有打过电话?"

她惊讶地回答道:"你是怎么知道的?"

"我并不知道,但是她秘书刚给我来过电话,转达了一些胡伯特先生从你哥哥那得到的消息。我在猜测是不是胡伯特信口胡诌的。"

"他说科提斯跟他说了些什么?"

"潘科夫斯基是卡洛琳·蒂亚克的父亲。"

她让我说明了一下这两个人的身份,然后去询问她哥哥了。她离开了大约十五分钟。我吃完爆米花后,躺在地上练习抬腿,话筒放在耳朵旁边,这样她一回来我就能知道。

话筒里突然传出她的声音。"他说他知道那个人。他们雇用那个女孩的时候，女孩的母亲就告诉他们一切了。"

"我明白了。"我虚弱地说。

"事实上，当你跟一个人生活了一辈子，你一定能看得出来那个人有没有说谎。我虽然分辨不出科提斯的话哪些是假的，但我能告诉你，他会说任何胡伯特想让他说的话。"

我费力地用昏沉的脑袋消化这条信息，突然想到一件事。"奇格威尔小姐，你为什么要告诉我这些呢？"

"我也不知道。"她惊讶地说，"也许我已经厌倦了，这七十九年来，科提斯遇事总是拿我当挡箭牌。再见。"她突然就啪的一声挂掉了电话。

整个星期六我都在思考胡伯特和奇格威尔的事，不明白他们为什么要拿路易莎和乔伊造谣，也想不出怎么样才能抓到他们的把柄。《明星先驱报》社会新闻组组长莫里·莱森星期天打来电话，说他的一个手下查出南希·克莱格霍恩曾经和我上过同一所高中，我答应和他见面。

莫里很关心圣保罗篮球队的战况，一直说个不停，尽管我每年都会为小熊队的比赛激动得死去活来，还超级崇拜小熊队的奥体兹·威尔森，但我并不是真的在意蓝魔是不是又投进一球。在南芝加哥，这简直是极度异端的行为，罪名就跟讨厌圣帕特里克日游行一样，因此我只好同意跟莫里一起到球场，观看他们和印第安纳队或是罗耀拉队或是别的什么队的激烈厮杀。

"总之，"莫里说道，"你正好可以坐在这儿好好回忆，当年你跟南希是如何在篮球场上并肩作战的。这会为你的回忆增添不少色彩呢。"

圣保罗队以几分之差输给了对手。我们从停车场出来以后，经历了壮观的堵车阵仗才得以重返公路,在等待的一个多小时里,莫里一直喋喋不休地评论年轻的乔伊·梅耶教练和队伍的防守。我们开车来埃赛尔餐厅,这是一家位于马路西北边的做立陶宛菜的餐馆。直到身高一米九〇的莫里连吞了几十个糖醋菜卷,我们才开始进入正题。

"为什么你对克莱格霍恩的命案这么感兴趣?"他看似随意地问道,"难道是她的家属委托你调查这个案子?"

"警察的调查说,是我把她推上死路的。"我一脸平静地吃了又一个胖乎乎的饺子——明天早上我得跑十英里才能消耗掉这些卡路里。

"别扯了,我早就听不少人说,你在到处调查案件。究竟是怎么回事儿?"

我摇摇头。"我说过了,只是为了证明我的无辜而已。"

"是哦,我还是底特律的回教领袖呢。"

我就喜欢这样——我告诉莫里事实真相,而他却认为我在撒一个弥天大谎,这给了我一个很好的试探机会。最可惜的是,他那里没什么消息让我探听。警方已经问过史蒂夫·德瑞斯伯格以及他的应声虫里昂·海斯,还找了几个正派的南芝加哥人,其中包括南希的几个旧情人,但没得到什么真正有用的线索。

莫里终于厌烦了这种游戏。"我想,我已经得到足够多的资料来写一篇令人感兴趣的报道了。比如,你和南希的大学时代,吃糠咽菜的艰难生活,以及如何在活跃于最佳女子球队的同时学习古罗马文化等等。我实在很讨厌让你出现在我的报道里,根本不值得,但是这可以让她的名字出现在州检察官的视线里,引起他们的关注。"

"真是太谢谢你了,莫里。"

他把我送回了拉辛街的公寓。然后我开着自己的车驶向汉斯德尔郊区。和莫里的见面,让我找到了一个向奇格威尔施压的方法,只是有点不太光彩罢了。

当我按响他家侧门的门铃时,已经快七点了。在这个时间登门拜访并不合适,因此当奇格威尔女士前来开门时,我试图让自己的笑容看起来真诚而可靠,但是她一脸严肃,让我搞不清楚自己到底表现得怎么样。

"科提斯不会和你谈的。"她突然开口,并没有因为我的出现而感到惊讶。

"试试这个吧。"我尽量用诚挚可靠的口吻说,"就说他的照片可能会出现在《明星先驱报》的头版,还有一些他行医生涯中的温馨故事。"

她冷冷地看着我。我不明白她为什么没让我吃闭门羹,更不明白她为什么为我传话。这让我想起我钟爱的前夫迪克家的几个年老的表亲,两个兄弟和妹妹同住在一起,兄弟俩在十三年前撕破了脸,从此互不搭理,所以他们需要妹妹为他们传递盐、橘子酱和茶水,而她也顺从地一一照办。

然而,奇格威尔医生此次亲自来到了门口,看来是不放心妹妹替他传橘子酱。他向前伸着细长的脖子,看起来像一只受到骚扰的火鸡。

"小姐,你给我听着,我是不会受你威胁的。如果你不在三十秒内离开这扇门的话,我就直接报警。到时候,就由你来跟警察解释一下,你为什么骚扰我。"

他赢了。天知道我该怎么跟郊区的警察说,芝加哥的十大富豪之一对我扯谎,还串通他年迈的工厂医生欺骗我。这种事情,我也只能想想罢了。就是鲍比·马洛里也不会信。我低头认输了。

"我先走了。明天早上,记者莫里·莱森会给你打电话的。我会告诉他你以前的病患等资料的。"

"滚!"他的声音变得尖而细,让我感到阵阵寒意。我闪了。

第十七章 墓碑蓝调

　　南希的葬礼定于星期一上午十一点举行,地点是一座卫理公会教堂——她年幼时就加入了卫理公会教派。我似乎参加过不少朋友的葬礼了。我总是穿着海军蓝套装参加葬礼,害得我没办法在其他场合再穿这套衣服。我穿着丝袜和衬衣在屋里游荡,总觉得一旦穿上套装,南希的死就成了定局。虽然知道是迷信,但我无法摆脱那种恐惧。

　　我无法静下心来,没法思考奇格威尔或胡伯特的事,也没办法考虑如何让警察们尽快找出凶手,甚至不能整理客厅里越积越多的报纸。今天一早醒来,我就在计算离南希的葬礼还有几个小时,然后考虑我可以做点什么:做家务、整理报纸;但是我心里乱糟糟的,什么都干不了。

　　十点十分的时候,还穿着内衣的我突然找出了胡伯特的办公电话。语气冷淡的总机为我转接到胡伯特的办公室,接电话的不是克莱丽莎·霍林沃斯女士,而是她的助理。我要求跟胡伯特通话,经过一番讨价还价,最后,我找到了霍林沃斯女士。

　　这个冷淡的女低音放下身段跟我说:"跟你见面的事情,我一直没找到机会跟胡伯特先生说,华沙斯基小姐。我一定会转达给他的,但他并不是每天都来办公室。"

"当然,我也认为你不会打电话到他家里去。不过万一你真的那么做了,请帮我顺便多传一句话——昨晚我见过奇格威尔医生了。"

她结束谈话的速度奇快无比,气得我冲着被挂断的电话大吼大叫。我竭力放松自己,用颤抖的手穿好衣服,再次开车南下。

奥利弗山教堂是二十世纪初建立的。高背的深色长椅和巨大的玫瑰花窗令人想起那个女人穿长裙、孩子穿高跟纽扣鞋的年代。如今的教徒们并没有财力维修彩色玻璃上的基督受难像,只是用防盗铁丝网固定着破损的地方,结果,满面忧容的耶稣看起来仿佛在为严重的皮肤病而苦恼。

南希的四个哥哥站在门口招呼大家,他们的孩子则坐在前排椅子上打闹着,毫不顾忌姑姑覆着布幔的灵柩就在旁边。整个教堂中殿都能听到他们刺耳的叫骂声,直到风琴奏起沉重地哀乐淹没了他们的声音。

我走上前,让克莱格霍恩夫人知道我的到来。她的脸上泛起温暖的微笑。

"葬礼结束后请到家里坐一坐。"她低声说,"我们可以喝杯咖啡,好好聊聊。"

她邀请我坐在她旁边,然后厌恶地瞥了孙子们一眼。我婉拒了,不想在她和那群不知疲劳的小魔鬼中间当夹心饼干。另外,我想坐在后面看看都有谁出席了葬礼。虽然只是陈词滥调,但凶手们的确经常按捺不住地想参加受害人的葬礼,也许他们是出于原始的迷信,要确认那个人真的已经死亡、入土为安,这样她的鬼魂就不会在人间徘徊了。

我在入口附近坐下,然后看到戴安娜·洛根走了进来,身上披着华丽的银色狐皮大衣。她轻轻地碰了一下我的脸颊,捏捏我的手,然后转身沿通道走去。

"那人是谁啊？"我旁边有人轻声问。

我吓了一跳，转过身后发现来人是麦高尼格尔警官。他穿着一身暗色西装，脸上摆出一副悲伤的神情。看来，警察也和我有着相同的想法。

"她以前打过篮球，跟我和南希是一个队的。她现在在黄金海岸经营着一家公关公司。"我低声回答。"我不认为是她杀害了南希，尽管二十年前她就能打赢南希，想来现在也是可以的。我不知道这里每个人的名字，也许你可以告诉我哪个是凶手。"

他微微一笑。"看到你坐在这儿，我还想着这下不用太担心了，小波兰侦探将会在圣坛前面逮住凶手。"

"这里是卫理公会教堂，"我低声说，"我想，他们不叫那个做圣坛。"

卡洛琳带着一群人呼啦啦地进来了，我认出那些是我在南芝计划办公室见过的人。他们似乎不太习惯于出席这么庄重的场面，脸上带着不自然的一本正经。卡洛琳的红棕色头发被勉强地整理过，身穿并不合身的黑色套装——貌似是为比她高很多的人设计的，衣服下摆歪歪扭扭的，看来她在修改衣服时很没耐心，弄得乱七八糟。不知道她有没有看到我，她只是跟着南芝计划的那群人顺着通道走到中间那片位置坐下了。

接着，一群上了年纪的妇女走了进来，大概是克莱格霍恩夫人在当地图书馆认识的朋友吧。在她们身后，一个瘦弱的年轻男子静静地站在那儿。暗淡的光线勾勒出他瘦削的轮廓，他不安地东张西望，看到我正盯着他，吓得赶紧转过头去。

他转头时的那种羞愧神情让我认出了他——小阿特·尤尔沙克。

当初他在大阿特办公室里跟那位老跟班讲话时,就是这种极不自信的神情。

透过窗户射进来的光线有点昏暗,让我看不清楚他那有棱有角的漂亮脸庞。他悄悄地在后排的一个座位上坐下。

麦高尼格尔轻轻拍了一下我的肩膀,咕哝着问,"那颗苜蓿芽是谁?"

我露出天使般纯洁的笑容,将食指放在嘴唇上——风琴声渐渐大了起来,看来牧师要出场了。大家在奇慢无比的节奏中唱着"与我同驻",以至于每次和音一出来,我的身体就会僵直。

牧师是一个矮小肥胖的男人,残存的黑发在皱巴巴的脑袋上梳成整齐的两绺。他看起来像是那种令人反胃的电视传道士,但在他发言后,我很快发现了自己以貌取人的可怕失误。他显然和南希很熟,声情并茂的言语中带着令人信服的力量。我觉得喉咙再次发紧,整个人瘫在了座椅上,抬头观察天花板上的横梁。木头上画着蓝黄图案,这在维多利亚式教堂中很常见。我把注意力集中在了繁杂的花边图案上,这让我的身体慢慢放松下来,赶上和大家一起唱最后的赞美诗。

我一直关注着小阿特,他在椅子上坐得很靠前,双手紧抓着他前面那个座位的靠背。当赞美诗的最后一句"永驻爱中"终于从风琴中痛苦地摆脱出来后,小阿特迅速地离开了座位,朝出口走去。

我在走廊上截住了小阿特。当时他正紧张地挪动着双脚,却怎么也摆脱不了身后醉酒的乞讨者的纠缠。我碰了一下他的胳膊,结果他吓得跳了起来。

"我倒不知道你跟南希是朋友呢。"我说,"她从来没在我面前提起过你。"

他嗫嚅着,听起来像是在说"只是点头之交而已"。

"我是维·艾·华沙斯基。南希和我曾是高中和大学的篮球队队友。上周我在第十选区的办公室见过你。你是阿特·尤尔沙克的儿子,对不对?"

听到这话,他那犹如大理石雕刻般俊美的脸更加苍白了,我担心他随时都可能会昏倒。尽管他还是个身材瘦弱的少年,我仍然认为自己是扶不住他的。

那个一直在旁边听得津津有味的醉汉悄悄走了过来。"你朋友看起来很不舒服,女士。要不要花五十美分买点咖啡,他一杯,我一杯?"

我坚决不理睬他,抓住小阿特的胳膊肘。"我是一个私家侦探,正在调查南希的命案。如果你是她的朋友,我想跟你聊聊,关于她跟你父亲办公室的关联。"

他默默地摇摇头,蓝色的眼睛因为畏惧而颜色变深。经过一番长时间的内心挣扎,他似乎终于决定逼自己透露点什么。然而不幸的是,就在他准备开口时,其他吊唁的人陆陆续续地从教堂中涌出来。就在人群将我俩隔开的瞬间,小阿特挣开了我的手,朝街道跑去。

我试图追上去,却被那个醉汉绊倒了。我一边咒骂着他,一边爬了起来。他冲我骂回来,却在麦高尼格尔出现后拔腿就跑了。看来,常年跟警察打交道让他对警察有了敏锐的第六感,即使身穿便衣的警察也能被他一眼识破。

"那个红发的在害怕什么,华沙斯基?"警官质问我,没理会那个乞丐。我们眼看着小阿特钻进那辆停在街尾的最新款克莱斯勒离开了。

"我碰上男人后,总是这个样子,"我简短地说,"很容易就让他们抓狂。你找到凶手了？"

"不知道。你的男模是唯一举止可疑的人。你何不充当一次乐于助人的好市民，告诉我他的名字？"

我转过头面向他。"这不算是秘密，他的名字在这附近可是尽人皆知的。阿特·尤尔沙克。"

麦高尼格尔抿紧了唇。"不要以为马洛里是我的长官，你就可以像耍他那样耍我。告诉我那个孩子的姓名。"

我举起右手。"我以童子军的名义发誓，警官。尤尔沙克是他老爸。小阿特刚刚加入他的代理处，或者办公室或者其他什么。如果你逮住了他，别用那些橡胶管什么的，我想他可没什么体力。"

麦高尼格尔粗鲁地咧嘴大笑。"放心，华沙斯基。他有比那层皮更加强大的保护罩。我不会弄乱他的卷发的……你要到克莱格霍恩家喝咖啡？我听到几个女人在讨论她们带了什么东西过去。介不介意我跟着你一起混进去？"

"我们的小波兰侦探就是生来供警察差遣的。走吧。"

他咧嘴笑了，为我打开了车门。"你天生就是这样的吗，华沙斯基？很抱歉，你可不像自己说的那样卑微。"

当我们到达姆斯柯根街时，家中已经来了很多送葬者。克莱格霍恩夫人脸上的妆容被泪水冲刷得一道一道的。她热情地迎接了我，也礼貌地接待了麦高尼格尔。我和她站在狭窄的门廊处聊了几分钟，而警官大人则晃到屋子后面去了。

"凯莉把孩子接到她家去了，所以今天家里会清静一点。"她说，"也许我退休后会搬到奥利根去。"

我抱住她。"只是因为不想当祖母，就要搬到美国的另一边吗？也许你只需要换把锁就行了，这个方法没那么夸张。"

"我想，能够说出这种话，就证明了我有多么烦恼，维多利亚。我从来没跟人说起我对那些孙子们的看法。"她稍停片刻，然后尴尬地说，"如果你想跟罗恩·卡佩尔曼谈谈——南希或者其他什么，他就在起居室。"

门铃响起来。她去开门，而我则径直穿过小小的厅堂来到了起居室。我从没见过罗恩·卡佩尔曼，但我毫不费力地认出了他——起居室里只有他一位男士。他年纪跟我差不多，可能稍微大一些，身材矮壮，深褐色的头发剪得很短。他上身穿着一件灰色的花呢夹克衫，领口和袖口的地方磨损得厉害，下身是一条灯芯绒裤子。他独自坐在一张圆形踏脚凳上，无所事事地翻着一本老旧的《国家地理》。

我拉过一张直背椅在卡佩尔曼身边坐下，他扫了我一眼，做了个鬼脸，将杂志扔在了咖啡桌上。

"我知道，"我同情地说，"在这种场合跟陌生人讲话很讨厌。如果不是认为你能够帮上我的忙，我不会这么做的。"

他抬起眉毛。"我应该帮不上什么忙吧，不过你可以说说看。"

"我是维·艾·华沙斯基，南希的老朋友。很久之前我们曾一起打过篮球。"我简直不敢相信，自我三十岁生日之后，时光流逝得如此之快。感觉上我和南希上大学只是不久之前的事。

"是的，我知道你。南希跟我提过好几次，说要不是有你，她在高中时就疯了。我是罗恩·卡佩尔曼，不过你好像从刚一进来时就知道我是谁。"

"南希有没有告诉你我现在是私家侦探？嗯，我已经很长时间没见过她了，不过大概一个星期之前，我们一起参加了篮球队员的重聚。"

"是的,我知道,"他插了一句,"你们的联欢会一结束,我们就一起去参加了一个会议,她曾跟我说起过。"

一群人涌入房间。尽管他们压低了音量,但这里再没有足够的地方容纳这些身体和声音了。一个人在我旁边点了根烟,我觉得刚刚脱落的烟灰掉在了我的开襟外套的圆领上。

"能不能换一个地方谈谈?"我问道,"南希的旧房间,或者酒吧,还是其他地方?我正在调查她的死因,但是我找不到关键线索,希望你能帮得上忙。"

他摇摇头。"相信我,如果我知道重要线索,我早就如火箭一般冲向警察局了。但是,我很乐意离开这里。"

我们从人群中钻出来,走之前诚挚地请克莱格霍恩太太节哀。看她跟卡佩尔曼说话的热情度,说明他和南希一直保持着良好的关系。我想知道麦高尼格尔去哪儿了,不过他可是厉害的警察,他应该可以照顾好自己。

来在外面,卡佩尔曼说,"你何不跟我一起到我家坐坐?我住在普尔曼。你一定知道,这附近没有干净又安静的咖啡店。"

我开车跟随他的破福斯车穿过小路,来到一百一十三号街和蓝利大道交叉口。他在一座房子前停了下来,排列得整整齐齐的砖构成了普尔曼大道的街景,前檐后瓦的房子让人不禁想起签署美国大宪章时的费城。

这座房子的外观很整洁、保养得很好,内部却是精装复古风,让我有些意外。墙壁是维多利亚式的明亮花纹,抛光过的门框、窗棂泛着胡桃色的光泽,亮洁的硬木地板上有小地毯和家具,上面陈放着精美绝伦的古老摆设。

"好漂亮啊!"我惊叹道,"是你自己装修的吗?"

他点点头。"木工活是我的一个爱好,可以在结束了白天的繁重工作之后,转换一下心情。这些家具都是我从跳蚤市场上搜罗来的。"

他领着我来到小小的厨房,地面和流理台都是用意大利瓷砖铺的,亮闪闪的铜锅挂在墙上。我在小岛形状的流理台旁边找了个高脚椅坐下,他在另一边煮咖啡。

"是谁委托你调查南希的死亡?她妈妈吗?她担心这里的警察不敢得罪那些政客,害怕正义无法得到伸张?"他斜眼瞟了我一眼,手中还忙着组装咖啡壶。

"不是。如果你了解克莱格霍恩夫人的话,就会知道她根本没有复仇的概念。"

"那么你的委托人是谁?"他打开冰箱,拿出奶油和一碟松饼。

我心不在焉地看着他,注意到当他弯下腰时,裤子紧贴着臀部。磨得差不多的裤子中缝线,很可能会在几个大幅度弯腰动作之后出现尴尬的场面。我很高尚地克制住自己,避免让自己产生松饼掉在地上的想法。直到他转身面对我时,我才回答了他的问题。

"保密是我承诺客户的服务之一。如果泄露了他们的秘密,我也别指望你能透露秘密给我了,是吧?"

他摇摇头。"我没有秘密。至少没有跟南希·克莱格霍恩有关的秘密。我是南芝计划的顾问,为好几个社会团体服务,公众利益方面的法律事务是我的专长。南希是很不错的工作伙伴,做事有条理,头脑清楚,进退有宜,一点儿也不像她的上司。"

"你是说卡洛琳?"很难想象卡洛琳会成为某些人的上司。"所以你跟南希之间只是单纯的工作伙伴关系喽?"

他指了指咖啡勺的位置。"别想套我的话,华沙斯基,我都是跟那些大人物们一起打球的。来点奶油?你应该加一点,你知道的,奶油会吸附咖啡因，可以预防胃癌。"

他把一个厚实的陶瓷马克杯放在我面前，然后把那碟松饼放进烤炉。"我们并不只是单纯的同事。几年前，我们曾经有过一段短暂的关系。当时我刚加入南芝计划，她正因为某事而消沉，而我刚离婚十个月。我们让彼此开心，但无法给对方特别的情感，只有友谊而已。如果我们没有破坏友情的话，这也算是特殊了。当然，破坏友情并不是说要敲昏你朋友们的头，然后把他们扔进泥沼里。"

他把松饼端出烤炉，爬上我左边台子边缘的另一个高脚椅。我喝了一点浓郁的咖啡，吃了一块蓝莓味的松饼。

"让警察们去调查你的行踪吧，比如周四下午两点左右你在干什么等等。我真正想知道的是，南希觉得是谁在跟踪她。她是不是觉得惹怒了德瑞斯伯格？或者，这件事真的跟回收厂开发案有关？"

他做了个鬼脸。"是小卡洛琳的推论吧？我真想把她的话当垃圾。作为她的公司顾问，我的这种态度并不好。事实上，我不知道。两周前的听证会让我们气得不行。我们周二聊起来时，南希说她会负责政治方面，看看能不能找出是不是尤尔沙克从中作梗，是的话，原因何在。我负责法律方面，看看能不能通过某些手段从污水处理处拿到许可证。也许，可以让州政府和美国环保署也参与进来。"

他心不在焉地吃掉第二个松饼，又给第三个涂上奶油。当他拿起盘子招呼我继续吃时，我看见他圆鼓鼓的肚皮。我摇头拒绝了。

"所以，你不知道她跟尤尔沙克的办公室的哪个人谈过话了？"

他摇摇头。"我有感觉，但不能肯定，不过我认为她在那儿有个情人。有一个人，可能南希觉得见他很丢人，她不想让她的朋友知道他，或者是因为她觉得男方需要保护，而不想让人知道。"他看向远方，试着把他的想法表达出来。"她取消晚餐的计划，不去看老鹰队的比赛，但那是我们合买的季票。所以她很可能是从他那里得来的消息，只是不想让我知道是谁。上次我们一起谈论，应该是一周前的今天，她说她查到一些事情，但她需要更多的证据。之后我再没跟她聊过。"他突然沉默下来，只顾着喝咖啡。

"嗯，那说说德瑞斯伯格？根据你了解到的情况，你认为他可能是反对回收计划的吗？"

"天哪，我并不是这么想的。尽管那人让人捉摸不透。你看这个……"

他放下咖啡杯，身体前倾，专注地用手势比划起德瑞斯伯格插手的领域。垃圾帝国包括运送、焚化、存放和掩埋。在德瑞斯伯格的统治之下，任何人也插不上手，连问问题也不行。因此，卡洛琳和南希在一年前会受到恐吓，那是因为她们反对不符合标准的多氯化苯焚化炉方案。

"但是回收厂跟他的公司一点关系也没有。"他总结说，"薛西斯厂和葛罗莱特厂现在只是把废水放在他们自己的氧化塘里。南芝加哥计划就是接收这些废水再回收利用。"

我考虑了一下。"也许他考虑扩大版图，而回收厂会断掉他未来的财路。或者他想要南芝加哥计划用他的车队来运送废水。"

他摇了摇头。"如果是这样的话，他只会施压要她们用他的车队，而不是杀掉南希。我并不是在说他卷入这件事的可能性为零。毕竟回收厂是他的老本行。只是在我看来可能性比较小。"

之后我们就随便聊了起来。聊到了我们在伊利诺酒吧的共同的朋友，还有我的表弟波波；当他还在老鹰队的时候，卡佩尔曼会去体育场看他的球赛。

"没有任何一个球员能和他比。"卡佩尔曼遗憾地说。

"还用你说。"我站起来,披上我的外套。"如果你遇到一些奇怪的事情——任何事,不管它看起来跟南希的死是不是直接相关,打电话给我,好吗?"

"嗯,当然。"他的两眼无神,看起来想要说一些事,但是又改变了主意,跟我握了握手,把我送到门口。

第十八章 父亲的阴影

我不是不相信卡佩尔曼，但也不能完全相信他。我是说，这家伙的饭碗就是靠说服法官和委员会放弃他们偏好的政治大腕，而去支持社区组织。尽管他的长裤和外套又破又旧，我觉得他还是挺有说服力的。倘若像他宣称的那样，和南希是好朋友，那南希难道不会跟他透露一丝口风，说说她在市议员办公室打听到什么了吗？

当然，我也有一点猜想，觉得德瑞斯伯格就是罪魁祸首。而一切不过是因为他在过去恐吓过人，又有一票打手，同时又染指废弃物处理业。

我开车驶过蜿蜒的小街，前往东区，到 M 大道的选区办公室。时间才过三点，办公室里正在忙。我和几个巡警擦身而过，进入主办公室，我那几个酒肉朋友正忙着应付六七个来求助的人。另外有两个人正在窗边下西洋棋，他们可能是通过关系进到清洁队的，现在下班了便来这里厮混。

没有人正眼看我，但交谈声压低了。"我找小阿特。"我友善地朝着光头男人的方向说，他是我第一次造访时，大家的发言人。

"他不在。"他简短地说，头也没抬。

"几点会来？"

这三个办公职员又跟之前一样，在静默中交流了一下，最后决定应该给我一个轻轻的微笑。

"不知道。"光头男人说,又应付起其他的客人。

"那我能去哪里找他?"

"我们又没监视那小子的行踪。"光头男人进一步解释,可能记起了我说过要送来的汇票。"他有时候下午会回来,有时候不来。他今天还没来,所以可能会来,说不准的。"

"那我知道了。"我从他桌上拿起《太阳报》,到墙边那排椅子挑了一张坐下,那是一张老木椅,黄色、伤痕累累,极不舒服。我读了"西尔维亚"的报道,浏览过体育版,试图沉下气阅读司法丑闻案的最新进展,一边在硬椅子移动骨盆,可是不管怎么挪都会压到骨头。大约半小时后,我放弃了,把一张名片放到光头男人的桌上。

"我是维·艾·华沙斯基。等等再过来,如果我正好错过他,请他来电。"

除了罗恩·卡佩尔曼的蓝莓松饼,我今天还没吃过东西。我来到尤因大道的拐角,一间当地酒吧广告说有潜艇堡和意大利牛肉,我吃了一道肉丸潜艇堡配啤酒;我不大喜欢喝啤酒,不过感觉上啤酒比健怡可乐更适合这里的调调。

回到选区办公室的时候,访客差不多都走了,只剩下角落里那两个下棋的人。光头男人对我摇摇头,我想是在示意小阿特还没来。我不禁得意起来,他们开始把我当成常客了。

为了消磨时间,我从包里拿出活页笔记本,开始计算从着手追查卡洛琳老爸起的总花费。我一直嫉妒金西·米尔虹[①]巨细无遗的记账能力,我甚至没有保留用餐或加油的收据。就更别提清理马格利

[①] 金西·米尔虹,美国女作家苏·格拉芙顿的字母系列作品中的硬汉派女侦探。

名牌淑女鞋的费用了，肯定不会少于三十美元。

算到二百五十美元的时候，小阿特带着他那一贯的独特的怯生生的脚步声进来了，神情里赤裸裸地流露出他对办公室这些疲惫的老伙伴能认同自己的渴望，我不禁畏缩起来。他们看着他，眼睛眨都不眨一下，等着他开口。他终究顺从了。

"我爸有没有交代什么事情给我做？"他反射性地舔舔嘴唇。

光头男人摇摇头，继续看《太阳报》。报纸后传来一句："有个小姐来找你。"

阿特直到那时才注意到我。他以为自己别无选择，只能隐忍地吞下这些人给他的挫败感。他环顾四周找到了我，但一开始没认出来，完美的前额疑惑地皱起，直到和我握手时，才记起我们在哪里见过，接下来他显然意识到现在开溜会很没面子。

"我们到哪儿谈会比较方便？"我轻快地说，牢牢地抓住他的手，以免他决定冒着丢脸的风险溜之大吉。

他讪讪地笑了笑。"楼上吧。我——我有一间很小的办公室。"

我跟着他踏上铺着油地毡的楼梯，来到一间标示着他父亲名字的办公室。外间办公室坐着一个中年妇女，整齐的褐色头发下面，衣着剪裁合体。桌上好几株盆栽围绕着几张家人照片。她身后有两扇通往内间办公室的门，其中一间标示着老阿特的全名，另一间则是空白。

"你爸爸不在哦，阿特。"她用母亲般的口吻说道，"他今天一直在跟委员开会。我真的不指望星期三之前能见到他。"

他窘迫地涨红脸。"谢谢你，梅太太。我只是要用一下我的办公室。"

"当然，阿特。你想进办公室，不需要得到我的许可。"她始终盯着我看，希望能迫使我作自我介绍。在我看来，如果她不知道阿特见了谁，会是阿特的一个小而重要的胜利。我无言地对她笑笑，但我显然低估了她的战斗力。

"我是艾达·梅尔赛克，但这里的每个人都叫我梅太太。"当我走过她的办公桌时，她介绍说。

"你好。"我继续微笑着走向阿特，他可怜兮兮地站在自己办公室前。我暗自希望她正干瞪着我大皱眉头，但我没回头看。

阿特打开墙上的电灯开关，照亮了我见过的最寒酸的小办公室，简直和修道院差不多。里面有一张常用木桌和两把金属折叠椅，此外再没其他什么了，连一个装档案用的木柜都没有。聪明的市议员深知不能过得比他们的支持者优越，尤其是在选区里失业率五成的时候，但这简直也太欺负人了，即使秘书的办公室都比他的条件好。

"你为什么忍受这一切？"我质问。

"忍受什么？"他说着，脸又涨红了。

"你知道的，忍受外面那个高高在上的女人，把你当成一个两岁的白痴；忍受那些老油条把你当成狗耍。你干吗不去别的地方找个差事？"

他摇摇头。"这些事情不像你看起来的那么简单。我刚刚毕业两年。如果——如果我能向我父亲证明，我有能力帮他办事……"他的声音越来越小。

"如果你一直无所事事地在这里希望得到他的认可，你下半辈子都得在这儿。"我残忍地说道，"如果他不认同你，你做什么都不可能使他认同。你放弃吧，那样日子会比较好过一点，再待下去也只是让你自己更痛苦，不能让他对你刮目相看。"

他闷闷不乐地苦笑了一下，这时我真想冲上前去抓住他的肩膀，摇醒他。"你不了解他,也不了解我,所以你并不知道自己在说什么。我只是——我一向都让他失望透顶。但是这与你无关,如果你是来问我南希·克莱格霍恩的事,我跟今天早上一样帮不了你什么。"

"你和她是情人,对吧?"我在想,他的棱线分明的俊美外表是否在南希看来有可能抵消他的幼稚和不安全感。

他摇摇头,没有说话。

"南希在这儿有一个情人,但她不想她的任何朋友知道。看起来那个人并不太可能是楼下的莫伊、科利或莱瑞,也不可能是梅太太——因为南希的品位不是这样的。总之,如果不是你,你去她的葬礼干吗?"

"也许我只是敬仰她为社区组织所做的一切。"他嘟囔着说。

梅太太也没敲门就闯了进来。"你们两个需要点什么吗?如果不需要,我现在就下班了。你要我把这次会面的事跟你父亲说一下吗,阿特?"

他无助地看了我一眼,接着又摇摇头,并没有说话。

"谢谢,梅太太,"我和颜悦色地说,"很高兴认识你。"

她歹毒地看向我,砰地摔上门。这儿的门上半部分是玻璃的,我能看见她出去后在玻璃后面徘徊的身影,她考虑着要不要回来反击,接着身影远去了,她回家了。

"如果你不想谈你和南希的关系,或许你可以老实地告诉我,你告诉南希的关于老阿特在南芝加哥回收计划中的立场。"

他紧紧地抓住桌子的前面边缘,哀求地看向我。"我什么也没告诉她,我跟她根本不熟。我也不知道我父亲在她们的回收计划中做了什么。好了,可以请你离开了吗?如果你找出杀人凶手,我会和——和所有人一样高兴,但请你务必了解,我对她一无所知。"

我挫败地吐了吐舌头。他很难过，但可以肯定并不是因为我。他一定是南希的情人，一定是。否则他今早不会出现在教堂。但是我找不到任何方法能赢得他的信任，让他吐露实话。

"好吧，我想我该告辞了。最后一个问题，你对里昂·海斯了解多少？"

他茫然地看向我。"我从没听说过他。"

"那史蒂夫·德瑞斯伯格呢？"

他的脸瞬间变得惨白，晕倒了。

第十九章 无法回头

我回到家时天已经黑了。我在南芝加哥待了很久,直到确定小阿特可以开车了才离开,因为将他交给那些老油条来照顾,对他来说是承受不必要的残忍,但我的好心并未增加他跟我交谈的意愿。心灰意冷之下,我终究在办公室门口和他分道扬镳了。

驱车向北行驶并没有给我带来一丝慰藉。我疲惫地走上公寓前的小路,却在打开大厅内门时笨拙地失手掉落了钥匙,上楼梯时又掉了一次。真是累到精疲力竭了,我又走下楼梯去捡钥匙。在孔特雷拉斯先生门后,佩皮给我送来了欢迎的吠叫。我举步上楼,听见身后传来开锁的声音,身体登时僵住,等着被他的口水淹没。

"是你吗,小可爱?你才回来?你朋友的葬礼是今天吗?你没出去喝酒吧?人们常常认为一醉可以解千愁,不过相信我,这其实会让你越喝越难过。我是深有体会——这种事情我干过不止一次呢。格雷过世的时候,我喝了一杯,此刻还能浮现出当我从朋友葬礼回来还带着一瓶好酒时,她失望的神情。我说我再不会这样了,不是为了她,而是她老跟我说起,我醉到连朋友的名字都讲不清楚,还为朋友哭呢,实在太丢人了。"

"没有,"我勉强挤出笑容,伸出一只手让狗舔,"我没喝酒。只是得去见一大堆人,一点意思也没有。"

"这样啊，那你赶紧上楼去洗个热水澡，小可爱。等洗好了再放松一下，晚餐我马上就准备好。我有一块很棒的牛排，专门留着应对特殊情况用的。你现在情绪这么低落，正好派上用场。吃点红肉，打通血脉，你就会觉得生命美好多了。"

"谢谢，"我说，"你人真好，但是我真的不——"

"不行，你以为一个人静一静比较好，但相信我，小宝贝儿，这种情况下一个人独处最糟糕。公主殿下和我会喂饱你，然后如果你真的又想独处，你只要说一声，我们一定会立刻回到楼下。"

我实在不忍心再坚持下去，我的坚持会让他褪色的棕色眼睛流露出伤心的神情。我一边痛骂自己的豆腐心肠，一边快步上楼回家。尽管他发出了恐怖的警告，我还是径直走向黑牌威士忌，拧开瓶盖、踢掉鞋子，一把脱掉丝袜。就着酒瓶喝了一大口，一股热流开始在我疲惫的身体里涌动。

我倒了一杯酒，拿进浴室，把葬礼套服扔在地上，爬进浴缸。等孔特雷拉斯先生端牛排上来时，我已经微醉，放松的程度已经远远超出我半小时前的估计。

他已经吃过晚餐了。他拿来他的格拉巴白兰地给我当配餐。咬了一小口之后我不得不承认，只是在内心承认，吃东西真的能让人感觉到生命的美好。牛排煎得恰到好处，褐色的外层焦脆，而内层仍然是红的。他把蒜头爆香，煎了一些菜，也没忘掉我的饮食习惯，带来了一盘沙拉。他很会烹调一些简单的菜式，这完全得归功于鳏夫生活当中练就的本领——他太太在世的时候，他除了拿啤酒，从来不会进厨房。

电话响的时候，我正就着剩下的肉汁拌着煎菜吃。我给佩皮那块它一直盯着的骨头——它没有乞求，只是一直看着骨头以免被人偷走。我走到钢琴边，拿起客厅的分机电话。

"是华沙斯基吗？"是个男人，声音冷淡而严厉，不是我认识的人。

"我是。"

"或许你得从南芝加哥的事情中脱身了，华沙斯基。你不再住那里了，那里跟你没有任何关系。"

但愿我没喝下第三杯威士忌，我狂乱地试着重新整理我的思绪："那你就有吗？"我蛮横地反问。

他没理会我的话。"听说你的游泳技术不错，华沙斯基。不过，能浮在沼泽水面上的游泳健将还没出生呢。"

"你为阿特·尤尔沙克工作？还是史蒂夫·德瑞斯伯格？"

"那跟你没关，华沙斯基。如果你够机灵的话，就会放手；如果你太笨，那你也活不了多久了，这个也轮不到你来过问。"

他挂掉电话，我的膝盖有点发软，坐在钢琴椅上稳住自己。

"是坏消息吗，小宝贝儿？"

孔特雷拉斯饱经风霜的脸上露出关切的神情。仔细想一下，今晚让他陪我真是一个不错的主意。

"只是一个老式的恶棍，他想提醒我芝加哥是驾船捕鱼的世界首都。"我竭力装出不在意的口气，可是说出来却比我想象的沉重得多。

"他威胁你？"

"算是。"我试着露齿而笑，但嘴角却止不住地颤抖。我脑海中不断浮现那茂盛的沼泽地野草、泥巴、身形模糊的抓鱼二人组和他们的红眼疯狗，我不由自主地浑身打哆嗦。

孔特雷拉斯先生担心地在一旁走来走去。我是不是该随身携带我的史密斯威森手枪？报警？把东西门挡住？用假名住进旅馆？见我回绝了这些主意,他便建议我打电话给《明星先驱报》的莫里·莱森,这是一种真正的高贵,因为他很嫉妒莫里。佩皮注意到我的焦虑,放下它的骨头,走过来轻吠几声。

"没事,伙计们。"我向他们保证,"那仅仅是威胁,没人要干掉我,起码不是今天晚上。"

孔特雷拉斯先生无计可施,只好把他的格拉巴白兰地递给我。我挥手拒绝。恐吓电话让我清醒过来,没理由再用邻居那低劣的酒让脑子继续停摆。

另一方面,我还没有做好独自一人的心理准备。我到后面橱柜,从旧笔记本和学校报告堆之间翻出了老旧的西洋棋盘。以前我爸爸和鲍比·马洛里都是靠下棋来消磨时间。

我们下了四五盘,小狗佩皮安心地在钢琴后面的角落里啃骨头。就在孔特雷拉斯先生不情愿地站起来时,门铃响了,小狗低声吠叫,孔特雷拉斯老先生紧张极了,催促我赶快去拿枪,让他下楼去开门,我好趁机从后门溜出去寻求帮助。

"哎,别乱想了。没有人会在来电两小时后就来我家杀我,他们起码会等到早上看我有没有乖乖听他们的。"

我走到前门的对讲机前。

"维艾,让我进去,我得见你!"是卡洛琳·蒂亚克。

我按了楼下大门的开门按钮,到外面去等她。佩皮站在我身边,金黄色的尾巴低垂,轻轻摆动着,表明它处于警戒状态。卡洛琳跑上楼梯,脚步踏在没铺地毯的楼梯上,发出清脆的声响。感觉像是老式火车驶过高架铁路三十五街的那个拐角。

"维艾!"她看见我便尖声叫道,"你做什么啊?都告诉你别找我父亲了,你就不能听我一次吗!"

佩皮一反平日的温顺，吠叫了起来。一个二楼的租客走出房门，嚷着叫我们闭嘴："有人还要工作呢，知不知道啊！"

孔特雷拉斯先生跳出来护在我前面，我紧紧抓住卡洛琳的手臂，把她拖进家里。孔特雷拉斯先生上上下下仔细地打量着她，判定她不是危险人物——至少暂时不会有肢体上的冲突，他伸出长满老茧的手，自我介绍。

卡洛琳显然没有礼尚往来的性质。"维艾，我求求你。因为电话里你不听我的说，我只好大老远跑过来一趟，千万别再插手我的事了。"

"这位是卡洛琳·蒂亚克。"我对孔特雷拉斯先生说，"她心情糟透了，也许你得让我跟她单独谈谈比较好。"

他将晚餐的碗盘收到一起。我将卡洛琳带到长沙发上。

"你这是怎么啦，卡洛琳？到底是什么事把你吓成这个样子？"

"我才没有被吓到。"她声嘶力竭，"我是生气，气你不听我的话，不肯放手。"

"听着，小家伙，我不是电视，可以随便你开开关关。我可以不在乎跟你外公外婆的谈话——他们都病得不轻，我再怎么做都不能改变他们。可是在胡伯特化工每个人都在瞎掰关于你母亲那两个同事的事，那两个人最有可能是你父亲，这我可不能置之不理。并且他们想隐藏的不是一个小秘密，而是完全捏造了他们最后几年的生活。"

"维艾，你不会明白。"她紧抓住我的右手，"你不能招惹这些人。他们心狠手辣，你不知道他们接下来会怎么对付你。"

"那你倒是说说看？"

她漫无目标地向四处张望，寻找着灵感。"他们可能会杀了你，维艾。他们可能会让你像南希一样在死在沼泽里,或者芝加哥河!"

孔特雷拉斯先生停止了他所有的假装准备回家的动作。我从卡洛琳手里抽出手,冷冷地瞪着她。

"好了,我要知道真相,别扭曲事实。你对杀害南希的凶手了解到什么程度?"

"一无所知,维艾,一无所知,千真万确。你一定要相信我。我只是……只是……"

"只是什么?"我抓住她的肩膀不停地摇晃,"是谁在威胁南希?你已经讲了一个星期,说是阿特·尤尔沙克,理由是因为他不想南希建立回收厂,现在你想说是薛西斯工厂的人,因为我在那里寻找你的爸爸?该死的,卡洛琳,你难道看不出来这有多重要?难道你不懂这是生死攸关的事?"

"这就是我一直在讲的啊,维艾!"她吼得好大声,招惹得狗又吠叫起来,"这就是我让你少管闲事的原因啊。"

"卡洛琳!"我觉得自己的嗓音已经飘到高音区去了,我努力克制自己冷静下来,以免会动手勒死她。我移到沙发旁的安乐椅里。

"卡洛琳,谁给你打电话了?奇格威尔医生?阿特·尤尔沙克?史蒂夫·德瑞斯伯格?古斯塔夫·胡伯特本人?"

"没人,维艾。"她的大眼睛里泪水盈眶,"没有人。你只是不再了解在南芝加哥讨生活的情况了。你已经离开太久了。你就不能听我一次吗?相信我,你早该收手了。"

我没有理会她。"那罗恩·卡佩尔曼呢?他今天下午打过电话给你吗?"

"我听到风声。"她说,"你知道我们那里的情况,起码你应该了解的,要不是你——"

"要不是我胆小，跑得比谁都快。"我替她把话说完，"你在办公室不断听到传言说有人——不知道是谁——要对付我，而你现在来解救我，真是谢谢啊。你的小脑袋吓得不能思考了，卡洛琳。我要知道是谁一直在恐吓你，别跟我说是道上传闻有人要淹死我，因为这样的话我是不会买账的。如果事实仅仅是那样，你就不会是这样子了。坦白说出来吧，现在，马上。"

卡洛琳一下跳了起来。"到底要怎样你才肯听我的？"她尖叫，"今天薛西斯工厂有人打电话来，说他们很抱歉，害得我花钱雇用你，他们说手上有证据证明乔伊·潘科夫斯基是我的父亲。他们让我告诉你事实就是这样，然后赶快结案。"

"那他们有没有让你看看那个确凿的证据啊？"

"我不用看那证据，我才不像你谁都信不过！"

我一手压着佩皮，因为它要开始低吠了。"那他们有没有威胁说，如果你不能让我停手，就要对你不利？"

"我不在乎别人威胁我什么，这件事情有那么难以置信吗？"

我竭尽全力让自己冷静地看着她。她是桀骜不驯、爱操纵人，为达成目的不择手段的人。但即使我再怎么想，我也绝对不会认为她是胆小鬼。

"我可以相信你。"我缓缓地说，"但我要听到真相，他们是不是真的告诉过你，如果我不放手，他们就会伤害我？"

她的大眼睛望向别处，喃喃地说："是。"

"你的回答太牵强了，卡洛琳。"

"相不相信随便你。如果他们杀掉你，别指望我会参加你的葬礼，因为我才不在乎。"她突然大哭起来，气愤地冲出我的公寓。

第二十章 大而不实

一点左右，孔特雷拉斯先生总算离开了。我辗转反侧，睡睡醒醒，脑海里不断浮现着卡洛琳来访的事情。她这个人根本不知道害怕，所以才会在四岁时就毫不畏惧地跟我一起跳进密歇根湖的大浪里，险些丢了小命。即使这样也没有吓到她——在我让她吐出湖水后，就算要她立刻再跳一次，她也不会有任何畏惧。如果有人以我的性命相逼，这可能会使她急火攻心，却不会吓到她。

有人打电话告诉她说乔伊·潘科夫斯基是她的父亲，这个不可能完全是假的。但他们有没有顺带提到说要对我不利？或者那只是她一时兴起的猜测？即使我跟她十年没见面，但你不会忘记和你一起长大的人的习惯性动作：当我质问她的时候，她将目光移开，这让我觉得她在撒谎。

我相信她被威胁的唯一理由，就是我接到了恐吓电话。卡洛琳出现之前，我一直假定威胁来自阿特·尤尔沙克，因为我跟他儿子聊过天，要不然就是因为我跟罗恩·卡佩尔曼谈过。但如果是胡伯特在威胁我呢？

时钟橙色的荧光指针指向三点十五分时，我开灯坐在床上打电话。莫里·莱森已经离开报社四十五分钟，但并不在家。我想到金辉酒吧四点才关门，就打电话过去碰碰运气，皇天不负苦心人，那边终于接通了!

"维艾!我太感动了。你失眠的时候能想到我。我已经看到明天的头版头条了——女侦探为爱失眠。"

"我还以为是因为晚上吃洋葱的关系呢。我答应嫁给迪克那一天,一定也是犯了同样的毛病。你还记得咱们昨天那次小小的谈话吗?"

"什么谈话?"他气呼呼地说,"我跟你说了南希·克莱格霍恩的消息,而你却坐在那边,嘴巴像是被鬼粘起来一样。"

"我记起一件事。"我一字一句地说。

"最好是要紧的事,华沙斯基。"

"科提斯·奇格威尔。他是一个医生,住在汉斯德尔,以前在南芝加哥一间工厂上班。"

"他杀了南希·克莱格霍恩?"

"据我所知,他没见过南希·克莱格霍恩。"

我觉得电话那头的莫里恐怕是要气炸了。"我今天太累了,维艾。别让我跟你玩'二十问'①。"

我伸手在床边摸到T恤。不知道为什么,夜色让我觉得赤身露体,似乎少了一层防护。我斜倚着身子,看到被床头灯照亮的房间角落的灰尘。如果能活过下个星期,我一定要好好打扫打扫。

"我也只能把问题丢给你,"我慢慢说,"二十个问题,没有答案。科提斯·奇格威尔隐瞒了一些事。二十四小时之前,我觉得他跟南希毫无关系,但今天晚上我却接到恐吓电话,告诉我离南芝加哥的那些事远点。"

"奇格威尔威胁你?"我几乎可以感觉到莫里的喘气声通过电话

---

①二十问,一种猜谜游戏,一方在心中选定某个名人,另一方可提出二十个问题,若问完了仍猜不出名人是谁就算输。

线传过来。

"不是,我本来以为是阿特或德瑞斯伯格。唯一的问题是,接到恐吓电话几个小时以后,又有人跟我说同样的话,而那个人是通过薛西斯工厂才知道我的——薛西斯就是奇格威尔以前上班的地方。"

我说明曼海姆和胡伯特化工对潘科夫斯基和费拉罗官司的不同说法——但没透露胡伯特的版本来自古斯塔夫·胡伯特本人。"奇格威尔知道真相,也知道原因,只是不肯说。如果薛西斯的人在威胁我,他一定知道原因。"

莫里使出浑身解数想让我吐露更多,但我不能供出卡洛琳和路易莎——我不应该让路易莎不愉快的往事在芝加哥的大街小巷流传。况且,我自己也是一团乱麻,根本不知道南希命案和潘科夫斯基之间有什么关联。

莫里最后说:"我感觉得出来,你根本不想帮我,只是想让我替你跑腿。不过你的消息还不错——我会派人去跟那个家伙谈一谈。"

挂掉电话后,我总算睡了一会儿,但六点半左右就醒了。又是一个灰暗的二月天。刺骨的冰雪都好过那没完没了的雾蒙蒙的阴寒天气。我穿上厚运动衫,舒展一下筋骨,然后使劲猛敲孔特雷拉斯先生的门,直到狗叫声把他吵醒才罢手。我带狗去湖边又走回来,路上时不时停下脚步系鞋带、擦鼻子、丢棍子给狗捡——这些动作可以让我不露痕迹地偷看后面是否有人跟踪。我想没人跟着我。

交还小狗后,我到街角小吃店吃煎饼,然后回家换衣服。我正在想应该去找路易莎,看看能不能从她身上套出卡洛琳惊慌失措的原因,就在这时,接到爱伦·克莱格霍恩的电话。她的心情非常低落:原来她去了一趟南芝加哥,到南希家拿她的财务资料,却发现房子遭到洗劫。

"洗劫？"我呆呆地复述，"你怎么知道是洗劫？"

"知道就是知道嘛，维多利亚——整间房子被翻得乱七八糟。南希没什么东西，她也只整修了两个房间。家具都被拆散了，报纸扔得遍地都是。"

我不由自主地浑身打战。"听起来像是小偷疯了。能看得出什么东西丢了吗？"

"我没有仔细看。"她的语音因为紧张的啜泣而时断时续。"我看了一下她的房间，就赶紧拼命跑了出来。我——我想，也许可以麻烦你过来一趟，陪我回去检查一下那幢房子。我不能忍受独自待在那——被劫掠过的南希的家。"

我答应在一小时内到她家见面。我本来打算直接去南希家，但克莱格霍恩太太害怕洗劫的人仍埋伏在她女儿家，甚至就躲在房子外面。我套上牛仔裤和运动衫，然后闷闷地打开藏在卧室衣橱内壁的保险柜，拿出史密斯威森手枪。

我不让自己养成带枪的习惯——如果太依赖枪的话，思路就会打结。我实在是神经过于敏感了，先是南希命丧沼泽，接着有人威胁也会把我丢到沼泽里，现在又有人闯进她的家。我想，也许是当地的小混混发现屋里没人住，就想进去偷东西。如果当真如此的话，那他们把家具拆烂就太荒唐了，也可能是有人嗑药嗑得精神恍惚，把家具拆散了找钱，但也可能是她有什么罪证可以定凶手的罪，所以凶手要去找出来。于是，我将第二个弹匣放进手提包里，将上膛的手枪塞进牛仔裤口袋。

在迷蒙的灰雾中，克莱格霍恩家看起来既遥远又破旧。就连南希卧房的小塔窗都仿佛在滴水。克莱格霍恩太太在房前的小路等我，平日里看起来愉悦的圆脸现在瘦弱而疲惫。她露出万分感激的笑容，爬上我的车。

"我想搭你的车过去,如果你不介意的话。我抖得太厉害了,连自己怎么开车回来的都不知道。"

"你把她家的钥匙给我就可以了,"我说,"你不一定非得过去,如果待在这里让你更舒服一些的话。"

她摇摇头。"如果让你一个人去的话,我肯定会一直担心是否有人埋伏在那里,那你怎么办。"

我按照她指的方向抄近路过去,顺着南芝加哥大道拐上耶芝大道,顺便问她报警了没有。

"还没有,我想让你先看一下现场的情况。然后……"她挤出一个不自然的笑容——"也许可以麻烦你帮我报警。我已经跟警察打过太多交道了,受不了了,不光是说现在受不了,我一辈子都不想再跟警察讲话了。"

我将手伸过换挡杆拍拍她。"没关系,我乐意效劳。"

南希家在克兰敦大道,靠近七十三街。看得出来为什么克莱格霍恩太太说房子大而不实用——这是一幢木制的大怪物,整整三层楼的房子占满了一块特大号的地皮。同时我也明白了南希为什么会买下它——屋角的小穹顶,彩绘玻璃窗,屋内楼梯井的雕花扶手,所有这些都会令人想起《小妇人》或《浮华世界》的作者笔下描述的舒适和秩序。

并不是一进门就能看出有人闯入的痕迹。很明显,买下它花光了南希的所有积蓄,以至于前门大厅都没有家具。直到我爬上橡木楼梯,到了主卧室才看到被损害的惨状。对于克莱霍思太太在门口等我的决定,我十分同情。

显然,南希最先动手修缮的就是这间主卧室。地板打磨过,墙面重新抹了灰泥并粉刷，修理好的壁炉，表面贴了瓷砖，又在床前面墙上挂了闪亮的铜器。南希将卧房装饰得很迷人，但如今家具和床具却被乱扔了一地。

我蹑手蹑脚、小心翼翼地在满地狼藉间穿梭。我打破了所有的警方可能的侦查规则——先是不报案说有人打劫，接着在屋内走动破坏物证，又让自己的痕迹和罪犯的混在一起。不过，只有在课本上才会说每件案子的物证都得到详细记录。在现实生活中，我觉得警方不会投入多少心力关注现场侦查，即使屋主被谋杀了也一样。

不管罪犯努力寻找的是什么，那东西必定不会占据很大的空间。他们不但扒掉了床单、翻掏床垫，甚至拆掉壁炉的炉栅，取下几块破砖。如果真是毒虫嗑药嗑昏头了，那他们就是在找钱。不然就是在找文件，南希可能掌握了他们非常重要的证据，情节严重到他们不惜杀人灭口的地步。

我下了楼，手也在微微发抖。破坏房屋是对人身安全的莫大冒犯。如果连在家里都不安全，那就算走到天涯海角也不会有安全感。

克莱格霍恩太太在下面等我。她像妈妈一样揽住我的腰——我情绪的低落让她稍微振作了一点。

"饭厅是南希真正装修过的另一个地方，她把那边的内建式橱柜当成小型的家庭办公室来用，打算等到哪天有钱有时间了再装修书房。"

我建议克莱格霍恩太太继续待在门厅。如果闯入者在楼上没有找到他们要的东西，我不敢想象橱柜已经变成了什么样子。

现实比我想象的要惨一百倍。碗盘碎了一地，椅垫都被扯掉。面向饭厅门口的胡桃木橱柜里的书架全成了碎木片。南希的个人文件散落得到处都是，就像盛大游行过后遗留的彩色纸袋一样。

我的嘴唇紧紧抿成一线，努力控制住情绪，查看起地上支离破碎的东西。不久克莱格霍恩太太终于来到饭厅门口叫我：原来我离开了太久了，她不放心，便打起精神，强迫自己面对这一切。我们一起翻出银行对账单，从乱纸堆中找出一本通讯录，又挑出所有跟房贷、保险有关的文件给克莱格霍恩太太带回去看。

离开之前，我到其他房间转了一圈，不时见到松脱的地板被撬开，屋内六个壁炉全都缺了栅栏。老旧的厨房也没逃过一劫。厨房原本的情况可能就不太好，设备大概可追溯到二十世纪二〇年代——旧洗碗柜、旧冰箱，还有严重剥落的墙面。闯入者遵循传统的犯罪风格，将面粉和糖都倒在地板上，把冰箱里的食物一股脑地扔出来。如果警察真的抓到罪犯，那么我建议他们刑期的第一年都用来整修这幢被他们严重破坏的房子。

他们应该是从后门进来的，后门的锁被撬开了，而且他们也没记得完事后将门关好。后院的草木相当茂盛，巷道的行人是无法看见房门开着的。南希在食品储藏室旁边设置了一个小的工作间，克莱格霍恩太太从里面找出榔头和钉子；我在后门上钉了一块木板，将门封起来。对于复原房子，我们也实在无能为力，便一语不发地离开了。

回到克莱格霍恩太太的家，我打电话告诉鲍比这件事。他嘀咕了一声，说他会将案子转给第三分局，又要我先别走，以免他们有问题想问我。

"嗯，当然。"我低声说，"一个星期之内我都会盯在电话旁边，如果这能让警察高兴。"不过鲍比已经挂断电话，这样也好。

克莱格霍恩太太只顾忙着弄咖啡，把它端到厨房给我，还有一些剩下的蛋糕和沙拉。

"他们在找什么呀,维多利亚?"在喝完第二杯咖啡后她才开口。

我忧郁地戳着香料蛋糕。"是小东西,很薄的,我猜是文件之类的。他们应该没有找到,否则不会把壁炉的砖头都撬开。南希还会把东西放在哪里呢?你确定她没在你这里留下什么?"

克莱格霍恩太太摇摇头。"她是有可能在我上班时过来,但是——我也不知道。你要不要去她以前的房间看看?"

她让我独自走上阁楼的楼梯,来到南希和我一起伺候安妮修女、跟海盗打架的角楼。房间里散发着一种令人难以忍受的凄凉,关于童年记忆的一幕幕往事片段孤独地停留在这些旧家具上。我翻看着泰迪熊、奖杯,还有一张披头士早期耍酷的海报,但什么也没发现。

回到楼下时,警察已经来了,我们大约花了一个小时的时间跟他们谈话。我们告诉他们克莱格霍恩太太要去拿南希的个人文件,但她不想一个人去,而我又是一个老朋友,就跟着去帮忙,结果发现屋内混乱不堪就报案了。那两个低级探员一笔一画地慢慢将我们的话全部记录下来,但看起来对案子的关心程度跟其他南区的房主一样漠不关心,临走也没交代任何注意事项或留下任何指示。

他们走后不久,我也起身准备离开。"我并不想吓你,但在找南希东西的这帮家伙很可能也会到这里来。不管你愿不愿意,你最好考虑一下搬到哪个儿子那儿去住。"

克莱格霍恩太太勉强地点点头。她唯一没有孩子的儿子跟女友住在拖车里,那并不是寄宿的好选择。

"我想我也该把南希的车转移到安全的地方。谁知道这些疯狗下一个袭击的是什么地方。"

"她的车?"我停下脚步,"在哪里?"

"就在外面。她本来把车停在南芝计划的办公室,葬礼后在那上班的一个女人的帮我把车开回来。我有备用钥匙,所以他们很可能是……"当她见到我的表情,改口说,"当然,我们得看一下车子里面,是吧?万一南希真的有什么是杀手想要的东西。虽然我实在想不出那会是什么。"

早些时候她曾经说过同样的话,而我也重复着我那毫无意义的安慰:南希也许并不知道她有别人这么穷凶极恶想要寻找的东西。我跟克莱格霍恩太太走到南希的天蓝色本田车,从后座拿出一堆文件。南希把她的公事包也放在那里,跟一摞塞不进公事包的档案夹放在一起,

"亲爱的,你为什么不直接把它们拿走?"她的笑容很恳切,"要是你能检查一下这些文件,把她工作的文件还给南芝计划,就是帮我大忙了。"

我将那沓文件夹在左胳膊下,用右臂搂着她的肩膀。"没问题。如果有什么事情,或是需要我帮忙应付警察,就打电话给我。"我并不想承担这么多责任,但照目前这个情况看来,那是我唯一能帮的忙了。

第二十一章 妈妈的乖儿子

我坐在自己的车上，一边吹着暖气，一边翻阅着南希的档案。我把南芝加哥计划例行公事的文件单独放在一边，打算在离开南芝加哥之前拐到商业路物归原主。

我在寻找任何能够证明尤尔沙克市议员反对建造回收厂的证据。这也正是上次我跟南希谈话时她正在追查的事情。如果她的死跟她追查到的南区某个骇人听闻的秘密有关，那么我认为这肯定与回收厂脱不了干系。

最后我确实找到了一份有尤尔沙克市议员名字的文件，但这份文件跟回收厂的提案一点关系都没有，与环保也没有关系。那是一封信的复印件，写信日期是一九六三年，收件人是海安保险公司，内容是胡伯特化工薛西斯溶剂厂的保险将由尤尔沙克和帕莫保险经纪公司代理。信里还附有一份显示薛西斯溶剂厂的折损率的精算报告，报告显示的这些指标和业界规模相近的公司一样，并要求使用相同的保险费率。

我把报告整整读了三遍，越读越迷茫，没有发现任何疑点。我的意思是这看上去跟南希的死一点关系都没有。我虽然不是很了解医疗人寿保险，但是文件看上去很正规，好像只是份普通的保险文件。唯一可疑的地方是写信的年份有些久远，而且内容跟南希的工作联系不大。

也许有一个人能告诉我其中的玄机所在。其实也不止一个人，但是我不想去找老阿特谈这件事情。因为他会问："小姐，你是在哪里找到这封信的啊？是从路上捡到的吗？"谁都会想到跟他解释是多么麻烦的事情。

不过，小阿特可能会告诉我。虽然他并没有深入到父亲生活和工作的核心部分，但是应该会了解保险的内容，足以为我解读这份文件。再或者，信是南希找到的，她察觉出其中有鬼，而且跟他提过。事实上，南希一定跟他提过，要不然他不会那么紧张兮兮的。他知道南希被杀害的原因，但就是不愿意透露而已。

这看上去似乎是一个不错的推论，但是该如何让阿特开口说出他所知道的秘密则完全是另一码事。我的眉头皱成一团，绞尽脑汁思考解决的方法，但是效果不佳。我试着让自己放松全身的肌肉，希望脑袋里能冒出什么好的方法。结果想到的全是南希跟我一起度过的童年时光。我四年级的时候第一次去她家吃晚饭，她母亲准备的是罐头意面。我始终没有胆量告诉母亲我们吃了什么，因为她对不自己做意大利面的人家存有偏见，会不再让我踏入她家。

南希是说服我参加高中篮球队选拔的人，我向来很有运动细胞，只不过垒球才是我最拿手的运动。我加入篮球队以后，爸爸就在房子的侧面装上了篮球筐，陪南希和我练球。他没有错过我们在中学时代的每一场球赛，大学里最后一场跟林湖大学队的比赛结束后，他带我们去了帝国厅喝酒跳舞庆祝。他教过我们后仰式跳投，就是先佯装要传球然后再转身灌篮，在比赛的最后几秒，我就是用这一招赢得了球赛。

我坐直身子，想到南希和我曾经无数次演练过这一招，现在何不再来一次？我虽然没有任何证据，但是姑且可以让小阿特认为我有吧。

我从身旁座位上的一堆文件中找出南希最近的一笔记录。她在小阿特的名字下写了三组电话号码，字迹龙飞凤舞，我也只能通过这些潦草的字迹猜测号码，去打公共电话。

第一组号码打到了选区办公室，梅太太甜腻腻地说她不清楚小阿特的去向，并且试图打听我的身份以及打电话的目的，甚至抢在我挂断之前提议帮我转接老阿特。

我拨通了第二组号码，结果打到了尤尔沙克与帕莫保险经纪公司。好不容易从带着鼻音的前台秘书的口中得知，她自星期五开始就没见过小阿特，她想知道自己什么时候变成了他的保姆。她接着抱怨着："警察今天上午来找过他，而我还要赶在中午前打好一张合约，但这怎么可能来得及呢，除非……"

"那就不打扰你了。"我不耐烦地挂断了电话。

我在口袋里翻找零钱，想要继续拨打第三组号码，但最后的两个硬币已经用完了。幸好南希在第三组电话号码的旁边记录了一个地址，那肯定是阿特家在G大道的地址。就算是打电话找得到那小子，他大概也会挂掉，还是登门拜访最为保险。

我回到车上，开回东区，来到一一五街与G大道的交会口。房子位于路的中段，是一幢新建的砖房，周围有很高的护栏，大门上还装有电子锁。我按响了门铃在门口等待，当我正要按第二次的时候，对讲机里传来一个语气有些迟疑的女人的声音。

"我是来找小阿特的，"我吼着，"我叫华沙斯基。"

在长长的静默之后，门锁开了，我推开门进入了庄园——跟典型的东区住宅相比，那里似乎更像是一个庄园。如果这里真是阿特的家的话，那他应该是仍和父母同住。

无论老阿特的办公室看上去是多么朴素低调，但他显然没有牺牲居家的舒适。房子右边是美丽的人工庭院，另一侧有一幢玻璃屋，可能是室内游泳池。房子后面是森林绿化保护区，会让人产生一种置身于乡间的错觉。之所以说是错觉是因为这里离世界上几处最繁忙的生产基地还不到一千米。

我快步走上石板铺的小路来到房子门口，门廊的柱子跟现代的砖瓦配在一起，感觉不太搭调。一个已经上了年纪的金发妇人站在门口。尽管周围的一切显得那么富丽堂皇，她本人倒是纯粹的南区风格，穿着熨得平平整整的印花洋装，围着浆洗过的围裙。

她紧张地招呼着我，但是并没有请我进门。"你——你说你是谁？"

我从皮包中掏出一张名片递给她，说："我是小阿特的一个朋友，因为我去选区办公室没有找到他，所以才会上门打扰，我有很重要的事情想要跟他谈谈。"

她一个劲儿地摇头，有一瞬间和她的儿子非常神似。"他——他不在家。"

"说真的，我想他不会介意跟我谈谈的，尤尔沙克太太。我知道警方正在设法联络他，但是我是跟小阿特是同一阵营的，不是为警察办事，我也不是他父亲派来的。"最后一句是我灵光一闪，临时想到补上的。

"他真的不在家。"她沮丧地看着我，"麦高尼格尔警官来找过他，惹得尤尔沙克先生非常生气，但我真的不知道他在哪里，呃——小姐，我从昨天早餐后就没见过他了。"

我试图思索出点什么。也许昨晚我离开时，小阿特其实还无法开车。但是如果他出了意外,他的母亲必然会第一个知道。枯木塘的影像在我脑海中掠过,该死,我迅速地甩掉了那个念头。

"那您能不能告诉我一些他朋友的名字?就是那些不必事先打招呼,就可以直接上门借住一夜的朋友?"

"麦高尼格尔警官也问过我同样的问题。但是——他从来没有朋友。我的意思是我喜欢他睡在家里。我不允许他像现在那么多年轻人一样,四处乱跑,沾染上毒品和黑帮,而且他是我唯一的孩子,不像别人家,一个孩子教养不好还有别的小孩,所以我现在也很担心。他肯定知道不说一声就夜不归宿我会很生气,但事实就是这样,他的确整晚都没有回来。"

我不知道该说什么了,因为我想说的话都无法让她和我继续交谈下去。我最后问了一句:"这是不是他第一次夜不归宿?"

"哦,那倒不是。"她坦诚地说,"有时候他得通宵为客户或者其他什么人准备重要的报告。他最近几个月常常这样,但是每次都会打电话回来跟我说。"

我暗自偷笑,这家伙要比我料想的上进多了。我思忖片刻,然后谨慎地说:"我正在处理一个他负责的重要报告,尤尔沙克太太。客户的名字是南希·克莱格霍恩,阿特要找她拿一些文件。能不能麻烦你告诉他,文件在我这里?"

她似乎没有听过南希的名字,起码她没有为此脸色苍白地晕倒在地,或者是警觉地退缩起来。她只吩咐我帮她抄下名字,一是因为她记性太差,二是因为她太担心阿特,害怕会记不清楚名字。我在名片背面写上了南希的名字,又简要地说她的文件在我的手上。

"尤尔沙克太太,如果有什么事情,你可以拨这上面的电话找我,不分白天晚上,任何时间都可以。"

当我走到大门的时候,她依然站在门口,手绞着围裙。

我真希望昨晚见到小阿特的时候能够打破砂锅问到底,他肯定是被我吓到了,他应该清楚南希探听到的事情。要么我的来访成了压垮骆驼的最后一根稻草,吓得他藏了起来,以免落得和南希一样的下场;要么他已经步上了她的后尘。我应该去告诉麦高尼格尔警官我所知道的东西,或者该说是告诉他我的推论,可是——可是我手上并没有真凭实据。也许我应该再等二十四小时,看看那个家伙会不会出现。如果他已经死了,说不说都一样;但是如果他还活着,我就应该去找麦高尼格尔警官,让他保护阿特免遭厄运。我的立场就这样不断地反复着。

我三心二意,犹豫不决,于是决定先开车回到南芝加哥,把南希的档案还给南芝计划,再去拜访路易莎。路易莎很高兴见到我,拿遥控器关掉了电视,然后用她纤弱的手指握住我的手。

当我把话题转到潘科夫斯基和费拉罗,以及他们败诉的官司时,她似乎打心底里吓了一跳。

"我不知道他们两个病得那么重,"她的声音尖锐刺耳,"在他们死之前,我们还经常聚在一起,但是他们从来没提过一个字。我都不知道他们在控告薛西斯。公司对我真的很好,也许他们两个是惹上麻烦了吧。乔伊领不到钱我能理解——因为他总是让人头疼,通常是些没脑子的女孩子;但是老史蒂夫这个人总是规规矩矩的,如果你懂我的意思,很难理解他怎么会领不到钱。"

我根据自己知道的情况说了他们是如何染病亡故的,又说了潘科夫斯基太太如何的艰苦度日。她听了以后竟然笑得咳了起来。

"嘿,我倒是能跟她讲一点乔伊的事呢,话说回来,我们夜班的女孩子全都能说上两句。第一年去那里上班的时候,我还不知道他已经结婚了。等我知道了——你也知道我的性格,你最好相信我——我就叫他滚,不然我就不是路易莎了。当然啦,也有些人不是那么挑剔,而且他真的很逗。想到他也经历过我现在的生活,真是难过啊。"

我跟路易莎一直聊到她喘息着睡着了。她显然根本不知道卡洛琳的烦恼,我不得不夸赞那个小鬼头一句——她对母亲的保护真的是滴水不漏。

第二十二章 医生的困境

我回到公寓时,孔特雷拉斯先生正焦急地在门口的小路上等我。小狗也被那一份挂念感染了,紧张地在他的脚边打哈欠。见到我回来,他们俩各自表现出喜悦之情:小狗在我身边转着小圈圈,开心地跳来跳去;老头则责备我没有告诉他我今天的行程。

我一手搂着他。"你该不会开始对我跟前跟后了吧?请你要每天重复念二十遍'她是大人了,如果她想自讨苦吃就随她去吧'。"

"别拿这种事情开玩笑,宝贝儿,你知道我不应该讲这种话,甚至连想都不该想,但是在我眼里,你比我自己的家人还要亲。每次见到露西,我都不知道格蕾跟我怎么会生出那种女儿。可是看见你,就好像看到了自己的亲骨肉,这可是真心话,小可爱,你要好好照顾自己,不仅是为了我,也是为了咱们的公主殿下嘛。"

我露出疲惫的笑容。"我猜我八成是遗传了你的性格——我的驴脾气、死心眼都不是盖的。"

他略略想了一会儿。"好吧,小可爱,"不情愿地表示同意,"你可以用你自己的方式做事情,虽然我不喜欢,但是我能体谅。"

我刚踏进前门,就听到他对狗说:"她说遗传了我呢,你刚刚有没有听到,公主?她是遗传了我。"

尽管我在他面前装得无比勇敢,其实我整天都无时无刻不在注意背后的动静。坐下来拆看邮件之前,我也把公寓仔细检查一遍,看看有没有人试图通过前面的白铁门和后面的滑门。

我无法忍受再用威士忌配花生酱充当一顿晚饭,也不想让楼下的邻居觉得他有权在我的身边徘徊不去。于是我小心翼翼地再度锁上屋子,开车去百老汇街的金银岛补充粮食。

当马克斯的电话响起的时候,我正在用蒜头和橄榄油煸鸡腿。猛一听到他忧郁的声音,我还以为是洛蒂出事了。

"没有没有,她很好,维多利亚。但是你两周前跟我打听的医生——科提斯·奇格威尔,他自杀未遂,你不知道吗?"

"不知道啊。"我闻到橄榄烧焦的味道,伸长左手越过电话线,关掉炉火,"怎么自杀的?你是从哪里知道的?"

原来六点新闻报道了这件事。奇格威尔的妹妹四点去车库拿园艺工具的时候发现他企图自杀。

"维多利亚,这件事让我心里很不舒服,非常不舒服。两周前你跟我要他的地址,而今天他企图自杀,这件事跟你有什么关联吗?"

我身子顿时觉得僵硬。"谢谢你,马克斯,你真是太抬举我了,通常情况下,我不认为自己有那种能耐。"

"请不要用这种挖苦的话混过去,你让我也卷了进去。我想知道,他的自杀到底和我有没有关系?"

我试着控制自己愤怒的情绪。"你是想问我有没有去找过他,把他丑恶的过去摆在他的面前,让他无法面对事实,而试图用一氧化碳自杀?"

"差不多就是这个意思,没错。"马克斯非常严肃,维也纳腔比平日更重了,"维多利亚,你也知道,在你追寻真相的时候,常常逼人去面对一些他们最好不知道的事情。我可以原谅你那样对待洛蒂——因为她很坚强,她受得了。而且你也是这么对自己的。但是就是因为你太坚强了,所以你看不出别人无法应对这样的真相。"

"听着,马克斯,我不知道奇格威尔为什么自杀。我没有看到医疗报告,所以我甚至不知道那是不是他做的——说不定他只是在发动汽车时中风罢了。但是如果是因为我问的那些问题把他逼上了死路,那我也一点也不后悔。因为他在替胡伯特化工隐瞒真相,我不知道那到底是什么事,什么原因,事态究竟有多严重;但是这跟他个人的抗压力和弱点无关,而是事关很多其他人生活的事情。就算——就算我两个星期前就预料到他会因为我的问题而打开尾气自杀,你最好相信我还是会那么做。"在我说完的时候,我的呼吸变得很沉重,嘴巴又干又涩。

"我真心相信你,维多利亚,我不想在这种心情下跟你谈下去。我只有一个要求——下回你要找人帮忙的时候不要找我。"我还没来得及开口他便挂断了电话。

"哼,去你的,自以为是的混蛋,"我对着挂断的电话大吼,"你以为你是我妈,还是司法单位?"

生气归生气,但我还是有点心虚,毕竟我才在半夜的时候挑拨莫里·莱森去盯着这个人。也许是因为他们不断骚扰他,让他胡思乱想,把一桩小过失闹成了谋杀案。为了抚平自己的良心,我打电话到《明星先驱报》的市区办公室找莫里。他愤愤不平,他的确派了几个记者去问医生潘科夫斯基和费拉罗的事情,但根本连人家的大门也没有进去。

"别来烦我了,自作聪明的小姐。你才是真正跟那家伙谈过话的人。你有事情瞒着我,但我连猜测的必要都没有。我们在薛西斯工厂有几个跑腿工,没有你在这里混淆视听,我们调查起来会更快。

明天我们要刊登一篇很好的关于潘科夫斯基太太的催泪报道。我想，那个帮他们打官司的律师曼海姆那里也挖得到一些东西。"

莫里最后才极不情愿地透露出一些关于奇格威尔企图自杀的消息。奇格威尔在午餐后便不知所踪，而他妹妹在忙于家务，没有多想，四点的时候她决定去车库检查一下园艺工具，准备好春天使用。她给媒体的说辞完全没提到我或者薛西斯，只是交代哥哥最近几天总是心烦意乱，可是因为他常常情绪不佳，所以她也没在意。

"能不能肯定是他自己做的？"

"你是指会不会是有人闯进车库，先把他绑起来迷昏，放进车子里系好安全带，然后趁他昏迷的时候解开绳子好让现场看起来更像自杀？拜托，华沙斯基。"

我总算挂掉电话，心情比打电话前更糟。我觉得自己犯了大错，我透露了那么多信息给莫里，而得到的回报却少得可怜；这下可好，他对潘科夫斯基和费拉罗的了解跟我一样多。而他有大批人马进行各种调查，说不定他能抢在我前面拆穿胡伯特和奇格威尔的谎言。

我的能力不输给任何人，甚至强过他们中的很多人，但让我懊恼的不单单是担心自己会输给莫里，而是关于路易莎的隐私权——她的往事不该被媒体公开。还有一件事困扰我——虽然明知不理性——我还是无法释怀自己错过了南希在死的那天打来的电话。

我愁苦地看着煮了一半的鸡腿，我唯一没透露给莫里的消息是南希车上那份海安保险的文件。可是现在小阿特失踪了，我不知道还能找谁谈谈这件事情。我倒了一杯酒（酗酒的十大警示之一——你沮丧或者受挫时是否借酒浇愁？）来到客厅。

海安是一家以波士顿为基地的大型寿险公司，不过他们在芝加哥有一间大办公室。他们的电视广告我看过无数次了，画面是一个自信满满的水手倚着一张吊床——与航海家共憩，像他们一样安然入眠。

要跟企业的精算师解释我的消息来源就如跟老阿特解释一样难如登天。保险公司看守精算资料的谨慎程度，通常跟圣杯不相上下。因此，即使他们接受我有权调阅资料的说辞，也很难让他们说出资料是否有可疑之处，例如数据是否正确。他们会跟波士顿的母公司查证，而那至少需要一个月的时间。

卡洛琳可能会知道这份文件的意义，但是她不跟我讲话了。我唯一想到还能问的人是罗恩·卡佩尔曼。尽管那份保险资料看上去跟南芝计划的回收厂毫无关联，但是南希曾经跟罗恩有过一段，工作上又有密切往来，也许他能看得出南希究竟在这封信里瞧出了什么端倪。

我够幸运，他家的电话号码居然登记在了电话簿上，更幸运的是——他居然在家。当我告诉他我手上的信件时，他表现出极大的兴趣，问了许多关于我通过什么门路、如何得到资料之类的犀利问题。我含糊其辞地说南希曾经委托我协助处理一些私事，并让罗恩答应第二天早上九点先来我这里一趟，然后再去上班。

我又看了一下凌乱的客厅，即使扔掉那些过期的《华尔街日报》也无法让我家跟他位于普尔曼的房子一样美丽整洁。我连锅带肉一起塞进了冰箱——我已经完全丧失了做菜的兴致，更别说吃了。我打电话给老朋友威尔玛·莱特，约她去看《东镇女巫》。等我回到家的时候，奇格威尔和马克斯已经被踢出脑海，我终于可以睡得着觉了。

第二十三章 阴招

在奇格威尔家的车库，马克斯紧紧抓住我的手腕，硬拖着我跟着他坐进黑色轿车的后座，医生也在里面。马克斯说："杀了他，现在就动手，维多利亚。"我试图反抗，但是他抓得太紧，不但将我的手臂举起，还逼迫我扣动了扳机。当我开枪的时候，奇格威尔的面孔就变成了枯木塘的那只红眼狗。我在沼泽地的草丛中拼命地奔跑，想要逃脱，但是那凶猛的红眼狗却无情地追逐着我。

六点从噩梦中惊醒的时候，我身上大汗淋漓，心怦怦直跳，强忍着马上就要奔涌而出的泪水。梦里沼泽地的野狗长得跟佩皮几乎一模一样。

尽管时间还很早，但我一刻也不想再赖在床上了——因为躺着也只是在一直冒冷汗、胡思乱想。我换下床单，扔进脏衣服堆，然后穿上牛仔裤跟T恤，再把衣服拿到地下室的洗衣机里去洗，如果我能找到适合跑步穿的衣服，就能带着狗出去跑跑步，回来冲个凉水澡，然后就可以头脑清醒地见罗恩·卡佩尔曼了。

我找了半天，才在衣柜的箱子底翻出一件大学时穿的旧暖身裤。松紧带已经失去了弹性——腰部的束绳只能勉强不让裤子溜下来——而且茶色也褪成了淡淡的红色，不过还足以撑一个早上。我权衡着要不要带枪，梦境对我来说太可怕了，可我现在还不愿意接受随身佩枪。没有人会当着湖边众多慢跑者的面攻击我,尤其是我身边还有一条大狗相伴呢,但愿如此吧。

我做完伸展运动之后,孔特雷拉斯先生已经让佩皮出来了。我在厨房门外跟狗会合,然后一起出发。

又是一个雾蒙蒙的清晨,气温大约是四摄氏度,天色是铅灰色。不管天气怎样,只要能出来佩皮就显得十分高兴。我把它放在沙堤边,它的尾巴摇得像一面金色的锦旗,朝湖边跑去了。

许多垂钓的人站在湖边的岩石上,即使天气这么糟糕,他们也不放弃希望。我朝防波堤上三个穿着黑色雨衣的钓客点头打了招呼,然后朝着港口的入口跑去。我在海角尽头伫立片刻,看着晦暗的海水拍打着岩石,是在这湿冷的薄雾中,汗湿的衣服贴在身上开始让我觉得很不舒服。我重新系了一下已经松弛的束绳,开始往回跑。

之前下过几场猛烈的冬季暴雨,将防波堤到港口边缘的石阶冲刷得有些松动了。我不止一次地离开小路,避免踩到松动的石头而摔倒。等我回到港口陆地部分的时候,双腿已经因为跑得过猛而开始发酸,于是我放慢了速度。

那三个穿雨衣的钓客一直盯着看我跑回来。他们看起来并不像是在钓鱼,事实上,他们似乎根本没带任何渔具。随着我渐渐接近防波堤的时候,他们走过来,懒洋洋地散开,挡在了我和路的中间。此时一个独自慢跑的人从他们后面经过。

"喂!"我叫道。

那个慢跑者沉浸在他的索尼的耳机里,丝毫没注意到我们。

"放弃吧,小姑娘,"其中一个人说,"我们只是几个拦住漂亮姑娘消磨时间的钓鱼客而已啊。"

我闪开他们,拼命试图思考。我可以回头跑向通往湖边的防波堤，然后被困在礁石和水面之间，设法让听随身听的人注意到我，也许，我也可以往侧边跑……

一只黑得发亮的手臂抓住了我的左手腕。"几点了，小姑娘，我们只是想看一看你的手表。"

我旋即顺势朝向他的臂弯移动身体，集中全力向上劈砍他的手肘。尽管他身上的毛衣和雨衣如同厚垫，但仍然有足够的力量传到了他的皮肉，他闷哼了一声然后松开了手。他的手稍一放松，我便扭着挣脱，一个箭步冲向公园，大喊救命。可是在雾天里出来的人本来就很少，又都离我太远，而且还挂着耳机听不到我喊救命。

我通常只是顺着防波堤来去，并不熟悉公园这一带，不知道有什么地方可以藏身，也不知道这条路通向哪里。我暗自希望能通到湖滨大道就好了，但也可能能会被堵到一个高尔夫练球场。

厚重的衣物牵制住了打手的速度。虽然我也已经筋疲力尽，但是仍然可以勉强跟他们拉开一段距离。我看见他们其中一个人从我左手边过来，另外两个很可能正在设法从另一边过来，好像打算像个钳子一样从两边包抄我。一切都得看我能多快到达大路了。

我猛然用力，突然改变方向。那个我看得见的歹徒吓了一跳，他大喊着通知那两个我看不见的同伙。这使我燃起了信心，使出了吃奶的力气狂奔，我正准备全面冲刺的时候，却看到了横在我面前的水面。

是湖，一个支流深入到公园此处，到我左手边大约三十码的地方。刚刚被我打了一拳的男人已经守在了那里，阻断了我的去路。另外两个杀手出现在了我的右手边，不紧不慢地小跑步过来。

我站在原地，直到他们距离我十五码的时候，一边调整着自己的呼吸，一边重新鼓足勇气。他们走到足够近的时候开始喊话："再跑也没用啦……放弃吧,小姑娘……反抗只是白费气力。"我跳入水中。

湖水像冰一样冷。一大口肮脏的湖水灌进嘴里,我吐了出来,肺叶和心脏反应激烈,骨头和脑袋也开始疼痛,耳朵里面嗡嗡作响,眼冒金星。我在心里不断鼓励自己:几码,几码就好,你能办得到。双手一下接一下划着水,一脚上一脚下,不要担心鞋子的重量,马上就要熬过去了,马上就可以出去了,前面有个大石头,绕过它,好啦,可以走了,好啦,爬上岸吧。

暖身裤的腰带已经完全不起作用了,我脱掉裤子,跌跌撞撞地朝着马路走去。身上的湿冷让我头晕眼花,目光涣散,看不清原本守在湖水尽头的那个杀手有没有在我游过水面之前跑过来堵我,也看不到另外两个人的身影。我穿着湿透了的鞋子,牙齿打战,几乎挪不动脚步,但是援手就在前方,我执拗地强迫自己继续前进。

要不是那该死的石头,我本来是可以逃脱的。我太疲惫了,不辨东西南北,晕头转向看不清去路。我被一个大石头绊倒,重重地摔在地上。我大口大口地拼命吸气,试图站起来,接着,一个穿雨衣的歹徒跟我扭打在了一起,我又是踢又是打,连牙齿也用上了,直到我感觉所有的黑影凝成一团,我的脑袋像炸开了花。

一段时间以后,我感到自己病得很重,呼吸困难,好像是得了肺炎。我在外头淋着雨等爸爸,因为他答应巡逻的空歇会来接我,但是他一直没有来,因为他压根没有料到我会等那么久。我躺在医院,慢慢呼吸,搜寻着妈妈的身影,她告诉我一切都会好的,而你知道妈妈从来不会说谎。我试图睁开眼睛,脑袋便是一阵剧痛,眼前又是一黑。

我再度醒来,无助地晃动身躯,手臂被绑了起来,一块石头挤压着我的侧边,我被裹在一块厚重的东西里面,嘴巴被塞住了。如果我呕吐，便会窒息而亡。还是尽可能安静地躺着吧，现在还不是挣扎的时候。

这回我知道自己的身份了——维·艾·华沙斯基，女侦探，天字第一号大笨蛋。那个厚重的东西是一条毛毯，虽然我看不见，但是我想象它是绿色的，希尔斯百货的标准款。我被塞在了一辆轿车的后备箱里，挤压我的东西不是巨石，而是驱动轴。我发誓等我从这里逃出去之后，我一定要让市议会强制芝加哥罪犯开前轮驱动车。如果临检的时候发现你的车子用的是驱动轴，那么你就得去服刑，就像国税局逮住黑帮老大阿尔·卡彭一样。一切就等我逃出去了。

那几个穿雨衣的朋友们正在谈话，但是因为我耳鸣，加上毯子又厚，听不出他们说些什么。一开始我以为耳朵嗡嗡作响是因为刚才冷水的作用，但是我疲倦的大脑渐渐理清声音是来自车底，是车轮驶过马路的声音。车子晃啊晃，毯子里又温温热热的，我渐渐昏睡了过去。

我醒来时，感觉头上的空气凉凉的。我被反绑在身后的手臂麻麻的，我的舌头已经因为被强压的恶心感而变迟钝了。

"她还在昏迷吗？"

我不认得那嗓音，冷漠、无情。会是打电话威胁我的人吗？那只是两天前的事情，不是吗？不能再判断出其他信息了吗？我无法推断时间过了多久，那又是谁的声音。

"她不动了，要不要我打开检查一下？"这个人嗓音较重，是个黑人。

"不用管她。"又是那个冷漠的声音，"我们扔的只是一条旧地毯，即使是在这种鬼地方，天知道谁会看见你，更不会有人记住你这张脸的。"

我卖力地假装自己浑身瘫软。我可不想在头上再挨一记。我被粗鲁地从车上拉了出来,我可怜的头、疼痛的手臂、酸痛的后背被拖着撞过车门。我紧握着麻木的双手,以免自己叫出声来。某个人像扛一捆旧地毯一样将我扛在肩膀上,仿佛一百四十磅的重量对他来说不算什么,而只是轻飘飘的无关紧要的东西。我可以听见树枝被踩断的声音,还有穿过枯草的沙沙声。上回我来这里并没有注意到臭味,那是一种野草腐烂的恶臭混杂着沼泽地里的化学废水的味道。我尽量不被呛住,拼命不去想腐烂的鳍鱼。我的头一直打在那个人的背上,越来越痛,越来越想吐,但我拼命忍住。

"好啦,特洛伊,在地图上把这个地方标出来。"

特洛伊嘀咕了一声,把我从他的背上滑了下来,就放在原地。"这里够远吗?"

"她又不会乱跑,走吧。"

茂密的野草和松软的泥土减缓了我下坠的身势。我躺在冰冷的泥土上,冰冷的淤泥慢慢地渗入毯子,一度让我昏沉的脑袋舒服了一些,但躺久了,身体的重量让水从泥土冒出来。我觉得潮湿侵入了我的耳朵。我慌得翻滚身子,可是没用。在这个黑夜里,我即将被淹死,幽黑的沼泽水会进入我的肺叶、我的心脏、我的脑袋。想到这些,血液在我脑袋里奔流,我淌下了极度无助的泪水。

第二十四章 在沼泽里

我又一次不省人事。等到我慢慢恢复意识时，浑身上下早都已经湿透。水渗入我的发丝，泡得我的耳朵发痒。双肩好像是被人插进了铁棍一样，感觉硬要把我的肩膀从身体里扯下来。虽然如此，在某种程度上，昏迷和冷泥水倒是让我的头脑清醒了一点。我不想思考——因为这些都太恐怖了。可是只要我用一点常识，一分钟一分钟慢慢努力，我仍然可以让自己摆脱目前的困境。

我先滚动身体，让自己侧躺着。毯子由于吸饱了淤泥而非常沉重。我用尽全身的力气，让自己坐立起来。我的双脚脚踝被捆在一起，双手手腕被绑在身后——我根本无法将手腕弄到身体前面。但是我倒是可以将手腕往尾椎推，那样就可以支撑我弓起身子，用双腿蹬着一寸一寸向前挪动。

我只能假设他们将我扔在了南希被丢弃的地方——因为那是离路最远的地方。经过一段时间的尝试和失误——我在泥沼里呼吸很困难——终于摸出沼泽是在我的右侧。我小心翼翼地旋转一百八十度，以便能一点一点地向路面移动。我尽量不去想距离有多远，不去估计自己的速度，同时强迫自己去想食物、热水澡、床铺，离开这里，并且想象自己是躺在夏威夷的阳光沙滩上。也许酒瓶碎片会突然出现，割断绳索，把我从这牢笼里拯救出去。

我的双腿和双臂在不停地发抖。由于运动量太大，血糖又太低，我不得不每蹬几下就停下来歇一歇。当第二次停下时，我又昏睡了过去，滚到草堆中才醒过来。之后我强制自己数数，蹬五下，数十五下，蹬五下，数十五下，蹬五下，数十五下。腿发软，头发昏，十五个数。在我十五岁生日的前两天，加布里埃拉过世了。她是在托尼怀里离开的，而我当时却在海滩上。也许真的有天堂，嗓音纯净的加布里埃拉展开双翅唱着天国之歌，无限爱怜地向我张开双臂，等着我的女低音和她的女高音一唱一和。

狗吠声让我回过神来，是那只红眼狗。这次我已经无能为力了，我想吐，一点胆汁涌了出来。我能听到狗渐渐朝我靠近，它的呼吸声很重，叫声短促而尖厉，然后狗鼻子伸到毯子的一侧，将我翻过去。我侧躺着，受制于泥巴和毯子，无能为力，只能一个劲地朝空中乱踢，狗爪子用力地压住了我的手臂。

我无助地踢着毯子，试图让狗走开。恐惧的泪水流进了鼻子里。而狗牙始终撕扯着我的头和手臂。等狗咬破毯子，我该如何护住我的喉咙呢？我的双臂被绑在身后，那狗根本没注意到我微弱的踢蹬动作。

恐慌使我有一些耳鸣，我将无用的腿蹬到了水里。耳鸣之外，我听到了一个人的声音。我用残存的微薄的力气，试图喊出声来。

"你找到她了？发现她了吗？是你吗，小可爱？你在里面吗？你能听见吗？"

原来那不是地狱来的该死的恶犬，而是佩皮，还有孔特雷拉斯先生。我的幸福感是如此强烈，以至于有片刻已经完全感觉不到肌肉的疼痛。我微弱地闷哼着。老头一边奋力地解着绳索，一边自语自语地说着什么。

"我应该想到要带刀子来的,而不是这只扳手。早该想到的,你这个蠢老头啊,为什么需要刀子的时候,你拿的却是没用的扳手呢?撑住啊,小可爱,我们马上就能帮你解开了,你可别在我们弄好之前放弃啊,马上就好。"

他总算扯开了我头部的毯子。"哦,我的天哪,太惨了,让我们放你出来吧。"

他狂乱地去解我背后的绳索,佩皮焦急地看着我,然后开始舔我的脸——仿佛我是它走失已久的小狗。孔特雷拉斯先生忙着解开我手上的绳索,帮我揉着、使我的手臂恢复了微弱的血液循环。而佩皮在不断地舔净我的脸。

他见我只穿着内衣时被吓了一跳,担心我被强暴过,几乎无法相信我对他的保证,说歹徒只是想让我在此溺死。我沉重地靠在他的肩上,让他半领路,半拖着我回到了路上。

"有一个自以为了不起的年轻人来找你,说是律师。他不相信你真会在这里,所以就在车上等着。我看见公主殿下自己从湖边回来就很担心。然后这个冒失的年轻人来了,说是你们约好了九点见面,问你去了哪里,他可没时间一直等你。我知道你不想我跟前跟后的,小可爱,但是那个家伙打电话来的时候我也在场,又听到你的那个小朋友说,他们要把你扔到沼泽地里,所以我就让他载我们来了这里。我和公主殿下,你知道的,我觉得我们能找得到地方,因为你之前拿地图给我看过。"

他不停地说,一直讲到我们回到路上去。罗恩·卡佩尔曼站在那里,倚着他的破车,不时轻吹着口哨,目光闲适。当他看到我们三个人时,霍地站直身子,忙不迭地跑了过来。他帮着孔特雷拉斯先生将我抬过了铁丝网,放在了车后座上。佩皮轻吠一声,钻过他们中间，它那沉甸甸的身体挤在了我身体的旁边。

"妈的，华沙斯基，你放我鸽子就算了，怎么搞成这个样子。你究竟发生什么了？"

"年轻人，你别烦她，讲话放尊重一点。咱们的语言里可以用的字眼多得是，不要一开口就说脏话。要是你母亲听到你嘴里不干不净，不知道她会怎么想。现在我们应该做的是赶紧送这位小姐去看医生，治疗一下，然后你想打听她是怎样来到这里，如何落到这个境地，那时她才会有心情告诉你。"

卡佩尔曼身子一僵，仿佛想要还口，然后又意识到争辩也是白费口舌，便坐上了驾驶座。在他将车子掉头之前，我早已经失去了意识。

那天接下来发生的事情我一点也不记得了。我不记得卡佩尔曼是如何拦下一辆公路巡警车、并以一百三十千米的时速护送我们到了洛蒂的诊所，因为孔特雷拉斯先生死心眼，坚持如果洛蒂不点头就不让他们把我送去医院。我也不记得洛蒂如何看了车后座的我一眼，就立刻叫来救护车火速送我到贝丝以色列医院。甚至不记得佩皮不愿意将我交给医护人员，用它的大嘴咬住人家一只胳膊不放。据说他们还叫醒我，让我保持清醒，直到让佩皮松开嘴巴。但是我对这些一点印象都没有，甚至都没有以残梦的形式停留在我的脑海里。

直到星期四早晨我才清醒过来。困惑了几分钟之后我才意识到自己正躺在医院的病床上，但是搞不清我在医院做什么，以及我是怎么到那里的。就在我试图坐起来的那一刻，我的肩膀传来剧痛，事发经过才一下子涌上心头。

枯木塘，那可怕的死亡之地。我将手臂举到面前，不去管移动带来的痛楚，我的双手和双腕都被包扎了起来，只有手指头露在纱布外面，看起来像是鲜红的烤肠。左前臂的纱布上方贴着胶布，固定住一根静脉注射针。我的目光循着针管往上看到了几袋点滴挂在上方，上面的标签上写着 D5.45NS，还真是解说详尽啊。

我轻轻合拢手指头，它们虽然肿了，但是还有知觉。我重新躺下，内心感到平静而满足。我活下来了，我的手也没问题。他们本想干掉我，想在我死亡之际羞辱我，但我还活着。想着想着我就睡着了。

当我又一次醒来时，周围都是护士执行每日例行公事的嘈杂声——量血压、测体温、巡房，而且没有人会回答你的任何问题，只是说医生会告诉你。护士们离开之后，来了一位手脚灵快的实习医生，他检查了一下我的眼睛，然后又用大头针戳我的脚。看来大头针是神经科学的最新科技。另一个实习医生在隔壁床忙着检查，患者的年纪看上去跟我相去不多，只是来做整容手术的。他们忙完后，洛蒂便一阵风似的冲进来，黑眼睛里充满了无关医疗的情感。我的实习医生立在她的肘边，急着要告诉她检查的结果。她听了一会儿，不耐烦地挥挥手打发他走开。

"我相信你的反射都完好如初，不过我还是要亲自检查一下。先来看一下你的胸腔，吸气——憋气——吐气，好。"她听我胸膛和背部的声音，然后叫我闭上眼睛，双手相碰，下床，我的动作缓慢且不稳，下地后用脚跟走路，再换成用脚尖走路。这跟我平日的运动差远了，但已经让我气喘如牛。

"你真应该生个孩子，维多利亚——你可以生出全新品种的超级英雄，你能撑到现在已经是个医学奇迹了，更不用说你还能走路。"

"多谢夸奖，洛蒂，我也很得意呢。告诉我，我是怎么来到这里的？什么时候能够出院？"

她向我详细描述了佩皮和急救人员的事。"你的朋友孔特雷拉斯先生还在休息室等消息,他很担心你,和狗在那儿待了一整晚,这完全违反了医院的规定。你们两个真是一个模子刻出来的,都有一副牛脾气,完全听不进别人的话,做事也只凭自己的意志。"

"彼此彼此,洛蒂。"我毫无悔意地边说边躺到了床上,"别跟我说你没有默许狗留在这里,起码马克斯会睁一只眼闭一只眼。"

我皱着眉头,沉默不语,记起我跟这个医院的院长的上一次谈话。洛蒂同情地望着我。

"是啊,马克斯也想跟你谈谈,他有点后悔,显然就是因为这样他才同意让狗留在医院的。但是现在一定得让佩皮回家了,你就告诉你那个疲惫的邻居你会活下去,继续挑战不可能的任务,我们要请他们回家了。还有,既然你的脑筋不比平常差,我会叫人帮你拔掉点滴。"

她照例以四十海里的时速一溜烟离开。孔特雷拉斯先生不一会儿就进来了,眼里含着泪水,双手微微颤抖。我将双腿伸出病床边,又举起双手给他看。

"哦,宝贝儿。我永远不会忘掉昨天我们找到你时的场景,好好一个人死了七分,只剩三分。那个自以为是的小伙子还不肯相信你在那里,我只差没敲他一顿他才肯开车载我们去找你。然后我无法从护士那里得到任何一点有关你病情的消息,我一直问,一直问,她们就是不肯讲,只说是因为我不是你的家人。我不是你的家人?那谁是?我倒想知道。我问她们,到底是你那些住在梅洛斯公园、连圣诞卡也不寄的表亲有资格?还是救了你一命的我有资格?后来洛蒂医生出面搞定了这件事情,她跟马克斯先生处理好了这一切,并把我们安排在你病房外头走廊尽头的一间空房里休息,但前提是我们不能来打扰你。"

他从一个口袋里拿出一条大红色手帕,用力擤了一把鼻涕。"好啦,一切都没事了,我要带公主殿下回家吃东西了,你可别再跟我说什么别管你之类的话了,起码是在你跟那些坏蛋周旋的时候不行。"

我尽全力好好道谢,给了他一个紧紧的拥抱,又印了一个吻。他离开后,我再度躺下,咒骂自己怎么全身都软绵绵的。洛蒂想让我在医院多待一天,她说我回家一定不会好好休息。她说得没错,我已经非常烦躁不安了,肩膀的疼痛让我更加不耐烦。但是她已经把我的一身衣服都扔掉了,要等星期五早上才帮我拿衣服来。

结果是,我本来要去找的人几乎都来看我了,也有一些我不想见的人找来,比如说警察。马洛里副队长亲自来找我谈话,显然不是因为我很重要,而是因为他既生气又开心——生气是因为我又越权去插手警察的事,开心的是他和我父母都很熟。

"维艾,你就站在我的立场上一回吧。如果你一个认识最久的老朋友死了,每次一不注意,你朋友的独生女就捣乱,你想我会是什么感觉?"

"我知道你的感觉,你都跟我讲过六十亿遍啦。"我粗鲁地说。我讨厌自己不得不穿着病号服跟别人讲话——感觉就像你是一个躺在床上的孩子,而他们要给你盖被子、哄你入睡。

"要是你被杀死了,那我得把责任扛进坟墓。难道你就不懂吗?你看不出来我不许你插手,是因为关心你的安危,是因为我欠托尼和加布里埃拉一份情吗?到底怎么样才能让你明白啊?"

我生气地瞪着床单。"我自立门户,就是因为不想听别人的命令。无论如何,鲍比,我确实答应过不去找州检察官问南希的案子,我也答应过如果找到可疑的线索会告诉你,而答案是我没有找到。"

"你显然是找到线索了!"他吼着,一拳打在床头柜上,力量大到震倒了上面的水杯。这倒是浇灭了他的满腔怒火——他把头探到门外喊清洁工过来,然后朝着他喊,直到他觉得地板够干净了才满意。隔壁床的病人关掉了电视的《约会游戏》节目,拖着脚步去了休息室。

地板干了之后,鲍比试图抚平自己的怒气。他让我详细地交代一切,碰到我难以开口的部分,他耐心地等我说出来,忘掉的细节他也极有技巧地提问。听到我说我还记得一个名字,尽管是有名无姓的,但他的脸上也已浮现出了高兴的样子——因为如果特洛伊是为已知犯罪组织做事情的行家,那么警方就会有他的资料档案。

"现在,维艾——"鲍比慈眉善目,"——现在来谈一下事情的核心,如果你对南希·克莱格霍恩命案一无所知,怎么会有人用同样的手法、在同样的地点,试图杀掉你呢?"

"哎,鲍比,听你的口气,好像我一定知道谁杀了她,或者起码知道理由一样。"

"没错,现在说来听听。"

我很小心地摇了摇头,因为我的背还在疼痛。"那只是你个人的看法,而我觉得是因为跟我谈过话的某个人误以为我知道内情。问题是我最近几天跟很多人谈过话,而且他们全都很凶,我根本不知道该选谁为头号嫌疑犯。"

"没关系。"鲍比依然很有耐心,"那你说一下你都找谁谈过话吧。"

我看着天花板上的水印回想着。"小阿特·尤尔沙克,你知道的,就是市议员的儿子;还有住在汉斯德尔郊区的科提斯·奇格威尔,就是前几天自杀未遂的医生;还有罗恩·卡佩尔曼,他是南芝计划的法律顾问;当然还有古斯塔夫·胡伯特和莫里·莱森……"

"古斯塔夫·胡伯特?"鲍比的音调突然升高。

"你知道的,就是胡伯特化工的董事长。"

"我知道你说的是谁,"他狠狠地说,"你是不是应该说一下你为什么找他?他跟南希有什么关系?"

"我见他的原因跟南希·克莱格霍恩扯不上关系。"我真诚地说,转而看着鲍比咬得紧紧的下颌,"我一直就是这么跟你说的啊,我见这些人根本不是为了南希,可是他们大都凶巴巴的,随便哪个人都想把我扔进沼泽。"

"实话告诉你,我真想找人再把你扔进沼泽,省得浪费时间。你查到了内幕,但你想你又可以大出风头了,就不跟我透露口风。这一次他们差一点就杀死你了,下一次他们不会再失手了。可是在他们出招之前,我还得浪费公款,找人盯着你保护你的安全。"

他的蓝眼珠闪闪发光。"艾琳因为你在这里而觉得很难过,她想送你鲜花,还想带你回家里照顾,但是我跟她说,你不值得她这么做。"

第二十五章 来访时间

鲍比离开后,我躺下来试图入睡,但肩膀上的疼痛却转移了阵地,折磨起了我的心。愤怒的泪水盈满眼眶。我差一点一命呜呼,他却只会羞辱我,说什么我不值得好好照顾,只不过是因为我没有一五一十地将我所知的一切告诉他。我甚至都提到了古斯塔夫·胡伯特的名字,但是换来的只是他不予采信的怒骂。

我躺在床上辗转反侧,病号服背后的衣结硌着我酸痛的脖子,感觉很不舒服。的确,我可以将我上一周以来的全部活动非常详细地告诉他,但是,若说古斯塔夫·胡伯特那样的大人物派人修理一个年轻小姐,鲍比是一定不会相信的。但如果我向他坦陈一切……难道他说对了吗?我是不是在卖弄自己,想再一次捉弄他?

我静静地躺在床上,回忆一一浮现在脑海里。我意识到自己保持缄默并不是为了获得众人的喝彩,至少这一次不是。我是千真万确被吓坏了,每当我回忆起那三个雨衣,就像被大火惊吓到的马儿一样畏缩。关于这次袭击,我有很多细节没有对鲍比讲,不是存心隐瞒,而是无法碰触那些回忆。也许某个被遗忘的词语或者口音能为我提供线索,查到他们幕后的主使,但这并不足以迫使我去回忆那差点窒息而死的恐怖经历。

如果我一五一十把一切告诉鲍比,将整个烂摊子都交给他收拾,岂不就等于在大声宣告：嘿，伙计们，不管你们是谁，你们赢了，虽然你们没杀死我，但我已经被你们吓得为了保住小命而放弃了责任。

这种小小的自知一旦浮上脑海，一股狂怒便主宰了我的心。我不愿意自缚手脚，服从别人的意志，待在他们为我设定的圈圈里面生活。我不知道在南芝加哥究竟发生了什么事，但没有人能阻止我去查个水落石出，不管是史蒂夫·德瑞斯伯格、古斯塔夫·胡伯特，还是卡洛琳·蒂亚克，都不能阻止我。

刚过十一点，莫里·莱森就出现在我的病房里。当时我正光着脚在房里踱来踱去，病号服轻轻地拍打着双腿。我似乎看见我的病友站在门口徘徊一阵后离开，因此莫里出现时，我还以为是室友回来了，直到他开口，我才发现自己搞错了。

"听他们说，再过十五分钟你就必死无疑了。现在看来，我就知道这种话信不得。"

我跳起来。"莫里！你妈妈难道没有教过你，进入别人的房间要先敲门吗？"

"我敲过啦，但是你明显在魂不守舍。"莫里跨坐在我床边的椅子上，说道，"维艾，你现在看起来像是林肯动物园里那种阔地上的西伯利亚虎。你这样让我也变得紧张起来了。先坐下来吧，给我一个你死亡历险记的独家。是谁想要杀死你？奇格威尔医生的妹妹，薛西斯山的那些家伙，还是你的朋友卡洛琳·蒂亚克？"

最后的那个名字让我停下脚步。我拉过室友的椅子，在莫里的对面坐下来。我一直暗自希望路易莎的事情不会上报，但是一旦莫里开始调查，他肯定能很快就得知一切。

"小卡洛琳对你说了些什么？说我夜路走多了，迟早会碰到鬼？"

"卡洛琳的话中疑点重重。她告诉我你正在为南芝计划调查南希的命案，然而那边的人似乎完全不知道这件事。她声称对潘科夫斯基或者费拉罗都一无所知，我怀疑这话的可信度。"

莫里拿起值班人员换上的水瓶，为自己倒了一杯水。"薛西斯工厂的那些人一直说，如果我们想打听那两个人或者他们那个闹自杀的医生，就去找他们的律师好了。要知道，当人们只肯通过他们的律师跟你交涉时，往往会让人觉得事有蹊跷。我们正在从工厂秘书身上入手，就是为会计和人事主管工作的那个女人。我的一个助手正在工厂附近的酒吧转悠，工人下班后经常去那里，也许可以搜集到一些情报。不过你能替我们省下不少力气，神探小姐。"

我从椅子溜回床铺，将被子拉到下巴处。卡洛琳在保护路易莎，这就是她谎话连篇的原因。母亲的安危是唯一能吓到卡洛琳的事情，也是唯一能解释她那活似恶犬一样的原因了。她根本不在乎自己的性命，当然更不会在乎我的，绝不会因为我不放弃调查而歇斯底里的。

照路易莎目前的情况来看，很难想象他们还能威胁她什么。或许会公开她极力想要保守的那些往日秘密——这也许是她生命最后几个月最关心的事了。尽管我在周二见到路易莎时，她看起来并不担心……

"好啦，维艾，坦白吧。"莫里的语调里带着一抹尖刻，将我的思绪拉回到现实。

"莫里，两天前你还神气活现地看不起我这个好奇宝宝，说你不需要我提供任何线索，也不会为我提供任何帮助。那么现在你能给我一个突然帮助你的理由吗？"

莫里一挥手指过病房。"这个嘛，小姑娘，有人想一心置你于死地，现在有越多人知道你所打听到的事情，他们就越不可能对你再次下手。"

我对他甜甜一笑。"我跟警察谈过了。"

"是呀,你还对他们坦陈一切了呢。"

"马洛里副队长没那个美国时间听完一切。我只是告诉他,在袭击事件之前我都跟哪些人谈过话。你也在名单上,要知道,当时你对我并不是很客气。他想知道哪些人可能对我怀有敌意。"

莫里的眼睛在他红胡子上方眯起来。"我到这里来,本来决心要对你包容一点,甚至安慰你一下。但是,孩子,你总有办法把人家的好心消磨殆尽。"

我扮了一个鬼脸。"怪了,鲍比也是这样讲的呀。"

"任何有理性的人都会这样说你……好了,让我们说说袭击事件吧。我知道的只是医院报告给警察的事件大概情况。昨晚你上了四家电视台的新闻,也许你现在会觉得自己了不起吧。"

事实上并没有,我只会觉得更脆弱。不管是谁想将我扔进南芝加哥沼泽,他们应该有足够多的渠道得知我逃脱的消息,没有必要让莫里压下此事。于是,我将自己可以说的那部分尽可能多地说给了他听。

"我收回刚才所说的话,维艾,"他听完后说道,"尽管有一大半的细节被略过了,听起来还是很恐怖。你有资格多摆一下姿态。"

话虽如此,他还是想从我这儿套出更多的消息,直到医院送来午餐时才停了下来。午饭是鸡肉和煮得烂过了头的豌豆。同病房的整容女局促不安地跟着午餐走了进来。一同来的还有护士长,针对我的访客将整容女吓得逃离病床这件事,对我进行了严厉的指责。因为莫里那灰熊一样的壮硕体格占据了不少空间,她对此又是一顿狠批,直批到莫里尴尬地落荒而逃。

午饭后,一个娇小的亚裔看护过来通知我,赫切尔医生为我安排了深层热疗。她给我找来一件医院长袍穿上。尽管我的体积是她的两倍,她仍细心周到地将我扶上了轮椅,然后推着我来到了在医院深处的物理治疗室。在这里我度过了愉快的一个小时,享受了湿裹治疗、深层热疗、按摩,最后还有十分钟的漩涡浴。

等到看护将我送回房间时,我已经昏昏欲睡了,正打算大睡一觉,却发现罗恩·卡佩尔曼正坐在访客椅上等着。他看到我后,将手中的报纸收了起来,然后送给了我一盆天竺葵。

"二十四小时前,我绝对不会相信你现在的气色能改善这么多。"他严肃地说,"非常抱歉,刚开始时我没有把你邻居的话当回事。我以为你八成是去处理什么突发的急事才放我鸽子,我到现在都没弄明白,他是如何软磨硬泡地让我把他载到那么远的地方去找你。"

我钻进被子里躺下。"孔特雷拉斯先生的确有点容易激动,至少在我的事情上是会反应过度。但是今天我没有心情替他辩解这个。关于那份保险报告,有没有查到什么?为什么尤尔沙克成了指定代理人?"

"瞧瞧你现在的德性,你要做的是好好养病,而不是去挂记着这些陈芝麻烂谷子的档案。"他不满地说。

"发生什么事了吗?星期二那天你听到这件事的时候,你还很激动,怎么现在倒成了陈芝麻烂谷子的档案?"躺着并不是个好主意,因为我老是走神,于是我把床铺调高,让自己坐起来。

"昨天老家伙拖着我去找你,结果看见你被整成那个样子,感觉这些文件应该没那么要紧嘛。"

我仔细端详着他,试图在他脸上发现被恐吓、说谎或者其他什么神情。但是他表现出来的只是男人的真诚和关怀。这能证明什么呢?

"这就是我被扔进沼泽的原因?就因为海安保险的报告?"

他看来吓了一跳,"我以为——因为我们谈过文件的事,然后你就爽约,放了我鸽子。"

"卡佩尔曼,你有没有告诉别人那个文件在我手里?"

他坐在椅子上,身体向前倾,嘴唇抿成了一条线。"我不太喜欢这个话题的发展方向,华沙斯基。你是在暗示,我跟你昨天遭遇的事件有关?"

这是第三个好心来看我、却在进门几分钟之内被我惹毛的人。"我只是想确认一下你与此事无关。听着,罗恩,我对你的全部了解,就是你跟我的一位老朋友有过短暂的恋情。这并不能说明什么。我是说,我曾经嫁给一个连小猪存钱罐都不敢托付给他保管的人。这只能证明荷尔蒙要比脑袋拥有更大的影响力。

"我只对你和另一个人提到过那些保险文件。如果这就是昨天我被扔进沼泽的原因——真实原因不好说,因为我根本就没有头绪——那么问题肯定出在你们两个人中的一个人身上。"

他苦着脸说:"好吧,我就暂且相信你一次。我不知道该如何向你证明我并没有雇用那些歹徒,我只能以童子军的名誉起誓。我在大约三十年前参加过童子军。不知道你能不能接受?"

"我会考虑的。"我又重新把床调低,我太累了,没办法继续逼问他了,"他们明天就会放我出院了。你要不要再查一下那些文件?"

他皱起眉头。"你还真是冷血动物!昨天差点挂掉,今天又劲头十足地调查起案子了,连福尔摩斯也挑不出你的毛病。我想,我还是再看一下那些该死的文件吧。如果医院让你明天六点前回家,我就大概六点钟左右过去。"

他站起来,指着天竺葵说:"这个不能吃,只是给你打气用的。

试着欣赏一下它们吧。"

"真好笑。"我对着他离去的背影喃喃自语,在他的身影消失之前我就已坠入了梦乡。

当我在六点钟左右醒来时,马克斯正坐在访客椅上,神色平静地仔细阅读着杂志。不过,察觉我醒来后,他立刻把杂志整齐地合上,放进了公文包。

"我应该早点过来看你的,但一整天都有会议。洛蒂告诉我你的状况不错,只要好好休息就能完全康复。"

我用手摸了摸头发,感觉又凌乱又油腻,不禁让我觉得自己居于下风。我警惕地盯着马克斯。

"维多利亚,"他用双手握住我的左手,"我希望你能原谅几天前我对你的冷言冷语。当洛蒂告诉我发生在你身上的事情时,我真的很难过。"

"别这样,"我尴尬地说,"你跟我遇到的事并没有什么关系。"

他那温和的棕色眼睛精明地看着我。"生活中的一切事物都是有关联的。如果我没有拿奇格威尔医生的事情刺激你,你做事情或许就不会这么冲动,给自己惹上麻烦。"

我本打算开口,却在半路停了下来。如果他没有刺激我,那么昨天跑步时我就不会那么不愿意带上枪。或许我是下意识地让自己身陷险境,好减轻自己的愧疚感。

"不过,我没有什么事情要感到愧疚啊。"我大声说,"你说的话离事实也不远。你知道我对奇格威尔施压是因为他惹怒了我。所以,可能我就是压垮骆驼的最后一根稻草。"

"那么,也许我们都会因此而接受点教训,做事之前要先搞清楚状况。"马克斯站起来,身后露出一束插在中国瓷瓶里的绝美花朵,

"我知道你明天就会出院,不过你可以把它带回去,在你养伤期间给你打打气。"

马克斯是研究东方瓷器的专家,这个瓷瓶貌似是他的私人收藏。我向他表达了我收到礼物的感谢之情,他照例有礼节地愉快地收下我的致谢,然后离开了。

第二十六章 回到本垒

早上的时候，医院给我换了个新病友，二十岁的珍·费什贝克，她的情人开枪射中了她的肩膀，她则一拳打中他的肚子。原先的整容女病人搬到了沿走廊下去的第三间病房。

半夜的时候，费什贝克小姐在手术完成后搬了进来，然后她就扯着嗓门，骂骂咧咧地将整个枪击事件讲述了一遍。早上七点，护士进来查看我们有没有在半夜断气的时候，费什贝克小姐又因为被西北侧病人的鼾声吵得无法入睡而大发了一通脾气。八点半，当洛蒂来到病房时，我已经打定主意愿意搬到任何地方去，甚至是精神科病房都可以，只要能让我逃离室友那粗俗的言语和二手烟。

"我不管现在身体怎么样了，"我暴躁对跟洛蒂说，"赶快给我办理出院手续，放我出去，别以为我不敢穿着睡衣跑出去。"

洛蒂瞥了一眼地上皱巴巴的口香糖包装纸和空香烟盒。实习医师正在帷幕后面给我的新室友做检查，当一连串的脏话从拉着的帘子后面传来时，洛蒂皱起了眉头。

"护士长告诉我，昨天你对你的室友很不客气，所以才换了个更合你脾气的室友。你有没有送她几拳发泄一下？"她开始戳着我的肩膀肌肉做检查。

"哎哟，见鬼，很痛的。还有，你应该用'揍'，不是'送'，或者'痛扁'也行。"

洛蒂用眼底镜检查着我的眼睛,说:"星期三你的情况稳定下来后,我们曾经给你做过 X 光和断层扫描,骨头竟然没有碎裂,也没有骨折,真是奇迹。接下来几天的物理治疗应该可以帮你缓解肌肉疼痛,但不要指望一个晚上就康复。如果你不好好休息的话,肌肉拉伤得花一年的时间才能痊愈。当然,你可以回家,不过得按时过来门诊做物理治疗。给我你的钥匙,我让凯洛趁午饭时间给你拿几件衣服来。"

周三我外出跑步时,将钥匙拴在了跑鞋的鞋带上。洛蒂解了下来,然后下令将我从进医院就穿着的衣服扔掉。

她站起来,严肃地看着我。再次开口时,带着浓重的维也纳口音。"维多利亚,我拜托你以后不要这么鲁莽。不过,你似乎爱上了危险和死亡。你让那些爱你的人很担心。"

我无言以对。她盯着我看了很长时间,瘦削的脸上眼神黯淡,然后微微摇了摇头,离开了。

过去二十四个小时以来,我得到的评价还真是差劲:一个爱上危险跟死亡的冷血恶女人,还将温和的整容女病人吓得跑到护士那儿寻找庇护。大约一个小时后,一位较年长的护士过来带我去做物理治疗,我郁闷地跟过去。一般医院里都有不成文的惯例,就是看病人给脸色,这往往让我很不合作地冷嘲热讽,但今天我像个小笨蛋一样乖乖听话。

做完物理治疗后,我像整容女一样逃离火爆的病友,躲到休息室等着送衣服来,顺手拿了一沓过期的《魅力》和《体育杂志》看。凯洛·艾娃利兹是洛蒂诊所的护士兼首席助理,她在快两点时赶了过来,见面后给了我一个热情的拥抱和亲吻,并对我的遭遇表示了小小的惊吓。

"甚至连我妈妈都向圣母祈祷你能平安,维艾。"这太不寻常了,因为艾娃利兹太太一向对我很不屑。

凯洛给我带来了牛仔裤、T恤和靴子,这些衣服跟内衣看起来干净得不自然。我忘记了,周三的时候我把脏衣服都扔进了洗衣机。显然,楼下的某位邻居把湿衣服揉成一团扔在了我的公寓门口,还留了张条表示他的不满。凯洛非常好心地又给我拿回去重新洗过又烘干了。

她很快就帮我办好了出院手续。凯洛认识很多那层楼的护士,所以当看到我跟她一起出现时,她们对我的敌意也消减了一些。我抱着马克斯送的中国瓷瓶,凯洛拿着天竺葵,我们一起经过那长长的走廊,来到医院后方的员工停车场。

我似乎一脑子糨糊,不仅身体不听使唤,连周围的一切都似乎很遥远。离我那场灾星降临的跑步才不过是两天前的事,但我仿佛已经与世隔绝了几个月之久。靴子穿起来像是新的,感觉很奇怪,而且牛仔裤紧贴着身子的感觉让我很不习惯。其实裤子比以前要宽松了,因为这两天我大概掉了五磅的体重。

当我们回到位于拉辛街上的公寓时,孔特雷拉斯先生正在楼下大门等着我。他在佩皮的脖子上系了个大红缎带蝴蝶结,还把它赤褐色的毛梳理得即使在这种阴沉的天气里也闪闪发光。凯洛在门口亲了我一下,把我交给他们就走了。

其实我更想自己一个人待着,理清思绪,但是他有资格在我身边团团转。我由着他把我扶到扶手椅上坐下,为我脱掉靴子,温柔地拿来毯子盖住我的双腿。

他精心准备了一托盘的水果和奶酪,连同一壶茶放在我手边。

"好啦,小乖乖,这是点心,我会把公主殿下留下来陪你。如果你有任何需要,记得打电话给我,我把号码抄在电话机旁边了,这样你就不用查电话簿了。下次出门惹麻烦时,请让我知道。我不会在你身边转来转去地照顾,我知道你讨厌那样,但是总得有人知道你失踪时可以在哪里找到你。答应我,不然我只好雇个侦探跟踪你。"

我伸出一只手。"一言为定,叔叔。"

这个荣誉称号让他非常感动,以至于他坚定地对狗列出了对我应尽的责任,然后拍了拍我那酸痛的肩膀,下楼去了。

我并不怎么喝茶,但是觉得这样待着不动挺舒服的,于是为自己倒了一杯茶,加上了大勺的鲜奶油,然后为自己和佩皮各拿了些葡萄吃。佩皮坐在地上目不转睛地看着我,微微喘息着,认真执行着守护我的职责,确保我不会再次撇下它消失不见。

我强迫自己疲倦的大脑去回忆遭到袭击之前的事情。才过了三天而已,我的大脑神经就像是生锈了好几年似的。当你全身的每一块肌肉都在叫嚣着疼痛时,很难想起身体康健时的感觉。

星期一晚上有人警告我不要再插手南芝加哥的事,星期三我就被极有效率地处理了。这意味着,星期二时我做过的某件事让他们不得不立即采取行动。我皱着眉头,努力回想那天发生的每一件事情。

那天我找到了尤尔沙克的保险报告,跟罗恩·卡佩尔曼谈起过这事,还给阿特留了信息,暗示文件在我手里。文件是实实在在的文件,我很想认定里面是不是有什么爆炸性的内容,竟让他们不惜为此杀人灭口。如果卡佩尔曼想隐瞒什么事情的话,那就很难从他那儿查出事实真相来。但是,尤尔沙克是个很脆弱的年轻人,也许我应该从他那儿下手。如果我能找得到他就好了,要是他还活着就好了。

话说回来，我不应该一心一意只注意他们两个家伙，忘记了还有其他人牵扯其中。就拿科提斯·奇格威尔来说，星期二凌晨，我指点莫里·莱森去盯着他，结果十二个小时后他试图自杀。还有那个大骗子古斯塔夫·胡伯特，无论奇格威尔究竟知道些什么，无论他们隐瞒了关于乔伊·潘科夫斯基和史蒂夫·费拉罗的什么事，他应该都心知肚明。不然的话，他不会特意把我叫出去，为两个在他的跨国事业中毫不起眼的公司员工捏造谎言。而且，南希找到的保险报告跟他的公司有着关联，只是我不知道到底是什么。

当然，最后还有小卡洛琳。既然我现在知道了她是在保护路易莎，那么我就有把握可以让她开口。甚至她可能会知道南希从保险报告中发现的端倪，从她下手，我的胜算最大。

我把毯子拿开，站起身来。佩皮马上跳了起来，冲我摇尾巴——如果我站起来，很明显是到了跑步时间。当她看到我只是走向电话机时，沮丧得整个身子趴在了地上。

南芝计划的接线小姐告诉我，卡洛琳正在开会，不能被打扰。

"你只要帮我递张纸条给她就好了，上面就写'想不想让路易莎的生平故事登在《明星先驱报》的头版？'然后署上我的名字。我保证她会在亿万分之一秒内冲过来接电话。"

我连哄带骗，总算让她答应了。抱着电话，我又回到舒服的椅子上。佩皮不满地看了我一眼，但是我想坐着迎接即将到来的卡洛琳的狂轰滥炸。

电话里，卡洛琳的怒骂毫无预兆地呼啸而来。我静静地听着，听她将我的人格贬得一无是处，对我没怎么受折磨就离开了沼泽表示懊悔，甚至诅咒我怎么没被埋在烂泥里死掉。

听到这儿，我决定打断她的怒骂。"卡洛琳，你说这样的话太恶毒了，而且很伤人，如果你还有想象力或者情感的话，这种事你连想都不会想到，更别提说出来了。"

她沉默了一分钟，然后粗鲁地说："对不起，维艾。但是你不应该拿妈妈的事威胁我。"

"是的，孩子，我理解。我知道，现在的你失去常态，像一匹乱踢后腿的马，造成这种状况的唯一原因是有人把矛头对准了路易莎。我需要知道那人是谁，还有原因。"

"你怎么知道的？"她脱口而出。

"你就是这种性格啊，宝贝儿。我只是一时没想起来罢了。你善于操控别人，为了达成目的，会不惜一切手段打破陈规，但你不是胆小鬼。你会吓得落荒而逃的原因只有一个。"

她又沉默了更长的时间，最后说道："你的话对与错，我不置可否。我就是不能跟你谈这件事。如果你猜对了，你自会明白其中的原因；如果你猜错了，我想那是因为我是乱踢后腿的马。"

我试图将我的感情通过电话传达过去。"卡洛琳，这非常重要。如果有人告诉你，你不阻止我继续追查你父亲的事的话，他们就会伤害路易莎，那我必须得知道。因为这意味着，南希的死与我对乔伊·潘科夫斯基和史蒂夫·费拉罗的调查，这两者之间一定有联系。"

"你用不着背叛我，我也不认为你办得到。"她严肃地说，声音中透着以往所没有的成熟。

"好歹让我试试看嘛，宝贝。明天抽空过来一下好吗？你知道的，我现在行动不太方便，不然的话，我今晚就会冲过去找你。"

最后，她极不情愿地答应下午过来一趟。我们在友好的气氛中结束了通话，十分钟前，我可不敢这么期望的。

第二十七章 博弈开始

　　一阵恼人的疲倦席卷全身，只跟卡洛琳稍稍聊了一会儿就让我觉得累得不行。我又倒了点茶，胡乱调起了电视频道。还有两周才到春训时间，白天的节目实在没有看头。我从一个肥皂剧转到另一个肥皂剧，又转到福音节目，主持人是一个爱哭鬼——泰米·法耶的继任，又转到了《芝麻街》，最后失望地关掉了电视。整理报纸或者付账单这种活，对我目前的虚弱身体来说似乎有点累。我只好裹着毯子在沙发上小憩一会儿。

　　我醒来时，距离跟卡佩尔曼约好的时间还有大约二十分钟，我跟跟跄跄地走进浴室，用冷水洗了把脸。有人偷走了所有的脏毛巾，将水槽和浴缸擦得干干净净，还整理好了洗浴用品和化妆品。我瞥了一眼卧室，意外地看到了整理过的床铺和收好的衣服鞋子。虽然不想承认，但是整洁的房间让我萎靡的精神好了许多。

　　我把南希的文件藏在了钢琴上的那摞乐谱中。潜入的小精灵将乐谱仔细地收在了钢琴长凳上，不过，保险文件仍然安稳地夹在《意大利歌曲集》和莫扎特的《音乐会咏叹调》之间，没有被动过。

　　我在翻看曲谱的时候，卡佩尔曼按响了门铃。还没等我走到对讲机那里，孔特雷拉斯先生已经冲到了大厅进行查探。一开门，我就听到了他俩在楼梯上的说话声，孔特雷拉斯先生正在试图克制对所有来探访我的男士的怀疑，卡佩尔曼则努力地压下他的不耐烦。

我的邻居转过了楼梯上的最后一个拐角，刚看到我就说道："哟，宝贝儿，休息得好吗？我正好过来接公主，带她透透气，吃点东西。你没喂她奶酪吧？我忘了告诉你，她的肠胃受不了。"

他走进客厅检查佩皮是否有生病的迹象。"你现在还不能一个人带她去散步，也不能独自去跑步。不要让这个年轻人待太久，会影响你休息的。如果有任何需要，我和小狗随时待命，你只要喊一声就可以。"

说完这句拐弯抹角的警告，孔特雷拉斯先生牵起狗，却在门口不放心地徘徊着，直到我把他轻轻地推出门外才离开。

卡佩尔曼挤眉弄眼地对我说："要是早知道这个老头会质疑我的人格，就应该让我的律师一块儿过来。依我看，有他在你身边，你会很安全的，谁要敢动你一丝汗毛，他都会用长舌功来缠死他。"

"他总想象着我只有十六岁，而他是我的老爸兼老妈。"我的语气里带着更多的纵容，虽然实际上我并不这么想。尽管孔特雷拉斯先生对我有救命之恩，我还是觉得他有点烦人。

我问卡佩尔曼要喝点什么，他一开始选了啤酒，但我这儿没有，后来又改成波本。我好不容易才从酒柜的后面找到一瓶。

"作为一个老南区人，家里应该常备威士忌和啤酒的呀。"他嘟嚷着。

"我想，这又是一个说明我是多么忘本的证据。"我把他带到客厅，将沙发上的毯子叠起来，让他坐下。我的房间肯定赶不上他在普曼的样品房，但至少算是干净。他没有称赞房间的整洁，大概是因为他根本不知道我房间原本的样子。

简短地寒暄了几句之后，我把南希的文件递给他。他从破旧的夹克衫的胸前口袋里掏出眼镜戴上，仔细地一页一页看文件。我啜着威士忌，翻看今天的报纸，尽量不让自己显得坐立不安。

他看完文件，抬起眼睛，脸上带着困惑无助的神情。"我不知道南希为什么留着这些文件，也不知道为什么她会认为这些文件很重要。"

我咬着牙。"不要告诉我它们完全没有用。"

"我不知道。"他耸耸肩，"你应该跟我一样，可以一眼看出它们是什么。我对保险不是很了解，看起来像是薛西斯工厂交的保费比其他工厂高，而尤尔沙克想劝那公司——"他到文件上寻找保险公司的名称，"海安保险降低费率。南希显然是从中看出了什么，但我没有，很抱歉。"

我眉头紧锁，额上挤出了小明星们避恐不及的皱纹。"也许重点不在数据上，而是尤尔沙克曾代理保险这一事实，也许他现在还是代理人。如果要找保险业务员或者代理人的话，他不会是我的首选。"

罗恩微微一笑。"你可以自命不凡，反正你不会在南芝加哥讨生活。也许胡伯特认为，与其他独立的代理公司相比，找尤尔沙克会让事情更简单一些。或者，也许他想做点善事，照顾一下他工厂附近的公司的生意。一九六三年的时候，尤尔沙克的公司在南芝加哥还不算大，更别说在整个芝加哥市了。"

"也许吧。"我晃着酒杯，看着杯中金黄色的液体在灯光下呈现出琥珀色。阿特和古斯塔夫携手造福地方——这种事写在公告栏上是很好看，在现实中却不可能发生。我从小就听过不少阿特的所作所为，所以很了解他的真面目。他和他的伙伴费拉迪·帕莫，涉足经营着一家当地的运输公司、一家钢铁工厂、一家铁路货运及其他几家公司，同时为这些公司承办保险业务。这些生意为他们提供了数量可观的政治献金。海安保险公司可能不清楚这些情况，但罗恩·卡佩尔曼应该知道。

"你的表情看起来好恐怖。"卡佩尔曼打断我的沉思，"好像在你眼中我是一个斧头杀人狂。"

"这只是我的冷血恶婆娘表情而已。我是在想，对于阿特·尤尔沙克的保险业务，你知道多少呢？"

"你是指像铁路公司那样的事？我当然知道啊。你为什么——"话说到一半，他睁大了眼睛，"对啊，从这个角度考虑的话，没理由找尤尔沙克当保险代理啊？你认为胡伯特有把柄在尤尔沙克手里？"

"也可能正相反，说不定是胡伯特有想要隐瞒的事，而他认为尤尔沙克是一个替他欺骗世人的最佳帮手。"

我希望我能知道卡佩尔曼是否可信，这种事他本该很清楚的，根本用不着我讲得这么明白。我拿回文件，盯着它们陷入沉思。

片刻后，卡佩尔曼笑着问道："我回去前咱俩一起吃晚餐怎么样？你的身体可以出去吗？"

真正的食物，我想，我可以打起精神跟他去。为了防备卡佩尔曼把我带到那三个黑雨衣客那里去，我回卧室把枪带在了身上，并用床边的分机打了个电话。

接电话的是小阿特的母亲，她担忧地低声说她儿子还没找到。阿特先生还不知道儿子失踪了，所以她拜托我保守秘密。

"如果他回来，或者跟你联络，请务必让他联系我。这件事非常重要。"我犹豫着，不知道这夸大的说法会不会唬得她不知所措，还是会确保她替我捎信儿。"他可能会有生命危险，但是，如果我能跟他谈谈的话，我就可以确保他的安全。"

她紧张地低声问了很多问题，但是大阿特先生的声音传过来，问她在跟谁通话，于是她匆忙地挂断了。

小阿特消失得越久，我就越不放心。那个孩子没什么朋友，也没有街头流浪经验。我于事无补地摇了摇头，把我的史密斯威森手枪塞进牛仔裤的裤腰。

我回到客厅时，卡佩尔曼正在平静地阅读《华尔街日报》。看起来，他应该没有偷听过我讲电话，但是如果他真的是坏到极点的坏人，那他就应该能装出无辜的样子吧。我最终放弃了在这上面费脑筋。

"我得告诉孔特雷拉斯先生一声，不然的话，他肯定会在发现我不在的第一时间报警，然后你就会因谋杀罪名被逮捕。"

他摆出一脸认命的样子。"当我从母亲那儿搬走后，我以为可以摆脱这种狗屁事情呢。我之所以住到普尔曼，就是因为以我的财力，那是我能离高地公园最远的地方。"

我刚锁好门，电话就响了。考虑到可能是小阿特的电话，便跟卡佩尔曼说声抱歉，回家接电话。令我大出意料的是，打来电话的竟是奇格威尔女士。她听起来很烦躁，我打起精神，暗忖她大概要训斥我一顿了，因为是我把她哥哥逼得试图自杀。我不自在地向她道歉。

"是，是，这的确令人伤心。但科提斯从来就不是坚强的人，这是我早就知道的。否则的话，他不可能自杀失败的。我猜测他是有意让我发现的，因为他把车库的灯全部打开，他知道我看到肯定会过去关灯。毕竟，他相信是我把他逼上绝境的。"

她话语中不加掩饰的蔑视让我傻了眼。我确信，她绝对不是认定我有罪而打电话过来声讨我的，我请她说明找我何事。

"好吧，的确是有点事，今天下午发生了一件事，一件奇怪的事。"她突然变得结巴起来，失去了一向大大咧咧的自信。

"怎么回事？"我鼓励地问道。

"我知道这种时候打扰你很不合适，毕竟你刚经历了那么恐怖的事。但是你是侦探，我觉得比起警察来，找你更合适一些。"

电话那头是更长时间的静默。我躺到沙发上，想缓解一下双肩的疼痛。

"是——呃，是科提斯。我确信今天下午他闯进家里来了。"

这个消息真是令人大吃一惊，我不禁又坐直了身子。"闯进家里？我以为你们住在一起的。"

"当然是的。但是，星期二我发现他之后就把他送到了医院，他的病情并不严重，所以星期三就出院了。他觉得非常尴尬，不想在餐桌上面对我，所以跟我说去朋友那儿住几天。说实话，华沙斯基小姐，我也很高兴不用天天见到他。"

卡佩尔曼来到我旁边，将手中的纸条递到我眼前，上面写着他想先下去跟孔特雷拉斯先生谈谈我外出许可的事。我心不在焉地点了点头，让奇格威尔女士继续。

电话中传来她深呼吸的声音。"你知道的，我周五都会去医院里当义工，负责帮助老太太们。嗯，你现在应该不想听这个。总之，我回到家后，发现有人曾闯进家里来。"

"于是你报警了，跟朋友待在一起，直到警察到来。"

"没有，我没那么做。因为我几乎马上就知道了是科提斯干的，或者是他指使某个人干的，那个人应该对房子非常熟悉，否则不会一点异状都没有留下。"

困惑让我变得不耐烦起来，我打断她的话，问是否有贵重物品丢失。

"没有，但是科提斯的几本诊疗笔记本不见了。他曾试图烧毁它们，于是我就背着他把笔记本藏了起来。这就是我为什么——"她中断了话语，"我的解释真是一团糟。所以，尽管路途遥远，你又这么疲劳，我还是想请你过来一趟。我相信，不管科提斯在薛西斯工厂牵扯进了什么不想让你知道的事，答案肯定在这些笔记本里。"

"那些记录本已经丢失了。"我唐突地打断她。

她似乎笑了一声。"丢的只是复本而已，原件在我这儿。这些年来，都是我帮他誊写记录，丢的只是那些复本。我从没告诉他原件一直被我收着。

"听着，他把资料都记在了父亲留下的皮革笔记本里，那是父亲在伦敦特别定做的。感觉上，把这些笔记本丢掉是不敬的。但如果让科提斯知道我把笔记本留下来纪念父亲，他肯定会气疯的，所以我一直没告诉他。"

我觉得脖子后面一阵刺痛，肾上腺素不断分泌，让我觉得好像周围徘徊着一只长着利齿的老虎。我告诉她一个小时内我会到她家。

第二十八章 笔记本

　　卡佩尔曼和孔特雷拉斯先生借助白兰地酒，好不容易达成了休战协定。我一出现，罗恩立马站了起来，打断了孔特雷拉斯先生的话——他正在长篇大论地讲述他是如何在看到罗恩的第一眼就得知我的旧情人之一是个瘦竹竿。我三言两语地说住在郊外的姑妈向我紧急求助，我无法坐视不管。

　　"姑妈？小可爱，我以为你跟她……"孔特雷拉斯先生瞥见我眼底的寒光，"哦，是你姑妈啊，遇到什么麻烦了？"

　　"多半只是瞎紧张，"我坚定地说，"但她是我妈妈唯一还在世的亲人。她年纪大了，我不能置她于不顾。"把令人敬畏的奇格威尔女士和母亲的疯姑妈罗萨混为一谈，感觉有点不太对劲，但是救急用的话就管不了那么多了。

　　卡佩尔曼礼貌地表示赞同——至于他信不信就是另一回事了。他将白兰地一饮而尽，烈酒灼烧着食道，让他不由得眨了眨眼睛。他告诉我会在车旁等我。"亲戚就是麻烦精，对不对？"他讽刺地说。

　　当我围着车前前后后地检查是否有明显的安装炸弹的痕迹时，罗恩就在旁边耐心地等着，我上车后，他还用老式礼节帮我关上门，唯一不够老式的地方是他皱皱巴巴的衣服。

　　气温下降了六摄氏度左右，正好低于冰点。持续了几周的阴沉浓雾终于散开,冷冽的空气飘荡在夜空中。几片雪花飘进了挡风玻璃,不过视野还算清晰,我很快从艾森豪威尔路开到了约克路。

奇格威尔女士正在门口等着我,坚毅瘦削的脸容并没有因为过去几天的操劳有所改变。她面无笑容地对我的到来表示了感谢。因为我渐渐开始了解她,所以明白她只是性情直率,而不是不友善。

"我正在喝茶。哥哥一直说喝茶是软弱的征兆,意味着你需要依靠刺激性饮料来化解心中的烦闷。不过,事实证明,我比他坚强。你要来一杯吗?"

一天一杯茶是我能接受的刺激性饮料的上限了。尽可能地婉拒了她的邀请后,我跟着她来到客厅。房间里的舒适家居气派跟哈里特·比彻·史都的作风很相称。壁炉里的炉火干净地跳跃着,附近矮桌上的银质茶具在火光中折射出灿烂的光芒。奇格威尔女士示意我在正对壁炉的印花布扶手椅上坐下。

"我年轻的时候,女孩子们的世界完全被局限在家里,"她忽然开口了,将茶水倒入半透明的瓷杯里,"唯一的出路就是结婚。当年,我的父亲是一位医生,那时这里还只是一个独立的小镇,完全没有跟城区相连。我常常给他帮忙,当我十六岁的时候,我已经可以处理简单的骨折,治疗一些发烧的病人。但是,到了上大学和医学培训的时候,去的人却是科提斯。一九三九年父亲去世后,科提斯想继承诊疗业务,但他偏偏医术不行,病人不断流失,最后只好跑到那间工厂去谋个职位。"

她目光锐利地看着我。"看得出来,你是个很活跃的年轻女孩,想做什么就做什么,不允许别人拒绝为你做事。我希望当我在你这个年纪的时候能有这样的决心和毅力,就这样。"

"你说得对。"我柔声说,"但是我得到了支持。我母亲独自流浪到一个陌生的国度,她不会当地的语言,唯一能做的事就是唱歌,后来她差点因此丧命。所以她发誓不会让我像她一样无助又害怕。相信我,我跟你的境遇是大不相同的。你对自己要求太高了,才会认为你应该能凭一己之力办到一切。"

奇格威尔女士大口大口地喝着茶,喉咙的肌肉一动一动的,左手也不停地握紧再松开。最后,她好不容易才恢复平静,再度开口。

"好吧,你应该看得出来,我没结过婚。我十七岁的时候,母亲去世了。我一直照看着这个家,刚开始是为父亲,后来是科提斯。我甚至去学了打字,以便帮他们处理文书。"

她生硬地挤出一个笑容。"我不打算了解科提斯在工厂到底干些什么。我父亲是一位优秀的乡村医生,精通各种病症的诊断。我猜,科提斯能做的只是为生病的工人们量一下体温,看看这些人是不是有早点下班的正当理由。到了一九五五年,他开始做这些详细记录的时候,我已经对医学界的最新进展毫无概念了,与我童年时相比,一切都变化太大了。幸好我还懂得如何打字,所以不管他带什么回家叫我打,我都照办。"

她的故事让我微微打了个寒战,我低声喃喃地感谢母亲的在天之灵。母亲严格、强悍、暴躁,这让我跟她同住的日子摩擦不断,但是在我最早的记忆里,留下的是母亲对我的坚定信心,她坚信我的一生一定有所成就。

奇格威尔女士肯定从我脸上看出了什么。"不用可怜我。我的一生中也曾拥有过美好的时光,而且我从不自怨自艾,这可是比喝茶更严重的弱点,同时是科提斯的一大致命伤。"

我们静静地坐了一会儿。她又倒了第二杯茶,有节奏地慢慢啜饮着,目光空洞地看着炉火。喝完后,她啪的一声果断地将杯子放下,把茶托挪到了一边。

"好了,不能再让你在这儿听我唠叨了。你赶了这么远的路,我能看出来你身上疼得厉害,虽然你竭力掩饰着。"

她稍一用力便笔直地站了起来。我僵硬地缓缓起身,跟着她走上铺着地毯的楼梯,来到了二楼。二楼的墙面连着几列书架,很显然,奇格威尔女士的很多美好时光都是在这儿度过的——这里有大约上千本藏书,而且一尘不染,井然有序。令人吃惊的是,她是如何从这些排列整齐的书丛中发现有东西不见的呢?换成是我,得有人用斧子把我的前门劈成碎片,才能让我发现有人闯进过我家。

奇格威尔女士朝我右边那扇开着的门歪歪头。"那是科提斯的书房。上周一晚上我闻到烟味,发现科提斯正在书房试图用垃圾桶焚烧那些笔记本。真是聪明的想法,垃圾桶是皮制的,结果就被点着了,散发着恶臭。我不知道他被什么所困扰,但肯定跟这些记录有关。我觉得他这次错得离谱,不能靠烧毁这些记录来逃避事实啊。"

我不自在地同情起科提斯·奇格威尔,跟妹妹这个正义女神同住肯定不容易;要是我的话,非得需要比茶更刺激的饮料才行。

"不管怎样,我拿走了那些笔记本,藏在了我的划船书后面。显然,我犯了个愚蠢的错误,因为划船一向是我最大的爱好,想必科提斯翻找的第一个地方就会是那里。我相信,科提斯因为被我捉到现行而感到羞愧,或者是因为没能毁掉令他内疚的秘密,所以才会在第二天下午试图自杀。"

我摇了摇头。看来,马克斯的推论不算错。我去薛西斯工厂捅的马蜂窝,让科提斯颇有压力,以至于他觉得除了一死无路可走了。我有点头昏脑涨,我跟着奇格威尔女士静静地穿过走廊,双脚陷入柔软的灰色地毯中。

走廊尽头的房间有着阵容庞大的开花植物,十分引人注目。这是奇格威尔女士的起居室,房中摆放着一把摇椅,一张小桌上放着女红篮子和一台仍可使用的旧式雷明顿打字机。这里也有书,书架的高度只到腰际,架上面摆放着红色的、黄色的和紫色的花朵。

她在打字机旁边的书架前跪下,从里面抽出几本皮革封面的精装笔记本。这些都是老式日记簿,墨绿色的封面,封面上印着"霍瑞斯·奇格威尔医学博士"几个烫金字样。

"我讨厌科提斯用父亲的私人日记簿,但是好像也没什么理由不让他用。当然了,战争——希特勒的战争,让私人专属日记簿这种东西绝迹了,而科提斯从没拥有过专属的日志。事实上他非常想要。"

日记簿共有十二本,记载时间长达二十八年。我好奇地翻看着。奇格威尔医生的字迹端正而细长,在页面上看起来很整齐,每个字母都仔细地对齐,但是很难读。这些记录本看起来像是薛西斯工厂工人们的详细病史。至少,我能假定那些不易辨认的姓名是员工的名字。

坐在一张柳编的直背椅上,我翻看着日记簿,直到找到一九六二年,即路易莎进入胡伯特工厂的那一年的资料。我的拇指慢慢地滑过纸上的名字——这些名字不是按照字母顺序排列的——但是没找到路易莎。直到一九六三年,路易莎进厂已经一年后,她的名字才出现在名单的最后面,上面写着白人女性,年龄十七岁,住址在休斯敦。我赫然瞥见母亲的名字,她是紧急事故联系人,没有写孩子的事,也没有关于孩子父亲的线索。当然,这不能证明奇格威尔不知道卡洛琳的存在,只能代表他没有把它写进笔记本里罢了。

其他的条目看起来像是一系列的医学简写记录:"BP 110/72, Hgb 13, BUN 10, Bili 0.6, CR 0.7。"我猜测,BP 是指血压,但其他的我连猜都无从猜起了。我问奇格威尔女士,她摇头表示不知道。

"这些医学技术都是在后来才有的。我父亲从来没有做过血液检查,在他那个年代,人们甚至都不知道血型这个概念,更别提拿血做些什么了。我想,我是因为太悔恨自己没能成为一名医生,所以下意识地拒绝了解任何医学知识。"

我又困惑地盯着这些条目看了几分钟,不过这是洛蒂才能判断的,我把日记簿叠成一摞。现在我要做一些我拿手的事了——我问她侵入者是如何进到房子里的。

"我推测,是科提斯带人进来的。"她固执地说。

我背靠着椅子,若有所思地看着她。也许,今天下午根本没有什么人闯进家里来,也许她可能想利用哥哥不在家的机会,趁机造谣报复,因为他这些年来搞垮了父亲的诊所。或者,这几天的混乱局面让她一时头脑混乱,忘记了把日记簿藏在何处。毕竟,她已经是快八十岁的人了。

我试图刺探她一番,但显然还不够技巧,使得她不悦地皱起眉头。

"小姐,请别把我当作一个年老智衰的老太太。我什么毛病都没有。五天前,我确实看到科提斯试图烧毁他的笔记本。我甚至可以带你去看被着火的垃圾桶弄坏的那块地毯上的痕迹。

"我不知道他为什么要毁掉那些笔记,也不清楚他为什么溜进来偷笔记。但是这两件事的的确确发生过。"

我的脸有点微微发热。我站起身,告诉她我想查看一下房子。她的态度仍然有点冷淡,不过还是带我转了一圈。她说她整理过被弄乱的书本和银器,但没有用过吸尘器或掸过灰尘。经过一番可以媲美福尔摩斯的仔细搜查,我在楼梯地毯上发现了些许干泥。我不知道这能证明什么,但可以很容易地断定这不是来自奇格威尔女士。所有的锁都没有被撬过的痕迹。

我觉得她不应该独自在这屋里过夜。既然某人曾如此轻易地进入过这里，就能再来一回，不管有没有她哥哥的陪同都一样。如果他们看见我到过这里，很可能会再次回来，用一个老太太——不管奇格威尔女士如何强悍——无法承受的方式，盘问她我的来意。

"没有人可以逼我离开这个家。我在这间房子里长大，现在我也不会离开。"她凶巴巴地蹙着眉说。

我使出了浑身解数，磨破了嘴也没能劝她改变主意。也许是她很害怕但不愿承认，又或者她知道她哥哥为什么这么急切地想拿到笔记本。她把正本交给了我并让我带走。

我很恼火，直摇头。我现在很累，肩膀一直在疼，头上挨了一击的地方突突地跳着疼。就算奇格威尔女士不打算告诉我事实真相，今晚也不是查证的时候——我需要上床休息。不过，我正打算离开时，突然想起一件事。

"你哥哥最近跟谁住在一起？"

看上去她有点困窘，因为她不知道。"当他说要跟朋友一起住时，我很惊讶，因为他没有什么朋友。星期三下午，在他出院大概两个小时的时候，他接了一通电话，过了不久，他就说要出去住几天。他离开时，我正在医院做义工，所以不知道到底是谁来接他。"

奇格威尔女士也不清楚给她哥哥打电话的人是谁。应该是个男人，因为她在科提斯接电话的同时抓起了分机，听到一个男人说出她哥哥的名字就立即挂断了电话。实在很可惜，她的道德意识太强了，无法做出偷听哥哥电话的事，但世界并不完美，世事也不能尽如人意。

将近十一点时我才告辞。回过头，我看到她瘦削的身影立在门内。她一本正经地举起一只手挥手告别，然后关上了门。

第二十九章 夜行客

直到坐进车里，我才意识到自己有多累。肩膀上的疼痛一波一波地袭来，让我软软地瘫在了前座椅上。疼痛和自怜的小泪珠在我的眼眶里打转。"失败者轻易放弃，成功者永不放弃。"我咬牙复诵着以前的篮球教练说过的话，"忍痛继续打，与疼痛共处。"

我酸痛的臂膀慢慢移动，听从大脑的指挥摇下车窗。我坐了一会儿，观察着奇格威尔家的房子和周边的街道，打了个小盹，最终确定这位倔强的老太太没有被监视，这才发动车子，启程回家。

艾森豪威尔路上从来都是车流不息，整夜都有轰隆隆地开往市里的卡车，还有刚值完夜班回来的人，以及正准备投入夜生活的人。我在希尔塞得加入了这股无名车流。灯光犹如一条涓涓细流，红色光束来自轿车，橘光来自卡车车身，还有一列列的街灯绵延到视线尽头。我仿佛与世隔绝一样，觉得很孤单。我就是那万盏灯火中的一粒微光，尘土中的一粒原子，落在枯木塘的泥沼中，一点痕迹都不会留下。

我慢慢地开着车，沿着贝尔蒙街开向位于拉辛街的公寓，一路上心乱如麻。在我心底，一半心思是希望孔特雷拉斯先生和佩皮能够前来迎接我，另一半心思则是强硬地拒绝老先生一直在我身边打转。

也许正是这种内心的期盼救了我。我把车停在了孔特雷拉斯先生一楼公寓的门外,放下日记簿,重系着鞋带,看看佩皮能不能发现我在外面,这样上床前我能找到一个伴。

门里面一片沉寂,我意识到房子里没人。如果佩皮听到我的声响,她肯定会出声的,而孔特雷拉斯先生不可能让她深更半夜独自在外游荡。我朝楼梯上面看去,傻傻地猜测他们会不会在楼上等我。

我的潜意识觉得有什么不对劲,强迫自己一动不动地站着,硬逼着疲惫的大脑开始运转。楼梯的上半部漆黑一片,楼梯灯烧坏一盏是可能的,但是两盏灯在同一晚同时坏掉未免太巧了。一楼大厅的灯仍然亮着,任何登上楼梯到二楼或三楼的人都会被置于一片光亮之中。

最上面的楼梯传来一阵微弱的交谈声,听起来不是孔特雷拉斯先生跟佩皮在讲话。我拿起日记簿,小心翼翼地走进大厅,将日记簿夹在一边胳肢窝,抽出手枪,打开保险栓,转身面朝着街道,压低身子,打开了外门,趁着夜色溜了出去。

没人朝我开枪。街上只有一个满脸忧郁的年轻人,他是这个街区的住户。当我匆忙经过他的身边朝贝尔蒙街走去时,他甚至都没有看我一眼。我不想开车。如果有人正在公寓外面守着,他们肯定监视着我的雪佛兰:姑且让他们以为我还在周围晃悠吧。如果有人正在等着堵我的话。或许是恐惧和疲劳让我疑神疑鬼,才会拿灯光和谈话声大做文章。

到了贝尔蒙街,我将史密斯威森手枪塞回牛仔裤,找了辆出租车去洛蒂家。其实到她家只有一英里的距离,但是我今晚已经没有体力走那么远了。我让出租车司机等我一下,看看有没有人给我开门。结果,他跟典型的现代司机一样乐于助人,冲着我咆哮起来:"你又不是我的主子,我只是载你一程而已,又不是要给你当一辈子的奴才。"

"太好啦。"我收回正准备给他的五元钞票,"那么,等我确定能不能在这边过夜之后再付车费吧。"

他开始骂骂咧咧,但我不理会他,径自打开了车门。这个动作更加激怒了他,他整个人都转了过来,对准我挥出一拳。我拿起那摞笔记簿,狠狠地砸在了他的胳膊上,将我这几天郁积的挫折一股脑儿发泄出来。

"你这泼妇!"他咆哮着,"滚,别待在我车上,我不要你的钱。"

我从后座上溜下车,机警地看着他,直到车子呼啸而去。现在,如果洛蒂正好出去急诊或者因为睡得太熟而听不到门铃,那我今晚就是全面挫败了。幸好上帝没打算让我承受那种命运,几分钟后,当我越来越紧张不安时,对讲机里传来洛蒂带有浓浓鼻音的声音。

"是我,维艾。我能上去吗?"

洛蒂站在公寓门口等着我,身上穿着亮红色的睡裙,深色的眼睛不停地眨呀眨,试图驱散睡意,看起来像是小满洲人。

"不好意思,洛蒂,把你吵醒了。今晚我有事外出,回去的时候发现家里好像有不速之客在等我。"

"如果你想让我陪你去赶走那些恶徒,答案是毋庸置疑的拒绝。"她嘲弄地开口,"不过,很高兴能够看到你没有独自去对付他们,看来你对自己还是有那么一点点关心的。"

我没心情应对洛蒂的打趣。"我要报警。在警察查看过我家之前,我不打算回去。"

"非常正确。"洛蒂惊讶地说,"我甚至开始想,搞不好也许你可以活到四十岁了。"

"那可真是多谢了。"我对她咕哝着,朝电话机走去。我不喜欢逃避，不愿把自己的问题推给别人。但是，只因为洛蒂的挖苦就不肯求助，未免太白痴了。

鲍比·马洛里正好在家。就像洛蒂一样，每当我向他求助时，他总是忍不住奚落我几句，但一搞清楚状况，他马上展现出专业素养。他简单扼要地问了几个简单的问题，然后向我保证在他出门之前会让过去那边查看的警车关掉车灯。不过，在挂断电话之前，他还是忍不住讲了几句风凉话。

"你别轻举妄动啊，维艾。真不敢相信你能放手让警察来做警察的事，但是，记着，我们最不愿看到的事情就是你跳出来站在我们和那几个坏蛋中间。"

"好的。"我尖刻地说，"我会读早报的，看你们到底处得怎么样。"

耳边响起对方挂机的嘟嘟声。接下来的一两个小时，我坐立不安地待在洛蒂家的起居室里。刚开始，洛蒂还打算劝我到她的客房休息，为我准备了热牛奶加白兰地，但最后她就干脆撒手不管了。

"就算你不用睡觉，我可是要睡觉的，维多利亚。我想不跟你唠叨你现在的身体状况需要多休息，但如果到现在你还没察觉的话，我说什么都是白搭。只是你得记着，身体随时都在不断老化，随着年龄增长，它的自我修复的速度会越来越慢，你越是不好好照顾自己，将来身体就会越糟糕。"

从她的语调和言辞中，我发现洛蒂是真的生气了，但我心中正一片纷乱，根本无法应对。她关爱着我，害怕我会涉险丢命，独留她一人在世上。这些我都知道，但是今晚我就是无能为力。

直到她怒气冲冲地砰一声甩上卧室门，我才想起奇格威尔医生的笔记簿。现在不是敲门请她解释笔记上的医学简写"天书"的时候。

我喝了点牛奶，脱掉靴子躺在了长沙发上，但是总是无法放松下来。我满脑子只想着：我吓得仓皇而逃，求助于警察，搞得自己现在更是像古代的落难少女一样坐等救援。

不行，越想越让人受不了。午夜刚过我就穿上靴子，在厨房留了张字条，轻手轻脚地离开了洛蒂的公寓。我关上身后的门，向南走去，专挑大路前进，暗自盼望着能找到出租车。焦躁不安的神经压制了我的疲惫，当我走到贝尔蒙街时，我放弃了寻找出租车的念头，快步走完剩下的半英里路。

在我的想象中，街上本应该充斥着闪烁蓝白警灯的警车，穿着制服的警察们跑来跑去。谁料，我仔细查看的时候发现，警察来过的痕迹一点儿也没留下。我小心地走进大厅，微微俯低身子，紧贴着墙壁走向楼梯，以防楼梯上有人看到我。

上面的楼梯灯又亮了。我侧身沿着墙壁走上楼梯，走到一半的时候，孔特雷拉斯先生的门开了。佩皮冲了出来，身后跟着老先生。

他一看到我，眼泪就流了下来。"哦，小可爱，感谢上帝，你平安无事。警察们来过了，他们什么都不告诉我，不让我进你的房间，也不说知不知道你在哪儿。究竟发生了什么事？你去哪儿了？"

经过了几分钟的混乱以后，我们讲出了各自的经历。大概晚上十点半的时候，有人打电话给孔特雷拉斯先生，说我正在办公室里，状况很糟。听到这事，他一时没有想到要搬救兵，也没疑心打电话的人的身份，而是给佩皮拴上绳子，拦了一辆出租车，硬逼着司机一路疾驰地将他俩送到了市中心区。他从没去过我办公室，因此花了一点时间才找到地方。当他看到办公室的门好好的锁着，而屋里的灯没开时，他已经没有耐心去找值班的门房开门了——他用随身带着的扳手撬开了门锁。

"真抱歉，小可爱，"他低声说，"明早我会给你修好的。如果我能动动脑子的话，应该会发现是有人故意想支开我和佩皮，省得我们挡路。"

我心不在焉地点点头。显然，有人对我的生活很清楚，知道如果他们想埋伏我的话，那位楼下的邻居肯定不会坐视不管的。除了罗恩·卡佩尔曼，还有谁曾近距离地接触过孔特雷拉斯先生呢？

"警察有没有发现什么人？"我突然问道。

"他们用囚车带走了两个家伙，不过我压根没看到他们的长相。我甚至连这点事都没能帮上你。他们是冲着你来的，还用一个连六岁小孩都能看出来的小把戏将我支开了。而我又不知道你去了哪里，做什么，我只知道不会是去你的姑妈家，因为你告诉过我她和你妈妈的过节，但是我也想不出你会去哪里。"

我安抚了他好一阵才能让他平静下来，并同意让我今晚独自过夜。在他又絮叨了几句担心和自责的话之后，总算送我上楼回到公寓。有人曾试图破门而入，不过上次家中遭袭后我就换上了强化钢门，看来这次发挥了作用。他们既无法把门破坏，也没法打开我的防盗锁。尽管如此，我还是在孔特雷拉斯先生和佩皮的陪同下将房间做了一次彻底检查。检查完后，孔特雷拉斯先生将佩皮留下来陪我，然后站在门外，直到听到最后一道防盗锁也锁好的声音后才转身下楼回房。

我试图拨打鲍比在中区的办公电话，但是没人回应，或者是他不想接我的电话。其他我能认识的警官通通都不在，而我不认识的人都不肯透露他们抓走的两个人的事。看来，我只能等到早上了。

第三十章 重修旧好

我被活埋了。一个戴着黑色塑料头套的刽子手正往我身上填土。"小姑娘,告诉我几点了。"他说道。洛蒂和马克斯·罗恩撒坐在旁边,吃着芦笋,喝着白兰地,对我无助的尖叫无动于衷。我从梦中惊醒,满身大汗,呼吸急促,但每当我重新入睡,噩梦又会重来。

等我起床的时候,上午时间已经过大半。我浑身的肌肉僵硬而酸痛,脑袋里像是装满了糨糊,显然是睡不安稳的后遗症。我拖着沉重笨拙的双腿走进浴室。无视站在公寓门口神情烦躁地望着我的佩皮,我在浴缸里泡了大半天。

昨晚的埋伏应该是卡佩尔曼安排的。他是唯一知道我要外出的人,也只有他知道孔特雷拉斯先生给予了我无微不至的关心。但是,我想破了头也不明白他为什么这样做。

要是说可能是他谋杀了南希,这也不无可能。要知道,每天至少有一人因为爱情被关进了二十六街和加州街交会处的拘留所。但是,情杀跟我没什么关系,我只是在调查胡伯特和潘科夫斯基和费拉罗控告公司的原因,还有奇格威尔医生的事,这些貌似跟罗恩·卡佩尔曼没什么联系。除非他从尤尔沙克的保险文件中发现了他想要保密的事情。不过,他跟那些人到底有什么关联呢?

如果说是尤尔沙克策划了昨晚那场失败的埋伏,事情就好理解了。毕竟，他有可能在把老先生支开后才发现我不在家，然后决定埋伏在那儿守株待兔的。我想了半天，没什么收获。水慢慢变凉了，但直到电话响起时我才起身。是鲍比，电话中传来他欢快而机警的声音，这让处于狂热状态的我有点受不了。

"赫切尔医生说你昨晚半夜就离开了。我以为我告诉过你，在我们打电话通知你公寓安全之前，请你不要回家的。"

"我不想坐等耶稣的再次降临人间。昨晚你在我公寓逮到了什么人？"

"跟我说话要注意一下你的用词，小姐。"鲍比脱口而出——他认为好女孩不应该像硬汉那样说话。尽管他知道我这样做的一半原因是为了激怒他，但他就是克制不住会吞下诱饵。我本来想回他两句，告诉他我不是那些他可以随便使唤的下属——我也有克制不住想吞下的诱饵——他已经迅速地说了下去。

"我们在你家门口附近逮到两个家伙。他们说只是上楼抽个烟，但是身上都带着撬锁工具和枪。州检察官以私藏未注册枪械的罪名为我们争取到了二十四个小时。我们想让你过来指认一下，看看这两个人中是否有人参与了周三对你的袭击。"

"哦，好的。"我提不起劲儿地回答，"他们穿着黑色雨衣，帽子遮住了大半张脸。我不确定我能再次认出他们。"

"太好了。"鲍比忽略掉了我的意兴阑珊，"我会派人在半个小时之内过去接你，除非你觉得太早了。"

"我跟正义之神一样，永远不睡觉的。"我礼貌地回答，然后挂断电话。

莫里是第二个打来电话的人。当他的一个警察线人告诉他那场抓捕行动时，他们的早报已经付印了。他的老板知道我俩交情不错，就把他从床上叫起来追新闻。莫里不知疲倦地叽里呱啦了几分钟，最后我不耐烦地打断他。

"我要去指认嫌犯了。如果阿特·尤尔沙克或者奇格威尔医生的妹妹出现在那儿，我会给你打电话的。这让我想起来——那位好医生跟一个爱闯空门的家伙住在了一起。"

我在他的抗议中挂了电话。当我冲进卧室换衣服时，电话又响了起来。响就响吧，就让莫里到公共电台或其他什么地方探听他想问我的消息去吧。当我正阴沉着脸梳头时，孔特雷拉斯先生端着早餐上来了。昨晚那种需要人陪伴的感觉已经消失殆尽。我不客气地喝了一杯咖啡，告诉他没时间吃早餐。当他开始为此唠唠叨叨时，我失却了耐心，冲他狠狠地骂了几句。

他褪色的褐色眼睛里流露出受伤的神情，然后牵起狗，默默地维持着尊严离开了。我立刻自责起来，追着他出去了。他已经到大厅了，但我忘记拿钥匙了，只能返回楼上。

我拿上钥匙和手包，将史密斯威森手枪别进牛仔裤。正在这时，过来接我的警察到了。我仔细地锁好防盗锁——我并不是每天都锁的，然后跑下楼。越早开始，越早结束——好像是麦克白夫人说过的台词①。

来接我的是位女警，玛丽·路易丝·尼利巡警。她沉默而严肃，笔直地站着，穿着一身笔挺的海军蓝制服，称呼我为"女士"的口吻让我觉得比她大了不止十二岁。她用军人那种干脆利落的动作为我拉开门，护送我走到停在一旁的巡逻车。

孔特雷拉斯先生和佩皮一起站在门外。我本想向他示好，但站

---

①应为《哈姆雷特》中的王后说的台词。

在旁边的尼利警官一脸严肃，我话到嘴边，又咽了下去。我伸出一只手，但他只是僵硬地点了点头，然后尖声唤回跑向我身边的佩皮。

我试图和女巡警聊一点有深度的问题，比如她的工作，比如卡布队和索克斯队谁会表现得比上季度烂到不行的表现还要糟糕。然而，她彻底无视了我的问题，只是用那种盯着犯人的严厉目光看着湖岸路，不时地用别在衣领上的对讲机低声谈话。

我们很快就到达了十千米外的中区警察总部。在离开家十五分钟之后，她漂亮地将车停在了警用停车场上。好吧，今天是周六，交通没那么拥挤，但是她的表现真的令人印象深刻。

她带着我飞快地穿过这座老旧大楼的错综复杂的楼道，一路上面无笑容地跟同事打招呼，最后把我领到观察指认室。鲍比正坐在房里，陪同的有麦高尼格尔警官和芬奇利侦探。尼利向他们敬礼的劲道那么强，让我不禁担心她会不会向后摔个仰八叉。

"谢谢，警官，"鲍比亲切地表示让她离开，"接下来由我们接手。"

我发觉手心正微微出汗，心脏跳得有点儿快。我不想见到周三时把我裹进毯子里的那些人，这也是昨晚我逃跑的原因。他们从上到下、从里到外吓到我了。现在，我就像一条在警察的监视下唯命是从的狗？

"你知道那两个人的名字吗？"我问道，保持语调平静，试图用一点点的傲慢掩盖我的紧张。

"知道，"鲍比咕哝着说，"乔伊·琼斯和弗瑞德·史密斯。他们差不多跟你一样难搞。嗯，当然，我们送了指纹去做对比，但结果没法那么快出来。我们只可以指控他们私闯民宅和偷藏未注册枪械，但是咱们都知道，除非你能给他们冠上谋杀未遂的罪名，不然星期一就得释放他们了。所以你得告诉我，他们是不是星期三时送你去游泳的朋友。"

他冲芬奇利点点头。芬奇利是便衣警察,我从他刚当上巡警时就认识他了。侦探先生走到对面的门口,向外边一个我看不到的人下令开始指认嫌犯。

目击者指认嫌犯并不是司法戏剧里演的那种惊人大揭秘。处于压力下的目击证人往往会产生记忆错乱的现象——你确信你看到了一个穿蓝色牛仔裤的高个子黑人,但事实上是一个穿着西装的肥胖的白人,真实情况大致如此。我当公众辩护人时,大约三分之一的案子都会引用一些错得十万八千里的典型指证例子。另一方面,压力也会让人留下一些难忘的印象,比如一个动作、一块胎记,便能让你立刻认出那个人。试试总无妨。

我将手插进口袋里以掩饰它们的颤抖,跟着鲍比来到单向的观察窗前。麦高尼格尔警官关掉了我们这边的灯,窗户那边的房间立刻明亮了起来。

"我们为你准备了两组人。"鲍比低声在我耳边说,"你是知道规矩的,慢慢来,想要他们转身或者其他什么的,尽管做吧。"

六名男性走进了对面的房间,都是一脸好似门神的神情。在我看来,他们都长得差不多——白人、强壮、年龄约四十岁。我试着想象他们戴上黑色头套后的样子,就是我今早噩梦中的刽子手的模样。

"让他们说几句话。"我突然说道,"让他们说'小姑娘,告诉我几点了'和'把她扔这里,特洛伊,然后在地图上标出这个位置'。"

芬奇利将命令传给我看不到的警官们。于是,对面的人开始顺从地一个接一个地复述这两句话。我一直盯着左数第二个人,他似乎在窃笑,看来他知道不可能有什么严重的罪名成立。他的眼睛。我应该能记住那个在湖边靠近我的人的眼睛吧?冷漠、平静、字斟句酌地试图套问出我的弱点。

但是,当他开口说话时,我辨认不出来。他的声音沙哑,带着南区口音,不是记忆中的冷血语调。

我摇摇头。"我觉得是左数第二个家伙。但我不认得他的声音,不能完全肯定。"

鲍比轻轻点头,芬奇利下令将这组人带出房间。

"那么,"我询问道,"是他吗?"

副警长先生不情愿地笑了笑。"我本来没抱什么期望的,不过他的确是昨晚在你门外被捕的两人之一。我不知道州检察官会不会相信你的指证,但我们可以等着看谁会来替他交保释金。"

第二组人被带了进来,这次全部是黑人。我只和其中的一个袭击者打过照面。尽管我猜测特洛伊就是站在我正前方的人,但是即使进行了声音测试,我还是无法指认出是不是他。

鲍比对我能指出第一个人感到很高兴。他亲切地带我办完各种手续,然后让尼利送我回家,临走时拍了拍我胳膊,保证会告诉我第一次开庭的时间。

我可没他的好心情。尼利将我送到公寓楼下,我上楼换上了跑鞋。我现在还不能跑步,只是想要散散步厘清思绪而已,毕竟下午还得去应付小卡洛琳。

当然了,我得先缓和一下我的人际关系。孔特雷拉斯先生冷淡地接待了我,试图用客气的礼节掩饰他受伤的感情。但是他的掩饰并不高明,气氛在几分钟后就缓和了下来,然后他说以后会在上楼之前打个电话确认一下。后来,他还准备了煎鸡蛋和培根作为午餐。饭后,我陪着他天南地北地聊天,耐着性子听他絮叨一长串不相干的陈年往事。不管怎样,他讲得越久,我越能拖延应付下一场艰难的谈话。两点的时候，我想我已经避开洛蒂够久了，于是出发前往舍费尔路。

洛蒂可不是那么好说话的。她结束了早晨的看诊后就从诊所回到了家，正等着下午跟马克斯去听演唱会。我们在厨房谈话时，她手中正给黑色裙子的褶边缝上边线。至少她没有把我拒之门外。

"我不知道在过去的十年中到底为你治疗了多少次，维多利亚，数不胜数，而且几乎每次都是性命堪忧的情形。为什么你那么不在乎自己呢？"

我盯着地板。"我不想让别人替我解决问题。"

"但是你昨晚来这儿了，你已经把我牵扯进你的问题，然后不吭一声就消失。那不是独立，这是自私的残酷！你必须考虑清楚到底想让我干什么。如果我只是你的医生，一个在你决定冲向子弹时为你治疗的人，那么好吧，我们就公事公办，不牵扯感情。但是如果你想跟我做朋友，你就不能老是满不在乎地放手做事，不能不顾我的感受。你明白吗？"

我疲倦地搓着手，抬眼看向她说："洛蒂，我很害怕。自从爸爸告诉我加布里埃拉快要死了，而我们无能为力时起，我从来没这么怕过。现在我似乎太习惯把问题当成私事，就自己一个人奋力挣扎。但当我寻求帮助后，我又开始抓狂了。我知道这让你很难受，很抱歉。但我现在陷得太深了，一时改不过来了。"

洛蒂停下手中的针线活，将裙子放下，苦笑着说："是的，失去母亲一定是一件很令人难过的事，是吧？我们能不能做个约定，亲爱的？我不会要求那些令你无法回应的事。但是，下次你再遇到这种情况时，能不能告诉我一声，免得我那么生气？"

我点了几次头，喉咙太紧以至于说不出话。她走过来抱紧我。

"在我心中，你就是我的女儿，维多利亚。我知道这和加布里埃拉在身边的感觉不一样，但是关爱确实存在。"

我颤抖地笑着："你生气的时候，跟她倒是一样呢。"

之后我告诉了她先前留下来的笔记簿的事情。她允诺周日会为我看一下，看能不能发现什么。

"现在，我得换衣服了，亲爱的。你今天何不到我家过夜？也许我们都会开心一点。"

第三十一章 活力四射的小火球

我回到自己的公寓，立刻告诉孔特雷拉斯先生我已经回来了，还告诉他稍后卡洛琳会过来找我。跟洛蒂的谈话让我恢复了平静，我改变了之前想要散步的打算，用不着靠散步让自己冷静了，开始进行房间的扫除工作。

周二晚上放进冰箱的半熟鸡肉散发出阵阵恶臭，我把它们扔进了楼下小巷里的垃圾桶，用苏打水彻底地对冰箱进行了清洗消毒，直到异味消失。然后，我把报纸捆好放在了门外，自有资源回收的人过来取。刚过四点不久，卡洛琳过来了。那时我已经付清了十二月的所有账单，整理好了退税用的收据，身上的肌肉也开始隐隐作痛。

卡洛琳静静地走上楼梯，有点拘谨地微笑着。她跟着我走进客厅，温和而低声地婉拒了我请她吃点心的好意。印象中，她从来没有这么不自在过。

"路易莎怎么样了？"我问道。

她随口说道："现在看起来稳定多了。但是肾衰竭让人很沮丧，每次透析只能把一点点毒素排出体外，所以身体时刻都很难过。"

"你有没有告诉她那个电话的事，就是关于乔伊·潘科夫斯基是你父亲的事的那个电话？"

她摇摇头。"我什么也没告诉她。不论是你在寻找他的事，还是其他的,反正什么都没说。我只是告诉她南希死了,反正她早晚会从电视新闻上或者她姐姐那儿知道这件事。但是她不能再承受更多坏消息了。"

她紧张兮兮地摆弄着沙发坐垫上的流苏,然后突然爆发了。"真希望我从来没拜托过你帮我找父亲。我不知道我怎么会想说要找到他,我的生命就会不一样。"她发出刺耳的笑声,"我在说什么呀?单是让你帮忙找他这件事已经改变了我的生活啊。"

"我们能稍微谈谈这件事吗?"我温和地问道,"两周前,有人给你打电话,让你阻止我的行动,是不是?所以那时你打来电话,颇费唇舌地让我停止寻找你的父亲。"

她深深地埋下头,我只能看到她不驯的红棕色卷发。我耐心地等她回答。如果她不打算告诉我真相的话,就不会长途跋涉地跑到我这儿来了。现在,她只需要一点时间来鼓足勇气坦白一切。

"是房贷的原因。"她盯着脚面低声说道,"我们的房子租了一年又一年。当我开始工作时,我们终于能攒钱支付分期付款的首期。然后我接到了一个电话,是一个不认识的男人打来的。他说……他说他正在调查我们的贷款申请。他还告诉我,如果我不能阻止你继续调查我父亲的事,还有费拉罗和潘科夫斯基的事,他们就会驳回我们的贷款申请。"

她总算抬头看向了我,脸上的雀斑在苍白的脸色中尤为明显。她哀求地伸出了双手,我从椅子上起身将她搂在了怀里。有几分钟的时间,她一直依偎在我怀里,颤抖着,好像她还是那个小卡洛琳,而我还是那个保护她不受任何危险的大孩子。

"你给银行打电话了吗?"我稍后问道,"看看他们是否知道什么?"

"没有,我害怕让他们知道我向银行打听这事儿,就会驳回贷款的,你知道的。"她的声音从我腋下模糊不清地传来。

"是哪家银行?"

听到这话,她立马坐了起来,惊恐地看着我。"你不能去打听这事儿,维艾!一定不能!"

"也许我认识在那儿工作的人,或者董事会的什么人。"我耐心地说,"如果我没法暗地里偷偷查明,我向你保证不会去找麻烦,好不好?反正,十有八九是钢铁工人存贷银行,南区的人基本上都是去那儿的。"

她睁大眼睛,焦急地注视着我的脸。"的确是它,维艾。但你必须发誓,真的发誓,你不会做任何有可能威胁到我们贷款的事。如果发生那样的事,会要了妈妈的命的,你是知道的。"

我严肃地点点头,向她做了保证。我认为,她的话一点都不夸张,路易莎的确是经不起任何打击了。如果有人用路易莎威胁她,卡洛琳的反应会相当激烈,当我想到这些的时候,不禁灵光一闪。

"南希被杀时,你告诉警察我知道南希被杀的原因。你为什么那么做?是不是想借此让我注意到你和路易莎的情况?"

她的脸瞬间变红。"是的,但我没捞到一点好处。"她的声音几乎听不见。

"你的意思是他们做了?驳回你的贷款?"

"比这还糟糕。他们——不知道他们怎么知道的——我把你牵扯进了南希的命案里。他们又给我打电话,应该是同一个人打的,告诉我如果不想让我妈妈的医疗福利被取消,我就得设法让你离南芝加哥远远的。当时我是真的害怕了。我竭尽全力阻止你,当那人再次打来电话时,我告诉他我没办法阻止你,说你自己要查这案子。"

"所以他们决定亲自动手阻止我。"我感觉喉咙发干,说话声音变得刺耳。

她担心地看着我。"能原谅我吗,维艾?当我看到新闻知道你发生了什么事时,我快崩溃了。但是,如果一切能够重来,我还是会这样做的。我不能让他们伤害妈妈。她为我吃尽了苦头,现在病痛又那么难挨,我不能再让她受伤害了。"

我站起来,生气地走到窗户旁边。"如果你早点告诉我的话,这些事情就可能不会发生。或许我能想到办法对付他们,比如保护你和路易莎。而不是像现在这样盲目地四处瞎摸,结果差点连小命都赔掉。"

"我不认为你能办到,"她直截了当地说,"拜托你帮我寻找父亲时,我还幻想你是那个可以为我解决所有事情的大姐姐。结果发现你并不像我想的那样无所不能。当时,妈妈病得厉害,还发生了很多事情,我只是急切地想找一个能够庇护我的人,而我以为你可以的。"

她的话语平复了我的怒气。我走回长沙发,苦笑着对她说:"我想,你终于长大了,卡洛琳。你说得对,根本没有什么超人会为我们收拾烂摊子。但是,即使我不再是那个为了救你而打遍全社区的大孩子,我也不是完全无能为力的。我想,我还是可以清除一点周边的乌烟瘴气的。"

她给了我一个颤抖的微笑。"好吧,维艾,我会尽量帮忙的。"

我从厨房的酒柜里拿出一瓶巴罗洛葡萄酒。卡洛琳很少喝酒,但烈酒有助于稳定她的情绪。我们聊了一会儿,没有再讨论现在的问题,只是随便聊了些平常的事,比如,如果不是为了追随我的步伐,卡洛琳是不是真的想要拿到法学学士学位。一两杯酒下去,我们俩觉得可以回到原先的话题了。

我告诉了她关于潘科夫斯基和费拉罗的事,还有关于两人跟胡伯特工厂的纠纷案件的不同说法。"我不知道这些跟南希的死,还有我遭遇到的攻击有什么关系。但是,我的确是在发现了官司的内情不单纯,开始四处打探他们的事情之后,才接到恐吓电话的。"

我详细地给她讲述了跟奇格威尔兄妹的相遇过程,但她实在想不明白奇格威尔医生为何要为薛西斯工厂的员工验血。

"我是第一次听说这事儿。妈妈这人,你是知道的,如果他们让她每年接受一次体检,她会不加思索地参加的。很多工作上的事她都不了解,这只是其中之一吧。我不敢相信这事会和南希的死有关联。"

"好吧,我们来换个问题。为什么薛西斯工厂要通过阿特购买保险?尤尔沙克还是他们的寿险代理人吗?为什么这件事的文件会重要到让南希随身携带?"

卡洛琳耸耸肩。"在南芝加哥,阿特手中掌握了许多企业的命脉。也许他用减税或其他什么条件换来了这些公司的保险代理权。当然,自从华盛顿当选后,阿特可以给人的好处就少了许多,但是只要那些公司给他好处,他还是可以为他们办不少事呢。"

我从莫扎特的《音乐会咏叹调》中抽出阿特交给海安保险的报告,递给了卡洛琳。她皱着眉看了几分钟。

"我对保险业务一窍不通,"她在看完后说道,"我只能说妈妈的医疗福利真是一级棒。这里面的其他公司的名字我都没听过。"

她的话触动了我脑海中的某片记忆,过去几星期,有人跟我说过关于薛西斯工厂和保险的什么事情。我皱起眉,试图将它从脑海中挖出来,结果只是徒劳。

"南希从中看出了问题，"我不耐烦地说，"到底是什么呢？她是不是搜集了每家公司的健康率和死亡率数据？也许她能通过某种方式检测报告数据的准确性？也许这份报告毫无意义，果真如此，那南希为什么要随身携带着它呢？"

"没错，她确实追踪过全部的健康统计数据，她是南芝加哥计划健康与环境部门的负责人嘛。"

"那么我们去南芝计划办公室查一下文件档案吧。"我站起身，开始找靴子。

卡洛琳摇着头说："南希的文件已经不见了。警察收走了南希办公桌上的所有东西，但在这之前有人带走了所有的健康调查报告。我们猜测是她自己带回了家。"

我的怒火重新被点燃，失望的情绪更是火上浇油——我还以为案子能够有所突破呢。"要命，你为什么不在两周前把这事告诉警察？或者我！你难道看不出来吗，卡洛琳？拿走她文件的那人就是凶手。我们本来可以一一排查跟这些公司有牵连的人，而不是白费工夫地追查想报复的旧情人等等。"

她的火气也是一触即发。"我告诉过你她的死跟工作有关！只是你一味地在那里自作聪明，根本没把我说的话放在心上！"

"你说南希的死跟回收厂有关，而实际上根本无关。不管怎样，你为什么不告诉我她的文件不见了？"

我俩像六岁小孩一样吵起来，把过去几周里遭受的威胁和耻辱统统发泄了出来。如果不是门铃的响声打断了我们的争吵，我还真不知道如何从这越来越升级的对骂中脱身。我把卡洛琳留在了客厅，自己冲向了大门。

孔特雷拉斯先生正站在门外。"我不是有意打扰你的，宝贝儿，"

他报歉地说，"只是这个年轻人已经按了两分钟的门铃了，而你俩正吵得热闹，我想你们可能没听到门铃响。"

小阿特正站在孔特雷拉斯先生后面。他那正直而棱角分明的脸庞通红，赤褐色的头发乱糟糟的。他咬着唇，双手握紧，饱受折磨的样子掩盖了原本俊逸的脸庞。他心烦意乱的脸庞上跟家人有太多相似，这让我大吃一惊，冲淡了见到他的惊喜。

我总算可以虚弱地问他："你在这儿干什么？你之前去哪里了？是你母亲让你来的吗？"

他清清嗓子，试图说点什么，结果什么都没说。

孔特雷拉斯先生还记着他说过的不会打扰我的约定，因此没对我的男性访客进行明目张胆的盘诘。或者他已经估量过阿特了，认为他不足为惧。

老先生离开后，小阿特终于说话了。"我要跟你谈谈。那个，事情比我想得要糟糕。"他粗着嗓子低声说。

卡洛琳走到客厅门口一探究竟。我转向她，尽可能温柔地对她说："这是小阿特·尤尔沙克，卡洛琳。我不知道你们之前有没有见过面，他是市议员的儿子。他有些私事要告诉我。你能帮我联系一下南芝计划里的人吗？看看有没有人知道一点关于南希随身携带的报告的事？"

我还担心她会继续跟我唱反调，不过她似乎察觉到了我的惊异。她问我是不是一切都好，把我留下来跟小阿特待在一块儿是否合适。当我一再保证没事后，她回到客厅拿起了大衣。

离开时，她在门口停了一下，小声地说："我刚才说的话你别当真。我今天过来是想跟你和好的，而不是像刚才那样大吼大叫。"

我温柔地搭着她的肩膀。"没事，小火球。这是可以理解的，毕竟我也说了不少蠢话。让我们忘了吧。"

她轻快地抱了我一下,然后离开了。

第三十二章 和盘托出

我把小阿特带到起居室,给他倒了一杯巴罗洛葡萄酒。他一饮而尽,在这种情况下,即使让他喝水,效果应该也差不多。

"这些天你藏到哪里去了?你知不知道现在正在全市通缉你?你母亲快要急疯了,知道吗?"这些并不是我想问的问题,但是我不知道该怎么开口。

他咧开嘴像往常那样笑着,却因为紧张显得有点不伦不类。"我一直待在南希家。我认为没人会去搜查那里。"

"哦。"我摇摇头,"那你就是从星期一晚上开始都在那里,但星期二的时候,我跟克莱格霍恩女士去过南希家。"

"星期一晚上我留在车里过夜了。然后我想到应该没人会去搜查南希的家。我——我看到房子被人搜了个天翻地覆,有点令人毛骨悚然,但是我知道待在里面会比较安全,毕竟他们已经彻底搜过了。"

"他们是谁?"

"杀死南希的人。"

"他们是些什么人?"我觉得自己好像是在审问一罐蜜糖。

"我不知道。"他低声含糊地说,眼睛看着别处。

"但是你可以猜出来,"我试探着问,"谈谈你父亲为薛西斯工厂代理的保险吧。南希为什么对它感兴趣?"

"你是怎么拿到那些文件的?"他低声问,"今早我给妈妈打过电话了,因为我知道她很担心,她说你去过家里了。我——我老爸——大阿特发现了你留的名片,大发了一通脾气,她是这么说的。他还尖叫着说,如果见到我,他一定会让我记得永远不要再背叛他。这就是我到这里来的原因。看看你都知道些什么,能不能帮我。"

我恶狠狠地看着他。"这两个星期我一直拜托你告诉我一些事情,而你,一副听不懂我说的语言的模样。"

他痛苦得皱着脸。"我知道。但南希的死让我很害怕。害怕我家的老头牵扯其中。"

"那当时你为什么不开溜?为什么等到我找上你才跑?"

他的脸更红了。"我以为或许没人知道我和她的关系。但是,如果你看出来了,其他人也可以。"

"你是指警察?或者大阿特?"等不到他的回答,我尽可能地耐着性子继续问道,"好吧。今天你为什么到这儿来?"

"今早我给妈妈打电话了。我知道老头有个会议要参加,所以他肯定不在家。你知道的,要拟制候选人名单,"他苦笑着说,"华盛顿死了,他们今天一大早聚集在一起讨论选举的事情。父亲或许会缺席市议会的会议,但这种会议他是不会错过的。

"总之,妈妈跟我谈起了你,说你曾去过我家,还差点步上南希的后尘,让悲剧重演。我不能一辈子待在南希家,那里几乎没有食物,晚上还不敢打开灯,怕有人看见后过来查看。我想,如果他们打算对付所有知道南希和保险的人,我最好帮忙,不然我也死定了。"

我尽可能地保持耐心。要从他那里套出消息来,今天下午可有得忙了。我迫切地想询问有关他的家庭背景的问题,但在那之前,我得先把他的故事弄清楚。

首先，我想理清他跟南希的关系。既然他擅自跑去了她家，就不排除他俩是情人的可能，而他也承认了，然后讲述了一个甜蜜又悲伤的愚蠢爱情故事。

一年前，他和南希因为某项社区工程计划初次见面。她是南芝计划的代表，他是市议员的工作人员。他对她一见钟情，因为他一向比较喜欢南希那类外形的温柔熟女。他想立刻和她去约会，但她总用这样那样的理由拒绝，直到几个月以后，他们才开始约会，然后很快就陷入了热恋中。他整日乐得晕乎乎的。她温暖而可爱，如此种种。

"既然你俩情投意合，为什么没人知道你们的恋情？"我一眼就看得出原因。当他不再一脸抑郁的时候，他那出奇俊秀的外表会让人忍不住想摸他一把。也许这对南希来说足够了，也许她觉得可以把外在美当作他的不成熟个性的一种补偿；她也可以冷血地把他当作市议员办公室的眼线，但我不认为如此。

他如坐针毡地扭来扭去。"我父亲一直憎恨南芝计划，要是让他知道我跟其中的某人约会的话，他肯定会很生气的。他觉得他们想从他手里抢走选民，你知道的，南芝计划的人总是在批判南芝加哥的人行道太破、失业率太高等问题。这不是他的错，你应该明白的，自从华盛顿上台后，白人社区根本没接到任何资助。"

我本想开口争辩，但话到嘴边又咽了下去。南芝加哥是从伟大的戴利市长在位时开始衰落的，之后又被继任的贝兰蒂克、拜恩等人长期忽略，而阿特先生在那时一直担任着市议员的职位。但是，跟小阿特理论这些对我今天下午的工作一点帮助也没有。

"所以你不想让他知道，而南希也不希望她的朋友知道，都是因为这个原因？"

他又扭动了一下。"我倒不这么认为。我想，你知道的，她比我稍微大了一点，只大十岁，呃，差不多十一岁。我想她可能是怕别人嘲笑她跟一个比她小的人在一起。"

"好吧。所以你们的感情是个大秘密。那么，三个星期前她来找你，想知道大阿特是否反对回收厂计划。在那之后发生了什么事？"

他紧张兮兮地拿起酒瓶，将剩下的酒一股脑倒进了他的杯子，咕咚咕咚几乎一饮而尽，然后开始道出始末，一次说一点。他知道阿特是反对回收厂计划的。他爸爸正在努力招徕新企业进驻南芝加哥，担心回收厂会让某些企业打退堂鼓，他们可不想在有回收厂的地方设厂，还要费心处理生产垃圾，不如直接倾倒在氧化塘中来得方便。

他告诉了南希，而她坚持要看看相关文件。显然，像我一样，她认为没必要跟他争论大阿特给出的理由是否属实。

小阿特本不想帮她的，无奈她很强硬地坚持着。于是，他们在某晚深夜潜入了保险公司办公室，南希搜查了大阿特的桌子。那是他一生中经历过的最恐怖的夜晚，一直担心着他父亲或父亲的秘书会撞见他们，或者外面的巡警看到了灯光，突然闯进来逮捕他们。

"我能理解。第一次闯空门总是最难挨的。不过，为什么南希拿走了保险文件，而不是有关回收厂的资料？"

他摇摇头。"我不知道。她只是寻找一切跟出现在回收厂文件中的公司名称有关的东西，然后她看到了那些保险报告，还说她不知道我们——我爸爸的保险代理经纪公司——掌握着薛西斯工厂的保险业务。她看过文件内容后，说这些非常重要，最好复印一份带回去，就穿过走廊去用影印机，然后父亲就来了。"

"你爸爸看到她了吗？"我倒吸了一口凉气。

他痛苦地点点头。"他是和史蒂夫·德瑞斯伯格一起来的。南希拔腿就跑,但文件原件散了一地,所以他们知道她复印了一份。"

"当时你又做了什么?"

他的五官皱成一团,露出难堪羞愧的神情,连我都忍不住同情起他来。"他们不知道我也在那儿。我藏在了自己的办公室里,没有开灯。"

我不知道该说些什么,说他抛弃了南希不管不顾,还是说他早知道德瑞斯伯格会和他父亲一起去办公室?与此同时,我的理智开始担心起一个问题:到底是因为那些保险文件,还是南希看到阿特和德瑞斯伯格在一起这件事,为南希引来杀身之祸?市议员跟垃圾大王相互勾结这种事并不令人吃惊,但是他们试图掩盖这种关系是可以理解的。

"你难道不明白吗?"我总算喊了出来,声音几近咆哮,"如果上周你能够说出你父亲和德瑞斯伯格的事,说不定我们可以找到一个调查南希之死的线索。难道你一点都不想找出杀害南希的凶手吗?"

他的蓝眼睛悲伤地盯着我。"如果换成是你父亲,你真的想知道他做了那种事吗?不管怎样,他都已经认为我是个失败者了。如果我再在警察那里供出他,他会怎么想?他肯定会说我是站在南芝计划和华盛顿那派的人,专门跟他作对。"

我甩甩脑袋,看能不能让我的头脑清醒一点,但摇头完全没有用。我试图开口,但每回只讲几个字便无以为继。最后,我无力地问他想让我做什么。

"我需要帮助。"他低声说道。

"你看起来不像在开玩笑,孩子。但是,虽然我不知道密歇根大街上的王牌精神分析师能不能帮上你的忙,我倒是非常确定我是爱莫能助的。"

"我知道自己不是很坚强,比不上你或者,或者南希。但我也不是蠢货,用不着你来取笑。我自己搞不定这件事情,我需要帮助,我想你既然是她的朋友,也许你能……"他的声音越来越低,直至消失。

"救你?"我语带嘲弄,"好啊。我会帮你,不过作为条件,我想知道一些关于你家人的事。"

他眼神狂乱地看着我。"我的家人?你在说什么啊?"

"你只要老实回答就好了,其他的与你无关。你母亲出嫁前姓什么?"

"我母亲出嫁前姓什么?"他傻傻地重复了一遍,

"库鲁德卡。为什么要问这个?"

"不是蒂亚克?你从没听说过这个吗?"

"蒂亚克?我当然知道了。我姑姑嫁给了一个叫爱德华·蒂亚克的人,但他们在我出生前就移居加拿大了。我从没见过他们,直到我进代理处工作后,才在一封信上第一次看到了那个名字。在那之前,我甚至不知道还有个姑姑。当我问起来时,父亲告诉了我,还说他们一直关系不太融洽,后来姑姑直接就断了联系。你为什么问他们的事啊?"

我没有回答。胸口泛起一阵恶心,我不得不把头靠在了膝盖上。当小阿特满脸通红地走进来时,褐色的头发乱糟糟地在头顶翘着,那个瞬间他跟卡洛琳惊人的相似,让人忍不住猜测他俩可能是双胞胎。他的红发遗传自父亲,而卡洛琳遗传了路易莎。相同的基因,同一家人。当我看到他们站在一起时,我根本不愿去想这件事。我甚至还试图想方设法地证明卡洛琳跟大阿特的妻子有血缘关系呢。

跟爱德华和玛莎在三周前的谈话一股脑儿涌上我的脑海,还有康妮,她曾提到舅舅很喜欢过来玩,经常让路易莎为他跳舞。蒂亚克夫人知道这事儿。她是怎么说的来着?"男人的自制力是很差的。"结果都成了路易莎的错,是她引诱他的。

我的胃在翻江倒海,我觉得自己快要窒息了。斥责她,他们一直斥责着他们十五岁的女儿,而那个弄大她肚子的男人竟然是自己的亲弟弟?我脑中只有一个想法,那就是拿着枪冲到东区去,让蒂亚克夫妇承认这一切。

我站起身,眼前一阵发黑,好似客厅在眼前幽幽打转。我又重新坐下来,稳住心神,这才发现小阿特正坐在对面一脸恐慌地跟我说话。

"我已经回答你的问题了。现在该轮到你来帮我了吧。"

"对,是的。我会帮你的。跟我来。"

一开始他有些抗拒,非得让我告诉他接下来的打算,但我没好气地打断了他。"跟着我来就是了,我可没那么多的时间跟你磨蹭。"

比起我的话语,他似乎更畏惧我说话的语调。我穿外套时,他在一旁静静地看着。我把驾照和钱装进了牛仔裤口袋,省得钱包碍手碍脚。看到我拿出史密斯威森手枪检查弹匣,他又开始结结巴巴地问了一堆问题,问我是不是要去杀他老爸。

"想杀人的不是我。"我不客气地说,"你父亲的朋友们整个星期都想拿我开刀呢。"

他又羞愧地红了脸,然后就一声不吭了。

我把他带到了孔特雷拉斯先生那里。"这是阿特·尤尔沙克,他爸爸可能跟南希的命案扯上了关系,而且这阵子对这孩子不太安全。

能不能让他先在你这儿寄住几天,我再安排他住到别的地方?也许莫里会收留他。"

老先生因为自己的重要性而扬扬自得。"当然可以,小可爱。我不会告诉任何人的,咱们的公主殿下也会保密的。你不用麻烦那位莱森先生了,我很乐意让他住在这里,住多久都行。"

我微微一笑。"跟他待上两个小时后,你可能会改变主意的,他可是很无趣的。千万别跟任何人说起他。那个律师,罗恩·卡佩尔曼,可能会过来。你就告诉他不知道我去了哪里,也不知道我什么时候回来,关于你的客人,跟他一个字都不要提。"

"你要去哪儿,小可爱?"

我下意识地抿起嘴,然后想起了我们的约定。我示意他到大厅里谈,以免小阿特听到谈话。孔特雷拉斯先生连忙跟出来,佩皮趴在他脚边,他严肃地点点头表示记下了姓名和地址。

"我会在这儿等你回来,今天晚上不会再让任何人把我骗出去。可是如果你到午夜时还没回来的话,我就打电话给马洛里副警长,小可爱。"

小狗跟着我来到门口,听到孔特雷拉斯先生叫它回去。它小声叹了口气,知道我穿的是靴子,而不是跑鞋,只是还抱着一丝希望。

第三十三章 家丑

按响门铃后,我听到了蒂亚克夫人急促的脚步声。她打开门,双手在围裙上抹了抹。

"维多利亚!"她惊骇地叫道,"这么晚了,你来干什么?我拜托过你不要再来了。要是让蒂亚克先生知道你在这儿,他会大发脾气的。"

爱德华·蒂亚克带着鼻音的男中音从走廊上传过来,质问妻子来人是谁。

"是——只是邻居家的一个孩子而已,爱德华。"她呼吸急促地回道,接着,她匆匆地低声对我说,"快,现在就走,别让他看见你。"

我摇摇头。"我要进去,蒂亚克夫人。我们三个人需要一起谈一谈,关于那个搞大路易莎肚子的男人。"

她一脸紧张地瞪大了眼睛,哀求地抓紧我的胳膊,但我现在已经愤怒到完全没办法同情她了。我甩开她的手,无视她凄惨的叫声,径自从她身边走过,朝大厅走去。我没有脱下靴子,倒不是为了故意增加她的痛苦,而是想在万一必须闪人的时候能够迅速脱身。

整洁的厨房里,爱德华·蒂亚克正坐在桌子旁边,前方摆着一台小黑白电视,手中端着一个啤酒杯。听到声响,他并没有立即抬头,还以为是他妻子进来了。但当他抬头看见来人是我时,暗色皮肤的长脸瞬间变成了深红色。

"这里不欢迎你,小姐。"

"但愿我能赞同你这句话。"我说着拉过一张椅子在他对面坐下,"待在这里让我感到恶心,我会尽快结束的。我只是想谈谈蒂亚克夫人的弟弟。"

"她没有弟弟。"他声音刺耳地说。

"不要再假装阿特·尤尔沙克不是她弟弟了。我想,要查到蒂亚克夫人的娘家姓并不会费多少工夫。我只要等到星期一,到市政厅查一下你的结婚证就可以了,我猜上面肯定写着玛莎·尤尔沙克。然后我可以复印一下阿特和她的出生证明,相信真相很快水落石出。"

他脸上的深红变成了更深的猪肝色。他转向妻子吼道:"你这个该死的长舌妇!你跟谁说过家里的私事?"

"没有,爱德华。真的,我没对任何人说过。这么多年一次也没有,就连斯蒂潘尼克神父也没说,就是我求你——"

他大手一挥,打断了她的辩解。"是谁跟你说的,维多利亚?谁在给我们家造谣生事?"

"造谣这个词只能用在谎话上的。"我无礼地回答,"自我进屋后,你说的每句话都证明这是真的。"

"什么是真的?"他质问,好不容易才恢复了冷静,"我妻子的娘家姓是尤尔沙克?是又怎么样?"

"不怎么样,只是她弟弟阿特让你女儿路易莎怀孕了。你曾告诉我他不是很坚强的人,玛莎。那他是不是有恋童癖?"

她的手在围裙上擦了一遍又一遍。"他——他发誓不会再犯了。"

"该死的,什么都别跟她说。"蒂亚克先生咆哮着从椅子上蹦起来,粗鲁地推开我,走到蒂亚克夫人面前,掴了她一巴掌。

我站起身狠狠一拳打在了他脸上，打完后才意识到自己做了什么。他虽然比我大三十岁，但还是十分强壮。刚才只是因为他完全没有防备才能让我一击得手。他退到冰箱前面，站了一会儿，甩甩头，从那一拳的打击中回过神来，满面狰狞地走向我。

我已经做好了迎战准备。看到他冲过来，我将椅子挡在了前面，他前冲的势头受阻，连人带椅子撞到了桌子上。他跌倒时还带翻了电视机和啤酒，玻璃和酒液弄得地上一片狼藉。他仰卧在桌子下面，椅子压在了他身上。

玛莎·蒂亚克惊骇地低吟了一声，只是不知道是因为她丈夫的状况，还是地上的狼藉。我站在他面前，因为愤怒而大声喘息着，手中握着枪，打算在他起身时砸过去。他待在了那儿，看来一时还无法接受他被女人打倒的事实。

蒂亚克夫人突然放声尖叫起来。我看向她。她说不出话，只是用手指着。我顺着看过去，发现有火苗在电视机后面跳跃，好像有什么东西跟外漏的电线混在了一起，可能是用来清洁厨房油渍的清洁剂。我把枪塞回牛仔裤的腰际，从蒂亚克夫人的围裙口袋里掏出一块刷碗布，小心地绕过地上的那滩啤酒，从桌子底下爬过去，拔掉了插头。

"给我苏打粉。"我冲蒂亚克夫人急急地喊道。

听到我要家常用品，她稍微回过神来。我看到她的脚走到了橱柜面前，然后她蹲下身子，隔着她丈夫的身体递给我一个盒子。我把盒子里的东西倒在了在电线旁边跳动的蓝色火苗上，看着火渐渐熄灭。

蒂亚克先生慢慢从椅子和破碎的玻璃中间爬了起来。他站了一会儿，看了看地上的残骸，还有衣服上的污渍，一声不吭地离开了房间。我听到他沉重的脚步声穿过了走廊,然后我和玛莎听到前门砰的一声关上了。

她在发抖。我把她安顿在一张塑面椅上,然后用茶壶烧了点热水。她默默地看着我在橱柜里翻找茶叶。最后我在一个盒子里找到了排列整齐的立顿茶包。我为她冲了一杯茶,加了很多糖和牛奶。她顺从地三两口灌了下去。

"现在,你可以跟我谈谈路易莎的事情了吗?"当她拒绝再来一杯时,我开口问道。

"你是怎么发现的?"她的眼神毫无生气,说话有气无力。

"今天下午,你外甥找到了我。每次看到他,我都觉得眼熟,我以为是在电视上看过太多次阿特的原因。但是今天卡洛琳也在场。我俩正在争吵的时候,小阿特满脸通红地走了进来,看起来很焦虑不安。突然间我发现他跟卡洛琳长得很相似,简直就像双胞胎一样,你是知道的。我之所以没能早些把他俩联系在一起,是因为我没想到他们会有血缘关系。当然了,他拥有脱俗的俊美外表,而她总是整天都乱糟糟的。只有等到他俩同时情绪激动的时候,你才能真正看出相像之处。"

她听着我的说明,五官痛苦地皱成一团,就好像我正在教她拉丁文,而她拼命要让我相信她能听明白。当她一声不吭时,我只好再拿话稍微试探一下。

"发现路易莎怀孕后,你们为什么把她赶出家门?"

她直直地看着我,然后流下了交织着恐惧和嫌恶的泪水。"难不成把她留在家里吗?然后让全世界都知道她有多丢人?"

"丢脸的人不是她。是阿特,是你弟弟。你怎么能把他俩相提并论呢?"

"如果她没有引诱他的话,她不会落到这种田地。她明明知道他有多么的喜欢看她跳舞,还叫他亲吻她。阿特有一个弱点。她应该远离他的。"

我心中的憎恶是如此的强烈,让我不得不用尽全力才克制住将她打翻在地的冲动。"既然你知道他有恋童癖,那么该死的为什么还让他接近你的两个女儿?"

"他说过不会再犯了。在康妮五岁的时候,我看到他跟她玩耍,我告诉他,如果他再犯的话,我会告诉爱德华。他答应了,他还是挺怕爱德华的。但是路易莎太令人难以抗拒了,她抱着龌龊的心思勾引他,让他难以抵抗。当我们发现路易莎怀孕时,他告诉了我们事情经过。阿特向我们解释,说路易莎是如何地诱惑他,让他难以自制。"

"所以你们让她独自应付这个世俗的世界?如果不是有加布里埃拉,谁知道她会发生什么事呢?你们俩,可真是一对假装清高又自以为是的混账!"

她毫不畏惧地承受了我的辱骂。她不能理解我为什么会对这种天经地义的管教行为大怒不止,但她看到了我打她丈夫,她不敢冒险惹怒我。

"那时阿特已经结婚了吗?"我突兀地问道。

"没有。我们告诉他,他应该找个妻子组建家庭,不然我们会把路易莎的事告诉斯蒂潘尼克神父,告诉教士们。我们保证,只要路易莎搬走,他结婚,我们就不把事情张扬出去。"

我一时语塞。我满脑子想到的只有十六岁的路易莎,怀着孩子,只身在外,圣文赛斯劳斯的修女们在她门外游行,而加布里埃拉单枪匹马地前来救她。我记起来蒂亚克夫妇曾辱骂加布里埃拉是犹太人的话。

"你们还怎么敢口口声声说自己是基督徒呢？我母亲所拥有的宽容慈爱是你们的一千倍。她从来不四处宣扬所谓圣洁的精神，而是真正地身体力行。而你和爱德华，你们放任你的弟弟诱拐自己的女儿上床，然后还怨恨她不检点。如果上帝真的存在的话，他一定会因为你们胆敢靠近他的圣坛还大言不惭地标榜自己的正直而毁灭你们。如果真的有上帝，我只祈祷我再也不用靠近你们身边方圆一英里的地方。"

我摇摇晃晃地站起来，愤怒的泪水让眼睛发热。她缩在椅子上。

"我不会揍你的。"我说，"就算打了你，对你或是对我又有什么好处呢？"

还没等我走到大厅，她已经开始跪在地上清理玻璃碎片了。

第三十四章 擦板球

我脚步踉跄地走向汽车,胃里一阵翻江倒海,喉咙发紧,胆汁往上涌。我能想到的只有去找洛蒂,马不停蹄地去,中途什么都不要干,不刷牙,也不换衣服,直奔目的地。

我很幸运地平安到达那里。在七十一号街,一阵喇叭声让我暂时回过神来。我小心地穿过杰克逊公园,但在五十九号街时差点撞上了从侧面冲出来的自行车。即使差点闹出人命,我还是把车速开到了七十迈以上。

当我到那儿时,马克斯正坐在洛蒂的起居室喝白兰地。我歪着嘴冲他笑笑。我好不容易才想起来他俩去听演唱会了,忙问他听得怎么样。

"塞利尼五重奏真是棒极了。他们是大战后才成立的,当时我们在伦敦就听过他们的演唱了。"他提醒洛蒂那天晚上的威格摩尔音乐厅停电了,为了让朋友们继续开演唱会,其中的两人不得不举着手电筒照着乐谱。

洛蒂笑了,还补充了一些她自己的记忆,然后她突然岔开了话题。"维艾!你进来时,我没注意到你的脸,这是怎么了?"

我勉强挤出一个微笑。"没有生命危险,只是经历了一场奇怪的谈话而已,我会找时间告诉你的。"

"我得走了,亲爱的。"马克斯站起身,"我在这儿赖得太久了,还一直喝着这么顶级的白兰地。"

洛蒂把他送到门口,然后匆忙回到我身边。"出什么事了,亲爱的?你看起来像撞到了鬼一样。"

我试图再挤出一个笑容,却沮丧地发现自己开始啜泣。"洛蒂,我以为我已经见多了这里龌龊的人和事,男人为了一瓶酒相互殴打,女人对情人谎话连篇。可我不知道为什么这件事会让我如此难过。"

"来,"洛蒂将白兰地送到我的唇边,"喝点这个,稍微镇定一点,试着告诉我发生了什么事。"

我喝了一些白兰地,冲淡了我喉咙中残留的胆汁味。洛蒂握着我的手,我一股脑地道出一切:我发现小阿特和卡洛琳惊人地相似,猜测他母亲可能跟卡洛琳的父亲有关系,结果发现了他父亲跟卡洛琳的外祖母的血缘关系。

"这些还不算太恶心。"我有些哽咽,"我的意思是,这个当然也是很恶心的。但让我感到最恶心的是他们那可怕的、被洗礼过的盲目和他们坚持将罪行推给路易莎的做法。你知道她是怎么被抚养大的吗?她们两姐妹受到了多么严密的监控?不准约会,不准交男朋友,没有性教育。然后是她母亲的弟弟,在他骚扰过姐姐后,他们竟然还让他出现在家里继续骚扰妹妹,结果出事后遭到惩罚的却是女儿。"

我的声音越来越大,我似乎已经无法控制住自己。"不能这样啊,洛蒂。不应该是这样的。我本应该能够阻止这种肮脏的事情,但我却无能为力。"

洛蒂抱住我,一言不发。过了一会儿,我的啜泣渐渐停止了,但我仍倚在她的肩膀上。

"你没办法拯救全世界,亲爱的。我知道你是明白的。你只能一次帮助一个人,还只能是帮一点点忙。你帮助的人越来越多,你的影响力也越来越大。只有希特勒那样妄自尊大的疯子才会以为自己能够拯救世界。你生活在一个正常的世界里,维多利亚,你只是一个普通人。"

她把我领进厨房,让我吃了一些剩下的鸡肉,是她为马克斯做的晚餐。她一直让我喝白兰地,直到我昏昏欲睡。然后她把我领到了客房,为我褪去外衣。

"孔特雷拉斯先生,"我口齿不清地说,"我还没告诉他我要在这儿过夜。你能帮我打电话告诉他吗?不然的话,他会报警,让鲍比·马洛里到湖里去打捞我的尸体的。"

"当然可以,宝贝。等你睡着我就打。现在好好休息,不用担心了。"

星期天早上醒来后,我有点头昏脑涨,大概是太多白兰地和泪水的缘故。但是,这是自遇袭之后我第一次睡得这么踏实,肩膀也不再一动就疼。

洛蒂带来了《纽约时报》,还有一碟果酱酥饼。我们用报纸和咖啡度过了一个悠闲的早晨。中午的时候,我正准备开口说说阿特·尤尔沙克的事——找个方法突破层层的保镖队伍,然后直接跟他谈谈——洛蒂让我住口。

"今天是你的休息日,维多利亚。我们要到乡村去,呼吸一下新鲜空气,让大脑彻底摆脱一切烦恼。到了明天再来办正事,一切会变得容易起来。"

我耐着性子做出了让步,不过她的话的确在理。我们开车去了密歇根湖,沿着湖边的沙丘散步,让冰冷的湖边空气拂过我们的发梢。我们还参观了小酒厂,买了一瓶红莓樱桃酒,准备送给马克斯品鉴,因为他自认品酒功夫一流。到家时已经是晚上十点左右了,我觉得整个人由里到外都清爽舒畅了。

幸好整个星期天我都在休养生息。星期一是个漫长、多事而令人沮丧的一天。当我醒来时,洛蒂已经出去了,她得赶在八点半诊所开门之前到贝丝以色列医院巡房。她给我留了张纸条,说她在我睡下后看了奇格威尔医生的笔记簿,对解释那些数据没有十分的把握。她把笔记簿带走了,准备让一个肾脏方面的专家朋友帮忙看看。

我给孔特雷拉斯先生打了个电话。他说一夜无事,只是小阿特有点焦躁不安。他借给了小阿特剃须刀和换洗的内衣裤,但是无法保证还能让他待在屋里多久。

"他想走的话,让他走好了。"我说,"寻求保护的人是他。如果他不想接受保护的话,我也无所谓。"

我告诉他我会回去拿换洗衣物,但是我会继续待在洛蒂这里,直到我不再那么担心午夜袭击。他表示同意,不过挺不情愿的。他宁愿希望把小阿特送到洛蒂家,而我回去跟他和佩皮一起住。

我回到家冲了个澡,换了身衣服,然后到楼下跟孔特雷拉斯先生和佩皮待了几分钟。过去几周的紧张生活开始在小阿特的脸上刻出空洞的线条,或者只是因为跟孔特雷拉斯先生待在一起的这三十六个小时。

"你……你有没有办好什么事情?"他犹豫的嗓音低得可怜。

"在跟你老爸联络上之前,我什么也做不了。你可以帮我这个忙。我不知道该如何突破那些保镖的层层保护,跟他单独聊聊。"

他立刻机警起来,他可不想让他老爸知道在找我帮忙,那可真的会让他陷入水深火热之中。不管我如何劝诱,他坚持不肯。最后,我变得有点暴躁,抬腿朝门口走去。

"只要我给你妈妈打个电话,告诉她我知道你在哪儿,我保证,为了知道她的宝贝儿子是否安全无恙,她会非常乐意为我和你老爸安排一次见面的。"

"去你妈的,华沙斯基。"他尖叫着,"你明知道我不想让你去烦她。"

这小子对我的咒骂让孔特雷拉斯先生非常不满,他正准备打断,我抬手温和地阻止了他。

"那你就帮我联络上你老爸。"

好不容易,经过一番骂骂咧咧之后,他终于同意给他老爸打电话,就说他想跟老爸单独谈谈,把见面地点定在白金汉喷泉前面。

我让阿特试着把见面时间定在今天下午两点,我会在十一点钟的时候打电话过来进行确认。当我离开时,听到孔特雷拉斯先生指责他对我的无礼冒犯。这让我带着今天的唯一的笑容开车南下。

我父母把钱都存在了钢铁工人存贷银行。我母亲在我十岁那年为我开了第一个储蓄账户,让我存放打零工和当保姆的酬劳,当作日后上大学的教育基金——让我上大学是她一直以来坚持的誓言。在我的记忆中,银行是一座雄伟壮观、金碧辉煌的宫殿。

当我走到九十三号街和商业街交会处冰冷的石头建筑面前时,感觉银行好像随着时间流逝而不再繁华,我不得不仔细查看了入口处的名称,以免走错了地方。曾经让年幼的我赞叹不已的圆屋顶,如今看来破败不堪。我不必像童年时那样踮着脚尖看柜台后的柜员,而现在,我俯身就能看到那个满脸青春痘的小姑娘。

她对银行的年报一无所知,倒是满不在乎地把我领到了后面的银行主管那里。我原本准备了一套查看年报的说辞,结果没派上用场。那个中年主管很高兴看到有人对他们日益衰退的存贷业务感兴趣。他滔滔不绝地跟我谈起当地强烈的道德意识，居民为了维护小小的家园而奋发努力，银行会在老客户遭遇困难的时候和他们重新协议贷款事宜。

"我们不是上市公司，没有你调查所需要的那种年报。"他最后说，"不过如果你有兴趣的话，可以看看我们的年终财报。"

"其实我想看看你们董事会成员的名单。"我告诉他。

"当然可以。"他拉开一个抽屉，从中拿出一堆文件，"你真的不想看看我们的报表？如果你想投资的话，尽管这里的工厂都面临着穷途末路，但我能保证我们的运营情况仍然非常棒。"

要是我有几千美元的闲钱，肯定很乐意把它们放到银行里，以免自己难为情。但我只能低声含糊其辞，从他手中接过董事会成员名单。上面共有十三个名字，而我只认识其中的一个——古斯塔夫·胡伯特。

哦，太好了，我的消息来源得意地告诉我，四十年代胡伯特先生初在本地起家的时候，他就答应进入银行的董事会。尽管现在他的公司成为世界上最大的公司之一，而且身兼《财富》杂志五百强大企业排行榜中十几家公司的董事，他仍然留在了钢铁工厂银行的董事会里。

"过去的十五年里，胡伯特先生只缺席了八次董事会议。"他最后说。

我模棱两可地喃喃称赞这位伟大人物的专注，不过也可以当作讽刺来听。事情的来龙去脉渐渐变得清晰起来。薛西斯工厂的员工保险有问题，而胡伯特想永远地守住这个秘密。我看不出这事跟费拉罗和潘科夫斯基的案件和死亡有什么关系。但或许奇格威尔医生知道我找到的那些精确数据是什么意思，也许正是他的医疗笔记簿里要透露的事情。这个问题并没有真正困扰我多久，令我害怕和气愤的是胡伯特所扮演的角色。我已经厌倦了老是被他牵着鼻子走，到了跟他正面交锋的时候了。我摆脱了那位满怀希望的主管，朝市中心出发。

我没兴趣在寻找便宜车位上浪费时间，直接把车停在了麦迪森街上胡伯特大楼旁边。我对着照后镜匆匆整理了一下头发，然后便直奔大鲨鱼的老窝去。

胡伯特大楼是他们的公司总部。跟大多数制造业集团一样，真正的生产运营都在遍布全球的厂区里，因此我毫不意外他们的总部能塞进这样一幢仅仅二十五层楼的建筑里。这是一座纯粹的办公楼，大厅里完全没有绿植或者雕塑。地板上铺的是早期摩天大楼用的防磨瓷砖，大理石砖正厅是海姆特·詹引领那些建筑师后来才带动的风潮。

走廊上旧式的黑色指示板上没有标出古斯塔夫·胡伯特的办公室位置，但它上面说企业办公室在二十二楼。我搭乘黄铜门的电梯慢慢上去。

电梯口正冲着的走廊很朴素，但色调有微妙的改动。墙面的下半部分是黑色嵌木，苍绿的地毯两侧也是这样。嵌木的上面挂着一幅幅画，画中是中世纪的炼金术师，还有蒸馏器、蟾蜍和蝙蝠之类。

我沿着绿色地毯来到右手边敞开的门前。绿色地毯一直延伸到门内，变成一大片的室内地毯。室内有一张打磨得很光滑的黑木办公桌，上面放着电话总机和文字处理器。桌子后面坐着一个女人，打扮得很精致，一头乌发在后面盘成了伏贴的发髻，露出扇贝形状的耳朵上的大珍珠耳环。她从文字处理器上抬起头，训练有素地招呼我。

"我要见古斯塔夫·胡伯特先生。"我试图让口吻有说服力。

"请问尊姓大名?"

我把名片递给她,然后看她打内线询问。当她放下电话时,她歉意地微笑。

"您的名字似乎不在会客名单上,华沙斯基小姐。是胡伯特先生请你过来的吗?"

"是的,他之前到处给我留口信,结果我今天才有空过来。"

她又打了内线。这次讲完电话后,她让我坐下稍等片刻。我找了个被海绵塞得鼓鼓的扶手椅坐下,拿起旁边的年报随意浏览。胡伯特在巴西的工厂去年业绩增长惊人,占了海外收入的六成。他们在亚马逊河开发项目上投资的五亿美元,现在已经得到了优渥的收益。我忍不住思索,为了把亚马逊河改造成卡路梅河第二,到底需要砸进去多少钱。

我研究着各条生产线的获利情况,看到薛西斯工厂的优异表现,似乎能感受到老板的喜悦。这时,优雅的前台小姐告诉我,雷德维克先生要见我。我跟着她走进前台后面的走廊,在第三间办公门前停下,她敲了敲开着的门,然后转身回到她的工作桌。

雷德维克先生站起身,朝我伸出一只手。他个子很高,打扮得很体面,年纪与我相仿,灰色的眼睛深远而疏离,脸上没有半丝笑意。他一边和我握手,一边打量着我,嘴里说着老套的场面话,然后请我坐在了靠墙的一个小沙发上。

"就我所知,你大概以为胡伯特先生会很想看到你。"

"我知道胡伯特先生想见我。"我更正他的措辞,"不然的话,你也不会理我。"

"你觉得他为什么想见你?"他将双手指尖靠拢。

"他留了两个口信给我。一次是在阿特·尤尔沙克的保险公司办公室，另一次是在南芝加哥的钢铁工人银行。两份口信都很紧急，这就是我亲自到这儿来的原因。"

"你何不说说口信的内容？我可以掂量一下，看看是要他亲自跟你谈，或者一切我来代劳就可以了。"

我冲他笑笑。"如果胡伯特先生完全信任你的话，那你一定知道他的口信，不然的话，他肯定有一些事是不想让你知道的。"

那种疏离的眼神显得更加冷漠了。"你可以放心假定胡伯特先生百分之百信任我，我是他的执行助理。"

我打了个呵欠，站起身研究沙发对面墙上的一幅画。那是政治漫画家纳斯特的石油托拉斯漫画，以我这外行人的眼光来看，这个好像是原稿。

"如果你不愿跟我谈的话，就请离开吧。"雷德维克尖锐地发话道。

我没有转身。"你何不向老板汇报一声呢？告诉他我在这儿，等得有点儿不耐烦了。"

"他知道你在这儿，是他让我过来见你的。"

"两个意志坚定的人出现重大分歧是一件多么麻烦的事啊。"我惋惜地说着，离开了房间。

我步履飞快，把沿路的每一扇门都推开来查看一下，一连惊吓到好些埋首工作的助理。最后一扇门应该是大老板的老巢了，我闯了进去，把里面的秘书吓了一跳，她大概就是霍林沃斯小姐。她惊异地抬头看我，在她来得及驱赶之前，我冲进了内室，雷德维克紧追在后，抓住了我的胳膊。

核桃木门的后面，古斯塔夫坐在一堆古董办公家具中间，膝盖上放着一份合上的文件。他的目光越过我，落在了执行助理身上。

"雷德维克,我以为我跟你说得很清楚了,不要让这个女人来打扰我。难道你认为我的命令不用再执行了?"

雷德维克的镇静顿时消失了一大半,他试着讲述发生了什么事。

"他的确尽力了。"我在一旁替他说话,"但是我知道,如果你不能亲自跟我谈谈的话,你将来会后悔一辈子的。你瞧,我刚从钢铁工人存贷银行赶过来,所以我知道那个让卡洛琳·蒂亚克阻止我的人就是你。然后是阿特·尤尔沙克为你代理的人寿和健康保险业务。我可不认为那种跟史蒂夫·德瑞斯伯格混在一起的人是正确的保险代理人选,而州保险委员大概也会同意我的观点。"

我走了一步险棋,因为我并不清楚南希那份保险文件的真正意义。虽然南希觉得它意义重大,但我只能瞎猜而已。我想碰碰运气,就提到了乔伊·潘科夫斯基和史蒂夫·费拉罗的名字,但是胡伯特并没有上钩。他踱到办公桌前,拿起电话。

"你为什么要捏造官司的事?"等他放下电话后,我继续闲谈似地问他,"我知道,能达到你这种成就的人,一般都会超级自负。但是,如果你以为我会听信你的一面之词,就相信你对官司的说法,你可真是目光短浅啊。南芝加哥发生了太多事,让我不得不怀疑一个能够呼风唤雨的总裁……"

我的话被打断了,三个警卫冲到我的面前。我不禁得意起来,胡伯特太看得起我了,竟然动用这么多人汉才能驱逐我!就我现在的身体状况,再看看他们的体型和显而易见的壮硕肌肉,只消一个警卫就绰绰有余了。我判断自己没有装英勇的本钱,所以乖乖地跟着他们离开了。

他们拥着我走出办公室——其实根本不需要用这么大力气的。我回头喊道:"你得再找些好帮手了,古斯塔夫。那些把我扔进枯木塘的家伙正在警局里待着,让他们吐出幕后指使者只是时间问题罢了。"

他并没有回答我。雷德维克关上了门的时候,我听到胡伯特的话:"得找个人帮我封住这个爱管闲事的贱女人的嘴。"

哎呀,有了他这句话,就是一辈子喝不到他家的超赞白兰地酒也无所谓。

第三十五章 白金汉喷泉边的谈话

那些强壮的保安把我送出来时，刚过十一点，正好也到跟小阿特联系的时间了。这里离我的办公室不远，只有几步路，但是我不想再与胡伯特的大楼有任何瓜葛，于是把车从这尊贵的大楼边开到地下停车场去了，代价是每小时八美元的停车费。

我差不多快忘了上周五晚上孔特雷拉斯破门闯我办公室的事了，门被彻底毁坏了。起初，他敲碎玻璃，企图伸进手去把锁拧开，偏偏我的防盗锁只能用钥匙开，然后他有条不紊地沿着锁头周围将木头砸了个稀烂，直接拆掉锁头。虽然当时看到这一幕让我恨得咬牙切齿，但觉得在电话里跟老先生提这件事，实在没什么必要。比起听他没完没了地自责以及保持心平气和地看孔特雷拉斯亲自修门，倒不如直接花钱找其他人修一下来得省事。

小阿特心神不安地接起我的电话。他已经跟他爸爸大阿特联系上了，他想要我清楚我欠了他天大的人情。跟大阿特协商真是让人头痛，哦，对，他让老家伙答应去喷泉见面，尽管老家伙要两点半才有空，不过这可是用甜言蜜语连哄带骗才换来的——他爸爸想知道他的下落，可能不断地给他施加了难以置信的压力。如果我知道在大阿特面前守口如瓶有多么困难，或许我会更敬重他一点儿。

"你还能想出其他地方让我躲躲吗？这老家伙真是受不了，他总是把我当成小孩看待。"

我言不由衷地安慰他说:"你要真想换地方,我不反对。下午我要去见《明星先驱报》的莫里·莱森,你要是能给他带点新鲜的新闻,没准儿他会答应帮忙。"

挂电话时,我听见他尖声大喊着不要把他的事告诉报社。在跟莫里通电话时,我倒确实克制着没提阿特的事。

"华沙斯基,你简直是要命,"他劈头盖脸地冲着我说,"你就不查电话留言吗?这个周末我给你留了大约十条。你对奇格威尔小姐做了什么?催眠吗?她说要想知道她哥哥的事就直接找你,她不跟媒体打交道。"

"我正在读一个通讯课程,"我心里又惊又喜地回应,"只要集齐卡片拼好一幅图,寄过去,他们就给你隐身术和读心术的教材,就是那一类的特异功能,以前我一直没空试试。"

"没错,见鬼,"他无奈地说,"你现在打算向芝加哥人民说出一切了吗?"

"你说过你不用我帮忙的嘛,你可以直接从薛西斯那边的人身上挖出新闻。我现在要讲的事可是很刺激的,事关我的性命啊,说不定一不小心我就挂掉了。"

"他们的新闻过时了,上周我们已经报道过了,除非你这回打算一五一十全都招了,不然我可兴奋不起来。"

"好的,保持联络,说不定你就能梦想成真呢。正有狠角色的枪口对着我呢。"我看着窗台上一群争夺空间的鸽子说。这些肮脏的都市鸟类再不堪,至少可以用来装饰我的办公室,也强过曼斯特漫画原稿或杜米埃的真迹。

"你跟我说这些干吗?"他疑惑地问。

一列火车驶过华贝斯高架铁路,窗子震动起来,鸽子吓得飞走了,不一会儿又重新落在窗台上。

"万一我今晚小命丢了,希望有人知道我的去向,追踪一切,而最合适的人选就是你了,因为你比警察更不相信上帝。不过顺便说一下,我得在一点半之前跟你谈一谈。"

"一点半之后你要干吗?"

"我要带着左轮手枪逛大街。"

莫里又探问一番,看看事态是否真如我说的那样迫切,最后他答应中午跟我在报社附近边吃三明治。离开办公室之前,我整理了一下邮件,把废文件都扔了,还意外翻出一张支票,一位客户支付我做金融调查的报酬。然后给朋友打了个电话,让他过来帮我换一个新门,他答应星期三下午过来。

快十二点了,我沿着河向北走。雾气很浓,让人感觉像飘着细雨似的。尽管洛蒂叮嘱过我肌肉拉伤要好好休息,不过我觉得肩膀没什么大碍。再过一两天,我又可以跑起来了,当然如果我比古斯塔夫·胡伯特棋高一招的话。

《明星先驱报》和《太阳报》在芝加哥河南相对而立,虽然这一带正流行壁球和时髦的小餐厅,但卡尔快餐依然在卖真材实料的三明治,方便了这些报社上班族。馆子坐落在瓦克路和靠近河滨的主十道交汇处,是一座很老的石头建筑,包厢和杉木桌也很陈旧。

我进来没一会儿,莫里便一阵风似地来了,雾气打湿了他红色的头发,在橙黄色的灯光下看起来闪闪发亮,露西·莫妮罕继承了去世的老父亲卡尔的馆子,她喜欢莫里,我也就跟着沾光,不用在大厅排长队了,直接给了我们包厢。她饶有兴趣地跟莫里聊了几分钟,拿莫里跟她拿篮球赛打赌、结果输了钱的事打趣。

我一边啃着汉堡,一边讲着我这三个星期的各种经历。虽然莫里浮夸又有些自负,但他确实是个非常专注的听众,从全身三万六千个毛孔吸收资讯。听说我们通常只能记住别人说话内容的百分之三十,但我从来不需要就一件事跟莫里说两遍。

等我讲完,他说:"好,看样子你惹上了不少麻烦,你童年的伙伴想让你查出干掉你队友的凶手,讨厌鬼小阿特也来找你,而你还要应付作风怪异的化学工厂,说不定垃圾大王可能也来掺和。如果史蒂夫·德瑞斯伯格也卷在里面,你可得小心。那家伙容不下别人踩在他头上,我能明白他跟尤尔沙克纠缠不清,但是跟胡伯特有什么关系呢?"

"我知道就好了。尤尔沙克给他办保险业务并不犯法,连小罪都够不上,但我好奇的是尤尔沙克为胡伯特做了什么,胡伯特能从中得到什么好处?"从上周六我就冥思苦想的事浮上脑海,但是又理不清头绪。

"怎么回事?"莫里满腹狐疑。

"没什么。我以为自己想起一些事,但又不能很清楚地想起来。但愿我能知道胡伯特为什么捏造乔伊·潘科夫斯基跟史蒂夫·费拉罗的事。不管原因是什么,一定事关重大,因为我今天去他办公室问他,他却让几个强壮的保安把我撵出来了。"

"也许他只是不喜欢你死缠烂打,"莫里恶毒地揣测,"有时候,我也希望我有保安可以把你一脚踢出去。"

我作势要揍他一拳,他顺势握住我的手,我们僵持了一分钟,他说:"都说出来吧,华沙斯基,这些都算不上新闻,一切只是你的怀疑,你还没给我能放到报纸上的东西。我们坐在这儿吃午饭的真正原因是什么?"

我抽回手。"我正在打探消息,等我真的查到什么,或许能弄清楚胡伯特为什么撒谎,但现在我要去见大阿特,而且我抓住了他的一个大把柄,希望能逼他吐出一些内幕。如果我糊里糊涂地送了命,我要你去找洛蒂、卡洛琳跟小阿特,他们三个人是关键。"

"你说自己处境危险,是认真的吗?"

我看着莫里干了面前的啤酒,又招手要了一杯。他体重有一百多公斤,也许有一百一十多公斤,喝这点啤酒完全没问题。而我只喝咖啡,我要保持清醒的头脑来应付尤尔沙克。

"我真希望是假的。五天前有人把我扔在沼泽里让我等死,周五,同一伙人中的两个守在我的公寓外面堵我。而且今天古斯塔夫·胡伯特的话听起来让人很奇怪,就像电影《雄霸天下》里指使男爵们干掉对手的彼得·奥图。都这样了,还能有假吗?"

当然,莫里还想知道我抓住了尤尔沙克的什么把柄,但是我铁了心,绝对不会让那件事情公开。我们为此唇枪舌剑到了一点十五分,我站起来,拿出一张五元钱的钞票放到桌上,便走出了餐厅。莫里急忙追了出来,但我跳上一辆往南开的公交车,摆脱了他。

我跑到阶梯顶端的时候,一辆一四七路公交车正要关门,司机是难得一见的人道主义者,见到我往路边跑,便为我开门等着。小阿特说约的是两点半,而不是两点,我只想确保他不会带武器,所以要提早赴约。我对小阿特几乎一无所知,而且我根本信不过他,说不定连跟他父亲见面都是他扯的谎。或许大阿特也不信任儿子,而把他的话打了个折扣。为了以防万一,我要在他有机会布下陷阱之前先到。

我在杰克逊大道下车,向东走了三个路口就看到了喷泉。夏天的白金汉喷泉是湖边一大景点,这里树木葱郁,风景秀美,吸引了不少游客。然而冬天却是约会见面的好地方——树叶凋零，喷泉也关掉了，四周空旷，要是有人过来，一眼就可以看得到。

今天的格兰特公园几乎没人来，可能是天气阴沉的缘故。凋落的叶子里混杂着薯片的空袋子和威士忌酒瓶，是这里曾经有人类活动的唯一证明。我闪身进了玫瑰园，躲在一尊雕像底座的一角。我把史密斯威森手枪插在外套口袋里，拇指就放在保险栓上。

细雨断断续续地下着，尽管今天并不冷，但我藏身的地方却很潮湿，凉飕飕的。我没有戴手套，为的是能够迅速地操纵枪支，但等到尤尔沙克出现，这鬼地方没准儿已经让我的手指头麻木到开不了枪了。

大约两点四十五分的时候，一辆豪华轿车停在了湖岸路，市议员跟另外一个人下了车。小轿车驶到门罗街，然后往回转，最后停在离喷泉约四百英里的地方。等我确信没人带枪，于是从雕像座上跳下来，返回到公园。

尤尔沙克四处张望，寻找儿子的身影。他瞥了我一眼，没注意到我，直到看出我有意想跟他交谈。

"尤尔沙克先生，阿特不来了，他让我替他跑一趟，我是维·艾·华沙斯基，您应该从尊夫人或者古斯塔夫·胡伯特那里听说过我。"

尤尔沙克穿着一件黑色克什米尔外套，扣子一直扣到下巴。他的脸型被黑色衣领衬得很有棱角，他真的像极了卡洛琳，活脱脱就是她的翻版——高耸圆润的脸颊，短鼻子，长上唇，连眼睛都一样大，只是年龄大了，有些褪色，但是依然是很罕见的纯正的蓝色。事实上，他跟卡洛琳的相像程度甚至超过了他跟小阿特。

"你对我儿子做了什么？你把他关在哪儿了？"他声音很粗，威严地质问我。

我摇了摇头。"他担心自己的安全有问题，周六自己来找我，他说听到你跟他妈妈讲，既然他让我拿到了你交给海安保险的薛西斯的报告，这种儿子还不如死了算了。他现在很安全。我今天到这里来想谈的是你女儿，而不是你的儿子。你可能想让你的朋友先离开一会儿，我们单独聊聊她。"

"你胡扯什么？我只有阿特一个孩子。你立刻带我去找他，不然我马上让警察把你抓起来。"他的嘴因为愤怒抿成了一条线，我在卡洛琳脸上看过无数次这种表情。

我念大学之前，阿特已经是芝加哥的一号人物了。即使市议会不听他的，愿意为他效劳的警察倒多得是，只要他想抓我，警察马上会遵从。

"想想二十五年前的事吧，"我努力克制住怒火，轻声说道，"你姐姐的女儿们。那个愉快的下午，你姐夫上班不在，你让你的外甥女为你跳舞。你不可能忘记你在那两个女孩生命中的影响有多大。"

他的表情就像卡洛琳一样，变脸就像翻书，愤怒瞬间变为恐惧。强劲的风吹在他的脸颊上，红红的，却又透着灰色的颓败。

"曼尼，你先离开一会儿。"他对身后又矮又壮的男人说，"先上车，我几分钟后就来。"

"阿特，如果他在恐吓你，那我应该留下来保护你。"

尤尔沙克摇了摇头。"只是一些家庭旧事，我以为今大要谈公事，才会找你带手下过来。去吧，我们当中总要有人去暖和一下。"

矮壮的男人仔细地盯着我看了个遍，确定我外套突起的部分不是危险武器，而是手套或者笔记本之类的，才向着车子走去。

"好了，华沙斯基，你想要什么？"他咆哮着。

"我需要你帮我弄清些事情。作为交换，我不会向报社透露你喜欢猥亵女童，而且你的女儿也是你的外甥孙女。"

"你没有证据。"他嘴里说得强硬，但是脚下却没有动。

"少来，"我有些不耐烦，"爱德华和玛莎前几天晚上把一切都跟我说了，而且你女儿跟你长得像极了，大家很容易就能看出来。只要我跟《明星先驱报》的莫里·莱森说一声，他会马上追查，或者是跟《论坛报》的艾迪·吉伯逊讲讲也行。"

我走到喷泉周围的水泥地上的一张铁椅旁。"我们还有很多话要谈呢，不如让自己舒服点，坐吧。"

我看到他目光移向轿车。"别耍花招。我有枪，也知道怎么使用，就算你的手下把我干掉，你知道结果的，莫里知道咱们今天在这里见面。过来坐下吧，好好聊聊。"

他低着头，手插在裤袋里，走过来。"我什么都不会承认。依我看，你只是在虚张声势，只不过一旦惹上这种新闻，就算没有这回事，也会把我毁了的。"

我竭力装出很虔诚的笑容。"你是说我在敲诈你了？当然，我会公开卡洛琳的照片，媒体很快就会找到她的母亲还有其他相关的人，但是你也许可以全身而退呢。好啦，要谈的家务事很多，都不知道从哪儿开始呢！谈路易莎·蒂亚克的房贷呢，还是我在枯木塘烂泥里的事，还是南希·克莱格霍恩呢？"

我饶有兴致地自言自语，并用眼的余光看着他，看得出来南希的名字似乎比路易莎让他更紧张。

"好了，就来谈你寄到海安保险的薛西斯报告吧。你对保险做了手脚对吧？他们交的保费是不是比实际费率高，而你把差额弄进了自己腰包？大家要是知道了你在搞鬼会是什么结果呢？这又不会害你在这一区无法立足。比这个更过分的指控你都经历过了，不是照样连任成功？"

突然，有些回忆涌上心头，就是周六跟卡洛琳谈话后，我一直不明白的问题。潘科夫斯基太太站在门口，告诉我她的财政捉襟见肘，说乔伊没有保险。或许他并没签那个公司的团体保险，但是那样薛西斯可能从中得到好处，员工不用出钱，保费由公司支付。只是保险也可能会有，因为他死的时候已经离职了，可能没法理赔而已。所以，这件事还是需要问问。

"乔伊·潘科夫斯基死的时候，怎么没有领到理赔？"

"我不知道你在胡扯些什么。"

"乔伊·潘科夫斯基，以前在薛西斯工作过，你是他们人寿保险的代理人，能不知道一个员工死后为什么得不到保险金吗？"

我的话还没说完，他突然看起来像要当场崩溃似的。我脑袋飞速地转着，试图抛出更尖锐的问题乘胜追击。不过他是个善于应付困境的老手，看出来我没什么真凭实据，又重新定下心来，死不认账。

"好，先不说这个。我通过保险公司或者其他员工，想知道这个不难。让我们再聊聊南希吧，她在你办公室撞见你跟德瑞斯伯格在一起，你我一样都很清楚，如果你跟黑道有称兄道弟，保险委员会会怎么处置你的执照。"

"呵呵，少在这儿威胁我。我根本不知道克莱格霍恩是谁，只是在报纸上看到她被杀了。我时不时地会跟德瑞斯伯格联系，因为他在我的选区经营很多事业。而我是市议员，整个选区的大事小事都要过问，我不能当一个闻到垃圾就捏起鼻子的高贵小姐，保险委员会根本不会觉得我的行为有什么问题，连想都不会多想。"

"这么说，你半夜在办公室见德瑞斯伯格这事，跟公众讲讲，你不会介意吗？"

"你有什么证据？"

我打了个哈欠。"你想我是从哪里知道的，自然是有目击证人了，这还用说吗，一个活得好好的证人。"

连这招撒手锏也无法打乱他的阵脚让我套出消息。会面结束的时候，我不仅感到挫败，甚至觉得自己嫩得当不了侦探，大阿特的实战经验就是硬生生地高出我一大截，我很想咬牙切齿地说："走着瞧，老滑头，总有一天我会逮到你。"说出口却成了我会跟他保持联络。

我离开他，向湖滨大道走去。我从车流前面冲过去，从远方看着他。他伫立良久，目光迷茫，然后抖了抖身子，走向小轿车。

第三十六章 血液检测报告

我开车回洛蒂家。从尤尔沙克那里，我只确认了一件事——他一定在薛西斯保险里玩了花样，从他的表情来看，他动的手脚还不小。但是我不知道他做了什么，我得赶紧查清楚真相，以免哪个人把我这根眼中钉一劳永逸地拔掉，让我长眠地下。紧迫的感觉让我的胃发紧、大脑发僵，浑身都不舒服。

路上堵车很厉害。早上胡伯特恶毒的声音又响起来。在黄昏的暮色里，我小心地驾着车，确认没有人跟踪。我开到蒙特罗斯街，从公园出来，绕了两圈，直到没发现什么异样，才往洛蒂家赶。

我比她早到家，这已经见怪不怪了。洛蒂为了照顾白天上班的妈妈们，诊所几乎每晚都到六点才关门。我出去买了些菜，起码我能为她准备晚餐，以答谢她的招待。我又开始煮让人回味的橄榄蒜头鸡，人一忙碌，说不定潜意识会有什么灵感产生呢。这次菜做得很顺利，没出什么岔子，鸡在锅里用义火炖着。

七点半了，洛蒂还没有回来。我开始担心起来，想着要不要打电话到诊所问问，还是去问马克斯？下班前才来的急诊说不定会绊住她。不过若是有人想报复我，找她下手确实比较容易。

八点半，我问了诊所和医院，她都不在。我准备出去找她。刚锁好门，她开车回来了。

"洛蒂，我好担心。"我大声说着，三步并作两步迎上前去。

她跟在我后面进了公寓，脚步沉重，不像往常那么轻快。"真的？亲爱的？"她一脸疲惫地说，"你这几天神经一直很紧张，才晚几个小时你就担心成这样，实在不像你了。"

她说得对。这说明我手头上的事确实让我焦头烂额，她缓缓地走向她的房间，脱了外套，整齐地收到雕花胡桃木衣橱里。我扶着她到卧室的椅子上坐下。她任由我倒了一小杯白兰地，她只喝这一种酒，而且只在极度压力下才喝。

"谢谢，亲爱的，我真的需要来一杯。"她脱掉鞋子，我帮她把一旁摆放整齐的拖鞋拿过来。

"这两个小时我一直在克里斯多夫森医生那里，我跟你提起过的，他是著名的肾脏病专家，我让他看了你的化学公司笔记本。"

她喝完白兰地，当我要给她再倒一点时，她摇摇头，表示不要了。"那本笔记的内容，我看着就觉得有问题，不过要先让一个专家好好判断一下。"她打开手提包，拿出几页复印的资料，"我把原件锁在贝丝以色列医院的保险箱里了。带在身上的话，如果被谁抢去，后果不堪设想。这是克里斯多夫森医生笔记的摘要，他说如果有必要，他愿意为我们做更详细的分析。"

我从她手里接过笔记本，读起克里斯多夫森医生方正细小的笔记，他引用了奇格威尔笔记里血液检验报告里的内容，例子用的是路易莎·蒂亚克和史蒂夫·费拉罗的记录。我对报告里的各项化学数值并不在行，但是下半页的摘要却用词简单，而且非常清晰易懂：

  这些记录说明路易莎·蒂亚克女士（白人，未婚，女性，分娩一次）过去的血液化验资料，时间从一九六三年到一九八二年，以及史蒂夫·费拉罗先生（白人，未婚，男性）从一九七五年到一九八二年的检测情况。记录里显示了肌酸、血中尿素氮、胆红素和血色素值的变化，并且白细胞的数目变化符合肾脏、肝脏及骨髓机能的病变情况，除此之外，胡伯特化工薛西斯厂一九五五年到一九八二年月五百名员工的血液资料也都有记录。蒂亚克的医师丹尼尔证明，一九八四年她在女儿的坚持下就诊，那时候她患是慢性肾衰竭，现在病情已经恶化为急性肾衰竭。肾病引发了很多其他并发症，表明她不能进行肾脏移植手术。

血液检测结果显示，她自一九六七年肾脏就有了病变（CR=1.9；BUN=28），一九六九年病情已经很重（CR=2.4；BUN=30），患者一九七九年出现典型的全身性症状，包括瘙痒、疲惫、头痛，但是她自己认为是更年期起作用，没有必要到医院诊治。

报告接下来描述了史蒂夫·费拉罗的情况，内容大同小异。直到他于一九八三年死于再生障碍性贫血。报告其余部分继续用精确的文字叙述薛辛的毒性，并且表明接触薛辛时间不同，员工血液检测数值也不同。我把整份报告读了两遍，难以置信地看着洛蒂。

"克里斯多夫森医生做了大量工作，他找过蒂亚克和史蒂夫的医生，并且确保这些数据都是准确无误的。"由丁过丁诧异，我都没法让自己保持头脑清晰。

"他被这些数据吓坏了,完全吓坏了。我给了他两个患者的名字,让他可以查证,他今天下午就着手进行。至少,他曾经查过你朋友费拉罗先生的病史,而你的朋友显然不知道自己为什么会得这种怪病。"

我点点头。"虽然不可思议,却也可以相信。路易莎开始有病情征兆的时候,她以为是自己年龄的原因,是到了更年期的正常现象,不过那时候她才三十四岁。话说回来,她可能没受过性教育,所以她这么想也不算离谱?不管怎么样,她没有在工厂里跟别人说起过这件事,很多工人的背景跟她也一样,任何跟个人身体有关的话题都是肮脏的,是绝对不能被谈论的。"

"但是,维多利亚,"洛蒂忍不住说,"这件事到底是怎么回事?除了纳粹那些拿人体做实验的医生之外,还有谁能那么冷血、那么有心计地记下这种资料,却绝口不提,不告诉牵扯其中的人实情?"

我揉了揉头,受过伤的地方已经好了,现在却感觉又疼痛起来,估计是被我乱糟糟的思绪折磨的。

"我不知道,"我也有些无精打采的样子,"我总算知道他们为什么死也不敢让事情曝光的原因了。"

洛蒂摇了摇头,语气很不耐烦。"我不明白,给我分析一下。"

"都是因为损害赔偿金。潘科夫斯基和费拉罗指控公司侵犯了他们的生命健康权,薛辛伤害了他们的身体,公司应该给予赔偿。而胡伯特驳倒了他们,我问过他们的律师,他说提出的理由有两个,一是他们都抽烟,而且酒喝得很凶,没人能证明他们生病是薛辛害的;还有一个重要的原因,就是他们接触到薛辛的时候,医学界还没有证据证明薛辛是有毒的,所以……"

我停下来,突然明白了尤尔沙克给海安保险的薛西斯报告的玄机所在。他在薛西斯员工的死亡率和得病率上动了手脚,帮助胡伯特隐瞒实情,从而可以从保险公司获得较低的保险费率。我想了几种作假的方法,不过最有可能的是较低的保险费率只能给员工较低的赔偿。他们可以告诉员工,某些医院的检查不在保险承担范围,住院天数也有一定限制。然后代理人修改了病人账单上的数字，再交给保险公司。我又从几个角度考证了自己的假设，觉得没有什么漏洞。我站起来，奔向厨房的电话分机。

"那又怎么样啊，维多利亚？"洛蒂不耐烦地跟在我后面，"你要干什么？"

关了煮鸡的炉火，我把晚饭给忘了，鸡一直在炉子上煨着。橄榄已经成了黑炭，鸡肉跟锅底焊在了一起，这绝对不是我最出色的一道菜。我费力地把那坨黑糊糊的东西从锅底下刮下来，扔进了垃圾桶。

"好了，别再管晚餐了。"洛蒂烦躁地说，"放在洗碗槽里就好了，给我讲讲你想明白了的事。齐巴嘉基集团承认薛辛有毒是在一九七五年，胡伯特的公司不想赔偿一九七五年以前患病的员工，对吗？"

"说得对，不过我没听说过齐巴嘉基的事，或者说不知道一九七五年很重要。我敢打赌他们声称已经把薛辛的浓度调低了，现在应该是符合标准的，天知道那是多少，也就是说尤尔沙克为胡伯特寄到华盛顿的报告是合乎规定的，但是南芝哥计划书分析的报告里薛辛的浓度却高出很多。我给卡洛琳·蒂亚克打个电话，确认一下。"

"但是，维多利亚，"洛蒂一边刮着烟在锅底的鸡肉，一边说，"你还没讲清楚为什么他们不让员工知道实情，如果一九七五年制定了标准，那一九七五年之前的患病员工会怎么样？"

"涉及保险啊。"我正找卡洛琳的电话号码，于是简短地回答。可恶，电话簿里没有，我一边嘟囔一边去客房找我公文包里的电话簿。

我重新回到厨房开始拨号码。"现在只有奇格威尔医生能给我们证实一切，但是他失踪了。胡伯特应该比我更能对他施压，不知道等找到他以后，我能不能让他开口。"

电话响了五声后，电话里传来卡洛琳的声音："你好，维多利亚，我正要伺候妈妈睡觉，你能等一下吗，或者我一会给你打回去？"

我跟她说我会等，转身又跟洛蒂说："你知道，那些记录意味着会害得公司破产。就算不是整个公司都破产，但是薛西斯工厂是没法继续经营了。只要这笔记被一个有良知的律师拿到，联系一下患者及其家属，好好干活，每一桩曼威尔①求偿案都可以当成先例，薛西斯一定会垮的。"

怪不得胡伯特会亲自找我，原来他的小小帝国正遇到穷凶极恶的讨钱大队威胁。斐得列·曼海姆说得对，一个侦探能四处查探潘科夫斯基和费拉罗，也就可能会找血液检测报告。

为什么奇格威尔会自杀呢？因为自责？还是有人威胁他？如果向我或者莫里泄密，会让他生不如死？万一他星期五欢欢喜喜去投奔的人认为他会泄密，他可能已经不在人世了。

我本来还以为真相会永远石沉大海，也没法把南希的死跟那个老狐狸连在一起。现在唯一希望的是鲍比抓住的那两个歹徒交代一切，把胡伯特供出来。但是我知道希望不大。就算他们招供了，以胡伯特的能耐也能摆平，就像亨利二世那样为自己开脱。我打了个寒战。

卡洛琳重新接起电话，我问她路易莎有没有薛西斯工厂的福利手册。

"哎呀，维多利亚，这个我怎么会清楚？"她有些不耐烦，"就

---

①约翰·曼威尔公司因隐瞒员工石棉对人体的危害，员工一状上告，公司因巨额赔偿金而申请破产保护。

算有又有什么用？"

"非常重要，"我简短地说，"它是个重要证据，能说明南希的死因以及其他一些黑暗的事情。"

卡洛琳夸张地叹了口气，说去问问路易莎，然后放下了电话。

南希是南芝计划环境和健康部门主管，她一定知道薛西斯工厂真正的员工患病率。当她看到尤尔沙克交给胡伯特的薛西斯报告里的保费结构，她马上就能明白尤尔沙克在报告里动过手脚。但是谁拿走了她在南芝办公室的档案资料？或许她发现报告的端倪后，去找尤尔沙克，却被尤尔沙克销毁了。但是她留在车里的其他文件，他却没有注意。

卡洛琳再次回到电话前，告诉我路易莎拿过一本手册回家，但是跟其他文件放在一起了，问我愿不愿意等着，她去翻翻看。我让她找出来，等我明早过去拿。接着她开始不停地问我问题，我几乎回答不过来。

"代我向路易莎问好。"我困乏地打断她，在她恼火的叫嚷声中挂掉电话。

洛蒂跟我去多蒙德餐厅吃晚饭，我们都没喝酒。我们都被血液检测报告所揭发的重大内幕震慑住了，没有食欲，也不想说话。

我们回家后，我问了问孔特雷拉斯先生状况如何，他说小阿特走了。老先生说他傍晚带着佩皮去散步，虽然前门后门都锁了，小阿特还是从窗户跑了。孔特雷拉斯先生有些愧疚，觉得没帮上我的忙。

"别放在心上，"我很诚恳地说，"你不可能一天二十四小时都盯着他。向我们寻求保护的是他，如果他不想让我们保护，那就是他的事。要是他总是跑出去当箭靶，我们不可能一辈子给他撑着防护伞。"

我的话给了他些许安慰，尽管他又说了好几次对不起，等他总算会说点别的时，又说起佩皮离开我以后很孤单。

"是啊，我也很想你们，"我说，"我甚至怀念你在我想独处的时候仍然缠着我。"

听到这一句，他快活地笑了起来。我挂掉电话的时候，心里也舒坦了。尽管我并非真心关心小阿特，但是也不愿意他察觉到了什么，向他父亲报告我的情况。

我的留言服务显示，莫里给我打了好多电话。我四处拨电话找到了他，并告诉他目前没有什么进展。尽管他不相信，但也拿我没办法。

第三十七章 鲨鱼放出诱饵

我的脑袋麻麻的,还有些狂热,就像被药物迷昏的那种状态,睡得沉却并不安稳,梦里路易莎的坎坷遭遇折磨着我,加布里埃拉操着一口的意大利话责备我没照顾好我们的邻居。

我五点就起床了,烦躁地在洛蒂的厨房里走来走去,想着要是小狗在身边就好了,我可以早上带它去舒活一下筋骨,说不定可以顺便想出对付胡伯特的方法。洛蒂醒的时候不到六点,阴沉着一张脸,显然她昨晚睡得也不好。她用自己强壮的手捏了捏我的肩膀,然后默默地去煮咖啡了。

等洛蒂开车去贝丝以色列医院例行早上巡房,我再一次向南去找路易莎。她每次见到我都很高兴,但是这次看起来比上次还要憔悴。我不着痕迹地柔声探听她的病情,问她什么时候开始感觉到自己生病了。

"你还记得那个吸血鬼奇格威尔为员工们做的那些血液检测吗?"

她笑得有些粗鲁。"是啊,记得啊。从电视上我知道那个老吸血鬼想自杀。上个星期每个电视台都在报道。他胆子很小,连自己的影子都害怕。他没有老婆一点不让人诧异,哪个女人愿意嫁给一个懦夫?"

"他给你验血时说了什么?"

"他说验血检查是我们每年的福利之一，检查你的身体状况。当然我自己才不会想到每年去抽血检测，我根本不知道有人做那种事。不过工会主席也接受了，我们其他人根本不在乎。你知道的，去验血可以让我们每年多放半天假，而且是带薪的。"

"他们没有把检测结果给过你们吗？还是直接寄给了医生？"

"得了吧，小女孩，"路易莎摆摆手，大声咳嗽起来，"就算工厂给我们报告，我们也看不懂啊。有一次奇格威尔让我看过，在我眼里，报告里的内容就像阿拉伯文，你知道人家画在旗上的鬼符吗，在我看来，医学检验报告就差不多长那样。"

我勉强对她笑起来，继续和她天南地北地闲聊。不过她一会儿就困了，不知不觉地睡着了。想起梦里加布里埃拉的斥责，我陪着她，没有独自离开。

多么可悲啊！在那样谋杀灵魂的家庭里长大，被亲舅舅强暴，又被雇主毒害了健康，现在则受着病痛的折磨，慢慢迈向死亡。但是她很乐观，她搬到我隔壁的时候，虽然害怕，但并不怨天尤人。在没有父母的生活里，她一个人快快乐乐地拉扯着卡洛琳。或许我的同情对她来说不仅多余，更是辱没了她。

我看着路易莎由于呼吸而一起一伏的胸膛，想着是不是应该告诉卡洛琳她父亲的事。如果不跟她说，对我来说是一种不应该有的控制，左右着她的人生。如果说了，是不是太残忍了，她真的应该承受如此沉重的真相吗？

正当我在反复思量的时候，她进来了，为路易莎准备午餐，是很清淡的食物，分量不多但是昂贵的小餐点。虽然见到我很高兴，但是她行色匆匆，要赶回去开会。

"你看见福利手册了吗？我放在咖啡壶旁边了。如果与我妈妈有关的话，我希望你能告诉我，我有权知道，为什么这么重视这个东西？"

"一旦我搞清楚了，我一定会全部告起你。这会儿我还在找路踏出迷魂阵呢。"

她去路易莎房间送饭的时候，我拿过手册读起来，但是我糊涂了，工厂不会给路易莎提供日常的门诊、洗肾、吸氧等福利，这么多费用她是怎么支付的呢，难道是她自己筹钱付的？我问她怎么支付这么多医疗费。

她摇了摇头。"薛西斯工厂对妈妈真是没话说，什么都没问就付清了这些账单。你要是不告诉我妈妈的事，我就回办公室了，找找有没有愿意向我吐露实情的人。或者雇个别的侦探。"她向我吐了吐舌头。

"你倒是试试看啊，小鬼头，我已经跟全城的私家侦探说了，你是个不好伺候的主儿。"

她哈哈大笑着离开了。等路易莎吃完午饭，重新睡着以后我才离开。我开着电视，让它给这个房间增添点生气，又把备份钥匙放在后廊的门框上面。

但愿我知道薛西斯为何在诉讼之前几年就开始给员工验血，应该是与保险欺诈有关，但是我又看不出两者之间的很明确的关系。在薛西斯，我不认识愿意与我谈这事的人。奇格威尔女士或许愿意，不过她跟薛西斯工厂没有很密切的关系，而且也没有强烈的同情心。但是我也没有其他人可以指望，于是开着车向离这儿很远的奇格威尔家赶去。

她正在车库给她的小船上漆。跟前几次见到她一样，她并不礼貌，不过倒让我进屋喝茶，我想她还算愿意见到我吧。

她完全不知道薛西斯工厂为什么每年给员工验血。"我只记得科提斯为这事手忙脚乱，他不仅需要把所有的血液样本送到检验中心，还要另外做记录，帮员工编号等等。所以他自己记笔记，以方便把员工编号跟名字联系起来。"

我在印花布扶手椅子里坐了一个多小时，吃掉一大排饼干，听她谈论如果她哥哥就此失踪了的话，她该做些什么。

"我想去佛罗伦萨旅行，"她说，"不过我上了年纪，没法说服科提斯同意我这样的念头。他总是认为外国人爱骗人，水和食物也不干净。"

"那里也是我一直想去的地方，我母亲出生在托斯卡尼东南方的一个小镇，不过我总凑不齐机票钱。"我探了探身子，继续说，"你已经花了很多时间在你哥哥身上了，你不用余生都守在家里，点着蜡烛祈祷他回来。如果我七十九岁时还身体不错，当然又有点积蓄的话，我就会拎着皮箱、带着护照到欧海尔机场搭今天晚上的飞机。"

"你当然会，你是个勇敢的女孩嘛。"她很赞同。

我很快离开了奇格威尔女士家，回到芝加哥，我的肩膀又开始疼起来。找奇格威尔探听消息原本就希望渺茫，要不是还喜欢跟她聊几句，大可打个电话问问就好。可是这场毫无收获的会面耗尽了我的心神，或许我应该告诉警方我知道的一切了，我思索着该怎么样跟鲍比和盘托出这一切呢？

"你知道的，他们一直给员工验血，现在他们怕事情败露，员工会控告他们隐瞒薛辛多有毒的真相。"

而鲍比会包容地笑笑说："我知道你对那个老太太心存好感，但是她这几年一直跟她哥哥有矛盾，而她又懂点医学，现在她哥哥失踪了，她弄出这么一个笔记来，怎么能保证那个笔记不是她伪造出来陷害她哥哥的呢？见鬼！"——不，鲍比不会在我面前这么粗鲁，"维艾，说不定他们兄妹吵起来，她对哥哥动了手，然后慌了，把他的尸体埋在了盐湖，然后告诉你她哥哥失踪了。你很相信她，不管她怎么编造故事。"

又有谁能说事发经过不是那样？总之，我敢肯定鲍比会以这种态度看待这件事，然后才会去查古斯塔夫·胡伯特那种大人物。我可以告诉莫里，他虽然不会像鲍比那样无心对胡伯特穷追猛打，但是他会向所有涉及的人求证，我可不愿意给路易莎惹麻烦。

我先回家看看孔特雷拉斯先生，叫他别为了没看好小阿特难过，顺便看看小狗。天太黑了，不应该带小狗出去了，不过看它闷得慌，忍不住出去遛遛，也可以顺便摆脱让我焦头烂额的胡伯特。

我四处查看周围的马路，似乎仍然没有人跟踪，然而我却开心不起来。或许那老家伙在等特洛伊和瓦利被保释。或许他们觉得寻常的攻击成不了事，决定改用比较有看头的激烈的方法，比如在我车上或者洛蒂家放上炸弹。为了安全起见，我把车停在离她家有段距离的地方，然后坐公交车过去。

我做了菜肉馅蛋饼当晚餐，比上回的鸡肉好多了，一点也没烧焦，但究竟有没有好滋味就不好说了。我告诉洛蒂我一天的经历和种种难题，该怎样让尤尔沙克和胡伯特认罪，还有该不该向卡洛琳说出她父亲的事。

她噘着嘴说："我对胡伯特无计可施，你自己想办法吧。但关于卡洛琳的父亲，我只能说依据我的经验，说出真相总是好的，你说真相很可怕，确实如此，但她没有你想象中那么脆弱，你不能代她决定她应该知道些什么、什么事情是她最好不知道的。第一，你不说，别人也可能说，还不如从你这儿知道呢；第二，她随便想也能想到比这个更丑恶的事，所以，如果我是你的话，就告诉她。"

她说到我心坎里去了，只是更明晰、有条理罢了。我点点头说："洛蒂，谢谢你。"

之后我们没再讲话。她看着报纸，阳光正好照射在她的眼镜上。而我什么都没做，思绪如铅重，压得我没法思考。我的恐惧越积越深，想想这些日子我一直在跟老狐狸斗，但是却不敢找个鱼叉直接跟他对着干。知道自己被他吓住，心里很不是滋味。

大约九点时，电话响了，铃声唤回了我的思绪。贝丝以色列医院的一个医生遇到了不知该怎么处置的病人，她们聊了几句，洛蒂决定亲自过去看看。

我昨天买菜时，还买了一瓶威士忌。洛蒂出去了大约半个小时后，我倒了一杯酒，让自己专心地看约翰·韦恩的喜剧。十点左右，电话再次响起，我关了电视，猜测可能又是病人打来的。

"赫切尔医生公寓。"

"我找叫华沙斯基的女人。"一个男人冰冷的声音，我想起来了，他说过没有人能在沼泽地里游泳。

"如果见到她，我愿意给她递个信。"我强作镇定。

"你可以问问她认不认识路易莎·蒂亚克。"那个声音不带一点温度。

"如果认识呢？"我拼命掩饰，声音还是发颤。

"路易莎·蒂亚克没有多少日子了，她死在自己家里还是薛西斯工厂后面的氧化塘里，一切由你的朋友华沙斯基来决定。路易莎现在人在工厂，已经昏迷了，你现在唯一需要做的是——你唯一要告诉你朋友华沙斯基去做的是，让你的朋友来这里看看她，如果华沙斯基照做，这个女人明早醒来还是躺在自己床上，谁也不知道她曾经离开过床。如果华沙斯基报警,他们就得去找一些喜欢在薛辛里游泳的蛙人,才能给蒂亚克那个女人一个基督教的葬礼。"电话挂断了。

我浪费了几分钟于事无补地自责起来。我一心只想到自己,还有跟自己很亲密的洛蒂,却完全忘了路易莎也会有危险。我已经告诉过尤尔沙克我知道了路易莎的秘密。只要我跟路易莎都没命了,那也就没人知道他的阴谋,他就没有后顾之忧了。

我强迫自己冷静地思考,别浪费时间,这会影响我的判断力。现在最要紧的是赶紧出门,应付他们的计划就在赶往南芝加哥的路上制定吧。我带上第二个弹匣,把它放进我的外套口袋里。我给洛蒂留了便条。我诧异自己的字迹依然苍劲有力,一如往昔。

刚锁上洛蒂家的门,我便想起孔特雷拉斯几天前的晚上被一个电话骗出去的事。我可不想自投罗网。我回到屋里,给路易莎打电话,确认一下她是不是不在家了。没有人接。我又打给克莱格霍恩太太询问参与南芝计划的人和电话。接着又狂乱地拨了几个电话,终于知道卡洛琳大约四点会回到办公室,正跟环保部的几个律师在城里闭门开会,看样子她会忙个通宵。

告诉我这个消息的女人还透露,现在一对圣地亚哥夫妇住在我父母的旧房子里,卡洛琳把他们的电话告诉了所有同事,以防家里出什么事能够迅速知道。我给那对夫妇打了个电话,女主人很和蔼,告诉我八点半左右路易莎被一辆救护车接走了。我机械地挂了电话。

半个小时过去了,应该有所行动了。我得找个同伴一起去。孔特雷拉斯年龄太大,他既帮不上什么忙,也没有能力照顾路易莎。我想到了朋友、警察、莫里,但是这么危险的事情,我要如何开口。

离开洛蒂家的时候,我仔细地检查了一下走廊,有人已经打电话找到这里了,他们也能很轻易地顺着路过来,在这里把我干掉。

我紧贴着墙壁，弓着身子，避开前门，闪身进了地下室。我在黑暗中摸索着穿过地下室，小心地掏出洛蒂的钥匙，打开地下室的门。然后走上了厄文公园路。

我刚上主干道，一辆公交车正好过来。我从弹匣下面小心翼翼地掏出一个硬币，生怕一不小心把武器亮出来。公车沿着厄文公园路走，过了八站，乘客和周围的环境都没有异样。我在爱希岚路下车，找到了停在那里的车。

不知道什么原因，柴油公交车上轰隆隆的轰鸣声让我完全放松下来，思绪也活跃起来。路易莎是被救护车带走的，又被迷昏了，那他们里面应该有医生。而会在这种龌龊事情上插一脚的医生只有一个。所以，既然那个人已经被牵扯其中了，找她陪我冒险也不算过分了。于是，我今天第二次来到了恩斯德尔。

第三十八章 中毒性休克

付费公路两旁的水渠里升起潮湿的水汽，笼罩了整个路面，别的车看起来只是迷雾中的一抹红光。我把车时速调到八十迈，就算在浓雾里行驶也没减速。我的雪佛兰由于颠簸震动得厉害，我们没法交谈。我时而摇下车窗，伸手摸摸绳子，虽然有些松动，但是小船仍然稳稳地拴在车顶。

在一二七街上转弯向东。我们现在离薛西斯厂大约八英里，但这么靠南的地方没有道路连接东西芝加哥。

快到半夜了。恐惧和不耐烦紧紧地缠绕着我，我感觉呼吸紧促。我尽量专心地开车，在车流中穿梭前进，在红绿灯的变换中呼啸而过，在限时速三十五英里的地方开到五十迈，当然我得眼观八方观察着周围有没有交警。离开付费公路十四分钟后，我们转到向北的小路上，石岛大路被远远地抛在了后面。

我们来到工厂区，小路上满是车辙和碎玻璃，方向灯必须开着。我故意找了一间破旧的大厂房，暗自祈祷不要有夜间警卫或狗。我把车开到一艘巨大的水泥驳船前边，朝奇格威尔女士看看，她很严肃地点点头。

我们打开车门，脚下尽量不出声地加快了速度。奇格威尔女士拿着一支铅笔式手电筒为我照着，我解开绳子，她在车顶的小船底下垫了毯子,这样减小了不少小船滑下车顶的声响。我们把毯子铺在地上,用它来抬小船。我把小船搬上水泥驳船,她跟在后面搬着桨,并用手电筒照着路。

驳船拴在墙上的横杆上,我把小船放在驳船边上,然后抓住绳子。奇格威尔女士灵敏地爬下梯子,我紧紧跟着她。

我们一人一桨,尽管她上了年纪,但是一点没妨碍她划船的动作和力度。我强忍住肩膀的疼痛,配合着她的节奏。我拿着手电筒,她得双手一起划。我们顺着左岸划,不时用手电筒照照,防止撞上驳船,同时查看公司的名字。河岸都用水泥砌过,各家公司装卸区的铁梯子旁边用大大的字体标着公司名字。

午夜很安静,只有船桨搅动河水的声音,浓雾夹着河水的臭气时刻提醒着我们正处于布局错综复杂的工业区。探照灯的光线不时透过浓雾照过来,周围的铁管、驳船、横梁也会被照得清晰起来。河面上只有我们两个人,就像夏娃和她妈妈置身于一座建造得拙劣可笑的伊甸园里。

我们划过了葛维莱特码头又一路向北,沿途有钢铁公司、印刷厂、工具厂、刀具厂,划过停在钢铁工厂的大型驳船,最终在手电筒的强光下看到了双 X 标志的工厂,大字在浓雾里发出黑色的光。

我们收起桨,我看了一下时间,五百英里大约花了十二分钟,感觉却划了很久了。我们从一个铁管滑过去,小心地把小船拉过来,奇格威尔女士娴熟地系好绳索。我的心快要跳出来了,而她看起来很冷静。

我们压低黑色的棒球帽,互相握了握手,她不自觉地捏紧我的手,我感觉到了她内心里的紧张。我用夸张的动作指了指手表,她平静地点点头。

我掏出手枪，打开保险栓，爬上梯子。我空出右手持枪以方便随时扣动扳机。爬到顶上时我放慢速度，小心地探出戴着黑色便帽的头，只露出眼睛观察四周动静。只要我出声示警，奇格威尔女士就会快速划动小船到停车的地方求救。

我正身处工厂后面，也就是上次来时驳船停靠的水泥平台。正是深夜，工厂区的大铁门关着，挂着大锁。厂房两旁的探照灯划破我周围的浓雾。看来没有人想到我会从水路进工厂。

我持枪的手伸出地面，把枪放下，爬上河岸，倒地一滚，安静地躺着数到六十。这是我们约定的暗号，奇格威尔女士会爬上梯子。我看到她的头从对岸露出来，黑影晃动，远一点的人是绝对看不见她的。她待在原地，数到二十以后，我们会在水泥平台会合。

厂房突出屋檐的影子罩着铁门，我们便往那里去，尽量留神不让手枪或手臂碰到铁门，否则铁门和手臂或枪支相碰的回声，在这个寂静的夜里听来会如同雷鬼乐团。

前面的探照灯不太能照清楚这儿，所以我们可以以大雾做防护，慢慢地往厂房北部铺着泥土的氧化塘前进。奇格威尔女士平日习惯了走路无声，这次也没有任何声响。

我们转过厂房拐角，更浓的雾和更恶心的臭气迎面扑来，以臭味传来的方向判断，氧化塘在我们的右边，但我们不敢打开手电筒确认。奇格威尔紧跟在我身后，在黑暗中抓着我的手套，小心翼翼地前行，不知过了多久，终于穿过了车辙的路，绕过铁片，来到厂房前面。

这里雾气没有那么浓，我们藏身在一堆铁桶后面，小心地窥探着外边的动静。厂区的大门挂着一盏灯，仔细观察了一会儿，发现一个男人站在门口处，看起来是他们的岗哨。车道上停着一辆救护车，但愿路易莎仍在里面。

"她到底来不来?"

左边附近突然传来一句话,吓得我差点一头撞上铁桶。我恢复镇定,哆哆嗦嗦地试图平稳呼吸。紧挨着我的奇格威尔倒是很镇静。

"刚过两个小时,等到一点我们再决定怎么处置蒂亚克那个女人。"回答的人就是给我打电话的那个。

"我们得把她扔进氧化塘,不能再留下任何蛛丝马迹了。"

现在我的心稍微平静一下了,我听出来第一个说话的人是尤尔沙克,正表达着她对外甥女的深情厚意。

"不行,"第二个人语调依然冰冷,"这女人没多少日子了,我们只要让医生给她打一针,然后送她回家就好了,她女儿会发现她妈妈在睡梦中断了气而已。"

提起医生,奇格威尔女士颤抖了一下。

"你越来越不专业了,"阿特生气地说,"你怎么把她弄进屋子却不让她女儿发现?说不定,她女儿发现母亲失踪,这会儿正四处向邻居打听。不如把路易莎在这儿弄死,再换个地方给华沙斯基设个陷阱。最好把她俩都解决了。"

"包在我身上,"那个语气冷峻的平板声音说,"你愿意的话,我会把她俩还有那个女人的女儿一并处置了。不过你为什么这么着急宰掉她们,总得给我个理由,我才能下手,不然太没道德了。"他语气里完全没有讽刺的意味。

"该死,那我自己动手解决。"阿特怒气冲天地自言自语。

"好啊,"那人有些恼火,"两个选择。要么你告诉我她们知道了什么,或者你自己动手。我无所谓,这事儿与我没什么关系。"

尤尔沙克沉默了一会儿。"我还是去看看医生怎么样了。"

听见他的脚步声远去，应该是进厂房了。看来，路易莎不在车里，而车子停在空地上，那么显眼，存心想引起我的注意。那个语气阴冷的男人肯定在车里动了手脚，只要我直接奔上车找路易莎，打手立马把我灭了。

真是头痛啊，怎么绕过厂房门口的那个冷漠男人？如果让奇格威尔女士去引开他们，太冒险了，她自己对付不了他。我正考虑能不能从别的门或者窗户潜进去，突然那人给我们送来了机会。他走到救护车旁，敲了敲车窗，车门开了一道缝，他对着里面开始说话。

我拍了拍奇格威尔的肩膀，她跟着我站起来，我们滑到墙壁的阴影里。看着救护车的车门又关上，那个男人走到大门外面，他一走到救护车另一边，我就蹲下来，穿过拐角到了厂房入口。奇格威尔脚步轻轻地跟在我后面。救护车正好挡住我们的身子，岗哨看不到我们。就这样我们进了厂房，没有人发现我们。

我们是在生产现场外面的水泥地。分隔生产区和主要出入口的滑门关着，但旁边一扇正常尺寸的门倒是门扉半掩，我们迅速蹿进去，轻轻关上门，立刻置身于生产现场。

尽管周围噪声挺大，可以盖过我们的声音，但我们仍然蹑手蹑脚。管道断断续续地喷出气体，锅炉在昏暗的灯光下冒着气泡，看起来毒性很大。这里好似德国著名导演在《大都市》里设计的厂房景象，就好像电影要接近尾声，只要待会儿下台一鞠躬，就会看到摄影师和哈哈大笑的演员。一滴液体溅到我身上，我跳起来，确信自己中了薛辛的毒。

我看了一眼奇格威尔女士。她看向前方，闪躲着滴落的液体，就像她避开"禁止吸烟"的牌子一样动作利索。突然，她抽了一口冷气，我循着她的目光看向屋里的角落，路易莎躺在担架上，奇格威尔医生跟尤尔沙克分别站在她的两侧。他俩正迎上我们的目光,惊得目瞪口呆。

奇格威尔医生第一个恢复了声音。"克里欧,你来这里干什么?"

她怒气冲冲,大步冲进去。我拽住她,不要让她离尤尔沙克太近。

"我来找你,科提斯。"她声音很尖,盖过了工厂管道里嘈杂的轰鸣声,"你跟这些心狠手辣的人在一起,这一个星期都跟他们鬼混吧。要是母亲还活着,不知道她见到你这副德性会怎么说,但我想你该回家了,咱们帮华沙斯基小姐把这位可怜的病人抬上救护车,然后我们回恩斯德尔。"

我用枪指着阿特,他满脸都是汗,但是强装镇静。"别开枪!奇格威尔已经准备给她注射,如果你开枪,她就死定了。"

"阿特,我真被你流露出来的亲情感动了!如果这是你二十七年来第一次见到你外甥女,你的反应就连纳粹刽子手克劳斯·鲍比都会感动得热泪盈眶!"

阿特勃然大怒,他打算朝我大吼,但是乱伦的罪孽感还有恐惧感突然让他停下来,他一边恐惧别人发现他干的好事,一边气恼地责问我怎么还活得好好的,说的话听起来不着边际。

"这是他的外甥女?"奇格威尔女士不相信地问我。

"千真万确。"我大声嚷着,"他们之间还有更亲密的关系呢,对吗,阿特?"

"科提斯,我不允许你杀掉这位年轻的女士。否则我跟你没完。再说,如果她是你朋友的外甥女,更不能做这种伤天害理的事,简直侮辱了父亲传给你的医术!"

奇格威尔先生沮丧地看着他妹妹,他外套里的身子在颤抖,双手垂在身体两侧。如果我现在扣动扳机,他就不会伤害路易莎了。

我绷紧身子，准备扑向阿特。但他脸上的难堪被一抹恶毒取代，目光落在我们背后。有人过来了。

我没有回头，一把抓住奇格威尔女士，就地向她附近的铁桶滚去。当我抬起头来，看见一个黑衣男人站在我们刚才的地方。我见过这张脸，在电视、报纸还是我当辩护人的法庭上见过，我搞不清楚了。

"你手脚还真是慢啊，德瑞斯伯格。"尤尔沙克厉声说，"你怎么让那个华沙斯基婊子进来了？"

对，是史蒂夫·德瑞斯伯格，垃圾大王，这个恶魔，杀人不眨眼的魔鬼。

他还是那种阴冷平板的语调，让我背上的汗毛都竖起来了。"她一定是乘我吩咐手下事情的时候溜进来的。等这里的事结束，我就吩咐手下把她的车子处理掉。"

"我们还没玩完呢，德瑞斯伯格。"我冲他喊，"你被太多胜利冲昏头了，行事都不小心了！你从一开始就不应该企图用杀死南希的手段来杀我的，你的作风变软弱了，这次你输定了。"

我的讽刺没起多大作用，毕竟他是职业级别的。他左手拔出一支枪，是柯尔特三八五，指着路易莎。"出来吧，小姑娘，否则你这位生病的朋友就提前几个月升天了。"他并不看我，好像我并不值得分散他的注意力。

"我听见你跟阿特在外面的谈话了，"我回应，"你们两个不是觉得她跟死了没什么区别？你最好先把我杀了，不然你杀了她，你就死定了。"

他快速转过身来，我来不及低下身子他就开枪了。子弹打偏了，但是枪声在这样的夜晚格外刺耳。奇格威尔女士在我身旁蹲下，脸色苍白但坚毅，她从毛衣里拿出钥匙，快速挪到桶的另一端，我一点头，她便将钥匙朝德瑞斯伯格的脸扔过去。

这一扔引来了他的子弹，余光里，我看见奇格威尔女士倒下了，我无法上前查看她。我转到德瑞斯伯格身后朝他开枪。第一枪擦着他过去了，正当他回身面对我的那一刻，我射中了他的胸膛两枪。即使如此，他在倒地前又开了两枪。

我冲向他，使出吃奶的力气猛踩在他拿枪的胳膊上，他握着左轮的手才松开了。尤尔沙克向我奔来，想在我之前抢到那把枪。我被愤怒包围着，大口喘着气，眼睛喷火，朝着尤尔沙克胸口开枪。他发出愤恨的叫声，在我前面倒下了。

奇格威尔医生在整场骚乱中一直站在路易莎担架旁边，他的手还是那个姿势，双臂松垮垮他垂在身侧，脑袋快要埋进领口去了。我奔向他，打了一耳光。本想要让他从恍惚的状态中回过神来，但我怒火中烧，不由自主地抡起拳头痛打起来，厉声咒骂他辱没了医生的职业，狼心狗肺，等等。不是旁边有拉我的手，我可能就把他打没命了。

奇格威尔女士跟跟跄跄地过来，水泥地上有血滴下来。"你骂得对，华沙斯基小姐，他比你说的还糟，不过他已经一把年纪，就算了吧。"

我扭过头，筋疲力尽，看着这三个男人，恶心得想吐。我跑到一边吐起来，擦了擦脸，我回去找奇格威尔女士。子弹擦伤了她的上臂，留下一道伤口，皮肉受了点伤，但不要紧。我舒了口气。

"我们找个办公室躲躲，然后报警，外面至少还有三个打手，我们应付不过来。我要在他们冲进来前找到藏身的地方。你还能再坚持一下吗？"

她勇敢地点点头，强迫她哥哥带我们到他以前的办公室，我拖着路易莎的担架跟在后面，她还活着，呼吸微弱。

我们进了办公室，将门反锁，我把路易莎弄到办公室里的一间小检测室。我用剩下的一点力气，把一个大铁桌推到门口顶住。我把电话拉过来，一屁股坐到地上。

"鲍比吗？是我，华沙斯基。很抱歉把你吵醒，但是我需要你的帮助，而且要快。"我把情况大体一说，显然他很诧异，我讲了好几遍，他才勉强听懂，但仍然满腹狐疑。

"鲍比，"我的声音嘶哑了，"你一定得来一趟，这里有个老太太受了枪伤，路易莎不知道被人注射了什么鬼毒药，外面还有三个歹徒埋伏，我需要你。"

他感受到了我的焦虑，问清楚到工厂的路，不等我再度开口便挂断了电话。

我坐了一会儿，用手抱着头，只想就这样倒地大哭。但是我强迫自己站起来，用新弹匣换掉了用了一半的弹匣。

奇格威尔在小检测室为妹妹包扎伤口，我进去看望路易莎。我站在那里的时候，她的眼睛微微地张开。

"加布里埃拉？"她喉咙沙哑，"加布里埃拉，我知道你不会看着我有麻烦不管的。"

第三十九章 清理工厂残局

我握着她的手，路易莎很快又睡过去了。当她喘息平稳的时候，我转向奇格威尔，凶狠地问他到底给路易莎注射了什么。

"镇静剂，只是镇静剂罢了。"他嗫嚅道，"只是吗啡，她睡一天就会好的。"

坐在桌边的奇格威尔女士瞪了她哥哥一眼，目光中似乎有熊熊的怒火，但是她实在筋疲力尽说不出什么了。我在检测室收拾出一块小地方让她躺着歇一会儿，可是她是那种保守又矜持的人，不会躺在大庭广众之下。她在那个旧椅子上坐直了身子，眼里都是睡意，眼帘渐渐低垂。

疲惫和等待援兵的焦躁让我很紧张，我不断地查看着我布置的临时防御工事，去检测室听听路易莎粗浅的呼吸，又过来看看奇格威尔女士。

最后，我开始盘问奇格威尔医生，借此压制自己的烦躁心绪。真相简单而让人厌恶。他在薛西斯工厂为员工验血很多年了，久到他忘掉了一个令人心烦的小细节——他已经习惯了隐瞒员工生病的事。当我去他家打听潘科夫斯基和费拉罗的事，他害怕起来。莫里派记者过去，他更是吓坏了。如果真相大白于天下怎么办？那可不仅是医疗不当的官司，他还得面对妹妹无情的污蔑，她绝不会让他忘掉自己不如父亲的,这句话撩起我一丝短暂的同情,他妹妹强烈的道德感一定让他的日子很难过。

当他自杀未果,正不知道如何是好的时候,接到了阿特的电话,他们是在南芝加哥工作时认识的,阿特说只要他愿意帮他们一点小忙,他们答应为他消除一切不利于他的证据。

他别无选择,他压低声音——是对我说,尽量不让他妹妹听到。当他知道他们只是要他给路易莎打镇静剂,然后在办公室照顾她几小时,他便欣然前往。我没有再逼问他,要是让他给她多打一针送她上西天的话,他会怎么想。

"但是,为什么?"我不解,"你干吗不给员工体检报告呢?"

"是胡伯特吩咐我做的。"他嗫嚅着,看着自己的双手。

"这个我猜得到,"我继续问,"但是他为什么又肯慈善地为员工体检呢?"

"这个与保险有关系。"他声音低得像从喉咙里挤出来的。

"赶紧说,科提斯,不把一切说明白,就别离开这里了。"

他偷偷地看了看妹妹,但是她依然坐着,脸色苍白,一动不动。

"与保险有什么关系?"我催问。

"我们知道,胡伯特也知道,我们有太多的医疗理赔,很多人的工时在报表中被改短。刚开始,我们的健康险保费上涨,涨了很多,阿加克斯保险公司拒绝继续承保,我们得换一家,他们经过研究,发现我们的理赔申请太高了。"

我很吃惊。"于是你们找到了尤尔沙克,让他给你们代理,修改了数据,这样别的公司就愿意为你们承保。"

"这样就可以利用时间找出问题所在并解决问题,我们也就是那时候开始做血检的。"

"那员工领到的理赔金额呢?"

"一分钱也没有。这些病不在理赔范围。"

"那些都跟工作无关吗?"他的话令我厌恶得脑门都痛了,"明明就有关系,你做的验血报告不是说明了这个问题?"

"不是啊,小姐,"他的自负让他恢复了些信心,"那些数据并不能明确两者的关系。只不过是让我们可以预测一下医疗费用和员工的流失率。"

我惊讶得说不出话来。他居然说得如此若无其事,他们一定在理赔会议或者董事会上说过上百遍了。让我们计算一下,$x\%$ 的员工会得 y 这种病,那么员工的支出成本是多少?未使用电脑前,他们耐着性子用笔头一点一点地计算,然后有人想出了好主意——找出确切的数据,就能准确地估算了。

这个计划如此事关重大,简直把我气疯了,路易莎粗浅的呼吸更是增加了我的怒火。我想一枪崩了奇格威尔,然后开车到黄金海岸赏给胡伯特一颗子弹。那个混蛋、没有人性的刽子手。愤怒一波一波袭来,我痛心地哭起来。

"也就是说,从来没有人拿到应得的寿险或是健康险理赔,而你们只不过为此节省了一点点微不足道的小钱。"

"有些人得到钱了,"奇格威尔低声说道,"人数还不少呢。以至于没有人过来质问过这个问题。躺在这里的女人就领到了。尤尔沙克说他认识她们家人,有责任照顾她。"

这一句差点让我把他干掉,不过奇格威尔女士动了一下,吸引了我的注意力。她消瘦的脸上表情没变,一如从前那样冷淡疏离,但显然她一直在听我们的谈话。她挣扎着向我伸出一只手,但是没有够到。于是她有气无力地说:"科提斯,你说的是人话吗?明天咱们谈谈分家的事,从今以后,我没法跟你生活在一个屋檐下了。"

他又泄气了,缩在椅子里,不再说话。他大概无法思考明天的事,没准今天便会被捕进监狱了。或许是别的恐惧让他住了嘴,不过我不能相信,他到底明白自己作为薛西斯工厂的医生做了什么蠢事吗?或许是被他妹妹的厌恶吓坏了,这种伤害对他来说要比我做的厉害得多吧。

我疲惫不堪,去看路易莎。她浅浅的鼻息似乎未曾改变,睡梦中嘀咕着卡洛琳的名字,但听不清楚表述的内容。

就在这时,枪战开始了。我看看表,给鲍比打电话后,已过了三十八分钟,他们应该赶到了。一定是警察来了。我活动了一下酸痛的肩膀,挪开桌子。我让大家不要轻举妄动,自己关掉电灯,匍匐着回到工厂。五分钟以后,周围都是穿着蓝制服的警察,我从藏身的铁桶后面钻出来,跟他们讲话。

我又跟他们解释了一遍刚才发生的事,德瑞斯伯格跟尤尔沙克为什么倒在地上,奇格威尔兄妹为什么在这里,以及路易莎·蒂亚克为什么躺在担架上。

凌晨三点,鲍比·马洛里赶到,我们行动加快了。他明白我对路易莎的担忧,马上派人去叫救护车,把她送进基督徒救护医院。另一辆救护车已经将德瑞斯伯格和尤尔沙克送去市立医院,他俩还有呼吸,不知道能不能活下来。

在混乱嘈杂中,我给洛蒂打了个电话,跟她说了大体情况,以及我并未受伤,不用担心,也不用给我留门了,但是我内心里祈祷她会等我回去。

州警察来了之后,派了一辆车把奇格威尔兄妹送回了家,他们建议奇格威尔女士去医院检查一下,不过她坚持非回家不可。

在鲍比到来之前,我跟警察们撒了个谎,说尤尔沙克骗奇格威尔过来给工厂女工看病,他妹妹不放心他半夜出门,也跟过来,结果撞上我跟他们的枪战。尽管鲍比开始不相信,不过奇格威尔兄妹什么也不说,他也就只好暂且相信我的话了。

鲍比让我蹲在一根柱子旁边,他去跟其他第五区的警察打个招呼。警服及他们的装备闪着的光让我头晕眼花。我闭上眼睛,却又听见嘈杂的声音,闻到刺鼻的薛辛气味。我想象着过了今晚,我的肌酸值会是多少?我的肾脏是不是被薛辛毒害得千疮百孔。有人用力地晃我,我努力睁开眼睛,眼前浮现出一张方脸,麦高尼格尔警官正用关切的目光看着我。

"跟我出去吧,你需要新鲜空气,维艾。"

我由他扶我站起来,步履不稳地来到装卸区,警方已经把通向河面的门打开。雾气已经散去,星星在蓝色的天幕上眨着眼睛,空气依然难闻,混杂着好多种浓重的化学味道。但是寒冷让它比厂房内的空气新鲜多了。我低头看着月光下波光粼粼的黑色河面,不禁打了个寒战。

"你今晚一定累极了。"

麦高尼格尔警官的关心很是时候,我尽量不去想他是不是在演戏套一个证人的话,而是把它当作真正的关心。毕竟我们是老相识了,是六七年的朋友了。

"是有点精疲力竭。"我承认。

"你想跟我说说一切,还是等着回去跟副队长讲?"

看来这是他做警察训练出来的接近证人的手段,我的肩膀一耸,"如果我告诉你了,回去是不是还要跟马洛里讲一遍?这件事情我不想反复说个不停。"

"你知道警察的规矩,华沙斯基,所有案件我们不会只问一次事发经过,但如果你现在跟我说一个大概,我让他们在今天晚上不找你重问。离天亮还有一点时间,我可以先送你回家好好休息一下。"

或许他还是对我有一点点私情的,但这并不能让我全部都交代。我是说,我不打算提医生的验血报告,也不想说尤尔沙克跟路易莎的关系。我拉了一个箱子在河边坐下,结果却跟他说了比预想中多得多的细节。

我从德瑞斯伯格的电话说起。"他知道我跟路易莎的关系,她怀孕的时候,我妈妈曾经照顾过她,她们是很好的朋友,因此他们意识到,可以用路易莎威胁我。"

"你那个时候怎么不报警?"他没好气地问我。

"我不知道你们是不是能悄悄地把他们抓了。如果被他们发现,会把路易莎杀了的。所以我自己偷偷地溜进来。"

"你是怎么溜进来的?他们不是有岗哨吗?来这里的路上一个,大门外还有一个。别说你给他们施了魔法,从他们身边直接过来了。"

我摇摇头,指指停在我们下方的小船。探照灯映出了麦高尼格尔满脸的难以置信。

"你划着那个东西来的?别开玩笑了,华沙斯基,少耍我。"

"真的啊,"我辩解,"信不信随便你,奇格威尔女士跟我一起来的,那是她的船。"

"你刚才不是说他们兄妹一起来的?"

我点点头承认。"如果我实话实说,我知道你们今晚就不会让他们兄妹回家了,他们年龄大了,受不了的。更何况奇格威尔女士手臂挨了一枪,尽管只是皮肉伤,但她早该上床睡觉了。"

麦高尼格尔警官使劲拍了拍木箱。"华沙斯基,你不算特别有同情心的人哪。警察也会考虑到他们兄妹的年纪那么大，难道你就不能有几分钟的时间抛下六十年代那种'摆脱猪'的旧观念？让我们做自己分内的事？你可能会送命，而且连累蒂亚克还有那对老夫妇也可能没命。"

"不瞒你说，"我语气冷淡，"我爸爸干过警察，我从来没把警察当作猪看待。不管怎么样，没人死掉，连那两个该死的王八蛋也活着。你是想听完整件事，还是你情愿再一次站上台，继续数落我？"

他沉默了一会儿。"你看看你这脾气，怪不得马洛里一跟你办案就忍不住脾气暴躁。我自认为是受过良好感性训练的年轻警官，一定可以从你这种证人身上挖出很多消息，也好邀一功，让副队长另眼相看，结果不到五分钟就快搞砸了。好吧，你接着说，我不批评你的办案方式了。"

我终于讲完了。我告诉他，我并不清楚奇格威尔跟尤尔沙克是怎么认识的，我只知道阿特让他今晚过来照顾路易莎。而他妹妹不放心，所以今晚我找到她时，她就答应陪我从水路过来。

"她七十九岁了，从小喜欢划船，技术娴熟。我们就这样来了，而且运气很好，尤尔沙克恰好进了厂房，德瑞斯伯格又去救护车边上给手下布置任务。车上是些什么人呢？就是跟你们进行枪战的人？"

"不对，开枪的是盯梢的人，"他解释说，"他想逃跑，被人射中了肚子。"

我突然想起卡洛琳还不知道她妈妈的下落，我跟警官说了一下。"这会儿她应该抓狂了，我得回工厂办公室给她打个电话。"

他摇了摇头。"你今晚太累了，我派个警察去她家走一趟，如果她想去医院，警察也可以送她去。我送你回家吧。"

我考虑了一下，今晚还是不要再跟卡洛琳讲话了吧，这一夜确实太累了。

"开我的车好吗？车子在石岛大道，离这里半英里左右。"

他拿起对讲机，呼叫一个叫玛丽·露易丝·尼利的警察，我也认识。她伶俐地向他行了个礼，但是我看见她很好奇地看我，看样子是不认识我了。

"尼利，你载我们去开华沙斯基的车。先把你的车开过来，然后到她说的地点去。"他给她简述了一下路易莎和卡洛琳的事。

尼利点点头。这么多警察，单独给她指派任务，说明她工作不错。就算是司机，也是个给上司留下好印象的机会。我们一起走，麦高尼格尔跟鲍比打电话说了我们的安排。

鲍比不想在别人面前指责自己的属下，只是不高兴地说："明天你得跟我谈谈，维维，无论如何都需要跟我谈谈，知道吗？"

"好的，鲍比，知道啦。让我睡到下午，休息一下后我会更加配合。"

"没问题，可爱的公主。你们私家侦探行动自由，却给我们留下了个烂摊子，等我处理好了，就跟你联系。"

我眼冒金星，再不休息，我就会出现幻觉了。我跟着两位警官走了，没有答复鲍比。

第四十章 夜晚风波

尼利警官载我们到停车场,放我们下了车,我从牛仔裤口袋里掏出钥匙,默默交给麦高尼格尔。他在满是车轮痕迹的空地掉转车头,我则瘫坐在乘客座上,将椅背放到几乎水平位置。

我确信自己一旦躺下就会进入梦乡,但关于夜晚的一幕幕景象一直在我脑中盘旋着。那不是通往卡柳梅特的寂静之旅——它已经淡化成超现实世界的残梦,而是路易莎躺在工厂尽头处的木箱上,冷漠无情的德瑞斯伯格在奇格威尔办公室里等待警察。当时我并没有害怕,但现在这反复出现的画面却让我不停地打哆嗦。我双手抓住椅子两侧,试图控制身体的颤抖。

"这是余悸,"麦高尼格尔诊断似的声音在黑暗中响起,"不用觉得丢脸。"

我把椅子放回垂直状态。"太丑陋了,"我说,"尤尔沙克做这一切的动机太恐怖,德瑞斯伯格已经丧失人性,变成了一台没有良心的死亡机器。如果他们只是在小巷里跳到我面前找麻烦的小流氓,我不会觉得这么伤心。"

麦高尼格尔伸出手摸索到我的左手,安抚地握着,没有说话。片刻后他的手指一僵,抽出手,集中精力将车开向卡柳梅特高速路。

"一个好的侦探会趁你如此虚弱之时,趁机让你解释尤尔沙克做这一切的可怕动机是什么。"

我在黑暗中抱紧自己,力图集中精神思考问题。三思而后言。这是我当公众辩护人时对客户承诺的最重要的守则。警察会先把你磨得疲惫不堪,然后对你施以同情,最后让你一五一十地交代一切。

麦高尼格尔把车时速加到一百三十迈,在车身开始颤抖时又降到一百一十迈,超速是警察的特权。

"我想你应该已经想好一套说辞了吧,"他接着说,"不过在你如此疲惫的状态下还对你紧追不放,那真是虐待了。"

他这样让我几乎抵挡不住试图向他和盘托出一切的诱惑。我强迫自己将目光投向窗外,观察高速路峡谷中能够看到的风景,以便将路易莎目光涣散地将我跟加布里埃拉弄混的画面赶出脑海。

直到我们驶出市中心出口,麦高尼格尔才又说话,只跟我要了洛蒂的地址。

"你要不要跟我回我在杰弗逊公园那儿的家?"他突然问道,"喝杯白兰地,放松一下?"

"然后在两杯酒后在床上向你坦白一切?不要——别生气,我只是在开玩笑。只是在黑暗中你无法辨别。"他的提议听起来很有吸引力,但是洛蒂肯定在焦急地等我——我不能让她一直担心。我尽量向麦高尼格尔解释这一切。

"在她面前我绝不扯谎。她是我的——不是良心,而是 个可以让我认清自己真面目的人,应该是吧。"

直到在埃文公园那的肯尼迪路停车时,他才开口说道:"我了解。我爷爷就是那样一个人。我刚才试图换位思考,如果我处于你的位置,而他在等我回家,那我也会选择回去。"

他们在警校可学不到这些。我问起他爷爷,原来已经去世五年了。

"他是在我升职前一个星期去世的。我当时气得差点交了辞呈——他们为什么不在他还能看到的时候让我升职呢？但我知道他会说：'约翰，你在想什么——上帝是在按照你的心意管理宇宙吗？'"他对自己轻笑着，"华沙斯基，你知道吗，我从来没跟别人说过这件事。"

他在洛蒂家门口停车。

"你怎么回家呢？"我问。

"哦，我可以叫辆警车载我。他们会很乐意抛下城里的乌烟瘴气，载我一程的。"

他把钥匙递给我。在昏黄的路灯下，我看见他的眉毛犹疑地扬起。我倾身越过坐椅，双臂环抱着吻他。他身上混合着皮革和汗水的味道，那种男人的味道让我扭着更贴近他。我们那样坐着几分钟，但座位中间的烟灰缸陷在了我肉里。

我缩回身子。"谢谢你送我，警官。"

"乐意之至，华沙斯基。你知道的，我们警察为民服务，保护人民。"

我邀请他进屋，在洛蒂家打电话叫警车，但是他说他可以去街上叫，他需要夜晚的空气。他看着我打开大门门锁，然后就挥挥手走了。

洛蒂在起居室，身上仍然穿着七小时前去医院时的黑裙和毛衣。她翻看着《卫报》，佯装对苏格兰经济问题感兴趣。我一进门，她就放下了报纸。

偎依在她怀里的感觉好舒服；我很高兴我决定回来而不是跟麦高尼格尔走。在她给我洗脸、为我热牛奶时，我告诉了她晚上发生的事，在河上的奇异旅程、我的恐惧、以及奇格威尔女士大无畏的胆识。当听到奇格威尔背叛了他医师的誓言时，她紧紧地皱起眉头。

洛蒂知道世间存在很多不遵守道德伦理的医师，但她一向都讨厌听到他们的故事。

"最糟糕的一刻是路易莎醒来把我当成加布里埃拉，"我说着，任由洛蒂把我送进她的空房里，"我不想回那儿去，你知道的，不想回南芝加哥，像我母亲那样为蒂亚克一家擦屁股。"

洛蒂用医生那种老练的手法为我脱掉衣服。"亲爱的，现在才担心这个有点迟了——你最近一个月都在为她家的事忙碌呢。"

我做了个鬼脸——或许跟警官回家会更好玩一点。

洛蒂给我盖上被子。不等她关灯，我便深陷入梦境——疯狂地划船，在攀爬滚烫的悬崖时遭到老鹰的攻击，等在上面的洛蒂对我说："现在担心有点迟吧，是吗，维艾？"

第二天下午一点醒来时，没有任何神清气爽的感觉。我赖了一会床，昏沉沉地继续瞌睡，无论是精神上或身体上都觉得僵硬。我想继续躺在那儿，就那么天长地久地躺下去，重回梦乡，直到洛蒂回家照顾我。过去的几周，我已经丧失了在工作中获得乐趣的能力，甚至连继续当侦探的动力也消磨殆尽了。

如果我有实现妈妈梦想的能力，我已经成了我们这一代的知名女高音歌唱家杰拉尔丁·法拉，我会跟指挥家詹姆斯·李文亲密无间地合作，举办演唱会。我试着想象当我变得聪明、富有、备受娇宠后，生活会变得怎么样。果真那样的话，像古斯塔夫·胡伯特这种人再找我麻烦，我会要求我的公关人员写点东西登在《时代》杂志上，同时打电话给警官——我的情人——狠狠挫挫他的锐气。

在我很疲惫的时候，会有人拖着严重肿痛的双脚去浴室冲冷水来清醒一下头脑，回来继续为我服务。她会为我接电话，处理杂物，为我承受所有的苦差事。等我闲下来的时候，我会亲切地向她道谢。

但是我身边可没有这么一位无私的本特①，我只能自己处理电话留言。孔特雷拉斯先生打过一次电话。莫里·莱森有七条留言，一条比一条可怜。我不想跟他说话。一点也不想。但是因为我早晚得跟他联系，长痛不如短痛。我发现他正在办公室里暴跳如雷。

"我已经受够你了，华沙斯基。你想要报社帮忙，就得同样帮报社的忙。南芝加哥的枪战都已经成为历史了，电子传媒已经报道过了。我当初之所以帮你是因为你承诺过给我一个独家。"

"给我竖起耳朵听着，"我专横地说，"这个案子你什么狗屁忙都没帮上。我给了你线索，你却没有给我任何回报。我赶在你前面到达终点，现在你却发火了。我今天给你打电话的唯一原因是我想给自己的以后留条后路。相信我，此刻我一点都不想跟你说话。"

莫里开始在那边大喊大叫，但是他的新闻直觉占了上风。他紧急刹车并开始提问题。我考虑着要不要跟他描述一下我在卡柳梅特薄雾笼罩的夜半划船之旅，或者是科提斯·奇格威尔的谈话如何让我心灰意冷。但我不想跟莫里斗嘴，于是告诉了他我跟警察说的一切，包括我对溶剂桶边枪战的绘声绘色的描述。他让我跟着一个摄影师回到工厂并指出我所站的位置，被我回绝了，这让他愤愤不平。

"你真是个混蛋，莱森，"我说，"你就是那种问灾难生还者在看到他们的丈夫和孩子在浓烟中被烧死时作何感想的人。即使他们授予我诺贝尔和平奖，我都不会再回到那个工厂。早一天忘掉那个地方，我会早一天开心起来。

"好吧，维多利亚，那你就去喂饱饥民、照料病人好了。"他啪地挂掉了电话。

---

①多萝西·赛耶丝作品中的温西爵爷探案系列中的管家，才艺包罗万象。——译者注

我的脑袋依旧像灌了铅一样。我去厨房给自己煮咖啡。洛蒂在咖啡壶旁用她那浑厚的黑色字体给我留了纸条——在她离开之前，她关掉了电话，但是莫里和马洛里都打来过。当然，我知道莫里的性子，但是鲍比却仁慈地在给我留了一通语音后没有再打扰我，有点奇怪，我猜是麦高尼格尔阻止了他，一股感动油然而生。

我翻遍了冰箱，但是洛蒂的健康食物没有一样能引起我的食欲。最终我只能坐在桌边喝咖啡。用流理台上的分机打电话给斐德烈·曼海姆。

"曼海姆先生，我是维艾·华沙斯基，在几周前向你打听史蒂夫·费拉罗和乔伊·潘科夫斯基的那个侦探。"

"我记得你，华沙斯基小姐——跟这两个人有关的人我都记得。对于新闻上说你上周被袭击的事我深表遗憾。那该不会跟薛西斯溶剂厂有关系吧？"

我靠着椅背，努力地为我肿痛的肩膀寻找一个舒服的位置。"这是一系列阴错阳差造成的结果，但确实跟薛西斯溶剂厂有关。如果我可以给你一卡车的资料来证明胡伯特化工厂早在一九五五年就知道了薛辛的毒性，你感觉如何？"

他沉默了好长一段时间，然后谨慎地问道："你不是在开玩笑吧，华沙斯基小姐？我跟你还不熟，不知道你觉得什么事情好笑。"

"我从来没有像现在这样认真过。这一系列的事情实在讽刺得令人难以置信，光是想到它我就气得不行。我在南芝加哥的老邻居快要死了，她才四十二岁，看起来却像一个饱经战争摧残的老奶奶。

"曼海姆先生，我真正想要知道的是，你是否做好了代表薛西斯溶剂厂过去的几百名雇员的准备，为他们策划法律行动、打官司。可能还有现在的那些职工。你应该认真思考这个问题，这将会占用你今后十年的所有时间。你不能孤军作战，你必须雇用研究团队、合伙人和法律助理，同时你还得应付那些企业大佬，因为他们一旦发觉利益受损就会想办法去剥你的皮，你得顶住才行。"

"你把这件事情描述得简直令人神往。"他沉稳地笑了笑，"我告诉过你，我准备上诉的时候曾经受到过威胁。我别无选择，我是说，如果我有机会打赢官司，却为了维护安稳的生活而放弃机会，在接下来的日子里，我将无法面对自己。我什么时候能够拿到你的资料？"

"如果你可以开车到北区的话，今晚就可以拿到。七点半怎么样？"我给了他洛蒂家的地址。

他挂断电话后我打给了在医院的马克斯。跟他讲了几分钟我昨晚的历险后——这使得早晨的报纸变得贫乏无料——他同意将奇格威尔的文件复印。当我说傍晚过去拿原件的时候，他优雅地拒绝了，他说能亲自把这些东西送到洛蒂家给我是他的荣幸。

接下来，我真的不能再延误了，必须坦诚地跟鲍比谈一谈。我打电话四处找他，最后在中区警察局找到了，我答应一个小时后跟他见面。这样的话我还有时间在洛蒂的浴缸里泡泡，来减缓我肩膀的酸痛。然后给孔特雷拉斯先生打了个电话，向他确认我还活着，状况还可以，明早回家。他立刻念叨起他今早看到新闻时的担心，我温柔地打断了他。

"我约了警察，今天时间很紧，明天早晨晚些时候我们会一起吃早饭，到时再聊吧。"

"好的，亲爱的，你要法式吐司还是煎饼？"

"法式吐司。"我忍不住想笑。这让我有了一个足够轻松的心情去警署面对鲍比了。

在我逮住垃圾大帝后，鲍比的自尊心受到了严重的打击。德瑞斯伯格是这几年在警界最狡猾的人物之一。随便哪个私家侦探把他逮个正着都会伤害到马洛里的心,但我是唯一让他沮丧到把我留在城里四个小时的人。

他亲自审问我,尼利警官做笔录,然后是来自集团犯罪组的人,接下来是特调组,最后是在警察的陪同下,和联邦调查局的人面谈。那时我已经精疲力竭了。在他们提问时,我频频打着瞌睡,越来越难判断哪些是我应该说出来的,哪些是我决定自己保留的秘密。当他们第三次把我戳醒时,他们认为已经问够了,催促鲍比送我回家。

"嗯,我猜我们已经得到了所有我们想要的。"他等到办公室没人的时候才尖刻地说,"维艾,你昨晚对麦高尼格尔做了什么?他明确表示在我们跟你谈话时他不会在场。"

"我什么也没做,"我说,上扬了一下眉毛,"他变成了猪还是别的什么?"

鲍比皱着眉头看着我。"如果你试图将某些罪名加在麦高尼格尔身上,他可是最优秀的——"

"赛斯,"我着急地插话,"在神话故事里,她就把奥德修斯的手下变成了牲畜啦。我猜你在说那件事。或者是类似的事情。"

鲍比眯起眼睛,但只是说:"回家吧,维维。现在我没有精力应对你的幽默感。"

我走到门口的时候他使出最后的回马枪。"你对罗恩·卡佩尔曼知道多少?"他嗓音中故意透露出的漫不经心让我警觉起来。

我转过身来看他,手扶在门框上。"我跟他说过三次或四次话。我们不是情人,如果这是你想问的。"

鲍比的灰眼珠定定地打量着我。"你知不知道他在签南芝加哥振兴计划顾问协议的时候,尤尔沙克帮过他几次忙?"

我觉得心快跳出来了。"什么忙？"

"在他装修房子的时候替他搞定一切，就这一类的事情。"

"那么代价是？"

"信息。他没做什么不道德的事。他也不会让他的客户陷于危险的处境。只是通报市议员办公室他们下一步的活动。或者一个聪明的私家侦探——像你一样将会采取什么行动。"

"我知道了。"我已经说不出话来了，更别提控制声音平稳了。我倚在门上问："你是怎么知道这一切的？"

"尤尔沙克今天早晨说了很多。没有什么比死亡的威胁更能让人喋喋不休。当然这些证词一句也不会被法庭予以采信。但是，维维，看看你都在跟谁交谈。你是个聪明的女孩——聪明的年轻小姐。我甚至必须承认你办了很多漂亮的案子。但你要知道你只是一个人。你做不了警察领薪水做的事情。"

我很累，心灵脆弱，以至于不想跟他争辩了。即使想一想"你错了"都感觉难受。我的肩膀垮下来，拖着沉重的脚步，走过长长的走廊，来到停车场，开车回洛蒂的家。

第四十一章 聪明的孩子

我回到洛蒂家时，马克斯已经等在那了。刚刚的对话令我的情绪陡然低落，我刚给洛蒂解释完斐德烈·曼海姆是谁，以及我为什么会邀请他来，他就到了。他圆圆的、严肃的脸因为兴奋而变得通红，但他跟洛蒂和马克斯都礼貌地握了手，并送给洛蒂一瓶酒，是一九七八年法国拉霍思酒庄酿造的。马克斯欣赏地扬了一下眉，想必那酒的等级不错。

伴随着我们在厨房的交谈，我低落的自信开始回升。毕竟，我一直在质疑的是卡佩尔曼的角色，这并不是我的失败。鲍比之所以会刺激我，是因为他跟他成千上万的后援警力都没能动得了德瑞斯伯格一根汗毛，而我却办到了。

我打着做蛋饼的蛋汁，马克斯打开了酒瓶，毕恭毕敬地让酒接触一下空气。我们坐在洛蒂家厨房的饭桌上吃吃喝喝，闲话家常——这酒如此香醇，不能被薛辛污染。

然后我们来到洛蒂的起居室。我给马克斯和曼海姆讲述了事情的经过。我窝在躺椅里，跟他们讲述奇格威尔告诉我的事情——他们早在一九五五年就发现了员工的高发病率，因此开始验血。

"你应该试着跟阿加克斯联系一下。当时是他们承保的薛西斯溶剂厂员工的生命和健康险。我知道在一九六三年他们转投了海安，还有证明文件证明公司的体制有多好，我觉得如果你能找到为什么阿加克斯在五十年代拒绝了给他们承保，也许你就可以发现为什么他们只是去验血，而不是验其他的东西。"

曼海姆胳膊肘撑在地板上，他是对奇格威尔笔记本上的内容兴趣最浓厚的人。洛蒂给他解释了这些数据，但是提醒他这些数据应该得到相关专家的确认。

"你知道的，我只是一个产科医生。我告诉你的这些知识是从克里斯多夫森医生那听来的。你需要很多人的帮助——例如血液专家，一个优秀的肾脏病理学家。最重要的是，你需要一组职业伤害的专家。"

曼海姆对他们的建议都严肃地频频点头。随着他把这些线索记下来，他孩童般的脸颊越发红了。他不时地问我工厂和员工的事情。

最终洛蒂叫停了这场谈话——她明早必须早起，而我作为她的病人，目前的身体状况还不适合彻夜长谈这件事。曼海姆不情愿地起身。

"我不会在没有准备好的时候做任何事情，"他告诫我，"我会再次确认这些数据，找到当初帮他们验血的检验中心，诸如此类。然后我得咨询一下环境法方面的专家。"

我举起双手。"这件案子就交给你了。你想怎么做都可以。你只需要记住，在你搜集证据的时候古斯塔夫·胡伯特不会无动于衷——据我所知他已经想出控制化验中心的办法。如果想退出的话，这是你最后一次机会。"

他思考了片刻，然后勉强地笑了。"我已经在我的事务所待腻了——我不会放弃这次机会。只要你答应不时地帮我加油打气就好了。"

"我当然会的。"我尽可能积极地回应他——我可不想南芝加哥不断伸出触角勒死我。

曼海姆离开后,我回房休息,留下马克斯一个人在起居室啜饮洛蒂的白兰地。我刷完牙后,洛蒂进来告诉我,说我在警察局的时候卡洛琳打过电话来。

"她想让你给她回电话。不过她因为很生气而变得越发粗鲁,我想让她多等一下应该没什么吧。"

我咧嘴笑了。"这就是我们的卡洛琳啊。她有没有提到路易莎的情况?"

"我想既然整个灾难中她都在睡觉,应该没怎么样。晚安,亲爱的。"

我早晨起来的时候她已经走了。我漫无目的地在厨房里晃悠,喝咖啡,烤吐司,然后记起跟孔特雷拉斯先生一起吃早饭的约定。我慢慢收拾着我的衣物。在洛蒂家待的时间越长,我越没有兴趣好好照顾自己。是时候该搬回去了,在我散漫到无药可救之前。

考虑到洛蒂爱干净的性格,我将客床上的床单跟我用过的毛巾包在一起,留下纸条告诉她我会拿回去洗干净。我尽可能地将我用过的其他东西都回归原位,然后走向拉辛街。

孔特雷拉斯先生看到我的喜悦跟小狗旗鼓相当。佩皮跳起来舔我的脸,它金色的尾巴用力地打着门,力量强得以至于都可以把门关上了。我的邻居接过了床单。

"这是洛蒂医生的东西吧,我帮你洗干净,小可爱。吃完早饭你会想要休息一下,看看邮件,或做点别的事情,这个案子已经结束了吧?医院的那两个浑蛋都跑不了?我应该早就想到你可以逮到那些家伙的,小可爱。我不该过分担心你的,怪不得你会发火。"

我伸出一只胳膊揽着他。"是啊,事情快要结束了,一切看起来都还不错。但是在那种情况下开枪只能凭运气——你根本无法瞄准。如果不走运的话,现在在加护病房的就是我而不是德瑞斯伯格了。"

"快要结束?"他褪色的棕色眼睛里充满关切,"你是说这些人还在派人盯着你?"

"恰恰相反,还有一条又大又老的白鲨鱼还在水里横行霸道。德瑞斯伯格和尤尔沙克都是他的盟友。谁知道在他的巢穴里还藏着什么样的人。"我尽力让声音变得轻快,"不管怎样,我来这是为了法式吐司,你这有吗?"

"当然有啦,小可爱。材料都准备好了——只等你来了我就开始煎了。"他搓搓手,把我带进饭厅。

不知道他从哪个隐蔽处挖来一条麻纱白色桌布。他清理了餐桌,把杂志和一些零乱的小物件都收起来了,铺上新桌布。餐桌中间的花瓶里插着红色康乃馨。我很感动。

我的称赞让他很骄傲。"这些都是格蕾的东西。我并不是很在乎这些东西,可在她去世后我还是不舍得给露西。格蕾很珍爱这些东西,我觉得露西不会像她一样爱惜它们。"

他急匆匆地走进厨房,拿着一杯鲜榨柳橙汁过来了。"好啦,你坐这里,小可爱,早餐马上就来。"

他煎了高高的几堆培根和几大叠吐司。我用力咀嚼着,并讲述了我在卡柳梅特午夜旅程中发生的故事。他被我的探险故事所吸引,一边惊吓连连,一边抱怨当时没有带上他和扳手。

听他这么说,我很有风度地忍住不打寒噤。"我觉得这对佩皮不公平,"我解释道,"如果我们两个都被杀了或者受了重伤,那谁来照顾它呢?"

他很不情愿地接受了我的这个解释——但并不是没有丝毫的怀疑，然后让我再跟他讲一遍我是怎么打到德瑞斯伯格的。最终，快到中午的时候，我觉得我待得够久了，于是逃上了楼。老先生将我的邮件整齐地放在我的公寓门口，信件放一摞，报纸放一摞。我飞快地翻看着这些信件，没有私人信件，什么都没有，只是账单和广告信。我冒着火丢掉了所有信，包括我家的电话账单。报纸可以留着——我晚些时候要看看关于薛西斯都写了些什么。

由于我很长一段时间没有回来，我的房间看起来有点奇怪——它们看起来有点陌生，就像是以前听过对它们的描述而没有真正看到过它们一样。我不安地四处看看，试图重新确立自己住在这里的事实，并且努力地不去想胡伯特的下一步行动，但心思却仍旧不时转到他身上。两点时的门铃声让我一惊。必须停下来，维多利亚，我命令自己。我直接走到对讲机那儿，按下了通话钮。

卡洛琳的声音微弱地飘过来。如果还有什么东西可以恢复我的自信，那就应该是跟她的打打闹闹了。我进入作战准备，按下按钮让她进来。

我能听见她缓慢而沉重地上楼的声音，完全不同于她平时的小跑。当她终于转过拐角进入我的视野时，可以看出来她非常正经。我的心一紧。八成是路易莎出事了。她虚弱的身体肯定经不起周二晚上的折腾，她去世了？

"嘿，卡洛琳。快进来。"

她站在门口。"你恨我吗，维艾？"

我惊讶地扬起了眉。"怎么啦？干吗这样问？我还以为你的出现应该是为了兴师问罪，因为两天前我让路易莎陷入那样的险境。"

"那不是你的错，是我不好。如果我早一点告诉你一切……你差点因为我被杀。这已经是第二次了。而我能做的只是对你大吼大叫，表现的就像你经常说我的——被宠坏了的小鬼头。"

我伸出手臂揽住她，将她拉进公寓——我可不想让孔特雷拉斯先生听见动静，然后上来问东问西的。卡洛琳倚在我身上，总之任由我把她带到沙发上。

"路易莎怎么样了？"

"她回家了。"卡洛琳拱起肩膀，"其实她今天看起来好多了。她对发生的事都不记得了。不管他们给她注射了什么药物，那药让她现在睡得比以前好多了。"

她拿起了一本《财富》杂志，开始用手指扭动它。"我前脚刚进家门，发现她失踪，警察就来了。你知道的，那天我在城里参加一个马拉松会议，跟环保署的律师团队商讨回收的事情。我本来还以为是妈妈出了什么差错，被邻居们或康妮阿姨送去了医院。结果当警察来找我的时候，我都快疯了。"

我点点头。"洛蒂告诉我你昨天打电话了，说了很多气话。我只是没有精力回你电话了。"

她直视我，这是进来以后的第一次直视。"我没有责怪你——我气到要吐血了。我在开车去基督教救护医院的路上一直在疯狂地咒骂你。可是当我到那儿以后，我想到的只是这些年来你和你妈妈是如何照顾我和我妈妈的。尤其是前三个星期你为我们吃了多少苦。我觉得非常内疚，要不是我不顾你反对，硬逼着你去找我父亲，这一切就不会发生了。"

我握住她的手，握得很紧。"我也一直很气你——或许我诅咒你的话比你骂我的还要难听。而且我也不是圣人——如果我听了你的劝阻中途停止的话，我就不会一个人被扔在沼泽地里等死，路易莎也不会被绑架。"

"但是如果没有你的话，我不相信警察能找到真相，"她反对道，"他们永远也找不到杀害南希的凶手，尤尔沙克和德瑞斯伯格仍然会掌控着南芝加哥。我不该像软脚虾一样软弱——我应该早告诉你他们用路易莎威胁我，这样你就不会这么盲目了。"

我知道我需要告诉她，我已经查出了是谁让路易莎怀孕的，但是我说不出口。或者我需要的只是勇气。正当我试图鼓起勇气的时候，卡洛琳突然说：

"我给妈妈买了一些香烟。我记得你第一次来看她的时候说，抽烟不会让她病情继续恶化，反而会让她快活一些。我终于明白了，我一直都在试图控制她，而没给她任何可以稍稍慰藉的东西。"

她的最后一句话让我完全明白了洛蒂的建议。我深吸了一口气，说："卡洛琳，我必须要告诉你——我确实查到了谁是你的父亲。"

她的蓝眼珠开始变得深邃。"不是乔伊·潘科夫斯基，对吗？"

我摇了摇头。"恐怕不是。事实并不容易启齿，甚至是不堪入耳，但是，如果不告诉你，那我就大错特错了——那将会是控制你人生最恶劣的手段。"

她庄重地看着我。"说吧，维维。我——我想我已经长大了，我可以承受。"

我握住了她的双手，轻声地说，"是阿特·尤尔沙克，他是你的……"

"阿特·尤尔沙克！"她嘶喊道，"我才不信呢。妈妈一百年也不会遇到他一次啊！这是你瞎掰的吧？"

我摇摇头。"我也希望是我编的。阿特——他——嗯——你外婆蒂亚克是他姐姐。在康妮和路易莎很小的时候,他常跟她们待在一起，对于他对两姐妹的侵犯，蒂亚克夫妇装作没看见。他们对性很恐惧，尤其是你外祖父很惧怕女性，所以他们自己编出了歹毒的谎话，说你母亲怀孕是她自己犯的错。尽管他们从此不再见阿特，但他们惩罚的人确是路易莎。玛莎·蒂亚克和爱德华·蒂亚克真是一对恶心透顶的夫妇。"

她脸色忽地一下变得惨白，让脸上的雀斑更加显眼了。"阿特·尤尔沙克。他是我的父亲？我跟他是亲人？"

"他是给了你一些染色体，可你跟他毫无瓜葛，在任何情况下都没有关系。你是独立的人，你知道的，你不是他的。也不是蒂亚克夫妇的。你有胆量，有人格，最重要的是你有勇气。而这些跟阿特·尤尔沙克没有丝毫关系。"

"我——阿特·尤尔沙克……"她发出了歇斯底里的笑声，"这些年我一直以为是你父亲让我母亲怀孕的，所以你母亲才会这么照顾我们。我认为我真的是你的妹妹。现在我才知道我根本没有家人。"

她站起来跑向门外。我追上去拉着她的手臂，但被她甩开，她一把打开了门。

"卡洛琳！"我追下楼梯，"这并不能改变什么。你永远都是我的妹妹，卡洛琳！"

我站在人行道上，身上只有一件衬衣，无助地看着她横冲直撞地开往贝尔蒙街。

第四十二章 胡伯特的礼物

上一次感到如此的伤心，是在母亲的葬礼之后，是我真正意识到她已经去世了的时候。我试着给卡洛琳打电话，家里和南芝计划办公地都打了。路易莎和秘书都答应告诉她我打过电话，可是不管卡洛琳在哪里，她都不想跟我说话。我也曾无数次地想打电话给麦高尼格尔，请求警察帮我寻找她，可是对于一个如此心烦意乱的市民来说，他们又能真正地做什么呢？

大概四点的时候，我向孔特雷拉斯先生借了佩皮，开车带它来到湖边。尽管小狗很想跑一跑，但是我还不能。但是我需要它沉默的爱、广袤的天空和大片的湖水来抚慰我的心绪。如果这个世界上有输不起的人，那就是胡伯特了。很难说他会不会有接替德瑞斯伯格的人选，因此我一直都握着上衣口袋里的史密斯威森手枪。

我用左手扔木棍让佩皮去捡。不管木棍扔出去的距离有多么的短，她都仍然把它们捡回来，以显示她多么友好。当她也累了的时候，我们坐在一起静静地看着水面，我的右手仍然握着那把枪。

在内心深处，我知道我应该想办法主动对付胡伯特，那样的话，在我的余生中我就不用走到哪儿口袋里都装着一把枪了。我可以去找罗恩·卡佩尔曼，跟他对峙，逼问他到底向尤尔沙克透露了多少关于我的调查的事，搞不好，或许他甚至会知道怎么联络到胡伯特。

但由我发动攻势似乎不大可能，只是想想我就已经觉得眼皮变的很重，脑子很乱。即使是站起来走到车停的地方都让我觉得难以做到。如果不是佩皮不耐烦地一直用鼻子推我的话，我想我会一直这样坐着盯着湖面直到春天。

"你并不明白，是吗？"我说道，"黄金猎犬并不会对邻居家的小狗感到内疚，也不会觉得有义务照顾它们，直到离开人世。"

它开心地伸着舌头回应我。只要配合着肢体动作，不论我说什么它都很满足。我们走回到停车的地方，或者说是我走过去，佩皮则是在我周围跳来跳去，以确保我没有迷路或是变得阴阳怪气。

当我们到家的时候，孔特雷拉斯先生正匆忙地拿着洛蒂的床单和枕套出来。我尽力好声好气地感谢他，同时告诉他我想一个人待着。

"我还想再把佩皮多留一会儿，可以吗？"

"嗯，好，亲爱的，没问题。只要你愿意就好。毫无疑问，它怀念跟你一起跑步的日子，所以它或许会很高兴跟你在一起，确认你没有忘记它。"

回到家之后，我又试着给卡洛琳打了一次电话，但是她仍然不在，或者只是不接我的电话。我沮丧地坐在钢琴旁，顺手弹起了莫扎特的《亲爱的，别介意你为何忘记》。这曾经是加布里埃拉最喜欢的咏叹调，正适合我现在悲伤的自怜情绪。接着唱了起来。我感到哀伤的泪水在我的眼眶里打转，然后我跳到中间旋律最曲折的女高音部分。

当电话响起的时候，我迫不及待地跳了起来，确信卡洛琳终于愿意跟我说话了。

"华沙斯基小姐？"是胡伯特的管家颤抖的声音。

"是的，我是，你是安东吗？"我的声音很平静，但是肾上腺素将我的无力感一扫而空,就像是阳光扫除迷雾一般。

"胡伯特先生想跟你说话,请稍等一下。"声音中带着冷冷的不认同。他大概以为胡伯特想让我当他的情妇,而他担心我低微的身份配不上罗诺克大楼的格调。

大概过去了一分钟。我试着让佩皮到电话这里来扮演我的秘书,可是她并不感兴趣。好不容易,胡伯特浑厚的男中音终于在电话里响起了。

"华沙斯基小姐,如果你今晚上能赏脸到我这里来一下的话,我将倍感荣幸。我这里有个人,如果你不见的话将会感到遗憾的。"

"让我想想,"我说,"德瑞斯伯格和尤尔沙克现在在医院,特洛伊被捕,罗恩·卡佩尔曼,我对他已经没有任何兴趣。这个人会是谁呢?"

他由衷的笑声证明了周一的尴尬局面只不过是一个不愉快的回忆罢了。"华沙斯基小姐,你总是这么直爽。我保证,只要你肯大驾光临,肯定没有人把你当枪靶。"

"那就是玩刀子?皮下注射?还是一桶一桶的化学药剂?"

他再一次笑了。"这么说吧,如果你不来见我的客人的话,我敢说你一定会后悔一辈子的。我六点钟派人去接你。"

"你真客气,"我一本正经地说,"但是我更喜欢自己开车去,而且我会带一个朋友跟我一起去。"

挂了电话后,我的心一直怦怦直跳。脑海里掠过一连串的疯狂想法。他抓了卡洛琳当人质,要不就是洛蒂。我联系不到卡洛琳,但是我打电话到诊所找到洛蒂。她接起电话,很惊讶我的语气会那么焦急,我向她解释了原因。

"如果你七点钟的时候还没有接到我的电话,就打电话报警。"

我把鲍比家里和办公室的电话都给了她。

"你不会一个人去,是吗?"洛蒂焦急地问道。

"不,不是,我会带个朋友一起去。"

"维艾!不要告诉我是那个爱管闲事的老头!他不但救不了你,而且会给你带来更多的麻烦。"

我笑了一下。"是的,我完全同意你。我会带个安静的而且可以依赖的人。"

直到我保证从罗诺克大楼一离开就给她打电话,她才答应不给我找个警察当保镖。挂上电话后,我转向佩皮:"宝贝,过来。你要去有权有势的人常去的地方啦。"

狗狗显示出对探险的一贯的兴趣。当我最后检查我的史密斯威森手枪,确保有一发子弹已经上膛的时候,佩皮一直歪着头看着我,之后它在我前面抢着跑下楼去。我们顺利地出来了,没有被孔特雷拉斯先生发现,这个时候他一定在厨房里忙着做晚餐吧。

我小心翼翼地看了一下周围,以确保自己不是在自投罗网,但没有埋伏。佩皮跳上了雪佛兰后座,我们向南开去。

罗诺克大厦的门卫以乐于助人的态度欢迎我,就像我第一次到访的时候一样。很明显,安东并没有告诉他我是社会的害虫,也或者是他记得我上次五美元的小费,而不理会来自十二楼管家的坏话。

"夫人,这只小狗要和您一起进去吗?"

"胡伯特先生正等着见她呢!"我微笑着说。

"好的,夫人。"他转向电梯旁服务的弗莱德。

我以娴熟优雅的姿势走向电梯里的小长凳坐下。佩皮机警地坐在我的脚旁,舌头伸在外面,微微喘气。它对电梯并不习惯,但是它以冠军级的冷静姿态应对着不稳定的地面。当我们从电梯里出来后，它嗅了嗅胡伯特大厅的大理石地板，当安东打开木雕门的时候，它立马回到了我的身边。

他冷冷地看着佩皮。"我们觉得这里没有狗会更好一些，因为它们的行为真的很难预料，无法控制。我会请马克斯一直在大厅里照顾它，等你出来。"

我有些粗野地咧嘴一笑。"无法控制的行为？听起来跟你老板的作风很搭调嘛。没有它我是不会进去的，所以你决定吧，不过想一想胡伯特先生是多么想见到我。"

"很好，夫人。跟我来好吗？"他嗓子里的霜冻已经降到华氏的低温范围。

胡伯特坐在书房的炉火前面。他正拿着一个昂贵的杯子喝酒，我觉得应该是威士忌加苏打水。一看到他，我的肝火顿时旺盛了起来，搅得胃难受。

当胡伯特看到佩皮出现在我左脚边的时候，他严厉地注视着安东。但是男管家冷漠地说没有狗我就不来见他。胡伯特立即转变了态度，亲切地问狗狗的名字又竭力夸赞它有多漂亮。但它感觉到了胡伯特的言不由衷，并没有回应。我带着佩皮在房间里大摇大摆地走来走去，并让它在屋子的角落里嗅来嗅去。我打开沉重的窗帘，但是看到的是湖水，根本没有狙击手藏身的地方。

我放下窗帘。"我本来有点期待一场机关枪扫射呢。不要告诉我，我的生活就此变得无聊了。"

胡伯特发出浑厚的笑声。"没有什么可以影响你的，是吧，华沙斯基小姐？你的确是一位十分出色的年轻女性。"

我坐在扶手椅里面对着胡伯特，佩皮站在我的前面，警觉地看看他再看看我，尾巴下垂着。我拍了拍它的头，它一屁股坐下了，但是肌肉并没有放松。

"你的那位神秘的客人还没有到吗?"

"暂且让她保持一下神秘感吧。"他自顾自地笑了起来,"我想我们俩可以先谈谈。或许没有必要请出我的客人。来杯威士忌?"

我摇了摇头。"你的名酒会让我产生超出我的收入的非分之想,我可不想养刁我的胃口。"

"但是你是可以负担得起的,华沙斯基小姐。你知道的,只要你不再愤愤不平地总是想着复仇的事情。"

我靠在椅子上,跷起腿。"这些话实在有失你的身份。我本来还期待你的说辞会更冠冕堂皇一些,或者至少是更含蓄一些。"

"华沙斯基小姐,有的时候你就是太性急了。至少你可以听我把话说完嘛。"

"也对,我想我是急着出发去看小熊队的比赛吧。你大可以立刻摊牌,那样的话我才知道我下半生是不是要在躲避你的百万颗子弹的日子里度过。"

他努力控制着自己的情绪。"华沙斯基小姐,你最近费了不少精神调查我。因此我也花了很多精力来关注你,算是回敬。"

"我打赌我的调查比你的更有趣。"我的手一直放在佩皮的头上。

"或许我们对有趣的理解不太一样。比如,我更感兴趣的是你还有五万美元的房贷,而按揭对你来说并不是一件轻松的事情。"

"天哪,上帝,古斯塔夫。你不会是又要老生常谈,让银行终止我的贷款吧,是吗?这实在是太无聊了。"

他假装没有听到我的话。"我知道你的父母都已经过世了。但是你有一个像母亲一样的朋友支持着你,那就是赫切尔医生,对吗?"

我的手指紧紧抓住了佩皮的毛,以至于它轻吠了一声。"如果赫切尔医生发生任何事情——任何事情,不管是爆胎还是鼻子被打得流血,你就会在二十四个小时内离开人世。我发誓。"

他轻笑起来。"你还真是动作派啊,华沙斯基小姐。你以为每个人都跟你一样充满活力。我不会做那种事的,我更关心赫切尔医生的医疗工作。我想知道的是她能不能保得住她的执照。"

他等待我再一次回答。但是我没有,我用尽全部的自制力使自己冷静了下来。我拿起放在我们之间小桌上的《纽约时报》,随手翻到体育版。纽约岛人队好运连连,真是让人扫兴。

"你就不好奇吗,华沙斯基小姐?"他终于忍不住问我。

"不怎么好奇。"我转而阅读大都会队能否进入训练营的评论,"我的意思是说,你能做的令人毛骨悚然的事情太多了,我可没那个精力去猜你这次会做出什么样的事情来。"

他砰地一声放下了手上的威士忌酒杯,身体前倾。佩皮的喉咙里开始发出低吼。我把手放在她身上,假装示意她不要轻举妄动,其实黄金猎犬是很少咬人的,但是如果你不养狗,那么你是不知道的。

他注意着佩皮的一举一动。"这么说,你是要以你的公寓和赫切尔医生的事业为代价,来保持你的固执了?"

"不然你想让我怎么做?"我不耐烦地说,"躺着地上,又哭又闹?我相信你拥有比我多得多的权力,金钱,或是其他的东西。你想动用这些资源把我整得灰头土脸,那就请便吧。但是不要期望我会对此表现得很激动。"

"不要这么着急下结论,华沙斯基小姐,"他哀怨地说道,"你并不是没有选择,只是你不愿意听听它们是什么。"

"好吧。"我开心地笑道,"说来听听。"

"首先让你的狗狗趴下。"

我示意了一下佩皮，它很听话地趴在了地板上，但是它的后腿依然紧绷，准备随时一跃而起。

"我只是在提供选项。你不能只听到第一项就急着下结论。你的房贷，赫切尔医生的事业只是一套剧本，还有其他的呢。你也可以拿钱，不但有足够的钱偿还你的贷款，还可以买一辆比那台旧雪佛兰更适合你的车子，你知道我是做了调查的。如果你可以的话，你想买什么车呢？"

"天哪，我不知道。胡伯特先生，对于这件事我不曾想太多。或许我会选择别克。"

他像一个失望的父亲一样地叹了口气。"你必须认认真真地听我说，年轻的小姐，不然你很快就会发现自己没有任何选择了。"

"好的，好的，"我说，"我想要一辆法拉利，但是电视上演的马格农侦探已经开法拉利了，或者那就阿尔法吧……所以你的意思是要给我贷款，一辆跑车，外加赫切尔医生的执照了。那么对于如此慷慨给予，你想我用什么来表达谢意呢？"

他微笑了。一个人要么向压力低头，要么向金钱低头。"奇格威尔医生是一个积极、认真工作的人，但是呢，能力却不怎么样。遗憾的是，一个老板想在工厂里面雇用一个医生，但是却找不到像赫切尔医生这样优秀的人。"

我放下报纸，停下拍打狗狗的手，表示我的专心致志。

"多年来，他一直记录了薛西斯溶剂厂所有员工的医疗记录。当然，这一切都是我不知道的。要管理胡伯特这样的公司，什么事情都知道是不可能的。"

"你和里根总统一样呢。"我同情地喃喃私语。

他怀疑地看着我，但是我继续装出兴趣很浓厚的表情。

"我也是最近才知道笔记本的事,里面记录的数据根本不精确,完全是无用的。但是如果这些记录落在别有居心的人的手中,很可能对薛西斯溶剂厂是很不利的。但是要证明这些记录完全错误又真的是很难。"

"尤其是过了二十年的时间,"我说,"但是如果你能拿到笔记本,你真的会替我还我房贷?并且不对赫切尔医生造成威胁吗?"

"此外还有对你的补偿金,鉴于由于我的那些过度热情的朋友给你添的这些麻烦。"

他从外衣的口袋里拿出一份文件给我。简单地看了一下后,我把它放到我们之间的小桌子上。我很费劲地保持冷淡的态度,文件是胡伯特化工两千股的特别股。我重新拿起纽约时报,阅读股市行情。

"昨天以十万一千三百七十五美元收盘。意味着我可以零手续费地得到二十万美元的补偿金。这听起来不错。"我再次靠在椅背上,直直地看着他,"问题是,只要卖空胡伯特股票,我可以得到双倍的钱,如果钱对我来说很重要的话。偏偏我就是不在乎。反正,说起那些笔记本,你还真的是霉星高照,无论如何,它们已经给了律师和一组医疗专家了。你玩完了。我不知道官司将会花掉你多少钱,但是我猜五亿美元大概跑不掉了。"

"你真的愿意为了一些你从来没见过的人和那些不值得你关心的人,而让你的朋友,一个和你情同母女的朋友失去工作吗?"

"如果你对我做过调查的话,你应该知道路易莎·蒂亚克并不是一个普通的朋友,"我愤怒地说,"我蔑视你,竟然认为赫切尔医生那么正直的人会向你的威胁屈服。"

他笑了,看起来真的像鲨鱼一样。"说真的,华沙斯基小姐。你应该学会怎么不那么着急。我不会做我认为没有把握的事情的。"

他按下装着壁炉上的按铃。安东很快地出现了,他想必一直守在大厅里等候。

"请我们的另一位客人过来,安东。"

管家低着头退出去,几分钟后带着一个二十五岁左右的女人回来了。她的棕色头发烫成小卷,厚厚地盖在脖子上。很明显,她对自己的外表花了一番心思;荷叶边人造丝质洋装和同色系的高跟鞋,我猜这是她最好的衣服了。厚厚的粉底遮盖下的青春痘看起来既有趣又有些令人害怕。

"这位是波提兹太太,华沙斯基小姐。她的女儿是赫切尔医生的病人。是这样的吧,波提兹太太?"

她用力地点了点头。"我的曼蒂,赫切尔医生对她做了不该做的事情,一个成年女人和一个小女孩。当曼蒂从检查室里出来的时候,又哭又叫,我花了好几天的时间才让她安静下来,说出发生的事。但是当我发现的时候……"

"你去找了州检察官,并做了完整的笔录。"我自然地帮她说完。尽管愤怒已经使我的脸颊烫得像火一样。

"她自然是很心烦意乱,不知道该怎么办才好。"胡伯特的语气是如此虚情假意,让我很想一枪毙了他。"起诉一个家庭医生是很难的,尤其是像赫切尔医生这种能找到帮手的人。这也是我为自己的社会地位所自豪的原因,我可以帮助这样的一位母亲。"

我以怀疑的眼神盯着他。"你真的认为你可以凭这样的一个女人的证词,就能在法庭上扳倒赫切尔医生的信誉吗?一个老练的律师就可以把她驳得体无完肤。胡伯特,你不只是自负,简直是笨到家了。"

"女士,请注意你在称呼谁为笨蛋。一个老练的律师可以让任何人崩溃。但那样会立刻激起陪审团的敌意,再说,如果官司公开的话,对赫切尔医生的事业又会造成什么样的影响呢?还有,医生执照委员会会怎么做?尤其是当波提兹太太和其他带着女儿去看病的母亲们联合在一起的时候。毕竟,赫切尔医生已经快六十岁了,但是却从来没有结过婚。陪审团毫无疑问会怀疑她的性取向的。"

我脖子上的动脉狂跳不止,让我连呼吸都很困难,更不用说思考了。佩皮在我的脚边低吼。我迫使自己温柔地抚摸它,这也让我的心跳稍微平静了一些。我起身,走向角落里的电话,佩皮紧紧地跟在我身旁。

洛蒂仍然在诊所。"亲爱的,你还好吗?都快七点了。"

"我没事,赫切尔医生,只是精神上有些错乱。我必须向你说明一些事情并且希望知道你的立场。你有个病人叫波提兹太太吗?"

洛蒂很困惑,但是并没有问任何问题。她很快便回到电话旁。"她两年前到过我这里。她的女儿曼蒂那时只有八岁,常常呕吐。我说可能是心理问题,她一生气就跑了。"

"是这样的,胡伯特不知道从哪里找到了她。而且让她答应控告你对她的女儿进行性骚扰。除非我们把奇格威尔的笔记还给他。"

洛蒂沉默了片刻。"换句话说,也就是用记录本换我的执照是吗?而你觉得你得打电话才能知道我的立场吗?"

"在这种事情上,我不认为我有资格代替你做决定。他同时打算给我价值二十万美元的股票,所以这就是贿赂我的金额。哦,此外还有我的房贷。"

"他在你旁边吗?我要自己跟他说话。但是你应该知道,我不会在老了的时候向信奉法西斯主义的人低头,因为我曾经目睹我的父母死在法西斯的手下。"

我转向胡伯特。"赫切尔医生想跟你说话。"

他双手撑着身体，努力从椅子上站了起来。对于他这个年龄来说，老态的唯一的迹象就是站起来时费了一点劲而已。当他跟洛蒂说话的时候，我站在他的身旁，我的呼吸又急又粗。我可以听见她以精准的次高音长篇大论，告诉他她可能是个不合格的学生，尽管我听不到确切的话语。

"你错了，医生，大错特错，"胡伯特沉重地说道，"不，不，女士，我不要从自己的电话中听到别人侮辱我。"

他挂上电话，怒视着我。"你将会悔不当初，你们两个都是。我想你并不明白在这个城市里我的势力到底有多大，小姐。"

我的颈动脉依然在跳个不停。"好多事情你都不懂，古斯塔夫，我也不知道该从何说起。你死定了。你在这里混不下去了。《明星先驱报》正在调查你跟史蒂夫·德瑞斯伯格的关系，相信我，他们会找到的。你可能以为你已经把证据都埋在五十层地下了，但是莫里·莱森是个很棒的考古学家，而且他正在拼命地赶工。"

"还有，你的公司也要垮了。等那些薛西斯的案件通通冒出来的时候，你小小的化学工厂是承受不了那么大的威力的。或许还要等上六个月，也许是两年，但是赔偿金随便一算就得五亿美元是肯定的。而且要证明你——胡伯特化工厂是心存恶意的，根本就是易如反掌。你一手创建起来的公司将会像圣经里约拿的蓖麻一样，成也一夜，败也一夜。你已经没有指望了，胡伯特，你被气到甚至都感觉不到这些苗头。"

"你错了！你这个波兰小婊子！我要告诉你你到底错得多么离谱！"他把威士忌酒杯狠狠地扔了出去，砸在了一个书架上，碎成了碎片，"我要毁掉你，易如反掌，就像毁掉这个玻璃杯一样。戈登·费斯永远都不会再雇用你，你将失去你的侦探执照，永远没有客户上门，我会看到你跟一群酒鬼和落魄的人在一起,在西麦迪逊街上,到时候我将会狠狠地嘲笑你。"

"随便,"我恶狠狠地喊道,"我相信你的孙子们肯定会对这种场面很感兴趣的。事实上,我打赌他们一定很想听你是怎么通过毒害别人而发大财的。"

"我的孙子们!"他吼道,"如果你胆敢靠近他们,我保证你和你的朋友们都不会看到芝加哥明天早上的太阳!"

他不断地怒吼着,他的威胁不断升级,除了洛蒂之外,他手下所查到的其他人的名字也都一一出现。佩皮的敌意开始上升,威胁地低吼起来。我一手抓住她的项圈,另一只手按下了壁炉上的按铃。当安东出现的时候,我向他指了指地上摔碎的玻璃杯。

"或许你需要把这些清理一下。我想,如果你把波提兹太太送下楼并让马克斯给他找辆车子的话,她会舒服很多。过来,佩皮。"我们尽快地离开了,但那疯狂的咆哮声似乎在大厅里都能听得到。

第四十三章 回到原点

洛蒂和我在接下来的几天里都跟我的律师在一起。我不知道是卡特·弗里曼的功劳，还是安东的功劳，抑或是那天的场景吓着了她，波提兹太太不再想对洛蒂进行控诉。我们用了很长的时间来解决我的贷款问题。有那么几周的时间，我几乎都要去租房子了。但是弗里曼终究摆平了这一切。我始终怀疑那是因为他自己替我担保，但是每当我问起的时候，他都表现出一副很无所谓的样子，改变话题。

不久之后，我的生活稍稍步入正轨——开始带佩皮跑步，跟朋友消磨时光，为芝加哥球队的表现心碎，尤其是老鹰队当季的失败最令我伤心。我也回到了我的日常工作中，调查工商欺诈，调查应聘敏感的财政职位的职员的身家背景，总之就是这一类的案子。

我努力工作，努力不去想胡伯特和南芝加哥。通常，结案的时候我不会让任何事情悬而未决，但是我实在是无意跟我的老邻居们纠缠下去。所以我决定不再调查罗恩·卡佩尔曼在这些事情中的角色。如果鲍比的控诉是正确的，他的确曾经向尤尔沙克通报我的行踪，那么我有权利去普尔曼跟他当面对峙。但我只是再也没有精力继续追查下去了。就让州检察官在尤尔沙克和德瑞斯伯格受审时看着办吧。

麦高尼格尔警官是另外一件悬而未决的事情。在我去给警方做无止境的笔录和答复盘问的时候，好几次都看到他跟鲍比在一起。

直到他意识到我不会透露他曾经在一个深夜超越警察的行为规范时，才变得不那么冷若冰霜。过了一段时间，我意识到我最好不要跟一个警察太亲密，不管多么心灵相通都不行，但是我们从来没有再谈论过这个问题。

五月，小熊队正在争夺冠军，而胡伯特化工的股价跌到了接近六十美元。斐德烈·曼海姆曾经找过很多法律和医疗专家咨询，胡伯特化工惹上麻烦的事也随着贸易的往来传到了华尔街。曼海姆也好几次来咨询我，但是我对胡伯特的厌倦已经深入了骨髓。

我告诉曼海姆，我会出庭作证我是怎么发现内幕的，仅此而已，别指望我提供其他的协助。因此，我对于胡伯特在准备怎么反击一无所知。在我们最后一次见面的几天后，报纸的封面上说他正在接受压力治疗。但是自从《明星先驱报》刊登他为白袜队比赛首日扔出第一球的照片后，我想他应该是已经康复了。

也就是在那个时候，小熊队从坦普转战向北的时候我收到了来自佛罗伦萨的明信片，上面只有一句简短的话，"不要等到你七十九岁的时候再来这里。"是奇格威尔女士瘦长的笔迹。几星期后她返回家里，打了电话给我。

"我只是想告诉你我现在不跟科提斯住在一起了。我把属于他的房屋所有权买了下来。他去了克拉仑敦丘的一家养老中心。"

"一个人住感觉怎么样？"

"很不错。我希望我六十年前就这么做了，但是我那时候没有勇气这样做。我想告诉你，是你给了我勇气——就是因为你，我才知道原来一个女人也可以过独立的生活。就是这样。"

我慌忙反驳，她却挂了电话。我淡淡一笑，她真是彻头彻尾的急性子呢。我希望未来的四十年我也会那么坚强。

唯一真正使我烦心的是卡洛琳·蒂亚克,她始终不肯跟我说话。她整天不见踪影,回来后也不肯接我的电话,即使是我开车到休斯敦大街,她也会当面把门关得紧紧的,甚至都不让我进去看路易莎。我一直在想我犯了一个严重的错误,不仅在她试图阻止我的时候我仍然在不断地调查,还透露了尤尔沙克的事情。

洛蒂听到我说这件事的时候,坚定地摇了摇头。"维多利亚,你不是上帝!你不能决定怎么对待一个人最好。如果你打算自怜自艾几个小时,去找别人吧,我可不想看到你眼泪汪汪的丑样子。或者换个工作。就像你所说的,执拗的调查需要看破世界的洞悉能力。如果你不再拥有这种能力,那么你就不再适合做这项工作。"

她安慰的话并没有打消我的自我怀疑,不过时间一久,我渐渐不再为卡洛琳牵肠挂肚了。当她六月初给我打电话告诉我路易莎去世的时候,听着话筒里她的声音,我的反应还算是平静的。

我去圣文西斯劳夫教堂参加了葬礼,但是之后没有去她休斯敦的家里参加丧宴。路易莎的父母负责这件事,不管他们的悲伤是不是真的,我都觉得这是上帝的惩罚,难以按捺住要对他们千刀万剐的冲动。

在整个葬礼中,卡洛琳都无意跟我说话;当我到家的时候,我对她的深深自怜已经被一种很久之前的更加熟悉的感觉所取代,那就是对她乳臭未干的不耐烦。所以当大概一个月后我发现她在我家门前等我的时候,我并不是很欢迎她。

"我三点就来了,"她很直接地说,"我还在担心你是不是出城了呢。"

"很抱歉,我没有把我的日程表留给你的秘书,"我讽刺地说,"当然,我也没想到你会大驾光临。"

"不要这么刻薄,维艾,"她乞求道,"我知道这是我应得的——在过去的四个月里我都表现得像是乱蹦乱跳的马。但是我需要道歉或是解释,无论如何,我不希望在你每次想到我的时候就生气。"

我打开了大厅的门。"卡洛琳,你知道吗?你让我想起了《史努比》里面的露西跟查理踢足球的事情。不管露西怎么保证,她每次还是都会在查理踢球的时候作怪,然后查理每次都被害得一屁股坐在地上。我有预感,我会再一次地摔跤。不过你还是上来吧。"

她立刻面红耳赤。"维艾,拜托了。我知道无论你对我说什么都是我自找的,但是我已经来道歉了。不要让我觉得更难过了吧。"

她的话让我顿时闭嘴。但是并没有消除我的疑虑。我默默地把她带到我的公寓,给了她一杯可乐,而自己喝了一杯甜酒。然后带她到我当成后阳台用的小平台上。孔特雷拉斯先生在他的番茄圃向我们招手,但是并没有上来。佩皮倒是上来了。

她摸了摸佩皮的耳朵,喝了可乐之后,深深地吸了一口气。她说:"维艾,去年冬天背弃你,还有在之后都避开你,我真的很抱歉。然而,不知怎么的,一直到路易莎过世后,我才能从你的立场考虑问题,看出你并没有取笑我。"

"取笑你?"我惊呆了。

她的脸又红了。"我以为……你瞧,你有一个如此优秀的父亲。我是那么爱他,爱到希望我也想成为他的女儿。我曾经躺在床上想象,想象我们在一起会是多么的快乐。他、我、妈妈,还有加布里埃拉,就像是一家人一样。而你则是我的亲姐姐,就不会因为不得不照顾我而生气。"

这下轮到我觉得尴尬了。我试图挤出话来,最后说道:"没有哪个十一岁的孩子会心甘情愿地承担照顾一个孩子的责任。如果你是我的妹妹，我只会更烦恼，而不是更高兴。但是我并不嘲笑你——有一个跟我不一样的父亲。这种想法从来没有在我的脑海中出现过。"

"我知道了，"她说道，"只是我花了好长时间才想明白。只是我自己对尤尔沙克对妈妈做的事情感到耻辱。你应该知道。她去世后，我才看出经历这一切对她来说意味着什么。也让我意识到她是一个多么了不起的女人，正因为她是个如此好的母亲，她是那么可爱，热爱生活，热爱所有的一切。没有满腔怒火和苦水，所以从来不会拿我当出气筒。"

她急切地看着我。"上周我去，去看望了小阿特。我猜他算是我的弟弟。他表现得很有风度，不过我看得出来他真的很难过。我的意思是说跟我说话让他很不好受。他的成长之路很痛苦。小阿特一点都不像父亲。他结婚仅仅是为了避免蒂亚克夫妇毁掉他的政治前途。小阿特出生后，他就跟太太分房了。他从来没有想过跟自己的儿子有任何瓜葛。说来好笑，我觉得没有父亲会更幸福一些呢。你知道，我跟妈妈两个。就算他不是她的舅舅，比起跟他一起住，还是没有父亲更好。"

我的喉咙有点紧。"在过去的四个月中我是那么自责，思考我犯下的超级自大的大错，不仅在你要我终止调查的时候继续调查，还因为告诉了你他的事情。"

"别这么想，"她说道，"我很高兴你告诉我这件事情。比起自己瞎想，知道真相会更好一些。即使我的想象比现实好得多。另外，如果托尼·华沙斯基真的是我的父亲，那么他把我和妈妈安排在你和加布里埃拉附近不就是一个头号的浑蛋了吗？"

她笑了起来，我握住她的手不放。过了一会，她迟疑地说道："我——接下来的部分难以启齿，我曾经对你的离开大吼大叫，而现在我也要离开了。事实上,我将离开南芝加哥。我一直都想住在乡村,真正的乡村,所以我要去蒙大拿念森林学系。我从来没对任何人说过这件事,因为我觉得如果我不跟你一样从事社会活动的行业,你会看不起我。"

我口齿不清地高声抗议,吓得佩皮跳了起来。

"不不不,是真的。维艾。我这阵子想了很多,我发现,你一直都没想过要我跟你一样。这只是我的异想天开罢了,我以为只要我跟你做一样的事情,你就会喜欢我,让我成为你的家人。"

"不是的,宝贝,我希望你做对自己好的事,而不是迎合我心意的事。"

她点点头。"所以我申请了学校,很快地办好了手续,两周后就走。我正在劝说外公外婆买下休斯敦街的房子,那样我就有钱付学费了。我只是想亲自告诉你这件事,我希望你永远是我的姐姐,嗯,因为,总之,我希望你是真心的。"

我跪在她的椅子旁,张开双臂搂着她。"至死不渝,小鬼头。"

BLOOD SHOT
By SARA PARETSKY
Copyright © 1988 BY SARA PARETSKY
This edition arranged with DOMINICK ABEL LITERARY AGENCY through BIG APPLE AGENCY, LABUAN, MALAYSIA.
Simplified Chinese edition copyright: 2018 by New Star Press Co., Ltd.
All rights reserved.
著作版权合同登记号：01-2018-5507

图书在版编目（CIP）数据

血色杀机 /（美）莎拉·派瑞斯基著；谭端译 . -- 北京：新星出版社，2018.9
（守护天使：芝加哥首席女侦探精选集）
ISBN 978-7-5133-3165-4

Ⅰ . ①血… Ⅱ . ①莎… ②谭… Ⅲ . ①长篇小说－美国－现代 Ⅳ . ① I712.45

中国版本图书馆 CIP 数据核字（2018）第 156026 号

午夜文库
谢刚 主持

血色杀机

（美）莎拉·派瑞斯基 著；谭端 译

责任编辑：曹晓雅
责任校对：刘 义
责任印制：李珊珊
封面插图：宣 和
装帧设计：周伟伟

出版发行：新星出版社
出 版 人：马汝军
社　　址：北京市西城区车公庄大街丙3号楼　　100044
网　　址：www.newstarpress.com
电　　话：010-88310888
传　　真：010-65270449
法律顾问：北京市岳成律师事务所

读者服务：010-88310811　　service@newstarpress.com
邮购地址：北京市西城区车公庄大街丙 3 号楼　　100044

印　　刷：三河市文通印刷包装有限公司
开　　本：910mm×1230mm　　1/32
印　　张：11.25
字　　数：270千字
版　　次：2018年9月第一版　　2018年9月第一次印刷
书　　号：ISBN 978-7-5133-3165-4
定　　价：258.00元（全五册）

版权专有，侵权必究；如有质量问题，请与印刷厂联系调换。